W0274979

Les Vertueux

Du même auteur

Chez Mialet-Barrault
Pour l'amour d'Elena, 2021 ; Pocket, 2022

Chez Julliard
Les Agneaux du Seigneur, 1998 ; Pocket, 1999
À quoi rêvent les loups, 1999 ; Pocket, 2000
L'Écrivain, 2001 ; Pocket, 2003
L'Imposture des mots, 2002 ; Pocket, 2004
Les Hirondelles de Kaboul, 2002 ; Pocket, 2004
Cousine K., 2003 ; Pocket, 2005
La Part du mort, 2004
L'Attentat, 2005 ; Pocket, 2006
Les Sirènes de Bagdad, 2006 ; Pocket, 2007
Ce que le jour doit à la nuit, 2008 ; Pocket, 2009
L'Olympe des infortunes, 2010 ; Pocket, 2011
L'Équation africaine, 2011 ; Pocket, 2012
Les anges meurent de nos blessures, 2013 ; Pocket, 2014
Qu'attendent les singes, 2014 ; Pocket, 2015
La Dernière Nuit du Raïs, 2015 ; Pocket, 2016
Dieu n'habite pas La Havane, 2016 ; Pocket, 2017
Khalil, 2018 ; Pocket, 2019
L'outrage fait à Sarah Ikker, 2019 ; Pocket, 2020
Le Sel de tous les oublis, 2020 ; Pocket, 2021

Chez Après la Lune
La Rose de Blida, 2006

Chez Bayard
Le Baiser et la morsure : entretiens avec Catherine Lalanne, 2018 ; Pocket, 2021

Chez Flammarion
Le Dingue au bistouri, 1999 ; J'ai lu, 2007
Ce que le mirage doit à l'oasis, 2017 ; 2021

Chez Folio
Morituri, 1999
Double blanc, 2000
L'Automne des chimères, 2000
La Part du mort, 2005

Yasmina KHADRA

Les Vertueux

roman

Mialet-Barrault Éditeurs
3, place de l'Odéon
75006 Paris

www.mialetbarrault.fr

ISBN : 978-2-0802-5794-9

À ma mère, qui ne savait ni lire ni écrire
et qui m'a inspiré ce livre.

Des choses incroyables vous tombent dessus, détournent le cours de votre existence et le bouleversent de fond en comble. Vous avez beau fuir au bout du monde, vous réfugier là où personne ne risque de vous trouver, elles vous suivent à la trace comme une meute de chiens errants et font de vous quelqu'un qui ne vous ressemble en rien et qui devient la seule histoire que l'on retiendra de vous.

Certains appellent ces choses *mektoub*.

D'autres, moins déraisonnables, disent que c'est la vie.

En ce qui me concerne, ces choses-là avaient un visage, une odeur et un nom : Gaïd Brahim.

Gaïd Brahim était à l'image du bon Dieu. Sévère et miséricordieux. Il pouvait faire d'un vaurien un notable et d'un insolent un gibier de potence, sauf qu'il était plus enclin à sévir qu'à gratifier. Il nous envoyait ses fiers couteaux, à l'improviste, pour s'assurer que nous veillions religieusement sur ses champs, que son bétail se portait mieux que ses sujets et que les échines étaient bien courbées.

Tout ce qu'il y avait sur les terres de Gaïd Brahim appartenait à Gaïd Brahim : les vergers, la rivière, les sources, le mausolée ainsi que le marabout qui y reposait, la mosquée et son imam, nos taudis, notre sueur et notre chair, jusqu'aux pierres pavant les collines, jusqu'aux renards qui venaient dans le noir semer la pagaïe dans les poulaillers. Et tout lui réussissait. Ne craignant ni le mauvais œil des envieux ni la vindicte des humiliés, il régnait sans partage sur les êtres et les choses. Il était donc naturel de se soumettre à ses lois, qui étaient très simples : le servir ou disparaître. Comme nul ne savait où aller, on s'ancrait dans nos taudis et on évitait de faire du bruit. En ces années-là, les déracinés crevaient de faim sur les routes et aucun ciel ne valait un toit.

Personne, au douar, n'avait intérêt à se mettre à dos Gaïd Brahim.

C'est la raison pour laquelle le cœur de ma mère faillit s'arrêter de battre lorsque mon petit frère rentra à la maison, livide, en hurlant : « Le caïd ! Le caïd ! »

Nous regardâmes par la fenêtre. Une carriole cahotait sur la piste qui menait à notre gourbi, conduite par Babaï, un Noir herculéen que les gens du village redoutaient autant qu'un mauvais présage.

— Va chercher ton père, cria ma mère à mon petit frère.

— Je ne sais pas où il est.

— Ne discute pas. Trouve-le et dis-lui de rentrer immédiatement. Ce n'est jamais bon signe quand on a la visite des hommes du caïd.

Mon petit frère sortit par-derrière et s'élança à travers champs, notre chien sur les talons.

La carriole s'arrêta dans la cour. Babaï n'en descendit pas. Il s'épongea dans un pan de son turban et attendit que quelqu'un se manifestât.

Ma mère n'avait plus une seule goutte de sang au visage. Je ne reconnus pas sa voix lorsqu'elle me poussa vers la porte.

— Va voir ce qu'il nous veut. Chaque fois que cet énergumène s'amène, il liquéfie les boyaux aux grands et aux petits.

— Pour lui dire quoi ?

En vérité, je n'avais pas le courage de sortir de la maison.

— Tu penses que ton père a fait quelque chose de mal ?

— Qu'est-ce que j'en sais, moi ? Il ne dit jamais où il va.

Ma mère claqua ses mains sur ses cuisses et alla s'effondrer dans un coin. Elle se mit aussitôt à se signer en croisant les poignets. Mes deux sœurs la rejoignirent ; toutes les trois se serrèrent les unes contre les autres en récitant des incantations.

Chaque fois que Babaï débarquait au douar, un homme devait en pâtir. Et lui, conscient du malaise qu'il suscitait, restait impénétrable sur son siège, une racine de réglisse entre les dents, pendant que les familles se demandaient sur quelle demeure allait s'abattre l'anathème.

Ce jour-là, Babaï s'était dirigé droit sur notre gourbi, ce qui avait ajouté à notre émoi une épaisse couche d'effroi.

Mon père arriva en courant, la bouche écumante, complètement dérouté. Il dut se racler plusieurs fois la gorge avant de s'adresser à Babaï. Je n'entendis pas ce qu'ils se dirent. Lorsque mon père se frappa la poitrine, je compris que quelque chose de grave était arrivé.

Ma mère, qui suivait la scène, debout derrière moi, fit claquer ses deux mains sur ses joues avant de les rabattre sur ses cuisses.

— Le ciel va nous tomber sur la tête, se lamenta-t-elle. Que va-t-on devenir ? Mon Dieu ! Nous sommes perdus, nous sommes maudits.

Mon père nous rejoignit, en chavirant presque. Il se cramponna au battant de la porte pour tenir sur ses jambes.

— Qu'est-ce que tu as fait derrière mon dos, mon fils ? gémit-il.

— Moi ?

— Oui, toi... Pourquoi le caïd envoie-t-il cette brute te chercher ?

— Je l'ignore.

— Il dit que son maître veut te voir, toi, et personne d'autre. Il te connaît d'où, le caïd ? Quand il convoque quelqu'un, c'est qu'il a des comptes à régler avec lui.

J'étais abasourdi. Ma tête rembobina le film de la semaine et des semaines d'avant, en quête d'un moment d'égarement ou d'un semblant de méfait que j'aurais commis à mon insu ; je ne relevai rien de répréhensible. J'étais un garçon docile, jamais un mot plus haut que l'autre, jamais un geste déplacé.

— Il s'agit sûrement d'un malentendu, dit ma mère d'une voix chevrotante.

Nous sortîmes, mon père et moi, pour en savoir plus sur cette curieuse convocation.

— Je ne suis pas dans le secret des dieux, maugréa Babaï. Mon maître m'a chargé de ramener ton rejeton. Alors je suis venu le chercher. On m'ordonne, j'exécute.

— Est-ce qu'il était en colère, le caïd ?

— Comment ne pas l'être lorsqu'on ne dispose que de têtes de mule et de bras cassés.

— Tu es sûr de ne pas te tromper de personne ?

— J'ai des petites oreilles mais j'entendrais une araignée tisser sa toile. Le caïd a bien dit Yacine, le fils de Sallam le manchot.

— Qu'est-ce qu'il lui veut ?

— Pourquoi me poses-tu des questions auxquelles je n'ai pas de réponses, Sallam ? Est-ce que je t'ai demandé avec quelle eau tu fais tes ablutions ?

Ma mère nous rejoignit, les traits fondus. Elle se dressa devant le canasson pour lui barrer la route.

— Où est-ce que vous emmenez mon garçon ?

— À la Grande Kheïma.

— Mon fils ne sait même pas où ça se trouve.

— Retourne à l'intérieur, lui dit mon père. On est entre hommes.

De la tête, Babaï m'ordonna de monter.

Il m'interdit de m'asseoir sur la banquette, à cause de la terre que j'avais sur le postérieur, m'obligeant à rester debout sur le marchepied.

Le fouet cingla la croupe du canasson ; la carriole manqua de renverser ma mère.

Les voisins étaient sortis de leurs terriers. Ils se tenaient devant leur porte, aussi silencieux que les spectres.

Dans les champs, des silhouettes se dressaient çà et là et observaient la carriole qui cahotait sur la piste comme on regarde un drame en train de s'opérer.

Beaucoup de malheureux avaient suivi les hommes du caïd sans que personne sache pourquoi et n'avaient plus redonné signe de vie.

I

La chair des salamandres

1

Je m'appelle Yacine Chéraga.

Ceci est mon histoire avec Gaïd Brahim.

Je suis l'aîné d'une fratrie composée de quatre filles et de trois garçons. Deux de mes sœurs, à peine pubères, avaient été mariées à des gamins obtus qui les retenaient captives loin de chez nous – on ne les voyait presque pas ; les deux autres prenaient leur mal en patience en attendant un prétendant. Hassan, mon cadet, et moi étions des bergers. Quant à Missoum, notre benjamin, il était parti pour rester petit toute sa vie. À trois ans, il tétait encore le sein de notre mère en mordant à pleines dents dans son croûton.

Mon père avait perdu une main dans un duel – et son âme avec. Je ne me souviens pas de l'avoir vu se plaindre ou s'emporter. Emmitouflé dans son ombre, il ne fréquentait ni la mosquée ni la clique de vieillards qui égrenaient leur chapelet au pied du caroubier, là-haut sur la colline qu'enfaîtait le mausolée de Sidi Oukil. Il ne parlait pas beaucoup, non plus, mais le peu qu'il laissait entendre avait du sens. C'est lui qui m'avait certifié que la manne céleste est une comète qu'on peut regarder s'éloigner, mais qu'on n'a aucune chance de rattraper.

S'il avait ses deux mains, jurait notre mère, *votre père déracinerait un chêne.* Il n'avait qu'un bras valide, notre géniteur, mais qu'est-ce qu'il galérait. Il s'éclipsait avant le lever du jour et rentrait tard dans la nuit, en rasant les murs. Il ne nous disait pas ce qu'il fabriquait, loin de notre village, et refusait de nous emmener, mon cadet et moi, avec lui pour l'aider. Plus tard, beaucoup plus tard, j'appris qu'il ne voulait surtout pas que l'on sache qu'il mendiait…

Cependant, il n'était pas le seul à raser les murs.

Au douar, nous étions le visage d'une même infortune, tellement identiques qu'il nous était difficile de distinguer qui était de chair et de sang de qui était un fantôme. L'imam nous exhortait de prendre notre mal en patience car le Seigneur se tient aux côtés de ceux qui subissent avec courage et humilité ce qui est *écrit.* Il décrétait surtout que celui qui refuse son destin n'y changera pas grand-chose et que le malheur assumé mène droit au paradis. Ainsi, chacun *assumait* son malheur avec dévotion. Cependant la prière que nous récitions le plus souvent avant d'éteindre le quinquet était : « Seigneur, garde Tes bienfaits si Tu nous en juges indignes mais, de grâce, fasse que notre chemin ne croise pas celui de Gaïd Brahim. » Quand bien même nos prières avaient l'accent des peines perdues, nous gardions la foi. Comme nos ancêtres. Comme nos parents. Comme notre progéniture après nous. Si nos saints patrons nous ignoraient, malgré nos offrandes et les bêtes sacrificielles qu'on égorgeait sur le seuil de leur tombeau, le caïd Brahim, lui, nous avait à l'œil. On lui rapportait ce qu'on faisait, ce qu'on chuchotait la main sur la bouche et ce qu'on taisait au tréfonds de nos peurs.

Nous nous étions habitués à cette existence sans relief et sans attraits et nous pensions que ce serait ainsi jusqu'à la fin des temps.

Puis il y eut ce vendredi de l'automne 1914 qui allait changer le cours de mon existence. Je m'en souviens comme si c'était hier. C'était un beau jour de septembre, chaud comme le ventre d'un chiot. Les montagnes qui se profilaient à l'horizon rappelaient des divinités endormies, les hanches harmonieuses et le bras tendu vers on ignore quelle oblation. De rares nuages blancs s'effilochaient dans le ciel tandis qu'un épervier, ivre d'espace et de vent, lançait des cris perçants comme on jette un sort. Je me souviens de la piste crevassée qui m'éloignait des miens, des arbres mornes qui jalonnaient mon destin, des crissements des roues chahutant le silence profond de la garrigue, de Babaï qui somnolait sur son banc, le fouet enroulé autour de son bras comme un serpent.

Nous avions parcouru plusieurs lieues sans échanger un mot. En vérité, nous n'avions rien à nous dire de sérieux. Babaï n'aimait personne, et j'avais une peur bleue de ce qu'il représentait.

Le marchepied, sur lequel je tenais debout depuis plus d'une heure, me cisaillait la plante des pieds que de vieilles savates dépareillées avaient du mal à contenir.

— Je peux m'asseoir sur le siège ?

— Non, dit Babaï, le ton aussi sec qu'une détonation.

— S'il te plaît.

— Si je me suis donné un mal de chien pour que les sièges soient impeccables, c'est pas pour qu'un cul-terreux pose son fion dégueulasse dessus.

— C'est que de la poussière. Je nettoierai après.

— Avec ta langue ? Tu es un dépotoir à toi tout seul. Tu restes sur le marchepied et tu arrêtes de me taper sur le système.

Mes genoux étaient sévèrement éprouvés par les rebonds de la carriole sur les ornières.

— S'il te plaît. Je ne tiens plus sur mes jambes.

— M'en fiche.

Il se mit à siffloter.

Babaï était une brute droit sortie de la gangue originelle. Il avait le regard mauvais de ceux qui ont raté leur vie et qui s'en prennent à celle des autres par dépit. Il devait peser plus de cent kilos et autant de péchés. Je l'avais vu plusieurs fois saisir des badauds par la gorge et les soulever par-dessus sa tête juste pour exhiber la robustesse de ses muscles. Il n'avait pas plus de cœur qu'un djinn et, paraît-il, il pratiquait la sorcellerie… Hélas, les gens pouvaient raconter ce qu'ils voulaient, Babaï s'en moquait. Il avait la baraka du caïd et l'impunité qui allait avec.

Je lui tendis la main.

— Qu'est-ce que c'est ?

— On dit que tu lis dans les lignes de la paume. Je veux savoir ce qui m'attend.

— Le caïd te le dira.

— Je jure que je n'ai rien fait.

— Et c'est mon problème ? s'écria-t-il, excédé. Que tu pisses de l'eau de rose ou que tu chies de l'ambre, que veux-tu que ça me fasse ? Ta vie dépendrait d'un geste de ma part que je ne bougerais pas le petit doigt pour toi, ni pour personne.

— Tu penses que je risque ma peau dans cette histoire.

— Parce que tu crois en avoir une ?

Babaï fit claquer son fouet et m'ignora.

Nous traversâmes un bosquet dans un silence troublant que cadençait le trot du canasson. Autour de nous, les arbres semblaient avoir des yeux. J'avais le sentiment qu'on nous épiait.

Babaï mâchouillait sa racine de réglisse, la tête ailleurs. Je geignais exprès pour qu'il s'aperçoive que le marchepied me brûlait comme un gril, en vain. Soudain, il tira sur les rênes et rangea la carriole sur le bas-côté.

— Pourquoi t'arrêtes-tu ?

— Un type louche nous colle au train depuis un bon bout de temps.

Je me retournai. Effectivement, quelqu'un nous suivait.

Babaï avait raison de se méfier. Des bandits de grand chemin avaient sévi dans la région. Ils furent tous pendus sur la place des villages musulmans pour l'exemple, mais leurs fantômes continuaient de hanter les maquis et les forêts.

Babaï retroussa sa jellaba par-dessus sa ceinture ; il portait un pistolet sur lui.

La vue de l'arme me tétanisa.

Babaï attendit que l'inconnu s'approchât, les doigts autour de la crosse, prêt à dégainer. Lorsqu'il reconnut mon père, il rabattit sa jellaba et posa ses larges mains sur sa figure.

— Non, mais c'est pas vrai... Qu'est-ce que tu veux encore, Sallam ?

Mon père descendit de sa jument. L'inquiétude lui ravageait le visage.

— J'ai laissé mon épouse morte de peur.

— Il n'y a pas de fossoyeur dans ton douar ?

— Elle veut savoir ce qu'on reproche à notre fils.

— Ça changerait quoi ?

— Il faut que je voie le caïd.

— Le caïd ne reçoit que les gens qu'il convie ou qu'il convoque, et tu le sais.

— Mon fils n'a rien fait.

Babaï dodelina de la tête, agacé.

— Écoute-moi bien, Sallam. C'est pas que je t'aie à la bonne, mais je te conseille de retourner d'où tu viens.

— Je refuse de rentrer sans en avoir le cœur net.

— C'est ton esprit qui ne l'est pas, pauvre bougre. Tu as laissé traîner ta main là où il ne fallait pas et tu ne l'as plus récupérée. Tâche de ne pas mettre ton pied au mauvais endroit, cette fois. Le caïd a horreur des têtes de mule. Je te préviens, quand il châtie, il n'épargne ni les récalcitrants ni leurs familles.

— Rentre à la maison, père. Tu n'as rien à craindre. Je suis innocent.

Babaï fit claquer son fouet et nous poursuivîmes la route.

Mon père resta au milieu de la piste, debout à côté de sa jument, semblable à une âme en peine dont ni le ciel ni la terre ne voulaient.

2

La Grande Kheïma...

Je réalisai enfin pourquoi le monde du caïd était aux antipodes du nôtre et pourquoi on disait de Gaïd Brahim qu'il était aussi puissant qu'un sultan et riche à subvenir aux besoins de ses descendants pendant mille ans. Lorsqu'on dispose d'un domaine aussi imprenable qu'une forteresse, pavoisé de jardins en fleurs, avec un palais au milieu et, sur une aile, des tentes grandes comme des chapiteaux, et sur l'autre, un haras hennissant de pur-sang splendides, on n'a pas besoin d'avoir un dieu puisqu'on l'est presque.

Jamais je n'avais pensé qu'une maison puisse compter autant de fenêtres, s'étager sur deux niveaux et se couvrir d'une tonne de tuiles sans s'effondrer. Je venais d'une bourgade miteuse où les taudis étaient faits de torchis et de poutrelles moisies, avec des portes branlantes et des toits qui fuyaient pendant la saison des pluies. Me retrouver d'un coup, sans préavis aucun, moi qui n'avais jamais quitté mon douar, devant une demeure imposante, aux façades crénelées d'une blancheur éclatante et au portail massif taillé dans du bois noble et clouté de cuivre, dépassait mon imagination.

Babaï me livra à un homme sec comme un gourdin qui, moustache hérissée et bouche dédaigneuse, me considéra sous tous les angles avant de faire signe à un domestique.

— Emmène-le prendre un bain avant qu'il ne pollue la région entière.

Une espèce de lutteur aux muscles flasques m'attendait dans un hammam. Il m'ordonna de me déshabiller et de passer un pagne autour de ma taille. L'alcôve qu'il me désigna était surchauffée. Je pris place devant un bac rempli d'eau brûlante et attendis. Lorsque je me mis à transpirer à grosses gouttes, le « lutteur » m'allongea sur le parterre et entreprit de me décrasser. Chaque fois que sa main claquait sur mon épaule, il déposait dessus d'épaisses fibres de terre noirâtres.

— Ton dernier bain, petit, c'était avant ou après le Déluge ?

— Je travaille dans les champs. Avec la chaleur et la poussière, ce n'est pas facile de rester propre.

— Je vais m'occuper de toi bien comme il faut. Tu seras aussi frais et pimpant qu'une vierge le soir de ses noces.

J'avais honte d'être aussi sale, mais ma préoccupation était ailleurs. Pourquoi ce bain ? S'agissait-il d'une toilette mortuaire ? Était-ce de cette façon que le caïd procédait avant de châtier un fauteur ? Me vinrent à l'esprit les histoires que colportaient les troubadours et qui parlaient de rituels épouvantables au cours desquels on sacrifiait des humains. Une peur insondable se répandit à travers mon être.

Le « lutteur » me détergea les cheveux avec du ghassoul, me savonna et me lava de la tête aux pieds avant de me conduire dans une salle jonchée de nattes matelassées.

— Repose-toi ici, ma beauté, me dit-il.

Après la relaxation, on me remit des vêtements neufs et doux comme une caresse et on m'installa dans une chambre qui sentait l'encens. Il y avait un lit recouvert de draps blancs, une table haute avec un tiroir, une chaise rembourrée, un candélabre sur une commode et, sur les murs, de larges tapis représentant des caravanes au coucher du soleil, une partie de chasse et des odalisques dansantes.

On m'apporta des fruits et des galettes.

— Ne t'avise pas de dérober quelque chose dans cette pièce, me menaça l'homme sec. Je tiens à jour l'inventaire de l'ensemble des objets que tu vois autour de toi. Si un seul manque à l'appel, tu manqueras longtemps à ta mère.

— Je ne suis pas un voleur.

— Comme c'est touchant.

Il faillit m'éborgner avec son doigt d'inquisiteur et sortit en refermant la porte derrière lui.

Je m'assis sur le rebord du lit et me pris la tête à deux mains. Je ne savais quoi faire ni quoi penser. Incapable de tenir en place, je me mis à arpenter la pièce de long en large. De temps à autre, je m'approchais de la fenêtre et observais la valetaille qui s'affairait dehors. Deux hommes, torse nu et saroual retroussé par-dessus les genoux, faisaient rôtir à la broche un mouton entier. Un palefrenier toilettait un cheval. Une femme regagnait une tente, un ballot sur la tête, une ribambelle de mioches dans son sillage.

De l'autre côté de la cour, assis sur le marchepied de sa carriole, Babaï taillait une branche avec son poignard. Il rangea sa lame lorsque je me dressai devant lui.

— Regardez-moi ce petit prince, me lança-t-il en repoussant son turban sur le front. Tu ne serais pas le fils caché du caïd, par hasard ?

— À quoi rime tout ça ?

— Une chose est sûre, tes craintes sont désormais derrière toi.

— Tu le penses vraiment ?

— Je ne le pense pas, je le constate.

Il jeta un pouce par-dessus son épaule :

— Va lui dire qu'il peut rentrer tranquille chez lui.

— Qui est-ce ?

Son doigt indiqua un tertre. Je distinguai vaguement un homme au pied d'un arbre, à côté d'une monture.

— C'est mon père ?

— Qui d'autre serait assez fou pour traîner ses guêtres jusqu'ici sans y être autorisé ? Si tu n'as pas tout mangé, porte-lui le reste du repas qu'on t'a livré. Il doit crever de faim.

Après s'être assuré qu'il n'hallucinait pas, mon père m'avoua qu'il ne comprenait rien à ce qu'il m'arrivait. Je lui dis que j'étais dans le même cas que lui, sauf que nous n'avions pas à nous alarmer.

— Tu crois vraiment que je n'ai pas de souci à me faire pour toi, mon fils ?

— Babaï dit que je suis l'hôte du caïd.

— En quel honneur ?

— Je l'ignore. On m'a fait prendre un bain et on m'a offert des habits tellement légers que j'ai l'impression d'être nu. Tiens, touche-les. On dirait du duvet. C'est bon signe, tu ne trouves pas ?

Mon père se gratta nerveusement la joue.

— Tu as été reçu par le caïd ?

— Il n'est pas là… Ne te tourmente pas, père. Crois-tu qu'on serait aux petits soins pour moi, si le caïd me reprochait quelque chose ? Alors détends-toi, s'il te plaît. Il y a un Dieu qui veille, Là-haut, et nous ne L'avons à aucun moment offensé.

Mon père – qui n'avait jamais imploré un marabout – leva la *fatiha*. Son visage se décrispa un peu.

— Rentre à la maison, père. La nuit va bientôt tomber et les chemins ne sont pas sûrs.

— Tu as raison, mon fils, rien n'est sûr en ce monde. J'ose espérer que tu dis la vérité, que tu es bel et bien l'hôte du caïd. Cette histoire ne me rentre pas dans le crâne, mais je préfère ça aux pensées qui me torturaient… Et toi, quand est-ce que tu vas rentrer à la maison ?

— On verra bien. Pars en paix. Qui sait ? Le caïd a peut-être du travail pour moi. Ce serait bien, si le caïd m'embauchait.

— Oui, mon fils, ce serait merveilleux. J'aimerais que ta vie ait un sens. J'aurais moins froid dans ma tombe.

Mon père chercha dans mes yeux quelque chose qu'il ne trouva pas, se tourna vers la Grande Kheïma en marmottant, puis il accrocha en bandoulière le sac contenant les fruits et les galettes qu'on m'avait servis et auxquels je n'avais pas touché, remonta sur sa jument et se dépêcha de regagner le douar rassurer ma mère qui devait mourir d'inquiétude pour lui et pour moi.

3

Le soleil s'apprêtait à disparaître derrière la montagne lorsque, à la vue d'un groupe de cavaliers qui s'approchait de la Grande Kheïma, les domestiques s'empressèrent de reprendre leurs tâches.

— C'est notre maître Gaïd Brahim qui revient de sa partie de chasse, me dit Babaï. Retourne dans ta chambre et restes-y jusqu'à ce que l'on vienne te chercher.

La nuit tomba, et avec elle le chahut de la journée. On n'entendait que le bruit feutré des pas dans l'obscurité, accompagné de chuchotements. Les chiens n'aboyaient plus, aucun hennissement ne troublait la quiétude des stalles.

Le nez contre la vitre, je contemplais le dehors. Des lumignons frissonnaient au fond des guitounes ; çà et là, des silhouettes spectrales vaquaient à leurs occupations, une lanterne à la main.

On m'apporta un repas : des tranches de viande rôtie servies sur un plateau tapissé de feuilles de laitue et garni de rondelles d'oignons rouges, un pain frais qui fleurait bon le four banal, une assiettée de couscous ruisselante de miel, et des fruits juteux. J'avais tout ingurgité. Je ne me croyais pas capable d'une telle boulimie, mais c'était le seul moyen que j'avais trouvé pour tempérer mes angoisses. Cette profusion d'égards et de générosité ne me disait rien qui vaille. C'était trop beau pour ne pas susciter en moi mille interrogations dérangeantes.

On revint débarrasser. En silence. Les plats disparurent sans un cliquetis, des napperons propres recouvrirent la table. Personne ne m'adressa la parole.

Au moment où je songeai à me mettre au lit, un valet me somma de le suivre. Il me conduisit à travers un long corridor, me fit gravir un escalier, me poussa dans une salle immense et se retira.

J'attendis, debout au milieu de banquettes capitonnées, entre une gazelle empaillée et une selle brodée. De part et d'autre de la fenêtre se dressaient une horloge à pendule dans son armure en bois et un gigantesque samovar aux anses enrobées de peau de léopard.

Gaïd Brahim surgit d'une porte dérobée. Il était grand, large d'épaules, les yeux soulignés au khôl et la barbe taillée avec soin. Je l'imaginais plus vieux, acariâtre et violent ; je me trompais. L'homme était jeune, à peine la cinquantaine, le teint radieux et le sourire bienveillant. Il portait une robe en soie aux manches tressées qu'une épaisse écharpe rouge ceinturait, un pantalon turc immaculé et des bagues imposantes aux doigts. Il n'était pas très beau, mais il arborait un certain charme que son charisme de seigneur imposait comme une évidence.

— Tu as mangé ?

J'acquiesçai.

— Bien… fit-il sans me quitter des yeux. Ta chambre te plaît ?

— Oui, *sidi.*

— Bien.

Il s'approcha de moi. Son parfum m'étourdit presque. Il posa ses mains translucides sur mes épaules ; j'eus le sentiment qu'il m'enfonçait d'un cran dans mon corps. Son regard plongea au plus profond du mien.

— On s'est bien occupé de toi ?

— Oui, *sidi.*

Il me poussa gentiment vers une sorte de trône revêtu d'étoffes précieuses.

— Est-ce que je te fais peur ?

— Non, *sidi.*

— Alors, tiens-toi droit.

Il s'installa confortablement sur le trône, posa ses bras sur les accoudoirs à la manière d'un khan surplombant sa cour et se remit à me dévisager.

— Sais-tu pourquoi je t'ai convoqué ?

— Non, *sidi.*

— Personne ne sait pourquoi tu es là. Et personne ne doit le savoir. Mes serviteurs sont sûrement en train de se poser un tas de questions à ton sujet. Ils n'en sauront rien… Ce qui nous réunit ce soir, dans cette pièce, restera dans cette pièce. Ce sera notre secret. Me suis-je bien fait comprendre ?

— Oui, *sidi.*

— Répète voir ce que je viens de te dire.

— Ce qui nous réunit ce soir, dans cette pièce, restera dans cette pièce.

— Et qu'est-ce qu'un secret ?

— Une parole d'honneur, *sidi.*

— Pas vraiment. Un secret est plus que ça. C'est un serment que rien ne doit rompre.

— Un serment que rien ne doit rompre, *sidi.*

— Bien... Tu dois, toi aussi, te poser un tas de questions, n'est-ce pas ?

Je ne répondis pas, par précaution.

— C'est ton droit de te demander ce que tu fais là, au beau milieu de la nuit, en tête à tête avec le caïd qui n'accorde ce privilège qu'aux notables et aux courtisans.

Du doigt, il me fit signe d'avancer au plus près de l'estrade sur laquelle se dressait le trône.

— Tu es là parce que tu le mérites. Tu es l'un des rares jeunes hommes sur mon territoire à savoir lire et écrire. Si je l'avais appris plus tôt, je t'aurais envoyé au collège. On n'y accepte pas les enfants des musulmans, mais il y a des exceptions. (Il lissa sa barbe en m'acculant du regard, à l'affût de ce qui pourrait me traverser l'esprit.) Ton mérite ne s'arrête pas là. Tu possèdes surtout une qualité que les autres n'ont pas : la noblesse de l'âme. Si la Providence n'a pas daigné te faire naître sous une *Grande-tente*, elle ne t'empêche pas d'en incarner les vertus. Et tu es vertueux, Yacine fils de Sallam. Tu es brave, honnête et obéissant. Un vrai fils de son père. On reconnaît le vrai fils de son père à l'amour qu'il nourrit pour sa famille, pour sa tribu et pour sa nation. Je sais que tu n'hésiteras pas à te sacrifier pour les tiens.

Je baissai la tête, confus.

Il posa le menton dans le creux de sa paume, parut réfléchir, se tourna vers les portraits de deux patriarches accrochés au mur entre deux cimeterres damasquinés, puis vers la selle brodée, revint sur moi :

— Je règne sur toutes sortes d'individus et j'ai appris à distinguer le bon grain de l'ivraie. Mon statut l'exige. Un seigneur ne doit rien laisser au hasard. Sa méfiance est son talisman. On ne sait jamais à qui on a affaire, quelle morsure mortelle s'embusque derrière le sourire ni quelle trappe a creusée sous tes pieds celui qui te déroule le tapis. Mais je ne vois pas que le mauvais côté des choses. La suspicion n'est pas toujours bonne conseillère. À la longue, elle finit par t'isoler avant de te dresser contre toi-même. Je sais qu'il y a des gens loyaux qui sont prêts à mourir pour moi. Et je suis persuadé que tu en fais partie.

— J'ai toujours été loyal, *sidi*.

Il me montra les portraits des patriarches – deux vieillards austères posant pour la postérité, le front volontaire et la poitrine bardée de médailles.

— Sur la gauche, mon grand-père, dit-il avec fierté, Gaïd Ammar Boussaïd, mort à quatre-vingt-treize ans. Il a fait la guerre de Crimée, à l'autre bout du monde, et a mené les fameux Turcos jusqu'aux portes de Sébastopol sans jamais battre en retraite. Sur la droite, mon père, Gaïd Saadedine Boussaïd. Le premier musulman à avoir décroché la Légion d'honneur. C'est l'empereur des Français, Napoléon III en personne, qui la lui a remise. Les autres médailles, il les a obtenues sur les champs de bataille durant la guerre de 1870... Chaque fois que je lève les yeux sur ces deux cadres, je regrette de n'avoir été qu'un marmot pendant que mon preux géniteur prenait d'assaut les citadelles et semait la débandade dans les rangs ennemis. J'ai espéré, à mes vingt ans, qu'un conflit s'embrase quelque part pour que je puisse, moi aussi, tailler mon épopée à coups de sabre dans la chair de mes adversaires. Le destin en a décidé autrement. Et qui peut forcer le destin ?

Il m'invita enfin à prendre place sur un pouf en bas de l'estrade.

— L'honneur, mon garçon, est ce qui différencie les êtres humains des animaux. Le lion a beau rugir et secouer sa crinière au vent, son règne ne connaîtra ni gloire ni stèle. Dans la brousse ou en captivité, proie ou mâle dominant, une bête vit et meurt en bête. Mais un héros, même mort, continue d'être un héros. À l'instant où l'on confie sa dépouille à la terre, son âme s'empare des esprits pour façonner les mémoires et inspirer des générations entières. Est-ce que j'ai tort de le croire ?

— Non, *sidi*, bredouillai-je, la gorge aride.

Le regard du caïd pesa sur mes épaules tel un carcan.

— Un homme sans honneur est plus à plaindre que l'épouvantail qu'on plante dans les champs. Sa vie est un brouillon sans queue ni tête. Personne ne viendra fleurir sa tombe. C'est comme s'il n'avait jamais existé.

Il se versa à boire, garda le gobelet dans sa main un long moment avant de le reposer sur le guéridon qui séparait le pouf que j'occupais du trône qui me dominait.

— C'est pour cela que je vis un drame depuis que j'ai appris que mon héritier, le futur caïd des Beni Boussaïd Ech-Chorafa, a été déclaré inapte par la commission médicale des armées.

Il cogna sur l'accoudoir, me faisant sursauter.

— Mon propre fils, le fils de Gaïd Brahim, empêché d'enfiler l'uniforme des guerriers et de brandir son sabre en criant sus à l'ennemi. (D'un geste rageur, il essuya l'écume aux coins de sa bouche.) Mes ancêtres ont dû se retourner dans leur tombe, et moi, je n'arrive pas à fermer l'œil, la nuit…

Il joignit les doigts sous le menton, en hochant la tête d'un air outragé.

Il poursuivit :

— Il n'est pire affront, pour un Boussaïd, que de voir filer sous son nez la plus belle occasion de consolider sa légende. De toutes les opportunités, la meilleure, la plus prestigieuse et la plus incontestable est celle qu'offre la guerre. Alors que des va-nu-pieds, sans instruction ni panache, sont recrutés par milliers, mon fils à *moi*, la chair de ma chair, le plus noble de tous les nobles, est déclaré inapte au service des armées… Réformé ! pesta-t-il, la bouche tordue. Comme les tuberculeux, comme les impotents, comme les sots ! Lui, qui est appelé à régner sur les quatre tribus qui vivent sur mes terres ! Quelle autorité lui resterait-il si son aura était démythifiée par une vulgaire commission médicale ?

Il fit non de la tête, les mâchoires crispées.

De nouveau, son poing s'abattit avec hargne sur l'accoudoir.

— J'ai décidé qu'il n'en soit pas ainsi. La bannière des Boussaïd ne cessera jamais de flotter par-dessus les fusils. Mon fils est malade du cœur, mais il est vivant. Il a toute sa tête et aucune raison de la baisser devant le premier venu. Tu en vois une, toi ?

— Non, *sidi*.

— C'est une question de principe. J'ai promis à mon père, sur son lit d'agonisant, que l'aura des Boussaïd ne perdra la face ni devant le coup du sort ni devant le fait accompli… Je suis allé protester en haut lieu et j'ai eu gain de cause, ajouta-t-il en brandissant une feuille de papier. Mon fils est appelé à rejoindre les rangs des braves.

Je ne le suivais plus.

Il remarqua que je peinais à déglutir et m'autorisa à boire. Je sautai sur la carafe et la vidai à moitié.

— Tu te sens mieux, maintenant ?

— Oui, *sidi*.

— Est-ce que tu assimiles ce que j'essaye de te dire ?

— Oui, *sidi*.

— Je n'en attendais pas moins de toi. On m'a certifié que tu es un garçon fiable et intelligent, et je me réjouis de le constater par moi-même. Tu veux autre chose ? Un thé ou bien une orangeade ?

— Non, *sidi*.

— Bien, revenons à notre petite discussion. Je disais donc qu'il n'est pas question, pour les Boussaïd, de ne pas prendre part à la guerre qui vient de se déclarer en Europe. Beaucoup de musulmans sont appelés à défendre l'honneur de la France. Des unités de spahis et de tirailleurs sont déjà sur le front. Mon fils se battra bientôt à leurs côtés. Pour tout l'or du monde, les Boussaïd ne manqueraient un tel rendez-vous avec l'Histoire.

— Vous ne craignez pas que votre fils ait des complications de santé, *sidi* ? Si l'armée l'a réformé, c'est pour son bien. Je ne sais pas pourquoi je suis là, mais si vous voulez mon avis, je trouve que ce n'est pas une bonne idée d'envoyer votre fils à la guerre avec un cœur malade.

Il y eut un long silence.

Le caïd me fixait comme si je venais de blasphémer. L'aurais-je offensé en l'interrompant ? Aurais-je commis un parjure en lui faisant part de mon avis, moi qui étais censé n'en avoir aucun ?

Ma gorge me fit de nouveau souffrir, mais je n'eus pas le courage de me verser à boire. Mes membres s'étaient raidis ; j'avais du mal à respirer.

Brusquement, son doigt se tendit vers moi, avec autorité :

— C'est toi qui vas partir à sa place, m'annonça-t-il d'un ton péremptoire. Tu porteras son nom, Hamza Boussaïd, et tu tâcheras d'en être digne.

Pendant un moment, tout s'embrouilla dans ma tête et je n'étais plus sûr d'avoir saisi les propos du caïd. Les mots avaient subitement cessé d'avoir du sens dans mon esprit. Jusque-là, j'avais écouté Gaïd Brahim comme j'écoutais, autrefois, les troubadours corser à l'envi les prouesses de leurs héros. Pour moi, le caïd me racontait une histoire. Si j'étais tendu comme une crampe, c'était parce que j'avais peur de ne pas savoir dans quel contexte la situer. L'empereur des Français, les épopées, les pays en guerre qu'il avait cités et dont je n'avais jamais entendu parler, les Turcos que les conteurs faisaient passer pour des demi-dieux afin d'épater les gamins que nous étions, la gloire des Boussaïd – toutes ces références grandiloquentes relevaient de la mythologie des souks, selon moi. Et d'un coup, ce que je ne dissociais guère de l'abstrait fut ramené en bloc à ma petite personne, sans crier gare, comme ça, au détour d'une conversation dont j'étais à mille lieues de soupçonner qu'elle me concernait. J'eus l'impression qu'une bourrasque soudaine me claquait un volet à la figure.

— Vous voulez que j'aille faire la guerre à la place de votre fils, *sidi* ? m'entendis-je balbutier.

— Absolument. Le nom des Boussaïd doit figurer dans les livres d'Histoire. C'est impératif. Mon fils veut y aller, malgré son cœur défaillant. C'est très courageux de sa part, mais il ne tiendrait pas une heure sur un cheval. J'ai eu du mal à le dissuader. Il est tout chagrin à l'heure qu'il est. Il ne mange pas, ne dort pas, ne supporte personne autour de lui. Il s'en veut d'être souffrant et il a cassé ses miroirs pour ne plus se regarder dedans. Mais le courage est une chose, et la santé en est une autre. Dieu ne nous charge que de ce qu'il nous est possible d'entreprendre. Mon fils n'aura pas la force de brandir son sabre en criant sus à l'ennemi. Le moindre effort l'essouffle. C'est pourquoi j'ai décidé d'envoyer quelqu'un de robuste à sa place. J'ai cherché parmi les braves jeunes gens des quatre tribus. Aucun ne t'arrive à la cheville.

— Mais je n'ai pas encore l'âge requis pour l'armée.

— C'est ce qui est écrit sur le papier. En réalité, ton géniteur a attendu trois années après ta naissance pour t'enregistrer à l'état civil. Certains pères font la même chose. Ils pensent que, de cette façon, leurs rejetons seront plus mûrs et mieux aguerris le jour de leur incorporation, ce qui est, dans un sens, assez pertinent... Mais, rassure-toi, je ne suis pas un monstre pour envoyer un gamin sur le front. Et tu es loin d'être un gamin. Tu es tout à fait dans les temps, Yacine, fils de Sallam. Tu as vingt ans et des poussières.

Et dire que c'était un secret entre mes parents et moi.

Les gens n'exagéraient pas lorsqu'ils affirmaient que Gaïd Brahim regardait à travers nos yeux et écoutait avec nos oreilles, qu'il était au courant de tout ce qui se passait sur ses terres et qu'il était capable de deviner jusqu'au sexe d'un fœtus dans le ventre de sa mère.

J'étais trop déshydraté pour attendre la permission de m'emparer de la carafe. Le caïd me considéra en silence pendant que je me désaltérais à grandes lampées afin de noyer le brasier qui venait de se déclarer en moi. Ses yeux semblaient s'emparer de mon corps et de mon âme, telles deux entités démoniaques.

— Tu es tout pâle. Quelque chose ne va pas ?

— Je... je ne comprends pas, *sidi*.

— Qu'est-ce que tu ne comprends pas ? C'est pourtant clair. Je t'offre la chance de ta vie. Tu en as eu combien, de chances, jusqu'à maintenant ? Pas une seule. Ton présent ressemble à ton passé. Tu te lèves le matin et tu meurs le soir, et ainsi de suite jusqu'à ce que l'on jette des pelletées de terre sur ton cadavre au fond du fossé. C'est ce que tu veux ? N'être qu'une ombre sur un caillou ?... Je ne vais pas te mettre le couteau sous la gorge. Je te laisse le temps de prendre conscience de l'immense privilège que je t'accorde.

Toute l'eau que je venais de boire rejaillit par mes pores, froide et urticante.

La voix qui échappa de mes entrailles eut du mal à franchir mes lèvres.

— Je... je ne peux pas, *sidi*.

— Tu ne peux pas quoi ?

— C'est que... je ne suis pas prêt.

— Qui l'est vraiment ? Personne ne sait ce qui l'attend dans l'heure qui suit, mon garçon.

— Pardonnez-moi, *sidi*. C'est très confus dans ma tête... Pour moi, l'armée, c'est dans deux ou trois ans. Je n'y pensais même pas. Et puis, il y a ma famille. Mon père est infirme. Il a besoin de moi.

— Les tiens ne manqueront de rien.

J'étais pris au piège.

— Mes parents envisageaient de me marier cet été, mentis-je.

— Avec qui ?

— Ils n'ont pas avancé de nom.

— Tu vois ? Tu es prêt à accepter d'épouser, les yeux fermés, une fille que tu ne connais pas, au détriment d'une cause qui te grandirait dans l'estime de toi-même et dans le respect des autres. Un mariage peut attendre, mais qui laisse passer la chance de sa vie ne la rattrapera jamais plus. Que pourrait-elle t'apporter, une épouse ? Des bouches à nourrir supplémentaires et des soucis. Quand on est pauvre, on ne sait pas voir plus loin que le bout de son nez, parce qu'on est supposé être disqualifié d'office, privé de rêves et d'ambition. Mais, c'est faux. Dans le Coran, il est dit que Dieu n'améliorera la condition d'une communauté que lorsque cette communauté aura changé de mentalité. Et tu dois changer la tienne si tu aspires à une vie meilleure, mon garçon.

— Ce n'est pas ça, *sidi.*

— C'est quoi d'autre ? À moins que tu n'aies peur d'en découdre. Serais-tu ce lâche que je n'ai pas réussi à détecter plus tôt ? Je m'en voudrais de laisser une mauviette occuper le pouf sur lequel tu es assis. Est-ce que tu es un lâche, Yacine fils de Sallam ?

— Non, *sidi.*

— Alors, pourquoi trembles-tu comme une fille ?

— J'ai froid.

— Mais non, tu n'as pas froid. Tu manques de cran, et tu me déçois.

Il fit craquer ses phalanges :

— J'en connais qui vendraient leur âme pour être à ta place. Qu'espères-tu changer dans ta vie en retournant croupir dans ton taudis ? De toutes les façons, tu seras appelé à rejoindre le service militaire, un jour ou l'autre. Ton tour viendra, sauf qu'il n'aura rien à te proposer. Ce qui n'est pas le cas ce soir. Je t'offre l'opportunité de changer le cours de ton destin. La guerre ne durera pas longtemps. Si ça se trouve, elle sera terminée avant que ton régiment n'atteigne le front. À ton retour, je te célébrerai en héros. Je te traiterai comme mon propre fils. Tu auras des terres où ta famille vivra dans l'aisance. Je te marierai à la plus belle vierge de la région. Tu marcheras la tête haute parmi les notables. Tout ce qui t'a manqué, tout ce dont tu as rêvé, tu n'auras qu'à claquer des doigts pour l'obtenir.

Il quitta son trône et vint poser sa main sur mon épaule.

— Tu n'es pas obligé de me répondre tout de suite. Je te laisse regagner la chambre qu'on a préparée pour toi. Tâche seulement de ne pas t'endormir sur tes deux oreilles. De toi dépendra le sort de ta famille. Il te revient de la mettre du bon ou du mauvais côté de la balance. Si tu es d'accord avec mon offre, à la bonne heure. Tu tourneras définitivement le dos à la misère. En revanche, si ma proposition ne te convient pas, je veux que tu disparaisses de ma vue avant l'aurore. Tu retourneras dans ton douar dire à ton père et à ta mère de ramasser leurs rejetons et leurs balluchons et de quitter mes terres sans tarder. Je n'ai pas besoin de te prévenir qu'ils ne trouveront nulle part un endroit où se poser. Quant à toi, tu ne seras plus digne de garder notre secret… et je ne courrai pas le risque que notre petit entretien s'ébruite, si tu vois ce que je veux dire.

Il me tapa sur la joue.

— C'est à toi de décider, mon garçon : la gloire et la fortune ou bien l'errance et la mouise pour les tiens.

Je compris aussitôt que j'allais devoir faire un choix qui ne serait pas le mien, car si Dieu, parfois, ferme les yeux sur les péchés de Ses saints, le caïd les garde ouverts tel un abîme sous les pieds de ses sujets.

4

… Présent !… Gharmoul Tayeb — Présent !… Soumeur Mohand-Amokrane — Présent !… Tarkouk Haj — Présent !… Redaoui Boudjema — Présent !… Haouchine Salah — Présent !… Bousselham Sid Tami — Présent !… Soltani Baghdad — Présent !…

L'adjudant Gildas procédait à l'appel sur la place d'armes. Nous étions une soixantaine de nouvelles recrues à répondre « présent ! », matin et soir, depuis notre arrivée au cantonnement.

— Benayachi Khodja Ali Ould Cheikh Sanhadji.

— Présent.

— Tu as ramené ta tribu avec toi ou quoi ?… Zorgane Zorg.

— Je suis là !

— On dit « présent », abruti, lui cria le caporal Borsali.

— Boussaïd Hamza, poursuivit l'adjudant.

— …

— Boussaïd Hamza.

Mon voisin m'enfonça son coude dans le flanc.

— Tu es sourd ou quoi ? On t'appelle.

— Boussaïd Hamza.

— C'est moi, *sidi*.

L'adjudant Gildas me chercha dans les rangs.

— Un con, ça saute aux yeux. Et quand il se cache, on le voit mieux. Montre voir ta petite gueule, monsieur Boussaïd.

Je levai la main pour qu'il me situe.

— Encore toi… Tu es dur de la feuille ou est-ce que tu fais le malin ?

— Peut-être qu'il ne connaît pas son nom, supposa le caporal Borsali. Paraît qu'un simple matricule leur suffit, à ces animaux.

— Tu penses qu'on tirera quelque chose de ce bétail, caporal Borsali ?

— Les gens du cirque ont bien réussi avec les fauves, mon adjudant.

L'adjudant fit signe au premier rang de s'écarter pour qu'il puisse me voir en entier.

— Approche, mon coco, viens que je te regarde de plus près.

Je sortis des rangs. Il m'ordonna de pivoter lentement sur moi-même, m'arrêta en m'enfonçant sa trique sous le menton, me dévisagea de la tête aux pieds, puis il me présenta aux autres.

— Messieurs, vous avez sous les yeux le parfait spécimen de l'andouille. Comme vous pouvez le constater, il a la tronche ronde comme un fion, avec plein de dégueulasseries dedans. J'ignore s'il joue au petit malin ou si c'est dans sa nature d'être aussi bête que ses pieds, dans les deux cas de figure, il est mal barré avec moi… Tu cherches à amuser la galerie, tête de nœud ? Réponds, est-ce que tu te crois marrant ?

Je ne sus quoi répondre. Mes yeux ne quittaient pas la trique.

L'adjudant me somma de me tenir droit.

— Tu lui donnes combien de chances de se sortir du guêpier qui l'attend de pied ferme, caporal Borsali ?

— Pas une seule, mon adjudant.

— C'est bien ce que je m'étais dit la première fois que j'ai vu sa tronche de clown triste. Non mais, regardez-moi cette tête à claques. Les Boches vont se régaler quand ils auront ta face de pucelle dans leur ligne de mire. Ils gaspilleront pas une cartouche pour toi, ma poupée. Ils te cueilleront comme un fruit et ils t'emmancheront sec avant de te bouffer le cul à pleines dents. Est-ce qu'il t'arrive au moins d'assimiler ce qu'on te dit, âne Boussaïd ?

— Je crois pas, mon adjudant, renchérit le caporal. On dirait une vache qui voit passer un train.

L'adjudant promena sa cravache sur l'arrière de mon crâne, autour de mon cou, me releva le menton.

— Allez, oust ! Aux cuisines ! Tâche de bien éplucher les patates, mouche tsé-tsé. Je te préviens, y en a pas assez pour tout le monde. Je passerai vérifier. Si je constate le moindre gaspillage, je te tannerai la peau des fesses jusqu'à ce que tu ne puisses plus t'asseoir dessus pour de bon.

Nous étions dans le camp depuis deux semaines et je n'arrivais toujours pas à m'habituer à mon nouveau nom. Une fois sur trois, quand on nous rassemblait sur la place d'armes, le nom de Boussaïd Hamza me passait par-dessus la tête. Le premier châtiment corporel qu'on m'a infligé, c'était à cause de ma « distraction ».

L'adjudant Gildas et le caporal Borsali parlaient couramment l'arabe. Ils étaient tous les deux originaires du Tell. Ils n'étaient pas des brutes, mais leur langage ordurier me désarçonnait. Je n'avais pas l'habitude d'entendre des obscénités. Au douar, quand on se chamaillait, on en venait aux mains, parfois, sans proférer de gros mots. La grossièreté, chez nous, était l'offense la plus proche du blasphème. La subir à longueur de journée, dans ce cantonnement où l'on nous parquait comme des agneaux, m'horrifiait et me déroutait à la fois.

Je n'étais pas bien, au camp. Le dépaysement me déprimait. L'endroit était lugubre. La nuit, on entendait hurler les chacals. Le jour, on ne voyait pas âme qui vive à des lieues à la ronde ; ni maisons, ni arbres, ni silhouette à l'horizon. On était en marge du monde, largués au milieu de nulle part.

La majorité d'entre nous étaient des ruraux, presque tous analphabètes, élevés dans la crainte et le dénuement. Ils n'avaient jamais quitté leurs hameaux, ne connaissaient pas grand-chose de la vie moderne, hormis la galère et la soumission. Ils étaient là, déboussolés, à hanter un plateau rocailleux qu'un vent glacial fouettait en permanence, en se demandant ce qu'on allait faire d'eux. Une poignée de soldats de l'armée régulière nous encadrait. Il y avait un officier qui commandait le camp, sauf qu'il nous ignorait. Il venait à l'aube sur son cheval pour assister à la levée des couleurs, puis il s'évanouissait dans la nature, sans nous adresser un traître mot. Le reste du temps, nous étions livrés à l'adjudant Gildas et à l'excès de zèle de son caporal, un rondouillard qui adorait fayoter et nous crier après du haut de ses bottes éperonnées, pareil à un coq dressé sur ses ergots.

C'était un peu la pagaïe, au camp. Personne ne savait ce qu'on y fabriquait. Chaque jour, de nouvelles recrues nous rejoignaient, ployées sous leurs balluchons, appauvrissant davantage nos rations à cause d'une logistique qui ne suivait pas.

Le cantonnement était à peine assez grand pour contenir une section. Trois habitations en dur abritaient les chambrées des soldats de l'unité ainsi que le bureau de l'officier flanqué d'un misérable jardin que le givre n'en finissait pas de martyriser. Les latrines se trouvaient sur le versant d'un remblai, grouillantes d'asticots. Il fallait mille acrobaties pour s'y accroupir. Retranchées derrière une haie de nopal se tenaient les cuisines, reconnaissables à leurs énormes marmites cabossées séchant au soleil. On dormait sous des tentes, par terre, enroulés dans nos nippes pour lutter contre le froid cuisant de la nuit. Les uniformes tardant à venir, chacun portait les guenilles ramenées de chez lui, chèches et tarbouches compris. Certains traînaient à leurs pieds des groles à gueules de batracien ouvertes sur des orteils abîmés et noirs comme des molaires cariées.

La guerre n'avait pas encore commencé pour nous que déjà on comptait deux morts dans nos rangs. Le premier avait succombé au froid. C'était un jeune Mozabite qui n'allait pas bien depuis notre arrivée. Un matin, il ne s'était pas levé pour le rassemblement. On a mis sa dépouille sur un tombereau et on l'a renvoyé chez les siens. Puis il y a eu une bagarre entre deux Arabes pour une vague rancœur tribale. L'un avait un couteau ; l'autre n'en avait pas et eut la gorge tranchée jusqu'aux vertèbres cervicales. À la vue de la boucherie, le caporal Borsali s'est écrié : « Un canif, un macchabée. Qu'est-ce que ça sera, quand on leur fournira des fusils, à ces barbares ? Ils s'entretueront avant que l'ennemi ne donne l'assaut. »

L'officier avait ordonné que l'on nous passe au peigne fin et que l'on sanctionne sévèrement ceux qui possédaient une lame ou un objet dangereux.

Après, tout rentra dans l'ordre. Les automatismes eurent raison de notre indolence ; nous n'étions plus qu'un collectif qu'on dressait, un ensemble compact qu'on faisait marcher au pas, le juron tonitruant et la menace cinglante.

La nuit, je ne parvenais pas à m'endormir. J'ignore si c'était à cause du froid ou bien des ronflements de mes camarades. Je passais des heures à me tarabuster l'esprit. Je pensais à Gaïd Brahim, aux promesses qu'il m'avait faites. Des fois, je m'imaginais disposant d'une ferme où ma famille vivrait dans l'aisance ; je me surprenais à sourire. Des fois, je me voyais tomber sous les mitrailles et je me demandais si le caïd prendrait soin de ma famille comme promis ; mon cœur alors se crispait très fort et je pleurais comme un enfant. Il m'arrivait souvent de pleurer. Je n'avais pas à en rougir. Un poète, de passage dans notre village, a dit : « Les hommes vrais ont la larme facile parce qu'ils ont l'âme près du cœur. Quant à ceux qui serrent les dents pour refouler leurs sanglots, ceux-là ne font que mordre ce qu'ils devraient embrasser. » Il avait sans doute raison. Je n'avais jamais vu pleurer mon père ni aucun homme de notre douar. C'était peut-être pour cette raison qu'ils préféraient assumer leur malheur au lieu de le conjurer.

Gaïd Brahim ne m'inspirait pas confiance. Lorsque, au lendemain de notre rencontre, je lui avais annoncé que j'acceptais de partir à la guerre à la place de son fils, il n'avait manifesté aucune émotion. Je m'attendais à ce qu'il me prenne dans ses bras ou qu'il me tape gaillardement sur l'épaule ; il s'était contenté de me toiser en maugréant : « J'aurais aimé que tu répondes oui tout de suite, mais il t'a fallu toute une nuit pour te décider, et ça me déçoit. »

Le jour même, il m'avait poussé dans sa calèche personnelle et m'avait emmené dans une plantation à trois heures de route au sud de la Grande Kheïma. Babaï conduisait. Le caïd ne m'avait pas autorisé à m'asseoir près de lui, sur la banquette capitonnée. J'avais fait le trajet sur une latte, à côté du cocher. Une fois à destination, le caïd avait décrété, la voix ferme pour que Tayeb, le vieux gardien des lieux, et Babaï l'entendent : « C'est ici que tu vas travailler, Yacine fils de Sallam. Tayeb est trop vieux pour gérer, seul, Haouch Sadgui. Je t'ai choisi pour l'assister. Il s'occupera des bêtes, et toi, des cinq cents jeunes abricotiers du verger. On les a plantés il y a quelques mois. Je compte sur toi pour veiller sur eux. » Ensuite il avait ordonné au vieux Tayeb de raccompagner Babaï à la Grande Kheïma. Ces derniers congédiés, le caïd m'avait expliqué qu'il avait fait exprès de faire croire à Babaï que j'allais m'occuper de la plantation car personne ne devait connaître notre secret.

Nous avions déjeuné sur place, lui dans le salon, et moi sur le perron, sous le regard stupide de deux chiens aux côtes saillantes. Pour quelqu'un qui me confiait l'honneur de sa dynastie, c'était le comble de l'ingratitude. Puis je m'étais dit que s'il avait évité de m'inviter à sa table, c'était par précaution. Ses sujets auraient soupçonné quelque chose et notre projet capoterait.

Le repas terminé, le caïd m'avait ordonné de remplacer Babaï aux commandes de la calèche et nous étions partis, rien que lui et moi, plus bas dans le Sud, jusqu'à la caserne de Kreider… Ce jour-là, que l'on me pende avec ma langue si je mens, j'ai vu de mes propres yeux Sa Seigneurie à qui on baisait les pieds, le fabuleux caïd qui possédait nos corps et habitait nos âmes, le tout-puissant Brahim Boussaïd Ech-Chorafa, par son nom sanctifié, s'écraser comme une bouse de vache devant deux officiers français : « Je fais offrande de mon fils à la patrie, leur avait-il claironné. Qu'il me revienne couvert de médailles ou qu'il meure sur les champs de bataille importe peu, l'essentiel est qu'il défende vaillamment l'intégrité de notre mère la France. » Les deux officiers, nullement émus par la ferveur patriotique du caïd, l'avaient prié de les suivre à l'intérieur d'un bureau. J'étais resté planté dans la cour. Plus tard, l'un des deux gradés fut surpris de me trouver encore debout à l'endroit où il m'avait laissé. « Qu'est-ce que tu fiches là, toi ? » Je lui avais répondu que j'attendais le caïd. « Le caïd est rentré chez lui depuis plus d'une heure. Allez oust ! Rejoins tes semblables, et que ça saute ! »

C'est ainsi que je m'étais retrouvé derrière les remparts d'une enceinte militaire, avec une vingtaine de mes *semblables* totalement désorientés.

Le lendemain, on nous avait verrouillés dans les wagons à bestiaux d'un tortillard qui s'arrêtait de gare en gare pour embarquer d'autres appelés. Nous avions roulé une partie de la nuit, entassés sur la paille qui sentait le crottin et la pisse de cheval, sans un croûton à nous mettre sous la dent.

Au matin, le train nous avait déchargés sur les quais d'une gare inachevée. Un gradé bedonnant, escorté par des soldats armés, était à l'accueil. Après s'être présenté comme étant l'adjudant Gildas, il avait procédé à l'appel, puis on avait formé des colonnes et on avait gravi d'interminables collines jusqu'au cantonnement où un marmiton en tablier de boucher nous attendait, louche à la main, pour nous distribuer un rata indéfinissable que nous avions dévoré avec délectation.

Depuis, nous étions là à nous morfondre entre quatre palissades surmontées de barbelés.

5

— C'est pas normal, observa un rouquin qui était affecté aux cuisines et qui venait, après le souper, papoter avec son cousin Khaled sous notre tente.

Il s'appelait Zorgane Zorg. Un mot de travers, et il s'embrasait plus vite qu'une poudrière. Je ne le connaissais que depuis quelques jours, et déjà il m'inspirait une peur bleue. Mais j'étais loin de me douter, dans ce camp de transit maussade, que ce garçon aux cheveux roux et aux joues mouchetées, qui nous mitraillait de postillons en accaparant la parole, allait jouer un rôle terrible dans ma vie.

— De deux choses l'une, poursuivit-il. Ou bien la guerre est finie ou bien elle n'aura pas lieu. Sinon, comment expliquer qu'on ne nous distribue pas de fourbi ?

— C'est aussi mon avis, renchérit son cousin Khaled, un échalas au nez démesuré. S'il y avait la guerre, on ne serait pas là à se geler les os.

— Ce n'est pas un centre d'entraînement, ici, les gars, expliqua Sid Tami, un zazou habillé à l'européenne, le seul à porter des souliers à talons et un pantalon avec des poches à l'arrière. C'est juste un centre de regroupement. On attend d'autres arrivages du contingent.

— N'empêche, objecta Khaled, c'est pas normal qu'on reste là à ne rien faire.

— On serait en train de faire quoi, d'après toi ? s'enquit Tahar, un petit gars maigre et noiraud.

— On nous entraînerait au combat, tiens, dit Zorg. Or on se bouge même pas. On dit « présent » au réveil, « présent » avant d'aller bouffer, puis encore « présent » avant d'aller se coucher. C'est pas de cette façon qu'on prépare les gens à la guerre.

— Réfléchissez deux secondes, soupira Sid Tami, condescendant. La guerre a pris de court tout le monde et l'armée a du mal à s'organiser. Dans peu de temps, les choses vont se mettre en place et nous serons parés pour la bataille.

— Cinq dans tes yeux, fulmina Zorg en lui plaquant une *main de Fatma* contre la figure.

Sid émit un hoquet dédaigneux :

— C'est pas pour vous ficher la trouille, mais, croyez-moi, l'armée ne s'est pas donné tant de mal pour que l'on vienne nous dire à la fin « OK, les gars, rentrez chez vous, y a rien à voir ». Je viens de la ville, moi. Et en ville, les gens ne parlent que de la guerre. Les canons ont déjà tonné, de l'autre côté de la mer.

Zorg retroussa les lèvres sur un rictus, le visage distordu de fiel.

— Répète voir d'où tu viens, monsieur qui en sait des choses que les autres n'imaginent même pas ? De la ville, que tu as dit ?

— Ouais, de la ville.

— Et tu penses que ça rend plus intelligent, la ville ?

— C'est pas le sujet.

— Si, c'est le sujet. Qu'est-ce que tu entends par « je viens de la ville » ? Que nous, on est un ramassis de péquenots avec de la boue à la place du cerveau ?

— Je ne t'ai pas traité de péquenot, Zorg.

— Tu t'es peut-être pas entendu le dire, mais moi, je t'ai entendu le penser. Depuis que t'as atterri dans ce camp, tu roules des mécaniques et t'es jamais d'accord avec ce qu'on se dit entre nous.

— On parle de la guerre, je te rappelle.

— M'en torche de la guerre, c'est le ton que tu prends avec nous qui me fait chier. Je t'ai entendu, l'autre jour, traiter Fréha de pouilleux. Tu l'as pas traité de pouilleux ?... Et puis, c'est quoi ce blaze d'enculé ? Jamais entendu un musulman s'appeler Sid Tami.

— C'est une contraction de Sidi Touhami.

— T'as écourté ton nom pour plaire aux roumis ?

— C'est la faute à l'Administration.

— Ouais, sauf que ça te gêne pas de le porter en gage d'émancipation.

— Voilà que tu pars en vrille, Zorg, déplora Sid Tami en se mettant à transpirer et à passer la langue sur ses lèvres desséchées.

Zorg se tourna vers nous. S'il avait eu une arme sur lui, je suis certain qu'à cet instant précis il n'aurait pas hésité à s'en servir.

— Parce qu'il a des talons à ses souliers, il se croit de *leur* temps. T'es pas de *leur* temps, t'es pas de *leur* monde, et ils te feront pas de la place, les roumis.

— Ça n'a rien à voir.

— C'est là tout ton problème, l'assimilé. Quand on a le cul entre deux chaises, on risque la fissure anale.

Que tu viennes de la ville ou de la lune, t'es rien d'autre qu'un indigène, comme *ils* disent, un indigène apprivoisé, et t'es pas plus futé qu'une oie.

— Pourquoi tu changes de sujet ?

— C'est le sujet, putain de ta race. Je t'ai à l'œil. Tu vas l'avoir mauvaise, méfie-toi, *Sid Zbel.* Ne redis jamais que tu viens de la ville et ne crois pas que ça te donne le droit de péter plus haut que ton cul. Je suis allergique aux types qui se prennent pour ce qu'ils ne sont pas... Monsieur nous vient de la ville. Attention, écartez-vous les arriérés, laissez passer la civilisation...

La violence des propos de Zorg trahissait la complexité de ma communauté, dont j'étais loin de soupçonner les dissensions. Je croyais que nous étions solidaires dans la souffrance, que le joug colonial renforçait naturellement nos liens, et je m'apercevais que, pour des considérations saugrenues, les nôtres se vouaient une abominable aversion.

Sid Tami esquissa un sourire, probablement pour sauver la face.

— Ça te fait rire ?

— Disons que ça m'amuse, s'énerva brusquement Sid. Tu te mets hors sujet et tu pars dans tous les sens. Ça ne doit pas tourner rond dans ta tête, si tu veux mon avis. On dirait que tu n'attendais qu'un prétexte pour t'enflammer contre moi. J'suis un citadin, et alors ? C'est un crime de repasser sa chemise et de cirer ses souliers ? Si ça te démange que je vienne de la ville, tu n'as qu'à te gratter. En ville, au moins, on a des horloges pour marcher dans les pas du Temps.

— Ne me prends pas de haut, face de fille, parce que tu ne m'arrives pas à la cheville. Quand je dis qu'il n'y aura pas la guerre, j'suis pas en train de radoter. Je réfléchis, moi. Et t'as pas à me contredire comme si je ne savais pas de quoi je parle.

— La guerre a déjà commencé, figure-toi.

— Que ton souffle t'étouffe. Elle n'aura pas lieu.

— Ouais, renchérit le cousin, nous, on ne va pas se faire canarder pour pas un sou. Nous, on veut rentrer chez nous entretenir nos chèvres et nos champs.

— Qui vous dit que j'aime la guerre ? protesta Sid. Je viens à peine de me marier.

— C'est sans doute pour fuir l'ogresse que tu as épousée que tu préfères aller te faire tailler en pièces ailleurs.

Toute l'assemblée éclata de rire, sauf Dahmane, un Kabyle, qui ne parlait pas un mot d'arabe. Zorg et Sid Tami se toisèrent ; une haine implacable jaillissait de leurs yeux sans qu'aucun des deux se détournât.

— Debout là-dedans, bande d'attrape-mouches, claqua la voix de l'adjudant. Vous vous croyez au cirque ?

Nous nous mîmes au garde-à-vous.

— Et toi, lança le caporal Borsali à Zorg, qu'est-ce que tu fricotes, là ? T'as fini de nettoyer les marmites ?

— J'ai tout lavé, chef.

L'adjudant nous dévisagea les uns après les autres, s'attarda sur la mine déconfite de Sid Tami.

— C'est toi le bouffon qui épatait la galerie ?

— On discutait entre nous, mon adjudant. On ne faisait rien de mal. On se demandait seulement quand est-ce qu'on va nous remettre les armes et le paquetage.

— Tu es pressé d'en découdre ?

— On veut juste savoir, chef.

— Eh bien, le farniente s'achève ce soir. Demain matin, on lève le camp. Vous allez rejoindre la garnison de l'une des plus prestigieuses unités de l'armée d'Afrique, le 2e Régiment de tirailleurs, qui s'est illustré brillamment, cet été, sur les berges de la Sambre, en Belgique, et qui, à l'heure où je vous parle, est en train de désinfecter la vallée de la Marne de la vermine prussienne. C'est un immense privilège de porter sa bannière. Quant à l'honneur de se battre dans ses rangs, il va vous falloir le mériter.

Sur ce, il sortit annoncer la nouvelle aux autres camarades, le caporal Borsali sur les talons.

Il y eut un énorme silence sous la tente.

Zorg se tourna vers Sid Tami, les pommettes tressautant de colère :

— T'es qu'un oiseau de mauvais augure. J'espère que tu crèveras le premier et que je serai là pour voir ta cervelle répandue par terre.

— Pourquoi m'accables-tu ? Ce n'est pas moi qui ai déclaré la guerre.

— Ouais, mais sûr que t'as passé des jours et des nuits à prier pour qu'elle ait lieu.

Tout le monde, sous la tente, incendia du regard *l'oiseau de mauvais augure.*

Le coup de sifflet retentit aux premières lueurs du jour.

Nous ramassâmes nos ballots et nous nous ruâmes sur la place d'armes. L'officier du camp était présent, droit dans ses bottes cirées de frais, la visière de son képi au ras des sourcils. Il était soulagé de nous voir partir. Il allait enfin s'occuper de sa section et remettre de l'ordre dans son cantonnement.

Des camions nous transportèrent à la gare.

Il y avait un train qui ahanait sur le quai. Un vrai train, avec des bancs à l'intérieur des compartiments, des marchepieds et des baies vitrées. Rien à voir avec la bétaillère sur rails de l'autre jour où il nous avait fallu grimper à bord à la force du poignet.

Nous n'avions pas commencé à monter dans les voitures quand des cris déchirants se firent entendre dans le hall :

— Rendez-moi mon fils. Rendez-moi mon enfant. Il n'a rien à faire avec vous.

Une femme en transe déboucha sur le quai en se frappant les cuisses avec le plat des mains et en s'arrachant les cheveux.

— Qui est cette folle ? demanda l'adjudant Gildas au chef de gare.

— Ben, une folle. Ça crève les yeux, non ?

— Chassez-la d'ici, bon sang. Elle va saper le moral de mes hommes.

— C'est ce qu'on fait tout le temps avec elle. Elle habite de l'autre côté de la voie ferrée. Dès qu'elle voit des soldats, elle part en vrille. On la jette dehors, et elle revient. Depuis quelque temps, elle a disparu de la circulation. On l'a crue morte, mais apparemment, elle est toujours là.

La femme, une musulmane, continua de vociférer jusqu'à ce que des cheminots la jettent *manu militari* hors de la gare.

Pendant que le train nous emportait vers notre destin, je contemplais les plaines et les collines qui défilaient sous mes yeux ébahis, les fermes qui scintillaient au soleil, les vaches qui broutaient dans de verts pâturages et les villages coquets. J'étais émerveillé par le pays qui était le mien et que je découvrais pour la première fois de ma vie. Si je résistais au sommeil qui m'engourdissait, c'était pour ne rien rater de ces paysages éblouissants qui s'offraient à moi, certain qu'à mon retour je pourrais, moi aussi, en profiter. Je m'imaginais célébré en héros par les quatre tribus, m'extasiant devant les terres promises par Gaïd Brahim, marchant tête haute parmi les notables tel un seigneur qui naît à sa gloire et qui n'a qu'à tendre la main pour cueillir la comète qui, autrefois, semblait s'éloigner pour ne jamais être rattrapée. Blotti dans mes songes tel un joyau dans son écrin, je percevais à peine l'écho des cris de la « folle » qui semblaient m'accompagner le long du trajet. Et pourtant, j'aurais dû leur prêter plus d'attention. Cela m'aurait éveillé à l'apocalypse qui nous attendait, mes camarades et moi. Mais nous n'avions aucune idée de ce qu'est l'apocalypse, ce jour-là. Nous étions ravis de voyager dans un vrai train avec des bancs à l'intérieur et des baies vitrées pour voir du pays, et nous étions loin de soupçonner que la gare sans réelle escale que nous avions laissée derrière nous était, pour un très grand nombre d'entre nous, le point de non-retour.

6

La traversée fut terrible.

Nous pataugions dans nos vomis.

Le navire qui nous emmenait en France menaçait de se disloquer au milieu d'une mer déchaînée qui ne décolérait pas depuis deux jours et deux nuits. De monstrueuses trombes d'eau giclaient par-dessus bord, effervescentes d'écume, s'abattaient avec fracas sur le bastingage. On n'arrivait pas à mettre un pied devant l'autre sans qu'une violente secousse nous catapulte à travers les coursives. Nous avions des bleus sur le corps et les boyaux enchevêtrés. Ce qu'on ne rendait pas par le haut, on l'évacuait par le bas – les chiottes en débordaient. C'était l'enfer à huis clos. Beaucoup d'entre nous ne mangeaient plus ; recroquevillés en chien de fusil, la lie de leurs entrailles sur le fourbi, ils râlaient en psalmodiant, persuadés qu'ils étaient en train de vivre leurs dernières heures. Personne, autour de moi, n'avait vu le ciel si bas et autant de foudres fulminer en même temps dans le grondement assourdissant du tonnerre. Lorsque l'éclair illuminait nos abris, nous nous révélions à nous-mêmes avec horreur ; nous ressemblions à des revenants, avec nos faces exsangues et nos yeux pâles d'effroi.

Nous étions nombreux à n'avoir jamais affronté le large et aucun de nous ne le soupçonnait aussi sauvage et imprévisible – personnellement, je n'étais jamais monté sur une barque de ma vie, et c'est un navire grand comme notre frayeur qui nous ravissait à notre terre natale.

Les mois passés à la garnison de Mostaganem n'avaient pas réussi à faire de nous les Turcos impavides qu'espérait tirer de son chapeau de magicien l'adjudant-chef Ben Amara, un Chaoui de Khenchela, pas très instruit, mais à cheval sur l'ordre et la discipline. Nous avions appris à nous servir d'une arme, à manier la baïonnette aussi bien qu'un lanceur de couteaux et à parader en marquant le pas, cependant nous demeurions des paysans empotés et nous ne savions pas par quel bout prendre un univers aux antipodes du nôtre auquel l'Histoire nous livrait en vrac. Nous avions toujours vécu loin des routes bitumées et des bruits des machines, sagement confinés dans nos enclaves, sans histoires et sans grands projets, et voilà qu'un train nous arrachait à nos repères, qu'une caserne chamboulait notre esprit avant de nous expédier dans un monde inconnu à bord d'un bateau délirant.

Le troisième jour, la tempête tomba d'un coup. Les nuages cuivrés qui ecchymosaient le ciel disparurent par enchantement. Nous remontâmes sur le pont en quête d'une bouffée d'air frais. Pas une vaguelette ne tremblotait à la surface de l'eau. Le navire avançait sur du beurre, bercé par son roulis. Des dauphins l'escortaient ; ils jaillissaient des profondeurs comme des torpilles, bondissaient sur les flots et semblaient chercher à nous épater. C'était magique.

On nous distribua des balais et des seaux pour nettoyer nos vomissures et rendre un peu de décence aux chiottes, où même un rat d'égout n'aurait pas osé s'aventurer.

La corvée terminée, certains regagnèrent la cale, d'autres s'étirèrent au soleil en se moquant de leur panique de la veille, soulagés d'être encore en vie.

Sid Tami me rejoignit sur le pont. Il traînait la patte, un grotesque pansement taillé dans une bande molletière autour de la tête.

— Tu penses qu'il y aura d'autres tempêtes ? lui demandai-je.

— J'espère que non.

Il m'offrit une cigarette, ralluma la sienne qui s'était éteinte. Il avait une vilaine écorchure au poignet.

— En tous les cas, je me suis bien marré quand j'ai surpris ce tocard de Zorg en train de chialer comme une femme dans la soute.

— S'il te plaît, oublie-le. Tu fais une fixation sur lui, et c'est pas bien.

— Qu'est-ce que t'en sais, de ce qui est bien et de ce qui ne l'est pas ? Personnellement, je me régale chaque fois que je vois un pétomane faire dans son froc. Et ça ne me gênerait pas de le torcher pour m'assurer que son trou du cul n'a rien d'un obusier.

— Pourquoi les gros mots, Sid ?

— C'est ma façon de causer.

— Chez nous, on ne parle pas comme ça.

— Tu n'es pas dans ton douar de troglodytes, Hamza. L'armée, c'est pas un couvent. Un enfant de chœur dans les rangs, ça risque de donner des idées aux insomniaques.

— J'ai été élevé comme ça. La grossièreté m'embarrasse.

— Tu t'y habitueras plus vite que tu n'imagines, mon gars. L'armée, c'est tout ou rien ; le juste milieu n'y a pas cours. Tu vas être sommé de gueuler pour te faire entendre et de ruer dans les brancards pour te donner une visibilité, sinon on te cassera aussi facilement qu'une brindille. Si tu veux un conseil, arrête de tourner de l'œil chaque fois que tu entends quelqu'un sacrer. On dirait une sainte-nitouche au milieu d'un contingent d'obsédés.

Il laissa courir son regard au large.

Le calme de la mer pondéra son humeur.

Il inhala une série de bouffées qu'il rejeta par les narines, écrasa un insecte sur son cou.

— J'ai un gros problème, soupira-t-il... J'ai promis au Seigneur de ne plus faire de bêtises si je sortais indemne de la traversée.

— Et, c'est quoi le gros problème ?

— Ben, je crains de ne pas pouvoir tenir ma promesse.

Rien ne nous prédestinait à devenir amis, Sid Tami et moi. Il venait de la ville, je venais d'une enclave perdue. Il buvait du vin et adorait plastronner, j'étais pieux et effacé. Il proférait des obscénités, j'en rougissais à sa place. Plus étrange, nous étions devenus amis alors que nous étions partis pour être des ennemis jurés. Cela s'était passé sur le stand de tir de la garnison de Mostaganem. C'était la première fois que je tenais un fusil chargé entre les mains. J'avais peur qu'il ne m'explosât à la figure. L'adjudant Gildas me hurlait : « Qu'est-ce que tu attends pour ouvrir le feu, nom de Dieu ? Tu crois que l'ennemi va t'accorder une danse du ventre pendant que tu le vises ? Tire, espèce d'andouille. C'est une cible en carton, elle ne va pas riposter. » Couché à plat ventre, les mains engourdies, je n'entendais que mon cœur battant la mesure des détonations alentour. L'adjudant m'assenait des coups de pied dans le flanc. Impossible de décrisper mon doigt sur la gâchette. La détente, qui se trouvait à un centimètre, me paraissait aussi mortelle que le dard d'un scorpion.

De retour à la garnison, Sid Tami était venu me trouver au dortoir. Il était fou de rage. Il m'avait attrapé par le cou et m'avait plaqué contre le mur. « Tu as couvert de *hchouma* les musulmans de la terre entière, trouillard. Tu sais comment on traite les minets, chez nous ? On leur baisse le pantalon et on les emmanche sec. » Mes camarades de chambrée acquiesçaient. Eux aussi m'en voulaient de m'être donné en spectacle et exigeaient de Sid qu'il me règle mon compte au nom de tous les Algériens… Sid m'a giflé. Je lui ai envoyé un coup de boule. Une bagarre d'une violence inouïe s'en est suivie. En quelques minutes, nous étions en sang. Les cris de nos camarades nous galvanisaient. Nous chavirions entre les lits superposés, deux fauves au bout du rouleau décidés à n'arrêter de cogner que lorsque l'un se rendrait. L'adjudant Gildas est arrivé au moment où nous étions sur le point de sombrer dans le coma.

Nous nous sommes réveillés à l'infirmerie.

Depuis, nous ne nous sommes plus quittés.

À nos heures de répit, nous nous retrouvions sous le platane de la caserne et nous restions à papoter jusqu'à ce que le clairon nous somme de rejoindre la place d'armes.

Sid me racontait sa ville, ses amis laissés là-bas, les salles où l'on projetait des photographies vivantes sur le mur, les soirées arrosées, les bars où il était serveur et les maisons closes qu'il fréquentait, en me promettant de m'y emmener un jour.

— Tu es marié.

— Et alors ?

— C'est un péché de forniquer avec les dévergondées.

— C'est quoi, un péché ? Je n'ai tué personne.

— C'est *haram* de tromper sa femme.

— Elle n'en saura rien.

— Dieu le sait.

Il avait éclaté de rire.

— De quelle caverne tu sors, toi ?... Lorsqu'une femme tombe la robe, pauvre bougre, elle devient la seule vérité qui compte. Le monde environnant s'efface, et on ne voit qu'elle.

— Sauf que le Seigneur, Lui, Il te voit.

— Si ça l'amuse de jouer au voyeur.

— S'il te plaît, pas de blasphème.

— Ce n'est pas un blasphème, c'est de la poésie... Quand une femme te prend dans ses bras, tu te fiches du reste. Un baiser d'elle vaut toutes les bénédictions, *ya jeddek*. Et quand elle te parle pendant que tu es dans le cirage, elle absorbe tes soucis comme une éponge. On n'est jamais aussi bien qu'auprès d'une femme, Hamza.

— Tromper son épouse n'a pas d'excuse, un point, c'est tout.

Il s'était rendu compte que ses propos me choquaient.

— Et si tu me parlais un peu de toi ? avait-il dit pour changer de sujet.

Je n'avais rien d'intéressant à lui narrer. Mon histoire, si on pouvait l'appeler « histoire », était d'une insignifiance... Notre hameau n'avait même pas de nom. L'été, c'était la fournaise. Les corbeaux montaient très haut dans le ciel et piquaient du bec, droit sur les rochers ; les chiens suffoquaient à l'ombre des arbres, la langue pendante sur la gueule ; quant aux bourriques, elles se vautraient dans leurs crottes et se laissaient dévorer par les mouches sans broncher. En hiver, on avait beau brûler du bois toute la nuit, colmater les brèches du gourbi et se serrer à quatre sous la couverture pour ne pas geler, certains ne répondaient pas à l'appel, au matin. Cependant, les gens continuaient de se marier et de procréer. Ce que le cimetière confisquait au coucher du soleil, le berceau le restituait le lendemain, et ainsi se réinventait la *sunna* de la vie.

Sid insistait. Il voulait savoir ce que je faisais de mes jours, si une petite amie languissait de moi quelque part. Je me contentais de lui parler de notre jument, de notre chien, des biques que je gardais en soufflant dans ma flûte, des filles qu'on voyait de loin remonter de la rivière, leur jarre sur la hanche, et qu'il nous était interdit d'aborder.

— Tu n'as jamais couché avec une femme ?

— Jamais.

— Tu veux me faire croire que, beau gosse comme tu es, tu n'as jamais tapé dans l'œil d'une veuve, ou d'une divorcée ou bien d'une répudiée en mal de tendresse ?

— Chez nous, on n'a pas le droit de lever les yeux sur la femme d'autrui.

— Et ça se trouve où, ton fichu « chez nous », putain ? Même dans un marabout, les gens se font culbuter.

— S'il te plaît, Sid, parlons d'autre chose. Je n'aime pas ce genre de discussions. Ça me donne envie de vomir, je t'assure.

Sid était aussi sidéré qu'amusé par ma « niaiserie ».

— Toi, frérot, tu es mort-né et tu ne le sais pas. En tous les cas, tu n'es pas normal. Tu touches pas aux femmes, tu pourris sur pied dans ton douar et tu penses que t'es de ce monde. T'es en train de respirer l'air d'un autre, si tu veux mon avis. Un chien vit au moins sa vie, mais toi, tu tournes carrément le dos à la tienne.

— Sid, s'il te plaît.

— Je les connais, les gens du douar. Ils ne vivent pas, ils prient. Chacun remplit sa poitrine avec son Dieu au point de ne pas entendre battre son cœur.

Il m'avait attrapé par le poignet à le briser.

— On ne reste pas là où il n'y a rien à voir et rien à glaner, frérot. Le monde appartient à celui qui sait que la vie est courte et non renouvelable. On n'est pas obligé d'être riche et instruit pour le réclamer. Je suis aussi pauvre que toi, ça ne m'empêche pas de rêver. Que je glande dans les tripots ou que je sois viré comme un malpropre d'un bal, je ne lâche rien. Je bourlingue, je me fais plaisir avec des bouts de rien et je me relève quand je tombe parce que personne ne le ferait à ma place. Le bonheur, ça s'invente aussi. Il faut juste y croire.

— Comment veux-tu que je l'invente si je ne sais pas à quoi il ressemble ?

— Bourre-toi la gueule jusqu'à te prendre pour le roi.

— Je ne veux pas être roi. Le Seigneur saura me récompenser, Là-haut.

— Chaque chose en son temps, bonhomme. Tâche de profiter de la vie. Si tu n'en as pas les moyens, branle-toi. Vivre, ce n'est pas attendre, Hamza, c'est aller chercher. Le paradis, c'est dans la tête.

— Le paradis est du ressort de Dieu.

— Alors, sois ce dieu.

C'est Sid qui m'avait appris à fumer. C'est encore lui qui m'avait donné le courage de faire le mur, un soir, pour aller voir les filles de chez Madame Caméléa. J'ignore comment il avait fait pour me convaincre, mais je l'avais suivi les yeux fermés. Cette nuit-là, dans le brouhaha vicié du bordel, lorsqu'il m'avait invité à choisir parmi les femmes qui se déhanchaient dans l'alcôve, une gêne atroce m'avait cloué sur place. C'est encore lui qui fut contraint de choisir pour moi. L'élue était une dame d'un certain âge, tellement fardée que, dans la lumière anémique du foyer, je m'étais demandé si elle ne portait pas un masque. Hormis la large écharpe dentelée sur ses rondeurs tombantes, elle n'avait rien en dessous. En me retrouvant seul avec elle dans sa chambre, je n'avais pas su quoi faire. Mes genoux brinquebalaient. Pas une fois, je n'eus le courage de la regarder dans les yeux. Mais elle fut douce et patiente. Elle m'avait effeuillé délicatement en me grignotant l'oreille, m'avait allongé sur le lit avec délicatesse et m'avait fait *homme* comme le hasard fait les choses. J'en avais pleuré de bonheur – si ce n'était pas tout à fait le bonheur, j'en avais consommé l'ensemble des joies. Bien des années plus tard, je percevais encore la griffure de ses ongles sur mon dos et j'en frémissais.

7

— Terre en vue…

Un rivage apparut à l'horizon.

Enfin, la terre de France !

Au diable les tempêtes, la panique et les nausées – la Méditerranée nous déroulait le tapis. Bientôt, nous allions nous camper sur nos jarrets sans qu'une secousse nous désarçonne. Nous avions hâte de baiser le sol, de nous asseoir au pied d'un arbre pour casser la croûte, de respirer à pleins poumons la senteur des champs. Déjà, le piaillement des oiseaux nous vengeait du tumulte des vagues. Une nuée de mouettes voltigeait au-dessus de nos têtes en battant des ailes en signe de bienvenue. L'adjudant Gildas reçut une fiente sur la figure ; il en rit de bon cœur, et nous rîmes avec lui en lançant en l'air nos chèches, les yeux rivés aux montagnes qui s'encordaient au loin, aussi apaisantes qu'une délivrance.

Une compagnie de la garnison de Mascara nous attendait sur le port. Elle avait débarqué la veille, avec armes et bagages. Le capitaine Morales, notre chef d'unité, procéda à l'appel. Nous apprîmes qu'un homme était porté disparu, probablement tombé à la mer pendant la tempête, et qu'un sous-off s'était brisé la nuque en chutant dans les coursives. Il y avait des blessés sur des civières, parmi lesquels figurait le caporal Borsali qui s'était cassé une jambe.

Après la revue de paquetage, nous quittâmes le port. La compagnie de Mascara ouvrait la marche. Nous rejoignîmes un village. Les gens sortaient de leurs maisons et formaient une haie pour nous regarder passer. Des applaudissements s'élevaient çà et là. Zorg reçut une fleur d'une enfant ; il l'accrocha à sa *sédria* avec fierté. Un vieil homme ôta son chapeau en signe de respect. « Merci, merci, nous lançait une vieille dame de son balcon. Que Dieu vous bénisse. » Quelque chose m'émut au plus profond de mon être. Je me surpris à bomber le torse, le dos droit et le pas tranchant. Dans ma tête retentit le discours du lieutenant-colonel Driot, commandant la garnison de Mostaganem, qu'un sous-officier arabe nous avait traduit ainsi : « Hier, vous étiez des sujets. Aujourd'hui, vous êtes plus que des citoyens, vous êtes des soldats. Ayez foi dans la noblesse de votre sacrifice et dans le devoir sacré de défendre jusqu'à la dernière goutte de votre sang les valeurs que notre mère patrie incarne, et vous incarnerez, à votre tour, la gloire de la nation. » Je me sentis aussitôt investi d'une mission plus grande que mes peurs, plus grande que les tempêtes, capable de pomper l'air du temps d'une seule bouffée. Je sus alors que je porterais la bannière des miens plus haut que les prières de ma mère.

Nous avions marché toute la journée. Nos bardas battaient la mesure de notre foulée. Quelqu'un, devant, avait entonné un chant ; personne ne l'avait suivi. Nous étions épuisés. Notre harnachement nous écorchait les épaules. Il faisait froid. Autour de nous, la campagne s'emmaillotait de brouillard, muette comme un cimetière. Des paysans sortaient de leurs cahutes et venaient s'aligner le long de la route pour nous encourager. Cela nous aidait à redresser l'échine. Puis de nouveau la campagne embrumée, les bosquets sans échos, les sentiers qui s'entortillaient, les collines mornes, les bourgades tapies dans leur grisaille et notre quincaillerie qui ferraillait dans le silence pour couvrir nos halètements.

Nous atteignîmes une gare vers la tombée de la nuit. Le train était en panne. Des mécaniciens essaimaient autour de la locomotive, les mains maculées de cambouis. Le capitaine leur criait dessus pour qu'ils réparent la machine au plus vite.

Nos deux compagnies s'installèrent dans le hall. Nous sortîmes nos rations de combat et mordîmes dedans avec voracité, puis nous dormîmes par terre, gelés jusqu'aux os.

Vers quatre heures du matin, des coups de sifflet nous arrachèrent à nos rêves. La locomotive crachotait sa fumée. « Tout le monde en voiture, et que ça saute, criaient les sous-offs. On part. »

Nous montâmes dans le train poursuivre notre sommeil.

Le tortillard s'arrêta en rase campagne. La locomotive avait encore lâché.

Quelques rayons du soleil parvinrent à se frayer une brèche dans la cuirasse des nuages avant de se rétracter.

On nous autorisa à descendre nous dégourdir les jambes. Nous en profitâmes pour nous soulager derrière les buissons.

Sid et moi nous écroulâmes au pied d'un arbre. En face de nous se dressait une splendide forêt aux arbres élancés.

— Tu penses qu'il y a des fauves, là-dedans ?

— Les fauves nous attendent sur le front, me répondit Sid.

— J'ai vu une gazelle, tout à l'heure. Elle s'est approchée de l'orée, nous a observés un moment, puis elle a disparu derrière le fourré.

— C'était une biche, frérot. Y a pas de gazelles, par ici.

— Elle avait de drôles de cornes, des sortes de branches sur le crâne.

— C'était sûrement un cerf.

— Il était magnifique. Il s'est tenu là-haut sur le mamelon, fier et droit ; ensuite, il s'est retourné et il s'est enfoncé dans les bois avec la grâce d'un seigneur.

— Lui, au moins, s'il a de la classe, ça fait partie de sa nature. C'est pas le cas de Zorg.

— Décidément, ce type t'obsède.

— Tu as vu comment il nous a snobés quand la petite fille lui a offert la fleur ? Il l'a accrochée à son gilet comme une médaille. Et tu sais quoi ? Il la porte encore sur lui.

— Si ça peut lui faire plaisir, en quoi ça te dérange ?

— Que ça lui fasse plaisir ne me dérange pas. Mais qu'il vienne se pavaner devant moi, ça, je ne le supporte pas. Cet énergumène a un écrou foré. Il m'en veut à mort.

— Ça te servira de leçon. Il y a des personnes qui sont extrêmement susceptibles. Tu devrais faire attention à tes propos.

— Susceptible ? Plutôt plein de haine. Tout est prétexte, chez lui, pour mordre. J'ai connu des rancuniers, mais lui, il dépasse les bornes. C'est un cinglé, ma parole. Des fois, il me fait peur. Il est capable de me poignarder dans le dos.

— Pas jusque-là. On est tous un peu comme lui, dans l'arrière-pays. C'est parce qu'on a tout perdu que l'on tient à notre amour-propre. Mais on connaît nos limites.

— En tous les cas, je me méfie de ce *kaïdar*. Et je ne le blaire pas. Si on était dans le civil, je lui couperais les claouis.

Il m'alluma une cigarette.

— Je viens de la ville, et alors ? C'est quoi, son problème ? Je suis un gars de mon temps. Je sais ce qu'est la Brillantine, ce qu'est une enseigne au néon, ce qu'est un kiosque à musique et ce qu'est un tramway. J'ai roulé ma bosse et baisé comme un lapin alors qu'il ne sait même pas de quoi le con d'une femme est fait.

— L'ennemi nous attend sur le front, Sid. Ce n'est pas ce que tu viens de me dire ? Tu fais une fixation sur ce gars et ce n'est pas bien.

— Il m'a traité d'oiseau de malheur, au camp de transit.

— Ça remonte à des mois, voyons.

— Est-ce que j'ai menti ? On est où, là ? Est-ce qu'on est rentrés chez nous ? Et puis, il la connaît d'où, mon épouse, pour la traiter d'ogresse ? Y a pas plus jolie qu'elle sur terre. (Il extirpa une photo de sous son gilet.) C'est une ogresse, ça ? Regarde-moi ce sourire, et cette élégance naturelle, et ces yeux de velours. On dirait une sultane.

Je n'osais pas regarder la photo. Par correction. Chez nous, cela ne se fait pas.

— Zorg m'a manqué de respect. C'est pas parce que je viens de la ville que j'ai pas de dignité. Tous les Algériens ont le *nif* plus grand que la figure.

Le coup de sifflet retentit.

Sid regagna sa section, et moi la mienne.

Nous arrivâmes à destination le lendemain à l'aube. La gare grouillait de soldats qui revenaient des champs de bataille, hirsutes, la barbe mauvaise, le visage sévèrement marqué par les horreurs auxquelles ils venaient d'échapper. Des officiers tentaient de mettre de l'ordre dans les rangs, passablement ; eux aussi étaient sur les rotules. Des débardeurs déchargeaient des caisses et les entassaient sur des chariots. Des infirmiers, reconnaissables à leurs brassards, couraient dans tous les sens, criaient après les brancardiers. En retrait, un général tirait sur sa pipe, entouré de son état-major.

Nos deux compagnies durent attendre l'évacuation complète des quais avant d'être autorisées à descendre du train.

— On dirait une armée en déroute, observa Sid. Ça me fout les jetons, ma parole.

— Ils sont claqués, c'est tout, rétorqua l'adjudant-chef Ben Amara. La guerre, c'est pas une partie de fantasia.

— Est-ce qu'ils vont rentrer chez eux, maintenant ?

— La bataille s'est déplacée dans les environs, et ils la suivent.

— Ils parlent en arabe. Ce sont des nôtres ?

— Ouais, mon gars, vous avez devant vous le fameux 3e Régiment de tirailleurs algériens. Il est mieux décoré qu'un arbre de Noël. Dans pas longtemps, il va reprendre du poil de la bête et les Boches n'auront qu'à bien se tenir.

— Ce ramassis de bras cassés n'est pas un RTA, grogna l'adjudant Gildas. C'sont les résidus de la 3e armée qui s'est fait botter le fion à plate couture dans le Nord et qui bat en retraite par ici pour lécher ses blessures.

— Comment oses-tu traiter de résidus les guerriers de la plus grande puissance militaire du monde ? s'indigna l'adjudant-chef.

— Parce qu'un vrai soldat préfère se tirer une balle dans la tempe plutôt que battre en retraite. C'est ce que je ferais si j'étais contraint de céder à l'ennemi un seul pouce de mon territoire.

— Et moi, je te certifie que c'est bien le 3e RTA. Il amorce un faux repli pour faire diversion et prendre les Boches à revers.

— Tu parles d'une diversion, ironisa l'adjudant Gildas. Ils sont tellement amochés que si on les reversait à l'Armée du Salut, elle n'en voudrait pas.

Sid me saisit par le coude et m'éloigna des deux sous-officiers. Ses pommettes tressautaient de tics.

— Tu as maintenant une idée de ce qui nous attend, Hamza. Promets-moi de ne pas me laisser tomber en cas de grabuge parce que moi, je serai toujours là pour toi.

Je me tournai vers la marée humaine qui se déversait hors de la gare. Elle me rappela les débris hétéroclites que la crue charrie. C'était pathétique. Ma gorge se contracta. Je ne pus rien promettre à Sid. Je n'avais plus de voix.

8

Nous étions des centaines de troufions crottés de la tête aux pieds à crapahuter à flanc de colline, sous la pluie. Le tintement de nos quincailleries battait la mesure de nos pas mais nous avancions avec peine, pareils à des somnambules lâchés dans la nature. Othmane portait une partie du fourbi de Raho qui traînait le godillot derrière, la langue dehors. Zorg et son cousin Khaled se moquaient des traîne-savates. Ils formaient une belle paire de zèbres, ces deux-là. Pas l'un ne rattrapait l'autre, mais ils affichaient la même fréquence. Si quelqu'un cherchait noise à l'un, il les aurait tous les deux à dos, systématiquement. Tahar, lui, avait réussi à se frayer une place sur le rebord d'une charrette. Il nous décochait des grimaces assassines en balançant allègrement les jambes dans le vide. Sid me tenait par le bras, mais j'ignorais qui, de nous deux, s'appuyait sur l'autre.

Notre compagnie disposait de quatre tombereaux chargés de caisses de munitions. Les mules qui les tiraient avaient les naseaux fuyants et l'œil glauque qui semblait nous en vouloir. Il arrivait que l'une d'elles glisse dans la gadoue et refuse de se relever ; une formidable confusion se déclarait sur le sentier, ralentissant considérablement la progression des troupes.

— C'est encore loin ? maugréa Zorg. Faut bien qu'on arrive quelque part. On ne fait que marcher, marcher, marcher. Est-ce qu'ils savent au moins où ils nous conduisent, nos chefs ? Peut-être qu'on tourne en rond, peut-être qu'on s'est égarés. C'est pas normal qu'on marche tout le temps.

— Ménage ton souffle, lui conseilla Mabrouk, un Noir de Labiod, grand et maigre. Plus tu t'énerves, moins tu as de force.

— Ce qui m'énerve, c'est de ne pas savoir où l'on va.

— On va au front, lui rappela Othmane.

— Et c'est où, ce foutu front ? Si c'est aussi loin, pourquoi on n'a pas pris le train ? On va se battre comment, si on arrive crevés ?

— Ouais, renchérit le cousin. C'est que de la boue partout, et cette saloperie de pluie qui ne veut pas s'arrêter. Ils font comment pour vivre dans ce bled, les gens d'ici ? C'est à devenir dingue, avec ce temps de chien.

— Ménagez votre souffle, les gars, insista Mabrouk.

— J'ai la dalle, se plaignit quelqu'un, à l'arrière. J'ai plus de jus dans les mollets.

— Hé, lui cria Horr, un moustachu de Frenda, quand vas-tu arrêter de te gargariser comme une bouilloire ? On a tous la dalle et on n'en fait pas un plat.

La veille, le camion qui nous apportait un repas chaud avait manqué un virage, renversant les marmites dans le fossé.

— Je t'ai pas causé, Horr. Me cherche pas.

— Ouais, sauf que tu nous fatigues avec tes humeurs de coq qui a mal au cul pendant que sa poule pond.

— On se calme, mes frères, dit Mabrouk. Moi aussi, j'ai les nerfs en pétard. J'ai besoin de faire le vide dans ma tête.

— Parce que tu penses que tu as quelque chose dedans ?

Quelques rires fusèrent.

L'adjudant Gildas somma tout le monde de se taire.

Le cliquetis de nos bardas se remit à cadencer nos pas.

Le paysage se métamorphosait au fur et à mesure que nous progressions vers l'est. Les hameaux que nous traversions paraissaient abandonnés. De rares cheminées fumaient encore, mais pas une âme ne se manifesta autour des masures rabougries ni dans les étables aux battants déglingués.

Le deuxième jour, nous atteignîmes un immense fouillis de guitounes claquant au vent. L'adjudant-chef nous informa qu'il s'agissait des arrières du 2e Régiment de tirailleurs. On nous affecta des tentes et on nous servit un ragoût indéfinissable que nous dévorâmes en nous léchant les doigts.

Il y avait un grand chapiteau frappé d'une croix rouge non loin de notre position. L'adjudant nous interdit de l'approcher. Toute la nuit, des gémissements nous en parvenaient. Tahar, que la curiosité perdrait un jour, alla y jeter un coup d'œil. Il revint la mine verdâtre, le cœur retourné. « C'est pas beau à voir, les gars, pas beau du tout. Y a que des types amputés, des gueules défoncées, des mâchoires déboîtées, et du sang, du sang, du sang. Un vrai abattoir. » Il en était malade.

Nous ne restâmes pas longtemps dans le secteur. Une semaine plus tard, le capitaine Morales nous annonça que l'heure de vérité avait sonné.

Nous reprîmes la route, à pied. La pluie tombait sans discontinuer. Plus nous nous approchions du front, plus le paysage s'enlaidissait. Des traces d'incendies noircissaient les forêts et les clairières. Certains bourgs étaient détruits ; il n'en restait que des ruines calcinées que hantaient quelques fantômes désemparés. Des bêtes de somme erraient dans la brume ; des carcasses d'animaux se décomposaient dans les champs. L'air empestait la mort et la peine.

Une femme surgit d'une chaumière et dévala une pente dans notre direction.

— Regardez ce qu'ils ont fait, criait-elle. Ils ont tout détruit et ils ont abattu mes cochons. C'est pas des êtres humains. Rattrapez-les et exterminez-les jusqu'au dernier.

— Ils vont payer, madame, lui promit l'adjudant Gildas. Nous allons les traquer jusqu'en enfer, faites-nous confiance.

La femme ne l'écoutait pas. On aurait dit qu'elle radotait. Le capitaine la prit dans ses bras, lui dit quelque chose. Elle le repoussa et remonta vers sa ferme en courant, malheureuse et éperdue.

Un lieutenant-colonel au visage tanné nous intercepta à la sortie d'une futaie. C'était le commandant du 2e RT. Son uniforme laissait à désirer et ses bottes éculées dégoulinaient de boue. Un officier arabe assurait la fonction d'interprète.

— Le dispositif ennemi s'articule de la butte que vous voyez, à droite, jusqu'à la colline rasée là-bas, vers le nord. (Le bras du lieutenant-colonel décrivit un large demi-cercle, comme s'il tranchait des têtes avec un sabre.) Il s'étend sur deux kilomètres. Nos adversaires disposent de plusieurs mitrailleuses et d'une dizaine de canons. S'ils n'attaquent pas encore, c'est parce qu'ils attendent du renfort. Nos unités de reconnaissance ont observé un mouvement de troupes allemandes, estimé à deux brigades d'infanterie, qui se dirige sur nous. La mission principale de notre régiment est de maintenir coûte que coûte notre position qui a l'avantage de dominer la plaine.

Il laissa l'interprète traduire, et reprit :

— Pour la majorité d'entre vous, ce sera le baptême du feu. Je vous demande de faire montre de courage et de vigilance. Vous allez combattre dans une unité qui a fait ses preuves. Elle vous aidera à surmonter les épreuves de la guerre. La nation compte sur nous pour jeter l'ennemi hors de nos frontières et nous avons été formés, éduqués et élevés pour ça. La victoire est au bout de nos baïonnettes, braves soldats de France. Que Dieu soit avec nous.

Notre bataillon se déploya à l'extrémité sud du dispositif. Les tranchées, creusées à la hâte, étaient sommairement aménagées, mais les casemates tenaient bon. Les sapeurs du génie finissaient de consolider les rangées d'obstacles qui nous séparaient du *no man's land*.

Devant nous, la plaine étalait ses meurtrissures à perte de vue, criblée de cratères noircis. Une ferme brûlait au milieu d'un verger. Ça sentait la poudre et le feu… Au cœur de la désolation, comme pour narguer la folie des hommes, une belette regagnait les bois, souple et légère comme une insouciance.

Nous passâmes la nuit aux aguets, chacun à son poste, le doigt sur la détente. L'ennemi ne se manifesta nulle part. On n'entendait ni bruit suspect ni détonation.

Le matin, une brume émergea de la forêt sur notre droite, dévala le talus et se répandit lentement sur la plaine comme pour panser les blessures d'une terre qui avait dû être paradisiaque avant que les armes n'interviennent. Si le malheur n'officiait pas en ces lieux outragés, on s'allongerait sur le dos et on fixerait le ciel en quête de souvenirs heureux, le talon sur le genou et la tige d'une marguerite entre les dents. Mais l'esprit était ailleurs, là où les rêveries étaient proscrites, où la moindre distraction pouvait déboucher sur le drame.

Près de moi, Zorg et son cousin Khaled scrutaient les parages, le visage tendu.

— Pourquoi ils se montrent pas, ces fumiers de Boches ? On n'a pas que ça à faire.

— Ouais, renchérit le cousin, qu'on en finisse une fois pour toutes. J'ai envie de rentrer chez moi. Il ne fait que pleuvoir dans ce bled.

Le capitaine Morales vint s'assurer que nous étions parés pour le combat. Il nous dit des mots censés nous ragaillardir et retourna dans sa canfouine.

La brume se dissipa vers la fin de l'après-midi. La plaine retrouva ses fractures ouvertes. La belette ne revint pas narguer la folie des hommes. Nous étions de nouveau face à nos chimères.

Soudain, un crissement…

— À vos abris, cria l'adjudant-chef Ben Amara.

Une formidable déflagration ébranla le sol et un gigantesque geyser noir et tourbillonnant éclaboussa nos tranchées. Immédiatement, une série de crissements s'ensuivit et tout le ciel s'abattit sur nous dans un vacarme apocalyptique. Des débris de roches et d'acier crépitaient sur la toiture de nos abris, ricochaient sur les parois des tranchées. Le sol, devant nous, s'éventra ; ses entrailles se soulevèrent dans d'effroyables nuages de cendre embrasée. On aurait dit que la nuit s'était substituée au jour, voilant la plaine de ténèbres hurlantes.

Les obus tombaient les uns après les autres, sans répit. Quelqu'un se mit à hurler : « Dites-leur d'arrêter, dites-leur d'arrêter, dites-leur d'arrêter... » Zorg couvrait son cousin de tout son corps en récitant un verset coranique : *Lorsque la terre tremblera [...] Ce jour-là, elle racontera son histoire telle que révélée par ton Seigneur...* Était-ce la fin du monde ? Un effroyable rugissement tourmentait la plaine, tonnait à nos tempes à les crever. Je me recroquevillai dans mon coin, la tête entre les genoux... *Dites-leur d'arrêter... Tu te crois à la fête foraine ? On est les Turcos, espèce de trouillard. On va les charcuter, ces salauds de Boches...*

Le capitaine Morales nous somma de ne pas nous exposer. Dahmane, le Kabyle qui ne parlait ni l'arabe ni le français, crut comprendre que l'officier lui ordonnait de charger. Il jaillit de son abri en poussant des cris de guerre, grimpa sur le parapet et se mit à tirer.

— *Eyyaw erdagi ay arraw lahram*, s'égosillait-il par-dessus les déflagrations, *Ur ugad-egh ara.*

L'adjudant Gildas se précipita sur lui et le jeta à terre.

— Tu veux te faire décapiter par un éclat, abruti ?...

Le bombardement se poursuivit jusqu'à la tombée de la nuit. Puis les tirs d'artillerie cessèrent d'un coup. Subitement. Un silence glaçant recouvrit toute chose sur la plaine. Plus rien ne se produisit, après. Nous restâmes interdits, à l'affût d'un crissement… Rien… Rien que le sifflement funeste du vent sur les barbelés.

Je voyais des ombres remuer autour de moi. Mon cœur était empli d'épouvante. L'image du cerf entrevu l'autre jour dans la forêt tournait en boucle dans ma tête. Il avait tellement de noblesse, l'animal, tellement de classe. Il marchait au milieu de son royaume comme un dieu en supplantant l'espèce humaine, ces barbares imbus de leur personne qui ne respectaient ni la nature ni la vie. Et dire que, quelques heures plus tôt, je contemplais le bosquet bruissant de quiétude, les oiseaux qui voltigeaient dans le ciel. La brise furetait dans les buissons tandis que chaque instant naissait à sa splendeur. Et d'un coup, sans crier gare, le tumulte dévastateur de l'artillerie adverse était devenu la seule symphonie qui compte. Aveugle. Monstrueuse. Absolue.

Je me sentis seul au monde, livré sans ambages à cette angoisse lancinante qui s'était emparée de moi le jour où Babaï était venu me ravir à ma famille…

Je ramassai mon fusil et me mis à courir à travers le dédale des tranchées.

Vers où courais-je ? Retrouver Sid ? Rattraper mon ombre ?

Je filais sans me retourner. Était-ce bien moi qui courais ? Et qui étais-je au juste ? Le Yacine qui aimait faisander au soleil en lui tournant le dos ou bien le Hamza sacrificiel ? Ni l'un ni l'autre. J'étais un parfait étranger à moi-même, un gamin halluciné qui courait à perdre haleine le long des boyaux d'une terre profanée. Il courait, courait comme s'il cherchait à échapper à son propre corps.

Ma tête heurta quelque chose…

Des voix me parvinrent à travers une multitude de filtres… *Il comptait se planquer où, ce con ? On ne lui a pas dit qu'il n'existe pas de refuge en enfer ?… Fiche-lui la paix. Il en a pris plein la gueule pour aujourd'hui. Tu as connu ça à ton baptême de feu, toi aussi… Moi ? Jamais d'la vie j'ai tourné casaque. Ni à mes débuts ni après. Ma médaille, je l'ai pas gagnée à la tombola.*

On m'aspergea d'eau. Je rouvris les yeux. Des visages racornis étaient penchés sur moi, les lèvres retroussées sur des dents jaunâtres. *Allez, p'tit gars, retourne dans ta compagnie.* Un bras me ceintura et m'aida à me relever. Mes jambes vacillaient. *Pas par là. Ton unité est dans l'autre sens… Hé, reviens… tu oublies ta pétoire.*

Je rejoignis ma section dans un état second.

L'adjudant-chef Ben Amara s'accroupit devant moi, posa la main sur mon front.

— Tu te remets ?

Il me saisit par le menton de façon que je le regarde en face.

— Tu comptais fuir où ? Rejoindre ta mère ? Devant toi, il y a les Boches, derrière, le peloton d'exécution. Où que tu ailles, tu cours à ta perte, tête de nœud.

— Je ne sais pas ce qui m'a pris, chef.

— On dit « mon adjudant-chef ». Chef, c'est pour les caporaux et les matons… Tu n'es pas en train de cauchemarder, soldat Boussaïd. Tu es bel et bien éveillé au milieu des charniers et tu vas sentir mauvais à ton tour.

— C'est la première fois…

— C'est pas une excuse, me coupa-t-il. On n'est pas en colonie de vacances. Un obus, il ne fait pas dans la dentelle. Quand il tombe, il tombe et puis c'est tout. T'es un fumier, t'es un saint, il s'en tape. T'es coupable, t'es innocent, il s'en tape. T'es là par hasard ou par accident, c'est pas son problème. T'es sur son périmètre, il te bousille, point à la ligne. Si tu veux pas qu'il te bousille, y a pas trente-six solutions. Tu te mets à l'abri et tu attends que ça se tasse. C'est aussi simple que ça. Pigé ?

— J'ai les oreilles qui sifflent.

— Rien à secouer. Pour cette fois, je passe l'éponge. Si jamais tu me refais le coup du lièvre qui s'est assis par mégarde sur un tison, c'est moi qui te buterai. Un Turco a les couilles plus grosses que les boulets de canon. Tu vas me faire le plaisir de te reprendre en mains *fissa*, sinon je te botterai le cul jusqu'à te faire sortir tes hémorroïdes par les naseaux.

Il m'assena une petite tape sur la joue et me laissa effondré. À cet instant, j'aurais souhaité qu'un obus me sorte de ma perplexité. Aucune déflagration ne se fit entendre.

Avec un fusil entre les mains, je me croyais aguerri, prêt à affronter le danger et à regarder la mort droit dans les yeux – foutaises !... À la Grande Kheïma, comme à la garnison de Mostaganem, on m'avait menti. Ma tunique de tirailleur n'avait pas de vertus talismaniques ; elle ne me protégeait pas, ne me rendait pas plus fort ; c'était juste un accoutrement identifiable sur le corps d'un inconnu. Qu'étais-je en train de devenir dans ces tranchées, si loin de mon douar ? Où était Sid, mon ami ? Pourquoi n'était-il pas avec moi ? Ne m'avait-il pas promis d'être toujours à mes côtés ?

Je me ramassai autour de mon fusil et me fis tout petit.

— C'est ça, me dit Mabrouk. Chiale un bon coup. Tu te sentiras mieux après.

9

Le soir se coucha sur la plaine, furtif comme un voleur. Autour de moi, taupes effarouchées, mes camarades se terraient. Ils pensaient avoir connu le pire avec la tempête de la traversée et s'apercevaient que la furie des hommes était nettement plus terrifiante que celle des éléments.

Je guettai un crissement dans le ciel, ou bien une explosion. Rien. L'ennemi se retranchait derrière ses lignes et faisait celui qui n'est pas là. De notre côté, les officiers attendaient qu'une estafette leur apportât les instructions de la hiérarchie. En vain. Qu'attendaient-ils vraiment ? De ramener de nouveau l'enfer du ciel sur terre ?

Devant moi, agonisait une plaine qui aurait inspiré mille poètes et mille amours précoces. Les oiseaux se taisaient au creux des peupliers. Bientôt notre sang tracerait des ruisseaux dans l'empreinte de nos pas et nous disparaîtrions en même temps que nos cris. C'était absurde. Plus je découvrais *en accéléré* les réalités complexes du monde moderne, moins j'étais sûr de vouloir écarter mes œillères. Je n'arrêtais pas de traverser le miroir, dans les deux sens. Tout allait trop vite pour moi ; la moindre découverte me prenait au dépourvu. Là-bas, dans mon douar, le monde était si petit que j'aurais pu le contenir dans le creux de ma main. Je ne risquais pas de me perdre. Toutes les questions étaient réglées. On ne se les posait pas puisqu'on avait la réponse : *on ne rattrape pas la comète*. Chacun *assumait* son malheur et attendait du ciel autre chose qu'un obus. Mais ici, au milieu de l'immense gâchis défigurant la plaine, j'étais complètement perdu.

Nous n'avons pas fermé l'œil de la nuit. Aux aguets. Les nerfs tendus. Le souffle coupé. Les oreilles susceptibles. Le moindre bruit nous raidissait. De temps à autre, des fusées éclairantes illuminaient la plaine. Elles descendaient doucement en dispersant sur le sol une multitude d'hallucinations. Certains d'entre nous croyaient déceler des silhouettes et ouvraient le feu. Pas un cri. Pas une riposte. Un vent vétilleux errait au milieu des cratères, exacerbant notre nervosité.

L'ennemi ne se montra pas.

Le jour se leva. Bredouille. Laid. Avec son ciel cafardeux et sa brume miteuse. Un éclair fulmina au loin. Tel un mauvais présage. Je me rendis compte que mes doigts étaient gelés, qu'ils faisaient corps avec mon fusil. J'essayai de les remuer ; ils ne répondirent pas.

Un agent de liaison arriva en courant. Il fonça droit sur la canfouine du capitaine. Il avait l'air d'avoir croisé le diable sur sa route.

Nous apprîmes que l'ennemi avait évacué les lieux.

— Les tirs d'artillerie, c'était une diversion, nous expliqua l'adjudant Gildas. L'ennemi nous a fait croire qu'il couvrait le renfort. En vérité, il couvrait son repli.

— Les Boches se sont défilés, chef ?

— Nos unités de reconnaissance sont formelles. Il n'y a plus personne en face.

— Donc la guerre est finie ! s'écria le cousin de Zorg en jetant son chèche en l'air. On n'a plus qu'à rentrer chez nous, maintenant.

L'adjudant Gildas dodelina de la tête, ému et navré à la fois par tant de naïveté.

Notre chef de bataillon réunit ses officiers dans sa casemate. Une heure plus tard, une patrouille fut envoyée sur les lignes ennemies pour s'assurer qu'elles avaient été bel et bien évacuées. La patrouille revint. L'ennemi était parti. L'ordre fut donné à notre compagnie d'aller voir si le bourg, derrière la butte, était toujours occupé par les Boches. Nous atteignîmes la butte sans rien relever de suspect. On voyait le clocher d'une église figé dans le ciel maussade, les ruelles tortueuses où quelques chiens déboussolés tournaient en rond, la place déserte et, tout autour, des champs livrés au vent.

Le sous-lieutenant Bardeau observa longuement la bourgade avec des jumelles.

— Ça sent pas bon, dit-il. Pas bon du tout.

Il désigna l'adjudant Gildas pour partir en reconnaissance.

L'adjudant nous prit, Zorg, Mabrouk, Horr et moi, avec lui. Nous dévalâmes la colline à découvert jusqu'à une ferme isolée. Zorg entra le premier dans l'habitation. Il n'y avait personne à l'intérieur. Une soupe épaisse à moitié entamée finissait de se grumeler dans un bol. Nous inspectâmes l'étable. Une vache et deux cochons gisaient dans une mare de sang. Mabrouk piqua la paille de coups de baïonnette. Rien. Nous nous approchâmes en file indienne du village. Un volet claqua par-dessus nos têtes ; Zorg pivota sur lui-même et tira à l'aveuglette.

— Bravo, grommela l'adjudant. Tu viens d'ameuter tout le quartier.

— J'pouvais pas savoir que c'était le courant d'air, protesta le rouquin.

— Tu te calmes, d'accord ? On n'est pas là pour lever le gibier, mais pour le surprendre.

Nous nous faufilâmes à travers les pertuis jusqu'à la place du bourg. Un drapeau tricolore flottait sur le fronton d'un édifice, à côté d'un pavillon blanc. Une charrette s'était disloquée par-dessus une fontaine, les roues en l'air. Quelqu'un avait oublié son vélo au beau milieu d'une rue pavée de gros cailloux. Brusquement, surgi je ne sus d'où, un soldat se rua sur moi, les bras en l'air. *Nicht schießen... ich bin verletzt...* J'eus juste le temps de me retourner. Le soldat écarquilla les yeux. Jamais je n'oublierai ce regard. Un regard terrifié, puis incrédule ensuite, d'une tristesse immense. Cela s'était passé en quelques secondes. Le soldat tomba sur moi, la bouche ouverte, *ich gebe auf...*, se ramollit, tenta de s'accrocher à moi avant de glisser lentement en entraînant mon fusil dans sa chute. Je mis un certain temps pour me rendre compte qu'il s'était empalé sur ma baïonnette.

Il y eut des coups de feu, des cris et des pas de course.

Je n'y pris pas part.

C'était comme si, d'un coup, une trappe m'avait gobé.

J'étais resté planté devant le corps du soldat allemand qui me fixait de ses yeux bleus, des yeux qui avaient cessé d'attendre de moi une quelconque miséricorde. Il devait avoir une vingtaine d'années, peut-être un peu moins, car il avait un visage d'adolescent qu'une mèche blonde ornait au front. Je crois que je serais resté toute ma vie debout là, à le regarder, si Mabrouk ne m'avait pas poussé dans une porte cochère pour me mettre à l'abri.

Des décennies ont passé. Je n'ai pas réussi à oublier ce jour-là. Ce ne fut pas seulement mon baptême de sang, ce fut ma vraie naissance au monde moderne – le monde vrai, cruel, fauve et impitoyable où la barbarie disposait de sa propre industrie de la mort et de la souffrance. C'était donc cela le monde civilisé, le monde du progrès, des laboratoires savants et des grandes découvertes. Je ne soupçonnais pas le progrès d'être aussi destructeur. Avant, j'existais et c'était tout. Une herbe folle parmi les ronces. J'avais une famille, un chien, une jument, un gourbi, et mon territoire s'arrêtait là où portait ma fronde. Très jeune, on m'avait certifié que chacun naissait doté d'un parchemin dûment établi, avec des gîtes d'étape précis, des raccourcis et un point de chute dont on ne se relèverait pas. Nous étions persuadés, dans notre douar, que lorsqu'on éclôt sous la mauvaise étoile, on s'évertue à apprivoiser le pire. Hélas, nous étions loin de la vérité. Le pire ne s'apprivoise pas. Et il n'y a rien de pire que la guerre. Rien n'est tout à fait fini avec la guerre, rien n'est vaincu, rien n'est conjuré ou vengé, rien n'est vraiment sauvé. Lorsque les canons se tairont et que sur les charniers repousseront les prés, la guerre sera toujours là, dans la tête, dans la chair, dans l'air du temps faussement apaisé, collée à la peau, meurtrissant les mémoires, noyautant chacune de nos pensées, entière, pleine, totale, aussi indécrottable qu'une seconde nature. Pour moi, elle aura l'écho du tout premier obus tombé sur nos lignes de front et l'hébétude de mon tout premier mort empalé sur ma baïonnette – un garçon si beau et si jeune, qui aurait mérité de vivre cent ans si l'horreur ne s'était pas substituée à jamais au bleu de ses yeux.

10

L'ennemi dynamitait les ponts, bombardait les bourgs, incendiait les fermes et les champs, parsemant son repli de terres brûlées. Afin de ralentir notre progression, il laissait derrière lui des petites unités de chasseurs à pied dont la mission consistait à nous livrer des escarmouches de diversion sur les routes et dans les bois. Une simple poignée de voltigeurs armés de mitraillettes parvenait à nous fixer au sol durant des heures.

L'adjudant Gildas avait constitué un commando composé de cinq tirailleurs : Mabrouk, Horr, Tahar, Gomri et Issa, un colosse de Had Chekala. En quelques missions, ils acquirent le surnom de « Bouchers ». Ils opéraient la nuit et par mauvais temps et travaillaient les Boches au couteau, nous ouvrant la voie sans tirer un seul coup de feu.

Plus tard, ce fut l'ensemble du régiment qui s'illustra grâce à la baïonnette et au poignard.

Après des mois de batailles rangées, de marches interminables, d'embuscades, d'assauts dévastateurs, nous crapahutions sur place. Chaque fois qu'on croyait les Boches en déroute, ils resurgissaient au détour d'un repli tactique et reprenaient une à une les lignes que nous leur avions prises. Tout était à refaire. Des semaines de combat pour un gain de quelques hypothétiques kilomètres. Cauchemar récurrent, le massacre tournait en boucle. À l'identique. Jusqu'au moindre détail. L'odeur des putréfactions polluait l'air des plaines, nauséabonde, traumatisante. Ma tenue en était imprégnée jusqu'à la trame. Je dormais avec, me réveillais avec, les entrailles retournées.

Le plateau de Fleury n'était plus qu'un vaste musée de l'horreur à ciel ouvert, un paysage lunaire ravagé par les pilonnages incessants de l'artillerie. Le village avait été totalement anéanti – plus tard, il sera déclaré officiellement « village mort pour la France ».

Au cours des combats aériens, les biplans, furieuses libellules aux ailes rigides, se pourchassaient en rase-mottes, exécutaient des pirouettes étourdissantes avant de s'envoyer au sol dans de longues traînées de fumée. On avait assisté, une fois, à la chute d'un pilote éjecté de sa carlingue en flammes. Il gigotait dans le vide, l'écharpe aspirée vers le haut, et criait, criait avant de s'écraser à quelques encablures de nos lignes. Un terrible silence s'en était suivi.

La nuit, présages calamiteux, des fusées éclairantes zébraient le ciel. On remballait le paquetage et on changeait de position. On croisait des milliers de prisonniers allemands traînant le pied sur les routes, débraillés, éclopés, hébétés. Puis, telles des déferlantes, leurs troupes contre-attaquaient en nous infligeant des pertes sévères. De nouveau, les plaines regorgeaient de cadavres livrés en pâture aux rats, de jambières insolites et de fatras de chair éparpillés au milieu des carcasses de chevaux, des canons disloqués et des tanks calcinés.

Les bribes de nouvelles provenant du Grand Quartier général sapaient le moral. L'offensive des Britanniques, censée être la *der des ders*, déterminante pour la victoire définitive, fut une gigantesque hécatombe. Des milliers de *Tommies* périrent à même le *no man's land*, dès le premier jour de l'attaque.

Nos armées se désarticulaient au nord, s'émiettaient contre les fortifications allemandes. Nos chars d'assaut, grotesques tas de ferraille cloutée, crapahutaient sur place. Malgré leurs multiples canons, ils étaient loin de peser sur l'issue des combats. Balourds, trop lents pour susciter la panique dans le camp adverse, ils constituaient des cibles de choix pour les artilleurs ennemis.

Les Boches, rusés en diable, nous piégeaient comme des novices. Leurs défenses accessoires débouchaient sur des entonnoirs mortels. Dès que nous les percions, nous nous retrouvions à découvert sous un déluge de feux croisés. Quant à leurs lignes fortifiées, elles étaient assez profondes pour rendre les bombardements alliés inefficaces, avec des abris mieux équipés et assez confortables pour que leurs soldats soient constamment d'aplomb.

Les renforts se succédaient des deux côtés, sacrifiant des bataillons entiers pour un pont, un moulin, une côte, un bosquet qui, à peine concédés par les uns, leurs étaient restitués le lendemain après d'insoutenables carnages. Les escadrons de cavalerie amis se portaient au secours de l'infanterie régulière avant de se voir déglingués dans la foulée. Les tranchées se faisaient nettoyer à la grenade. Les corps à corps se terminaient à la baïonnette, dans le blizzard et la neige. D'un côté comme de l'autre, le spectre de la défaite et de l'humiliation provoquait de formidables sursauts d'orgueil.

La guerre semblait partie pour ne plus s'arrêter.

La bataille de Verdun entrait dans sa deuxième semaine lorsque le caporal Borsali nous rejoignit, un dimanche, vers midi. L'air de l'hôpital et des convalescences lui avait mis du rouge aux joues ; à force de téter la pipe, sa grosse moustache avait roussi. Il nous avoua qu'il nous trouvait changés, grognons comme des cochons et tout aussi fangeux. Normal, cela faisait des mois qu'on écumait la campagne, tantôt vautrés dans les tranchées, tantôt claudiquant sur les sentiers, ne gagnant du terrain que pour battre en retraite les jours d'après.

La tournure des situations se jouait à pile ou face ; aucune manœuvre mûrement réfléchie n'était à l'abri d'un mauvais coup du sort. Cependant, malgré nos visages creusés et nos odeurs de fauves, nous demeurions splendides de bravoure.

Le caporal extirpa de sa musette quelques boîtes de conserve et des saucissons.

— C'est tout ce que j'ai réussi à chaparder dans les arrières.

— Pour les sardines, c'est bon, lui dit Mabrouk, mais le boudin, c'est pas pour nous.

— Oubliez le *halal* de temps en temps. Votre bon Dieu ne vous en voudra pas.

Il fit le tour du peloton, ne trouva pas preneur et dut ranger son butin.

— On ne parle que de vos exploits, en haut lieu. Quand j'ai dit, à l'hôpital, que j'allais rejoindre le 2e RT, croyez-moi, j'ai fait pas mal de jaloux.

— Nous leur céderions volontiers nos bardas, ironisa Tahar. Beaucoup d'entre nous n'ont pas eu l'occasion de fourbir leurs armes.

Notre bataillon déplorait la perte de deux cent cinquante tirailleurs, dont sept officiers et vingt-trois sergents. La compagnie de Mascara, partie en renfort colmater une brèche dans le dispositif de l'armée régulière, avait été décimée au gaz moutarde. Un peloton de notre compagnie, égaré une nuit d'orage, s'était retrouvé, au petit matin, au cœur d'une clairière infestée d'Allemands. Les corps ligotés et sauvagement mutilés de nos camarades furent entassés les uns sur les autres dans un fossé.

Le caporal devint tout triste.

— Ouais, c'est vache, mais c'est comme ça. Gildas m'a raconté. Je sais aussi pour Laoufi le Bigle. C'était quelqu'un de bien.

— Ils étaient tous de bons gars.

— Et le jeune Sadi ?

— Mort.

— Et l'autre, comment il s'appelle déjà, pas le grand maigre qui faisait le clown à Mostaganem, le p'tit avec le nez en trompette, celui qui imitait le clairon avec sa bouche ?

— Abbassi ?

— Oui, Abbassi.

— Un obus l'a emporté.

— Purée, je l'aimais bien, moi, ce p'tit gars. Il était drôle et pas très futé. Sûr que je l'aimais bien. Même que je le sanctionnais pas quand il faisait des misères au réfectoire.

— Tu l'aimais bien comment, caporal ? lui dit Zorg, méchamment.

— Comment ça, comment ?

— Ben, y a sûrement une raison. Pourquoi lui, tu ne le sanctionnais pas quand il faisait des misères au réfectoire et pourquoi nous, tu nous traînais dans la boue pour des broutilles ?

— C'était jamais pour des broutilles.

— Et les punitions collectives ? Pourquoi toute la compagnie devait payer parce qu'un fumier avait merdé et refusé de se dénoncer ?

— Ça fait partie de l'esprit d'corps.

— Ah oui ?

— Tout à fait. Je ne vous menais pas à la trique pour mon bon plaisir.

— Tu adorais nous engueuler matin et soir. C'était peut-être ta façon de te racler la gorge ? persista Zorg, rancunier.

— Je vous engueulais pour vous éveiller à vos responsabilités.

— Tu nous traitais d'attrape-mouches.

— Ça, c'était l'adjudant. Et l'adjudant, il n'en pensait pas un mot. C'est comme ça que ça se passe, dans l'armée. Toutes les bleusailles y ont droit. Rien à voir avec la couleur de la peau ou l'origine. Vous allez dans n'importe quelle unité, la réception est la même pour les nouvelles recrues. On se paie leur tête, on les bouscule, on leur botte l'arrière-train pour les secouer et on les soumet au bizutage pour les intégrer. L'adjudant vous aime comme ses propres mômes.

— Et toi, tu nous aimes comment ?

— Ne gâche pas nos retrouvailles, Zorg, dit Borsali. À t'entendre, on me prendrait pour un saligaud. J'suis pas un saligaud, d'accord ? Et tu n'as pas à me zieuter comme si j'en étais un. On est une famille, dans les rangs, destinés au même casse-pipe. On doit se serrer les coudes au lieu de ruminer de vieilles rengaines qui rendent malade pour rien. J'suis instructeur, moi. On me confie des galopins, j'en fais des baroudeurs. Mon boulot exige de la sévérité. Le métier des armes, c'est pas la messe du dimanche.

— Laisse tomber, Zorg, dit Mabrouk. Le caporal, il ne faisait que son boulot.

— Personnellement, renchérit Horr, je ne lui en veux pas. Le caporal, il en rajoute des fois, mais il est pas vilain. C'est vrai, il était pas de tout repos. C'est normal, c'est un gradé, sauf que c'était pour notre bien.

— Merci, les gars, dit Borsali d'une petite voix. Zorg a toujours pris les choses du mauvais côté.

— C'est parce que je ne connais pas le bon.

— Arrête, le supplia Horr. Ça me gêne de t'entendre parler au caporal sur ce ton. Laisse-le se poser, putain. Il a encore son paquetage sur le dos.

Zorg lui montra son majeur.

— On ne peut pas discuter deux secondes comme tout le monde sans que ça dégénère ? s'indigna Mabrouk.

Borsali poussa un soupir :

— Quand je pense à ce qu'on a enduré à Mostaganem pour venir crever si loin de notre soleil. Abbassi, Sadi, Laoufi, et tous ces braves gars qui nous ont quittés, ils étaient de bons drilles, ah oui, de sacrés lurons.

— Ils ont clamsé, point. Pas la peine de la ramener, maugréa Zorg.

— Ils sont pas morts pour rien, je vous le garantis, promit le caporal. On va les venger. On va leur en mettre plein le cul, à ces sales Boches. Bon sang de bon sang, j'aimerais pas être à la place du premier d'entre eux qui se trouvera en travers de mon chemin. Je le boufferai tout cru, ah, ça, que oui, je lui arracherai les yeux avec une cuillère, je lui marcherai dessus jusqu'à ce que sa crotte lui sorte par les oreilles, ah ! ça, ils vont bien me sentir, ces salopards de Boches, ils vont regretter de croiser ma route, je vous en donne ma parole…

Pendant qu'il s'énervait, il monta sur la petite échelle pour narguer l'ennemi par-dessus le parapet. Le tireur allemand n'attendait que ça. La cervelle du caporal éclaboussa le sac de sable. Borsali bascula dans le vide et tomba à la renverse droit sur le brasero de Mabrouk qui s'apprêtait à nous préparer du thé.

11

C'était aussi ça, la guerre. Certains partaient avant d'arriver. Le caporal Borsali en faisait partie. Il n'avait pas eu le temps d'être autre chose que le petit chefaillon qui adorait fayoter devant les supérieurs et hurler à tort et à travers pour légitimer son autorité primaire. Mais qui en avait, du temps ? Tout se passait très vite.

Ce jour-là, je sus que parfois on est obligé de montrer un visage qui n'est pas forcément le bon, parce que c'est le seul visage qu'il faille avoir pour mériter de répondre aux critères en vigueur. L'individu Borsali était quelqu'un de bien, le caporal Borsali n'était pas mauvais non plus, ils étaient, tous les *deux*, un même pion sur l'échiquier de ce qui nous dépasse et nous forge à notre corps défendant.

La même nuit, le capitaine Morales souffla dans son sifflet pour nous lancer à la conquête de la cote 304. L'assaut évoquait une fuite en avant. C'était la troisième fois que les Allemands nous repoussaient, mais il fallait y retourner. Les mitrailleuses ennemies nous fauchaient comme du blé. Nos cris de guerriers se perdaient dans les cris d'agonie. Les balles zézayaient à nos oreilles, fracassaient les mâchoires, les fronts, les poitrines, semant la colline de corps désarticulés.

Nous dûmes battre en retraite, pantelants, hallucinés, la gorge aussi brûlante que le canon de nos fusils, tandis que le ciel et la terre tremblaient dans la polyphonie des armes.

En rejoignant mon abri, je retirai ma *sédria*, mon tricot, vérifiai chaque pouce de ma poitrine, de mon dos, de mes jambes. C'était devenu un rituel, chez moi. Après chaque assaut, je passais mon corps au peigne fin à la recherche d'une blessure. Je n'avais pas une seule égratignure et pourtant j'avais l'impression d'être une passoire, que je pissais mon sang de tous les côtés. Je n'arrivais pas à croire que je puisse sortir indemne de la boucherie et me demandais combien de temps le miracle allait se poursuivre, pourquoi c'était toujours les autres qui tombaient, pour quelle raison le sort remettait à plus tard mon tour d'être refroidi ? Mes questions tourmentées m'angoissaient plus que les assauts.

Près de moi, Tahar serrait sa main déchiquetée sous l'aisselle en se tordant de douleur. L'adjudant-chef Ben Amara haletait au fond de la canfouine, affalé sur son séant, les jambes écartées, le gilet criblé d'impacts sanguinolents. Un infirmier tentait de le tenir éveillé. Petit à petit, le bruit des mitrailles, qui bourdonnait à mes tempes, se dissipa, cédant la place aux gémissements et aux râles autour de moi. Des dizaines de corps se contorsionnaient dans les tranchées, d'autres réclamaient de l'aide. L'adjudant Gildas pressait un torchon contre la poitrine du sous-lieutenant Bardeau. Ce dernier, les yeux affolés, tressautait de spasmes. Mabrouk tirait vers un abri deux blessés. Yazid, un Mozabite à peine plus haut qu'un fusil, le crâne défoncé, me suppliait d'abréger ses souffrances. Je le pris dans mes bras, le berçai jusqu'à ce qu'il rendît l'âme.

Je pensai au caporal Borsali tué à peine une vingtaine de minutes après son arrivée sur le front, aux deux garçons qui couraient à côté de moi en s'égosillant, baïonnette brandie, avant de se taire pour de bon, à notre nouveau chef de compagnie dont je n'eus pas le temps de retenir le nom, foudroyé à même le parapet, et à tous ceux qui étaient tombés et qui ne s'étaient pas relevés. De nouveau, mes mains se remirent à parcourir ma chair pour m'assurer que je ne saignais pas.

— Où est Khaled ?

Zorg chavirait, les épaules affaissées, les traits tirés ; une loque surgie des ténèbres. Il courut jusqu'à la casemate du capitaine, revint sur ses pas, chercha parmi les rescapés. Ses gestes étaient tranchants comme des coups de cimeterre. Il se tourna vers le caporal Farhat.

— Où est mon cousin ?

— Qu'est-ce que j'en sais, moi ?

— Khaled était dans ton groupe.

— Il n'était pas le seul. Cherche-le et laisse-moi reprendre mon souffle en paix.

— Il était avec toi. Pourquoi il n'est pas là ? Où l'as-tu abandonné ?

— Va-t'en, Zorg. J'suis pas d'humeur.

— Il était avec toi, putain de ta race.

— Attention à tes propos. Tu t'adresses à un gradé.

— Gradé mon cul. Tu es censé protéger mon cousin Khaled.

— Le protéger comment ? hurla le caporal. Nul ne songe à sauver sa peau quand on passe à l'assaut. Parce que ça ne fonctionne pas. C'est le pire des jeux de hasard, l'assaut. Et tu le sais. Alors, arrête de me faire chier. Tu crois que le lieutenant, qui crève là sous tes yeux, était censé nous protéger ? On le suivait, et c'est tout. Et lui, il fonçait droit devant en attendant d'être fauché.

— Pourquoi tu changes de sujet, face de rat ? Ma question est simple : où-est-mon-cousin-Khaled ? Il était dans ton groupe et je ne le vois nulle part.

— Si tu ne le vois nulle part, c'est qu'il y est resté, lui lança Horr.

Zorg se rua sur ce dernier, l'attrapa par la gorge et le plaqua contre le parapet.

— Qu'est-ce que ça veut dire, il y est resté ? Il est resté où, mon cousin ? Pourquoi tu ne ravales pas tes sortilèges, fils de sorcière ? Si mon cousin y est resté, pourquoi moi, j'suis devant toi ? On est plus que des jumeaux, mon cousin et moi. Quand il a une rage de dents, c'est moi qui ai l'abcès.

Zorg délirait.

Horr prit sur lui et laissa tomber. Les autres camarades se taisaient ; même les blessés avaient baissé le ton. Le caporal Farhat s'accroupit contre le chambranle, à l'entrée de la casemate, se prit la tête à deux mains et fixa les filets de sang qui se ramifiaient sur ses cuisses. L'adjudant Gildas cessa de presser le torchon contre la poitrine du sous-lieutenant qui, la bouche figée dans un vague sourire et les yeux grands ouverts, ne remuait plus. Quelqu'un se mit à cogner frénétiquement sur le béton avec sa gamelle, sans raison. Il était peut-être devenu fou.

Zorg grimpa sur le parapet et se mit à ramper en direction des lignes ennemies.

— Reviens, lui cria l'adjudant Gildas. Fais pas le con. Tu vas te faire tailler en pièces.

Des tirs se mirent à retentir. Par le judas, je vis Zorg glisser au milieu des cadavres, des gerbes de poussière autour de lui.

Aux aurores, Zorg rentra sans son cousin. Il ne serait jamais plus le même. L'homme qui nous revint, barbouillé de partout, le regard abyssal, avait laissé son âme derrière lui. Car il n'eut plus de peur ni de pitié.

Nos armées finirent par s'emparer de la cote 304, le 20 août 1917, après une multitude de tentatives meurtrières. Zorg fut pour beaucoup dans le succès de notre compagnie, qui s'illustra à coups de baïonnette et au couteau. Depuis, chaque fois qu'un affrontement nous dressait contre les Boches, Zorg exultait. Il allait à la mort comme on va à la parade. En bombant le thorax. Aussi euphorique que suicidaire. Toujours volontaire. Il suffisait de lui désigner une proie. Parfois, on n'avait pas besoin de lui montrer quoi que ce soit. Il opérait à l'instinct, flairait la bête à des lieues à la ronde, la traquait au jugé. Ceux qui tombaient sous ses balles n'échappaient pas à son poignard. Il était comme un loup solitaire lâché dans une bergerie. Jamais satisfait, jamais rassasié.

12

À nos débuts de troupiers en campagne, lorsqu'on partait en éclaireurs, on faisait attention au moindre craquement. Le doigt sur la détente. L'odorat affûté. Un œil devant, l'autre derrière, pareils au caméléon. Nous prenions n'importe quelle ombre, au pied d'un arbre, pour un tireur embusqué.

Après trois années de guerre, les sorties en reconnaissance viraient à la vadrouille. On marchait à découvert, en papotant et en se brocardant les uns les autres ; on s'asseyait au beau milieu d'une clairière pour casser la croûte ou pour griller une cigarette ; parfois, on s'offrait un petit somme, à la merci d'un fusil. La peur, la fatigue, rien ne nous encombrait, désormais. Pas même les escadrons de fantômes qui s'agrippaient aux basques de nos manteaux. Le danger nous était devenu si coutumier, si intime, que nous ne pouvions pas nous en passer. L'accalmie nous angoissait plus que les états d'alerte. C'était étrange. La proximité de la Faucheuse nous rendait presque indifférents à notre sort. Nous avions vu périr tellement de braves qu'une sorte de culpabilité nous interdisait de nous apitoyer sur notre statut de morts sursitaires. Et puis, à quoi bon s'entourer de précautions excessives ? Les balles perdues occasionnaient des dégâts considérables, les autres, celles qu'ajustait la ligne de mire, s'abattaient sur nous comme les mouches à viande grisées par l'odeur du sang…

— On s'est trop éloignés de notre périmètre, me signala Mabrouk.

— On va jusqu'à la rivière, puis on rentre, lui dis-je.

— Tu nous laisserais y grenouiller deux minutes ? Ça me botterait de noyer les bestioles qui pique-niquent à mes frais dans mon jardin pubien.

— On est une patrouille, pas une bande de scouts.

— Il fait chaud. Ça nous rafraîchirait. Je me rappelle pas quand j'ai pris mon dernier bain. S'il te plaît, chef.

Chef !… J'avais le sentiment d'être quelqu'un d'autre depuis qu'on m'avait promu au grade de caporal et mis à la tête d'une escouade de baroudeurs intrépides. La majorité de nos sous-offs avait été tuée dans la Somme. L'adjudant-chef Ben Amara n'avait pas survécu à ses blessures. Il a expiré son dernier soupir en appelant, un à un, ses douze enfants. Tahar a eu la main et la jambe amputées ; son cœur n'a pas résisté à la gangrène. Le capitaine Morales est mort décapité par un obus. La compagnie avait perdu le tiers de son effectif.

On avait un nouveau capitaine, à peine plus haut que ses bottes, mais vif et sec comme un coup de fouet. Officier d'intendance longtemps confiné aux arrières à dresser l'inventaire des stocks de patates, sans une médaille à son actif, il comptait les récupérer toutes grâce aux exploits de notre unité. Nous avions gagné pas mal de combats sous son commandement. La haine qu'il vouait aux Boches y était pour quelque chose. « Ramenez-moi les oreilles de ces gros porcs », qu'il tempêtait en tapant le sol du pied. Il s'appelait Davril et avait dû oublier son sourire chez un arracheur de dents. Ses ordres devaient être exécutés à la lettre, et malheur à celui qui les prenait à la légère.

Il m'envoyait en reconnaissance tous azimuts. Qu'un mortier de tranchée éternue au loin, qu'une motte ne lui revienne pas, une ferme isolée, un chemin trop tranquille et, tout de suite, il tonnait : « Trouvez-moi ce tire-au-cul de Boussaïd, *fissa.* »

Il m'avait fait parcourir des kilomètres juste pour qu'il puisse dormir sur ses deux oreilles.

— J'en ai marre de ces virées à l'aveugle, maugréa Othmane, un solide gaillard de Palikao qui parlait couramment français et qui nous servait d'interprète occasionnel. J'arrive plus à retirer mes godillots sans ramener la peau de mes pieds avec.

— On est tous crevés. Mais les ordres sont les ordres.

Othmane s'arrêta pour me fixer de ses yeux de braise.

— J'aime pas ce que t'es en train de devenir, Hamza… Depuis qu'on t'a accroché du galon, tu n'arrêtes pas de prendre la défense des officiers. Dans pas longtemps, tu vas te mettre à nous traiter comme des moutons, toi aussi.

— T'as raison, Othmane, grommela Issa, le colosse de Had Chekala. Hamza, il a changé. Il nous prend de haut et ça lui déplaît pas de se ranger du côté des commandeurs. Le jour où il sera sergent, il ne daignera même pas nous adresser la parole.

— C'est quoi, cette mentalité ? m'indignai-je. On crie à la traîtrise dès que l'un des nôtres se démarque du troupeau ? Je suis fier, moi, quand je vois des gradés musulmans.

— Ça n'a rien à voir avec musulman ou pas musulman. On veut que tu arrêtes de prendre la défense de ce couillon de capitaine. Ce type a une dent contre notre groupe. Il nous envoie au charbon sans compter. Et nous, toutous bien dressés, on va chercher le bâton en remuant de la queue. On n'a même pas droit à un morceau de sucre, au retour.

— Ouais, renchérit Raho, surnommé le Bélier parce qu'il ne reculait devant rien. C'est à peine s'il ne nous botte pas le derrière quand on rentre sains et saufs. Si on n'a rien à signaler, il pense tout de suite qu'on était planqués non loin du cantonnement, à bayer aux corneilles. Et ça, c'est nous manquer de respect. Si t'es un vrai chef, Hamza, tu dois le lui dire en face qu'on n'est pas des simulateurs. Et qu'il nous oublie un peu. Y a d'autres patrouilles dans la compagnie, merde.

— Tu crois t'adresser au boutiquier du coin ? lui rappelai-je. C'est le capitaine, bon sang. Tu ferais quoi, s'il t'ordonnait d'aller dans un village grouillant de Boches lui chercher du pinard ? Tu t'exécuterais, et puis c'est tout. Des gars ont été fusillés pour moins que ça, séance tenante.

— Il nous ferait quoi si on désobéissait ? fulmina Othmane. Nous passer par les armes ? Le peloton d'exécution ou les Boches, quelle différence ?

— On est des soldats. On dit « à vos ordres ! » en claquant des talons et on ne discute pas. On est soumis à la discipline et à la loyauté.

— Loyauté ? ricana Raho. Un poète de chez nous disait que la loyauté est le plus handicapant des sacrifices. Elle exige, parfois, des concessions contraires à notre conscience. La preuve : on se bat pour qui ? Pour des mécréants. Contre qui ? Contre d'autres mécréants. On sera dans quel camp, au Jugement dernier ? On n'est même pas sûrs d'être reconnus comme *chahid* par le bon Dieu.

— Je ne rentre pas dans ces considérations.

— Ah oui ? Tu appelles ça des considérations, caporal Hamza Boussaïd ?

— Du calme, les gars, intervint Mabrouk. Le chef a raison. On est des soldats, et un soldat, ça porte un casque pour ne pas réfléchir.

— Tu n'as même pas besoin d'un casque, lui lança Issa.

— On est en train de gaspiller notre salive et notre souffle pour rien, si vous voulez mon avis. J'ai soif et j'ai mal aux mollets, moi. Et si on allait dans les bois nous reposer un brin ? proposa Raho.

— Excellente idée, admis-je. Quant à toi, Issa, je te conseille de garder ta langue bien au fond de ta gorge si tu ne tiens pas à ce qu'on te pende avec.

— C'est ça, grommela Othmane, délibérément acquis à la cause du colosse de Had Chekala. Quand on manque d'arguments, on table sur les menaces. Personnellement, je n'ai rien à gagner dans cette guerre. Et Issa non plus. Ni aucun de nous. Ne va pas nous dire qu'on n'a pas le droit de déglutir quand on a le couteau sous la gorge. Chaque fois que je prends mon repas, je me dis que c'est le dernier. Si en plus je dois fermer ma gueule, faut pas abuser.

C'était un râleur de première, Othmane. Toujours à ne voir que le mauvais côté des choses. Cependant, comment l'assagir si toutes les choses convergeaient du mauvais côté ? Je le comprenais, sauf que la vérité n'était pas une bonne alliée sur les champs de bataille. Il m'arrivait de ruminer les mêmes pensées, de me poser un tas de questions, mais je n'allais pas plus loin. Il n'y avait pas de réponses probantes, en fin de compte. Il n'y avait que le vide, l'abîme et le sentiment de se faire violence inutilement. Je regrettais seulement que certains de mes subordonnés me rendent coupable de ce dont nous étions tous – des officiers aux ordonnances et des cuistots aux agents de liaison – les victimes expiatoires.

Mabrouk nous devança pour s'assurer que l'ennemi ne nous attendait pas dans les bois. Après avoir inspecté les fourrés, il nous fit signe de le rejoindre, l'air surexcité. Je ne saisis les raisons de sa jubilation qu'en me penchant sur la rivière qui roucoulait plus bas : des femmes y barbotaient, blondes comme des soleils. Elles riaient aux éclats en s'envoyant des gerbes d'eau, s'amusaient à se faire noyer, cabriolaient dans l'eau. Leur robe collée à leur peau blanche conférait à leur silhouette quelque chose de divin.

Nous étions éberlués, en extase, comme si, subitement, après avoir traversé à tâtons la vallée des ténèbres, nous débouchions sur un monde enchanté. Nous étions subjugués par tant de beauté après tant de laideurs assumées, tant de noirceurs subies, tant de hontes bues. C'était plus qu'un spectacle captivant, c'était une révélation cosmique, tellement simple et nécessaire qu'elle nous réconcilia avec nos disparus et avec nous-mêmes. Toute la prophétie originelle était là, sous nos yeux, à un jet de pierre, dans cette rivière qui valait toutes les eaux bénites et qui nous éveillait à la vraie vocation de la vie, celle censée nous faire rêver et croire dur comme fer qu'il n'est de gloire que l'amour, de victoire que le triomphe sur soi, qu'aucune étoile ne supplante le sourire d'une vierge et qu'aucun soleil d'été ne saurait réchauffer une âme en peine mieux que les bras d'une femme.

À cet instant précis, là, au milieu des arbres, face à cette rivière qui nous restituait à nous-mêmes avec une délicieuse violence, nous renaquîmes à nos émotions d'enfants éblouis, sains d'esprit, sublimes de naïveté et d'émerveillement. Au diable les Boches, les ordres et les assauts. Nous nous cachâmes dans les fourrés et restâmes interdits, sans ciller pour ne rien perdre de ce que le hasard nous offrait comme présent en cette journée bénie de juin 1918, certains d'être, de toutes les créatures sur terre, les plus vernies. Aucun de nous n'osa hasarder un mot, de crainte d'effaroucher les fées qui batifolaient dans l'eau, et avec elles les rares moments de quiétude et de bonheur que nous ne croyions plus possibles.

Le soir tomba.

Les femmes étaient parties depuis un bon moment, mais nous étions encore là, à plat ventre dans les buissons, rêvant des chevelures flamboyantes, des visages radieux, de ces joyaux de chair et d'émotion qui nous avaient enrichis, l'espace d'une baignade, comme jamais fortune ne le ferait. L'écho était rempli de leurs rires cristallins qui, ce jour-là, si les hauts gradés les avaient perçus une seconde, auraient fait taire les canons d'un bout à l'autre de la planète.

De retour au cantonnement, j'avais la tête dans un aquarium.

Le lendemain, je me présentai devant le capitaine pour qu'il m'autorise à repartir en reconnaissance. Nous retournâmes dans les bois, mes baroudeurs et moi, au même endroit que la veille, et attendîmes la journée entière, tendus de crampes dans les fourrés. La rivière paraissait orpheline de son clapotis ; elle coulait en silence comme une larme émue. Les arbres, en faction sur la berge, étaient tristes. Cruellement délesté de son âme, le petit lopin d'éden languissait de ses absentes, aussi vide de sens qu'un puits.

Les houris ne revinrent pas, et le paradis de la veille s'estompa comme un mirage afin que les brutes recouvrent pleinement l'enfer de leurs incommensurables absurdités.

13

De nouveau, la marche forcée. Il fallait se dépêcher. L'ennemi prenait des villages en otage, déclenchant des exodes massifs. Des cohortes de femmes, de vieillards et d'enfants aux mines blafardes fuyaient, leurs affaires entassées pêle-mêle sur des brouettes et sur des chariots, leurs malades recroquevillés sur les balluchons. Désemparés et stoïques, les déracinés marchaient au gré de leur intuition, se décidaient à une bretelle, se ravisaient à un carrefour, pesaient le pour et le contre à une fourche et poursuivaient leur chemin sans se retourner. Ce qu'ils laissaient derrière eux, le bistrot du coin, les potagers, la messe du dimanche, les cuites entre copains, les soirées près du feu, le boulot – toute cette vie-là, aussi ordinaire fût-elle, relevait d'un lointain souvenir. Aussi marchaient-ils sans se retourner. À quoi bon se retourner ? La guerre occupait tous les horizons. Le monde, leur semblait-il, avait cessé de valoir la peine d'être vécu.

Notre compagnie s'installa dans une ferme désaffectée. Nous aménageâmes l'étable en dortoir et une dépendance en popote, contents de retrouver un peu de confort après trois années de tranchées bourbeuses, de bâches lacérées, de sommeils tumultueux dans la neige et sous les ondées.

Notre cantonnement se situait à quelques kilomètres d'une grosse bourgade occupée par une unité de l'armée régulière. Le besoin de renouer avec la *civilisation* nous tenaillait. Cela faisait si longtemps que nous errions d'un délire à l'autre avec le sentiment de laisser derrière nous ce que nous n'avions pas su apprécier à sa juste valeur, c'est-à-dire ces *lieux communs* susceptibles de nous réconcilier avec nous-mêmes et de nous faire croire que rien n'était tout à fait perdu. Le brouhaha des bistrots, la promenade dans les rues débarrassées des tireurs embusqués, les maisons aux fenêtres éclairées, le rire des enfants, les gens vaquant à leurs occupations, sans armes et sans façons, toutes ces petites choses qui faisaient la vie ordinaire retentissaient en nous comme un appel à la raison.

Sid, devenu sergent, nous obtint une permission et nous invita à l'accompagner en ville, Mabrouk, Othmane et moi. Nous nous y rendîmes à pied, par une belle nuit étoilée.

La bourgade grouillait de gamins, de badauds et de soldats plus ou moins éméchés. Les boutiques n'avaient pas grand-chose à proposer, mais elles étaient ouvertes. Des familles se coudoyaient au balcon de leurs maisons, soulagées de voir leur cité s'éveiller au chahut après des mois de silence angoissé.

Un cheval passa devant nous à toute vitesse, la charrette chargée de charbon. Le claquement des sabots sur le pavé résonnait comme le pouls de la vie elle-même. J'eus envie de m'asseoir sur le trottoir et de me livrer aux bruits simples de tous les jours, sans rien attendre et rien demander.

— Ça vous dirait un bon thé à la menthe bien dosé, les gars ? suggéra Mabrouk.

— Tu as apporté ta bouilloire avec toi ? s'enquit Sid.

— Je vois deux cafés, au bout de la rue.

— C'sont des bars.

— Et alors ?

— Et alors, on n'est pas dans ton Sahara. Les bars, c'est pour se soûler la gueule.

— Qu'est-ce que tu en sais, sergent ? dit Othmane. On y sert peut-être du café.

Nous entrâmes dans le premier bistro sur notre chemin. Toutes les tables étaient prises. Les buveurs braillaient des chansons paillardes, la veste ouverte sur la bedaine, le verre levé en trophée. La fumée des cigarettes saturait la salle.

Nous nous frayâmes un passage jusqu'au comptoir. À peine étions-nous arrivés qu'un gros rouquin se tourna violemment vers Mabrouk :

— Hé, doucement, le Sénégalais ? T'es en train de me marcher sur les pieds.

— Il est algérien, lui dit Sid.

— Ça ne l'éclaircit pas, bougonna le rouquin aux paupières bouffies.

— Arrête ton char, Félix, l'apostropha un caporal. Dès que tu renifles le bouchon, tu rues dans les brancards. Pousse-toi un peu et fais-lui de la place, crénom de Dieu.

— Et puis quoi, encore ? Ce macaque pompe dans mes bouffées d'air.

— Surveille ton langage, le menaça Othmane, le poing amorcé.

Le dénommé Félix fracassa une bouteille contre le comptoir et brandit le tesson :

— Félix, lui cria le caporal, à quoi tu joues, bordel ?

Sid nous poussa vers la sortie.

— Tirons-nous de là, les gars.

— C'est ça, s'enhardit le dénommé Félix. Remballez votre nouba et retournez dans vos zéribas. La guerre, c'est pas un folklore de souk.

Nous quittâmes l'estaminet, démoralisés. Il y avait d'autres bistrots dans le quartier, mais le cœur n'y était plus. Nous remontâmes une venelle jusqu'à la place du village. Une bande de troufions chantait à tue-tête en chavirant, bras dessus, bras dessous.

— Qu'est-ce qu'il disait au juste, le roumi ? demandai-je à Othmane.

— Des conneries.

— On était obligés de partir ?

— Ouais, on était obligés de ficher le camp, dit Sid. Si Mabrouk avait saisi ce que le rouquin déféquait par la bouche, la soirée aurait mal tourné.

— J'ai compris ce qu'il disait, maronna Mabrouk, tassé sous son manteau.

— Depuis quand tu comprends le français, toi ?

— On lit mieux dans les yeux que sur les lèvres. Avant, je cognais. Puis j'ai eu mal au poignet. J'veux juste rentrer chez moi en entier. J'ai quatre gosses qui m'attendent à la maison.

— Quatre gosses ?

— J'ai laissé le dernier dans le ventre de sa mère. J'ai pas eu de ses nouvelles depuis qu'on a pris le bateau.

— T'as quel âge, putain, pour avoir quatre gosses ?

— Vingt-deux ans.

— Tu comptes élever une tribu à toi tout seul ? Tu t'es marié à quel âge ?

— À quinze ans.

— Et tu bandais déjà ?

— Pas toi ?

Nous éclatâmes de rire.

— C'est vrai que tu t'es marié à quinze ans ?

— C'est la vérité, mon cher Hamza.

— Et ta femme, elle avait quel âge ?

— Elle était de huit ans mon aînée.

— Comment est-ce possible ?

— C'est dans la tradition tribale. Toutes les filles doivent se marier. Ma cousine ne trouvant pas preneur, le cheikh en personne m'a sollicité. J'ai accepté. On ne négocie pas l'honneur de la famille.

— Est-ce qu'elle te materne bien, au moins ? le taquina Othmane.

— Ça, c'est pas tes oignons.

Une bagarre éclata autour d'une fontaine. Trois hommes se battaient contre un gars déchaîné.

— On ferait mieux de dégager d'ici, nous conseilla Sid. Quand ça ne s'arrange pas, ça se complique. J'veux pas d'histoires avec le capitaine.

— C'est un des nôtres, s'écria Othmane… Il jure en arabe.

C'était Zorg, évidemment. Il n'y avait que lui pour se mettre à dos la terre entière. Il cognait à bras raccourcis. Nous courûmes le sortir de la mauvaise passe dans laquelle il s'était fourré. Il nous repoussa et continua de rouer de coups ses adversaires. Nous eûmes toutes les peines du monde à le sauver du lynchage car d'autres bidasses commençaient à retrousser leurs manches. Nous dûmes extirper nos couteaux pour les tenir à distance.

Zorg fut mis aux arrêts le soir même.

Le lendemain, je lui rendis visite. Il avait la figure couverte de bleus, un œil fermé et les poings écorchés, mais il était fier de ce qu'il avait accompli.

— Ils m'avaient traités d'arabicot, tu comprends ? J'pouvais pas passer mon chemin avec ça. T'aurais feint de n'avoir pas entendu, Hamza ? Moi pas. Alors, je leur en ai fait bouffer, de l'arabicot. Ils vont mettre des semaines avant d'oser se regarder dans une glace…

— Tu dois te calmer, Zorg.

— Comment ? J'étais peinard dans mon coin, à descendre mon litron. J'cherchais pas les problèmes. J'en ai plein le cul, des problèmes, je t'apprends rien. J'ai même pas vu passer la dame. Comment veux-tu que je manque de respect à une dame si je la vois même pas passer ? Ces fumiers voulaient me chercher noise, c'est tout. Ils m'ont cherché, ils m'ont trouvé.

Il me montra ses poings :

— T'as vu comment je les ai étalés ? Ils savaient plus si je cognais ou s'il pleuvait des massues. Je les ai bien arrangés, pas vrai ? Si j'avais pas oublié mon poignard au cantonnement, je les aurais saignés à blanc.

— Tu joues ta tête à pile ou face, Zorg.

— J'ai plus de tête, si tu veux savoir. J'en ai plus besoin. C'est que des questions idiotes et des regrets, une tête.

Il me menaça du doigt :

— J'veux pas de musulmans dans le peloton d'exécution. Ça, j'y tiens. Je refuserais de mourir s'il y a des nôtres dans le peloton d'exécution. Je veux qu'ils m'exécutent, *eux*.

— Personne ne va te passer par les armes. Le capitaine m'a chargé de te ramener. Nous allons bouger, cette nuit.

Il me montra du doigt en rejetant la tête en arrière dans un rire théâtral :

— C'que tu peux être con, caporal de mes deux. T'as vraiment cru que j'avais peur du peloton ? Que je serais navré si c'est des musulmans qui me mettaient en joue ? Rien à battre, si c'est des musulmans ou des gorilles. De toutes les façons, on nous fait faire des choses contraires à notre religion depuis qu'on est en guerre. Et ça n'a pas l'air de déranger le p'tit vieux qui s'oublie sur son nuage.

— Pas de blasphème, Zorg.

— Tu sais quoi, Hamza ? Je me torche avec tes bondieuseries. Que l'on sacre, que l'on braille ou que l'on s'arrache les cheveux, tu crois qu'Il nous entend, ton p'tit vieux, Là-haut ? Il n'entend rien de rien. Et tu sais pourquoi Il n'entend rien de rien ? Parce qu'Il a tellement vieilli qu'Il prend Son cornet acoustique pour un clairon. Il passe Son temps à souffler dedans et Il ne comprend pas pourquoi ça ne sonne pas.

— Je ne supporte pas le blasphème, Zorg.

— Rien à battre, je te dis.

Soudain, il se jeta à genoux à la manière des moines en contrition, les mains jointes sous le menton, la nuque basse, et se mit à baragouiner des inepties en ébauchant des grimaces qui se voulaient comiques. Son rire repartit dans un hennissement surfait et dément.

Il n'y avait pas de doute, quelque chose avait rompu dans son cerveau.

14

Sid Tami fut blessé le 28 août 1918, au cours de la bataille de Noyon. Ce fut Zorg qui le ramena d'entre les morts. Il le porta sur son dos, en slalomant au milieu des mitrailles, avant de le confier aux brancardiers.

Après une semaine d'assauts, de corps à corps et de nettoyage à la grenade des dernières poches de résistance allemandes, je profitai du premier moment de répit pour me rendre au poste médical. On m'informa que le sergent avait été évacué sur un hôpital réquisitionné par l'armée, dans une petite ville qui se trouvait à une quinzaine de kilomètres de notre camp. Raho et Othmane tinrent à m'accompagner. Nous soudoyâmes un livreur de provisions pour qu'il nous autorise à monter à l'arrière de son camion.

L'hôpital était un établissement en brique rouge auquel on avait annexé le parc mitoyen parsemé de peupliers. Des patients prenaient le frais çà et là, les uns sur des chaises roulantes, une couverture sur les genoux, les autres sur des béquilles. Des infirmières leur tenaient compagnie, prévenantes et attentionnées. L'une d'elles nous orienta vers une grande salle remplie de soldats amochés.

Sid occupait un lit près d'une fenêtre, à côté d'une « gueule cassée ». Il bondit presque hors de son grabat lorsqu'il nous aperçut.

— Vous êtes encore de ce monde ? s'écria-t-il.

Le voir pansé au-dessus de la taille, la tête bandée et le visage cireux brouilla mon regard d'une larme que je ne pus refouler.

Après les embrassades, nous nous assîmes tous les trois autour de lui.

— On n'est pas venus les mains vides, lui dis-je en lui offrant deux boîtes de conserve.

— Garde-les pour les jours sans pain, mon ami. On est bien nourris, ici, je t'assure. Et puis, y a mon voisin. Il a la mâchoire démantibulée. Je mets sa ration en réserve. Hé, Gustave, pas vrai qu'on a fait un marché, toi et moi ?

Gustave leva le pouce. Il était dans un sale état.

— Tu veux que je leur révèle notre petit secret ?

Gustave fit non d'une main exténuée.

— C'sont mes camarades. T'as déjà vu des Turcos en chair et en os ? Ben, ils sont venus jusqu'à toi. Regarde comme ils sont terribles. Les Boches, ils font sous eux dès qu'ils les sentent dans les parages. (Puis, se tournant vers nous :) Gustave est hussard. Sa tante maternelle est mariée à un Algérien. C'est donc un cousin. Pas vrai, Gustave, que t'es de la famille ?

Gustave montra de nouveau le pouce.

— Et toi, comment tu vas ? demandai-je au sergent.

— Une balle m'a atteint à deux doigts du cœur. Une autre a failli me castrer. Mais ça va. Le toubib pense que je pourrai rejoindre mon unité dans quelques semaines.

— Comment ça, rejoindre ton unité ?

— Le toubib dit que mes blessures ne sont pas méchantes.

— Il faut refuser, s'en offusqua Othmane. On n'a pas idée de renvoyer au casse-pipe un handicapé.

— J'suis pas un handicapé. Je peux tenir sur mes jambes, sauf que j'ai le vertige. Le bandage sur ma tête, c'est à cause d'une glissade dans les chiottes.

— Moi, à ta place, je refuserais de retourner au combat.

— T'aurais moins de chance de t'en sortir devant le peloton d'exécution.

— M'en fiche. J'suis mort cent fois.

Une infirmière s'amena avec un plateau, nous salua et entreprit de changer les pansements de Gustave. Elle lui parlait doucement, d'une voix suave, pendant qu'une mèche espiègle pendouillait sur son visage. Nous l'observâmes en silence jusqu'à ce qu'elle eût fini. Nous nous tûmes lorsqu'elle remballa son trousseau et, telle une sylphide qui se serait rogné les ailes pour marcher parmi les hommes, elle nous gratifia d'un sourire que chacun d'entre nous gardera longtemps au fond de lui comme un objet précieux. Pour les brutes hallucinées que nous étions, habituées à ne voir que des visages hâlés qu'enlaidissaient, tour à tour, la colère, la peur, l'horreur et la perplexité devant la perte d'un camarade, ce fut un moment de grâce.

— Vous en avez déjà vu de plus jolies ? s'exclama Sid, après que l'infirmière eut quitté la salle.

— Ah, ça, que oui. Elle est fichtrement jolie.

— Elle s'appelle Appoline… Elle n'est pas contre que je lui fasse du gringue. Vous avez vu le regard qu'elle m'a décoché ?

— Elle fait son boulot, c'est tout, dit Raho, jaloux. Elle doit être gentille avec tous les patients. J'ai été, moi aussi, malade dans un hôpital, figure-toi.

— Toi et moi, c'est pas la même chose. Tu ne ressembles à rien et tu sais pas causer aux dames. Quand je te dis qu'elle enfourche pour bibi, c'est pas des paroles en l'air. Elle est aux petits soins pour moi. Depuis que j'ai atterri ici, je suis sur un nuage et je suce les étoiles comme des sucreries.

— Les étoiles comme des sucreries ? ironisa Othmane. T'es sûr que t'es sorti du coma ?

— Je serais mort que je le regretterais pas, avec Appoline comme houri.

Raho se gratta le sommet de la tête :

— Au prochain combat, je me laisserai descendre. Si des blessures rendent romantique, qu'en sera-t-il de la mort ?

Nous avons ri aux larmes dans cette grande salle encombrée de drames. Certains grabataires se joignirent à nous, amusés par nos anecdotes du front et nos cocasseries. Notre bonne humeur mettait un peu de baume à leur cœur. C'étaient des braves qui acceptaient leur sort avec un stoïcisme biblique.

Sid était content. Notre visite l'avait revigoré. Il n'arrêtait pas de répéter à ses camarades de chambrée que nous étions des Turcos, les meilleurs guerriers de la terre. Nous aurions pu y passer la journée, à blaguer et à nous marrer comme des baleines si, excédé par notre tapage, l'officier médecin ne nous avait pas mis dehors.

15

En quittant l'hôpital, Raho, Othmane et moi, nous ne sûmes quelle route prendre pour regagner notre cantonnement. Nous n'avions pas eu la présence d'esprit de mémoriser des repères à l'aller et nous ignorions comment s'appelait l'endroit où se trouvait notre bataillon.

Nous nous rabattîmes sur un poste de contrôle pour qu'on nous oriente. Le caporal de garde nous considéra avec une drôle d'expression sur son visage terreux.

— Comment ça, vous savez pas comment retourner dans votre unité ? Même une bourrique sait où se trouve son écurie.

— C'est une fabrique en ruine, essaya de lui expliquer Othmane.

Le caporal de garde saisit son pantalon par la ceinture et le remonta d'un coup sec par-dessus son nombril en tapant furieusement le sol du pied.

— Est-ce que j'ai l'air d'un blaireau ?

— Non, chef.

— Pourquoi tu me parles de fabrique quand, moi, je parle d'écurie ?

— Parce qu'on est stationnés dans une fabrique, chef. Et on sait pas où elle se trouve. On est venus rendre visite à un blessé, mais le camion est reparti sans nous.

Le caporal de garde nous dévisagea pendant une minute, puis il cracha sur le côté et nous chassa d'une main blasée.

— Vous n'avez qu'à vous débrouiller. Je ne veux pas vous voir traîner dans le coin. Votre tronche me donne le tournis.

Nous prîmes une direction au hasard, en espérant tomber sur des soldats ou un camionneur susceptibles de nous venir en aide. Aucun des rares véhicules croisés ne daigna s'arrêter.

Raho crut reconnaître une colline. Nous le suivîmes jusqu'au sommet d'une crête. Devant nous, une plaine blonde s'étalait à perte de vue, sans un cantonnement à l'horizon.

Nous rebroussâmes chemin jusqu'à la route bitumée, revînmes sur nos pas lorsque nous nous aperçûmes que ce n'était pas, non plus, la bonne direction. Le soleil déclinait. Il nous fallait atteindre notre compagnie avant la tombée de la nuit. Il arrivait souvent que des sentinelles ouvrent le feu sur des amis imprudents. Un de nos sous-offs avait été grièvement blessé en revenant d'une butte derrière laquelle il était allé se soulager. La sentinelle lui avait tiré dessus sans sommation.

Nous avions tourné en rond des heures durant. Ce que nous redoutions nous rattrapa : la nuit nous surprit dans un thalweg, à crapahuter sur le talus.

Nous coupâmes à travers champs. Un chien se mit à aboyer dans le noir. Une lumière s'alluma à la fenêtre d'une ferme.

— Qui va là ? cria une voix d'homme.

— C'est que nous, lui répondit Othmane.

— C'est qui, vous ?

— Les Turcos.

— Vous êtes des Français ou des Allemands ?

— Français, monsieur.

— Qu'est-ce qui prouve que vous êtes des Français ?

Othmane se tourna vers moi :

— On fait quoi ?

— Je ne vois pas le chien.

— On se fiche du chien, chef. On fait quoi ? On poursuit notre route ?

— Je vous entends, dit l'homme à travers la porte. Vous n'êtes pas des Français.

— On parle en arabe, monsieur. Notre chef, c'est le caporal Boussaïd. On s'est perdus. On cherche notre unité.

— J'suis fermier, moi, pas agent de la circulation. Allez-vous-en…

— Ils te disent qu'ils sont des nôtres et qu'ils se sont perdus, intervint une voix de femme. Ouvre voir ce qu'ils veulent.

— Mais, maman, dit une autre voix de femme, c'est peut-être des Allemands.

— Tu crois qu'ils demanderaient la permission, s'ils étaient ces brutes d'Allemands ? Ouvre-leur, Bertrand. Faut pas les laisser dehors.

Des gonds grincèrent, prudemment ; une lanterne se tendit à travers l'entrebâillement de la porte.

— Si vous tirez, je lâche les chiens, nous prévint l'homme.

— Pousse-toi, Bertrand. Laisse-moi voir ce qu'ils veulent, ces pauvres gens.

Une vieille femme arracha la lanterne de la main de l'homme et s'approcha de nous. Elle promena la lumière sur nos visages.

— C'est pas des Allemands.

Elle nous fit entrer dans une grande pièce meublée de bouts de misère et de vieilleries. L'homme, grand et maigre, recula jusqu'à une jeune femme en retrait dans l'embrasure d'une chambre. Il se tint sur ses gardes, ses énormes poings de paysan prêts à nous tomber dessus si les choses se présentaient mal. La jeune femme se serra frileusement dans un châle délavé, le visage blême. J'eus honte de ne savoir ni lui dire des mots rassurants ni lui sourire de façon à l'apaiser.

— Prenez une chaise, mes enfants, dit la vieille femme. On n'a pas grand-chose, mais il reste un peu de soupe dans le chaudron, si vous avez faim. Huguette, apporte-leur à manger.

— On cherche juste notre unité, madame, lui dit Othmane.

— Pourquoi ils disent rien, les deux autres ? s'enquit l'homme, méfiant.

— Ils parlent pas français.

— Comment ça s'fait que toi, tu parles français ?

— J'ai grandi dans le haras d'un colon, monsieur.

— Ça se trouve où, ton patelin ?

— On a pris le bateau pour venir ici, monsieur.

— Si tes camarades, ils parlent pas notre langue, ils font comment pour communiquer avec les autres ?

Raho se pencha sur Othmane.

— Tu crois que la fille est célibataire ?

— Qu'est-ce qu'il marmotte, ton copain ? J'aime pas qu'il te chuchote dans l'oreille, la main sur la bouche.

— C'est rien, monsieur. Mon ami veut savoir si on ne vous dérange pas.

— Faut qu'il arrête de chuchoter, ton copain, nous menaça le vieil homme. C'est pas poli de causer comme ça. D'abord, on pige rien à votre jargon. En plus, ça me met mal à l'aise.

— Tiens-toi tranquille, dis-je à Raho avec suffisamment d'autorité pour le remettre à sa place.

Raho leva les mains pour s'excuser.

— Dites, vous trois, vous seriez pas des déserteurs, des fois ? grommela le monsieur. Y a des choses, dans vos manières, qui ne sont pas catholiques.

— Arrête avec ton interrogatoire, Bertrand, le somma la vieille femme. Tu ne vois pas qu'ils sont fatigués ?

— Non, monsieur, on n'est pas des déserteurs. Nous appartenons au 2e Régiment de tirailleurs. Et un tirailleur ne fuit jamais devant l'ennemi.

L'atmosphère se détendit un peu. La jeune femme nous apporta de la soupe.

L'homme consentit à se joindre à nous. Il dit, conciliant :

— Y en a eu des bataillons dans le secteur, mais ils sont partis plus à l'est. Vous vous êtes perdus comment ?

— On est allés rendre visite à un blessé. Le camion est reparti sans nous. On connaît pas bien la région.

— M'est avis que vous êtes pas au bon endroit. Y a pas de caserne par ici. Les convois sont allés vers l'est, et vous êtes au nord de Pimprez. Y a peut-être une garnison à Pimprez. J'peux pas vous dire, ça fait des mois que j'ai pas quitté la ferme… Ça va durer longtemps, la guerre ?

— Comment veux-tu qu'ils le sachent ? l'apostropha la vieille femme.

— Ils sont bien placés pour avoir une idée, non ?

— C'est aux officiers qu'il faudra demander.

— Si j'comprends bien, on ne peut plus poser de question, sous ce toit ?

— Tu les ennuies avec tes questions, voilà. Laisse-les reprendre leur souffle. C'est trop te demander ?... Mangez, mangez, mes enfants. Faites pas attention à lui... Huguette, va voir si tu trouves quelque chose dans la souillarde.

— Il reste juste une portion de la tarte d'hier.

— C'est ma part, grogna le vieil homme. Je l'ai mise de côté pour quand j'aurai un creux. C'est pas bon pour mon ulcère si j'ai le ventre vide, qu'il a recommandé le docteur.

— Apporte-leur la tarte, Huguette.

— J'ferai quoi, quand mon ulcère se réveillera ?

— Il se réveillera pas, trancha la vieille femme.

Huguette nous apporta le morceau de tarte. Othmane nous fit signe de ne pas y toucher.

— Pourquoi ? murmura Raho. Y a du cochon dedans ?

— C'est la ration du vieux, et il y tient. Et puis, arrêtons de parler arabe. Le monsieur, il est pas tranquille quand il ne saisit pas c'qu'on raconte.

La vieille femme s'assit au coin de la table. Elle nous regarda manger en silence puis, en se triturant les doigts, qu'elle avait noueux et rugueux, elle soupira :

— La guerre n'apporte rien de bon, ni aux bêtes ni aux hommes. C'est que du malheur et ça n'a pas de sens. Mon gendre, le mari à Huguette, est parti au front et il est pas revenu à ce jour. Il a plus donné de ses nouvelles. On voudrait bien savoir ce qu'il lui est arrivé, mais on a la ferme à entretenir, et les temps sont durs. Huguette, elle peut pas aller demander. Elle a le petit à garder. Et Bertrand, il confond tout… Vous venez de quel pays ?

— L'Algérie, madame.

— C'est loin ?

— On a mis trois jours en bateau, madame.

— Et c'est comment, votre pays ?

— C'est bien.

— Bien, comment ?

— C'est comme la France, sauf qu'il n'y a pas de grandes rivières et il ne pleut pas tout le temps comme chez vous. Là-bas aussi, les temps sont durs, depuis avant que mon père soit né, et bien plus avant encore.

— Tu ne peux pas nous traduire ce qu'elle raconte, la madame ? s'énerva Raho.

— Il veut quoi, ton compagnon ? s'enquit Bertrand, interpellé par l'agacement du Bédouin.

— Il dit qu'il a mal aux pieds, monsieur.

— On a la grange, nous proposa la mère. Vous pouvez y passer la nuit, si vous n'êtes pas pressés.

— T'es d'accord, chef ? Elle dit qu'on peut attendre le matin dans la grange.

— Ne me fais pas passer pour un sauvage, Othmane. Je comprends ce qu'elle dit.

— C'est pas la question, chef. On dort chez eux ou bien on poursuit notre route ?

— On n'a pas le choix. On voit plus clair le jour.

— Il dit quoi, le chef ? demanda Bertrand.

— Et si tu allais te coucher ? le tança la vieille femme. Tu poses trop de questions à ces pauvres jeunes gens.

— Tu leur en poses autant que moi, si tu veux savoir, Germaine. Pourquoi c'est que toi qui as le droit de parler sous ce toit ? J'suis pas en train de les jeter dehors, tes protégés. Tu leur cèdes ma part de tarte et je dis rien. Et quand j'essaye d'être gentil avec eux, t'es pas contente. T'es jamais contente, nom de nom. C'est comme si tout c'que je fais, il t'énerve.

Nous dormîmes dans la grange.

Au matin, la fermière nous offrit une tranche de pain noir. Son époux nous raccompagna jusqu'à une route carrossable, nous montra la direction de Pimprez et nous souhaita bonne chance.

Nous escaladâmes une colline, puis nous coupâmes à travers champs. Au loin sur la route, un convoi s'éloignait vers l'est. Un peu plus bas, sur notre gauche, il y avait un hameau. On voyait des paysans qui s'affairaient çà et là.

— Si j'ai bien compris, la fille, elle est célibataire, relança Raho.

— Elle est mariée à un soldat.

— C'est pas ce que j'ai cru comprendre.

— Et qu'est-ce que tu as compris ?

— Que son mari n'a pas donné signe de vie. Donc, il est mort. Et la fille est veuve, donc célibataire.

— Tu te fais des idées, c'est tout.

— C'est pas parce que je ne parle pas le français que je ne comprends rien de rien. Y a des mots qui m'échappent, mais je devine de quoi il retourne.

— C'est dans ta tête que ça tourne pas rond, Raho. C'est pas bien de penser de travers des gens qui nous ont offert l'hospitalité.

— Je pense pas à mal. C'était juste par curiosité. La fille avait l'air tellement triste. Notre religion ne nous interdit pas d'épouser des chrétiennes.

— Et tu crois qu'elle voudrait de toi ?

— Pourquoi pas ? Qu'est-ce qu'il me manque ?

— Du respect. Il te manque du respect. Cette brave famille nous a accueillis et hébergés.

— C'est pas le sujet, Othmane. Je parle de la fille. Pourquoi tu t'énerves ?

— Parce que tu pues de la gueule, de bon matin. Et puis, ça me dégoûte, ce genre d'arrière-pensées. Je tiens pas à perdre mon temps avec toi. On a la compagnie à retrouver avant qu'on nous porte déserteurs ou disparus.

Pendant que les deux compères se chamaillaient, ni eux ni moi ne prêtâmes attention au bosquet qui se dressait sur notre droite, au sortir des champs. Tout avait l'air calme, autour de nous. Des oiseaux pépiaient à l'ombre des feuillages. Des moucherons zézayaient par-dessus les touffes d'herbes. Un clapotis trahissait le ruisseau dans les fourrés… Bang !… un coup de feu. Un seul. Nous nous jetâmes à terre. Un gamin jaillit d'un buisson et courut entre les arbres. Il disparut en une enjambée, aussi furtif qu'un farfadet. Nous restâmes couchés, à l'affût. Pas le moindre mouvement devant. Pas le moindre bruit. Raho rampa jusqu'à une bosse de terre, regarda dans tous les sens, se leva, s'accroupit, se leva de nouveau.

— C'est sûrement le gosse qui a tiré, déduisit-il. Je ne vois personne d'autre.

Je me mis debout.

Othmane, lui, ne bougeait pas. Il était couché sur le flanc. Je lui dis qu'il n'y avait plus de danger et qu'il pouvait se relever. Il ne se releva pas. Je revins sur mes pas, me penchai sur lui. En le retournant, je bondis en arrière. Othmane avait du sang entre les sourcils.

Raho dévala à toute vitesse un sentier pour aller chercher du secours dans le hameau.

— Garde-le éveillé, qu'il criait en dévalant le sentier. Faut pas qu'il s'endorme…

Raho avait bien vu qu'Othmane était mort, sauf qu'il refusait de l'admettre. Moi aussi, je savais. Je savais qu'il n'y avait plus rien à faire. J'étais resté auprès du corps sans vie, dans un total déni, à attendre que mon baroudeur d'ami se réveille.

16

Et vint ce jour tant attendu du 11 novembre 1918.

Je ne me rappelle pas si le ciel était bas ou dégagé, si c'était le tonnerre ou bien un crapouillot qui éructait derrière la colline, ce jour-là ; je me souviens seulement, avec une précision inouïe, de l'agent de liaison qui sortait en courant du PC du bataillon. Il tenait à la main une veste qu'il faisait tournoyer par-dessus sa tête, et courait, courait. Il était trop loin pour que j'entende ce qu'il criait, mais les clameurs qu'il soulevait sur son passage étaient nettes comme une embellie. Je voyais des soldats lancer en l'air leurs casques, leurs chèches, leurs gamelles, et d'autres se jeter dans les bras les uns des autres.

— Qu'est-ce qui s'passe ? s'écria Gildas en jaillissant des latrines, le froc défait.

L'agent de liaison se dirigeait sur notre compagnie.

— La guerre est finie, s'égosillait-il… L'Allemagne a capitulé.

Une liesse tumultueuse s'empara du cantonnement.

Sur tous les visages, la délivrance, qu'une teinte d'incrédulité rendait presque farouche, exultait.

Ce fut un moment extraordinaire, un jour de vertige et de folie heureuse comme je n'en connaîtrais pas souvent. L'agent de liaison passa devant moi, me dit quelque chose et fonça vers le bureau du capitaine Davril. Lorsque Horr me ceintura pour me soulever, j'eus l'impression d'être en lévitation. *La guerre est finie* retentissait à mes tempes, se propageait à travers mon cerveau, ravivait une à une l'ensemble de mes fibres ; j'étais subitement guéri des malheurs du monde, pareil à un possédé expurgé de son démon.

Le capitaine Davril ordonna que l'on double les rations et que l'on n'épargne pas un seul quartier de viande dans le stock. « Ce soir, on va bouffer jusqu'à dégueuler », promit Gildas.

Toute la nuit, au milieu de feux de bois et de futailles enflammées, nous avions festoyé à tomber à la renverse.

J'étais allé chercher Sid. À son retour de l'hôpital, il avait été affecté au PC du bataillon. Nous ne nous voyions presque plus. Je le trouvai dans une cagna, avec quelques petits gradés débraillés en train de se passer le litron. Mabrouk était là, lui aussi, étendu sur un châlit, rond comme une barrique.

— Et dire que tu ambitionnais de devenir imam, lui reprochai-je.

— C'est pas tous les jours qu'on est ressuscité, rétorqua-t-il, la voix empâtée.

Sid me tendit la bouteille. Je lui fis non de la tête.

— Une petite gorgée, va. Les péchés sont absous jusqu'à nouvel ordre.

— Je suis déjà ivre de bonheur, lui dis-je.

— D'où t'as réussi à te dégotter ce tord-boyaux, sergent ? lui lança Moustic, un simulateur hors pair, économe de bonne volonté, qui s'arrangeait toujours pour être exempt de corvées.

— Je couche avec l'ordonnance du colonel.

— Je m'en doutais un peu… C'est toi qui es à quatre pattes ou bien c'est l'ordonnance ?

— On permute.

— C'est équitable, admit Moustic.

Des rires saluèrent l'impertinence de l'un et de l'autre.

Sid avala une lampée, s'essuya la bouche sur son poignet, éructa avec grande satisfaction.

— Tu t'rends compte, Hamza ? Mais est-ce que tu t'rends bien compte ?… Cette saloperie de guerre est derrière nous, désormais.

— Rendons grâce au Seigneur.

— Hé, réclama Mabrouk en se mettant difficilement sur son séant, à moi, la gnôle. Ce soir, j'ai envie d'être bibi, rien que bibi, un tas de chair et de sang qui pète et qui rote parce qu'il est vivant.

Sid se poussa sur le côté pour me faire de la place.

— C'est quoi tes projets, maintenant ?

— Maintenant, là ?

— Quand tu rentreras au pays.

— Ben, retrouver les miens.

— C'est pas des projets, ça, Hamza. Tu vas retrouver ta famille, d'accord, et après ?

— Et après, je reste avec les miens.

Sid alluma une cigarette, en tira deux bouffées appuyées et me la tendit avant de sortir pisser. Il revint, la bande molletière défaite à son pied, s'assit en face de moi, sur une pile de couvertures.

— Tu dois mettre une croix sur ton douar, Hamza.

— Toute ma vie est là-bas.

— Tu appelles ça une vie ? Tu vas retrouver quoi dans ton trou perdu, à part la mouise et l'ennui ? Il faut te sortir de là, mon gars. On n'était pas bien, à Mostaganem ? Les bistros, les magasins, le cinéma, et les belles bourgeoises qui se baladent sur le boulevard avec leurs petits chapeaux. Et le soir, toutes ces terrasses pleines de monde. C'est la ville qu'il te faut, si tu veux changer le cours de ton destin. Pourquoi ne pas t'installer à Sidi Bel Abbès, tiens ? Je te trouverai du travail. C'est pas ça qui manque, à Sidi Bel Abbès. Beaucoup des nôtres ont fui la campagne pour refaire leur vie en ville. Et y en a qui ont réussi. Pourquoi pas toi ?

— Je vais avoir une ferme et des terres.

— Tu disais que tu n'étais qu'un berger.

— Je ne suis plus un berger, Sid. Je vais avoir des terres, et même des gens qui travailleront pour moi. Peut-être que ma famille est déjà dans notre ferme, à l'heure qu'il est.

— Tu as hérité de quelque chose ?

— Je ne peux rien te dire, pour l'instant.

— Tu n'as qu'à tout vendre. Offre-toi un commerce et un pied-à-terre à Sidi Bel Abbès. Tu ne le regretteras pas. La mer n'est pas loin, et Oran est à côté. Et puis, nous serons voisins.

— Je verrai…

— En tous les cas, si tu changes d'avis, tu sais où me joindre. Tu demandes après Hamou le menuisier. C'est mon père. N'importe quel gamin te conduira jusqu'à chez nous… Hamou le menuisier. Tâche de ne pas l'oublier.

— J'ai un beau-frère qui s'appelle comme ça.

— Y a aussi le bistro à Dédé. Tu risques pas de le louper, celui-là. Il fait face à la gare. J'y bossais comme serveur. (On lui passa le litron, il en avala une rasade, clappa des lèvres.) Sidi Bel Abbès, c'est quelque chose, crois-moi. Tu occupes un banc public et tu vois passer les plus belles femmes de la région. T'as plus envie de fermer l'œil, la nuit.

Une musique endiablée se fit entendre.

Mabrouk bondit sur ses pattes, dégrisé d'un coup.

— C'est la nouba…

Nous nous ruâmes dehors.

Un attroupement s'était formé autour de la troupe folklorique du régiment qui, trompettes et tambours à fond la caisse, faisait tonner la fanfare.

— Joue-nous quelque chose du bled, cria Mabrouk au chef de l'orchestre. On ne veut pas parader, on veut danser.

— On va au PC ? me proposa Sid. Il y a à boire et à manger, ce soir.

— D'accord.

Sur notre chemin, nous rencontrâmes Zorg. Il se tenait ostensiblement à l'écart de la liesse générale, seul, assis sur l'épave d'un chariot, la mine opaque.

— Qu'est-ce que tu regardes ? lança-t-il au sergent, provocateur.

— Reste pas dans le noir, Zorg.

— J'suis en deuil.

— Comme tout le monde.

— C'est pas toi qui as perdu ton cousin.

— On a perdu des centaines de milliers de cousins, Zorg. La guerre n'est pas une excursion, mais elle est finie.

— Elle ne l'est pas pour moi.

— Pourquoi tu tires la tronche ? l'apostrophai-je. C'est la fête, aujourd'hui.

— C'est pas la mienne… Te mêle pas, toi. Je cause au sergent, si fier de ses galons. Moi, j'ai même pas eu droit à un brassard alors que j'ai accompli plus de faits d'armes que vous tous réunis.

— Zorg, s'il te plaît, le suppliai-je.

— Ça me plaît pas. Pourquoi veux-tu que ça me plaise, *caporal* Boussaïd ?

Sid me poussa devant lui.

— Allons-nous-en…

— C'est ça, barre-toi, le citadin. Va rejoindre tes maîtres…

— Leur compagnie est moins pénible que la tienne.

Zorg attrapa le sergent par l'épaule et le fit tourner vers lui.

— Ne prends pas cet air avec moi, face de fille.

— Retire ta main, Zorg.

— Tu ferais quoi, si je ne la retirais pas ?

J'essayai d'intervenir, Zorg me menaça de son regard enténébré :

— Je t'ai dit de ne pas te mêler, caporal.

— Pourquoi tu es comme ça, Zorg ? La guerre est finie.

— La vôtre peut-être, pas la mienne. Et j'en ai pas fini avec ce zazou qui nous prend de haut parce qu'il vient de la ville.

— C'est de la vieille histoire, voyons, tentai-je de le raisonner. Ce n'est pas possible que ça te travaille encore, après toutes ces années de guerre.

Sid me poussa devant lui.

— Allons-nous-en, Hamza.

Zorg cracha sur le côté.

— Tu viens de *leur* ville. Moi, je viens de *mon* douar.

— Je te le laisse volontiers. Tâche d'en faire bon usage.

— J'en fais ce que je veux. Parce que je suis parmi les miens, moi... J'aurais pu te laisser te vider de ton sang dans le cratère jusqu'à ce que tu crèves. Mais j'ai pas voulu que tu meures. Je tenais à ce que tu saches que c'est moi, le bouseux, qui ai sauvé ta peau d'affranchi.

Il nous poursuivit, sans trop nous approcher pourtant, je sentis sa rage contre ma nuque aussi brûlante que le souffle d'un fauve sur le point de charger.

— J'oublie rien, moi, hé, sergent de pacotille. Ils sont gravés au burin là-dedans, ajouta-t-il en tapant du doigt sa tempe. « Attrape-mouches, violeurs de chèvres, arabicots... » C'est entré par une oreille et c'est pas sorti de l'autre.

— Si ça t'amuse...

— Qui c'est qui t'a porté sur son dos jusqu'au poste médical pendant que tu pissais ton sang sur lui, sergent Sid Tami ? C'est le plouc, ouais, le moins-que-rien qui sent la crotte de ses biques. Partout où tu iras, tu t'en souviendras. Tu te rappelleras tous les jours que c'est un bouseux qui t'a sauvé les miches et tu reconnaîtras, au fond de toi, que le bouseux que tu prenais de haut, eh bien, il est meilleur que toi.

Sid s'arrêta brusquement, parut sur le point de revenir sur ses pas, secoua la tête d'un air contrarié. Il toisa longuement Zorg debout au milieu de la nuit, et lui dit :

— Je ne risque pas de l'oublier, Zorg. Te fais pas de bile pour ça. Je suis prêt à te signer une reconnaissance de dette, là, tout de suite. Ton problème est ailleurs. C'est pas être bouseux qui est triste, c'est de s'en vouloir d'en être un.

17

Quelques mois plus tard, nous remballâmes nos paquetages, nos traumatismes et nos fantômes et nous nous remîmes sur les routes. Des foules nous acclamaient dans les villages que nous traversions.

Des trains nous transportèrent d'une gare à l'autre jusqu'à une ville portuaire où des navires attendaient de nous ramener chez nous. Il y avait beaucoup de bataillons qui rentraient au pays. Nous dûmes patienter plusieurs semaines avant d'embarquer.

Nul n'eut peur qu'une tempête ne nous surprenne au large, comme lors de la première traversée. Nous avions hâte de retrouver nos familles, la terre de nos ancêtres et nos amis. Fini, le purgatoire. Désormais, n'importe quel bout de gazon aurait les senteurs du paradis.

Agglutinés sur le pont du bateau, nous gardions le silence. Les visages étaient graves, les regards vagues. Ce fut un moment sans nul autre pareil, fait de tristesse et de joie, toutes les deux observées dans un mutisme solennel. Nous pensions plus à ceux que nous abandonnions derrière nous qu'à ceux que nous allions retrouver.

Adieu la France.

Quatre années de tranchées, de replis meurtriers, d'assauts suicidaires, de cauchemars éveillés, de gaz moutarde, de fièvre jaune et de dysenterie. Quatre insoutenables éternités au cours desquelles je vis des héros tomber comme des mouches et d'autres agoniser dans les cratères fumants, les boyaux en l'air, ou bien étendus comme du linge en charpie sur les barbelés à quelques mètres des lignes amies sans que personne ose aller les chercher. Ce fut une drôle de guerre qui se réinventait de bataille en bataille, insatiable ogresse au ventre plus grand que l'enfer, dévorant bêtes et hommes par contingents entiers sans s'accorder la moindre sieste digestive ; une boucherie tentaculaire, atroce comme un million de supplices, au-dessus de laquelle les prières se faisaient exploser dans le ciel par les tirs d'artillerie tandis que les tonnerres évoquaient des pétards mouillés devant les déflagrations pilonnant jusqu'aux *no man's land* hérissés d'horreur. Mais c'était fini. Comme finit toute chose en ce monde. Cependant, ce que nous croyions laisser derrière nous ne serait jamais distancé et la vie d'après ne serait plus ce qu'elle avait été. Lorsqu'on essayera de tourner la page écrite avec le sang des martyrs, on s'apercevra que le sang l'a traversée et a atteint toutes les pages qui suivent. Partout où nous irons, nos morts seront avec nous. Pour se sentir moins seuls dans le froid et les ténèbres, pour que l'oubli ne leur serve pas de charnier éternel, ils reviendront chercher un soupçon de chaleur dans nos souvenirs et nous rappeler pourquoi, malgré tout, nous devrions sourire à la chance qui ne leur avait pas souri.

Assis sur un rouleau de cordage, le visage offert à la brise, Mabrouk, redevenu sage, ressassait les mêmes paroles : « Dieu a créé le ver nu et sans défense, et l'araignée velue et venimeuse. Il fait naître les uns avec une cuillère d'argent entre les dents et les autres avec une main derrière et une main devant, et Lui seul dispose. Il donne et reprend à Sa guise. » Ce n'était ni un verset coranique, ni un *hadith* – peut-être l'extrait d'un vieux manuscrit prenant la poussière sur l'étagère de la zaouïa tribale, car Mabrouk était très cultivé de ce côté-là. Il connaissait par cœur les poètes du Sahara, savait lire et écrire mieux que le meilleur d'entre nous et, en plus d'être vaillant, il était vertueux et humble. Je l'aimais énormément. Il allait beaucoup me manquer.

Arc-bouté contre le bastingage, je contemplai le rivage qui s'éloignait, la brume en train d'escamoter les montagnes ; pourtant, je ne voyais rien d'autre que le dédale des tranchées, les geysers de feu et d'acier, les obusiers qui blasphémaient en tressautant, les campagnes parées de pièges mortels et, au milieu de ce décor navrant, surgissant d'un monde parallèle, mes baroudeurs intrépides Gomri et Othmane, ce beau diable de Tahar, le capitaine Morales, les lieutenants Michelet et Fares, le sous-lieutenant Bardeau et l'officier qui l'avait remplacé et dont je n'avais pas eu le temps de retenir le nom, les sergents Rahim, Tarek, Darian, Poulain, Blaise, Alexandre, Bendahmane, les caporaux Lounis, Méziane et Chouchène, Yazid, le frêle Mozabite, mort dans mes bras, le cuistot Sadi si fier de ses poils follets qu'il arborait en moustache, ce sacré clown de Laoufi le Bigle qui nous faisait tordre de rire au fond de nos abris, le fieffé farceur Abbassi qui claironnait exprès à des heures impossibles pour nous arracher à nos paillasses, et aux autres, à tous les autres que j'entrevoyais au loin, alignés sur les quais par milliers, en train de nous faire des signes d'adieu.

Sid, lui aussi, fixait le rivage qui se diluait dans l'embrun. Il devait remuer tant de choses dans sa tête. Comme moi. Comme nous tous, les trompe-la-mort. Son regard était chagrin, malgré le sourire qu'il s'escrimait à ne pas ravaler.

— Je n'arrive pas à croire que c'est terminé, me confia-t-il. Chaque matin, au réveil, je me pince. Dans mes sommeils, je suis en guerre toutes les nuits, puis j'ouvre les yeux et je me dis, comment t'as fait pour t'en être sorti, Sid ? C'est bien toi, Sid, tu ne serais pas en train de rêver ?

— Tu crois qu'il y aura d'autres guerres de notre vivant ?

— C'est dans la nature humaine. Chaque génération réclame sa part de la tragédie, disait un vieux savant de chez nous. Rien ne s'achève, en vrai. On pense que c'est derrière soi, puis on réalise qu'on est revenus à la case départ pour repartir de plus belle pour de nouvelles déconfitures.

Il leva les yeux sur la côte que l'on devinait à peine au loin.

— Adieu, la France. On te dit belle, mais on n'a eu droit qu'au mal qui te défigurait. Quand tu auras retrouvé tes couleurs, je reviendrai, je te le promets. J'irai voir la tour Eiffel et manger dans tes brasseries. Je lèverai mon verre aux morts et aux vivants et je me soûlerai jusqu'à prendre un cochon pour un éléphant rose. Puis j'irai trouver Appoline pour lui prouver que je suis un homme de parole, que son Turco ne lui a pas menti.

— Les Turcos, dis-je, la gorge serrée. Tu penses que l'on se souviendra de nous ?

— Certains, sans doute, d'autres pas, et ceux-là seront nombreux.

— Nous nous sommes battus avec la même bravoure, tirailleurs, zouaves, Sénégalais, Alliés, Français, Indiens, tous comme des frères, pour l'honneur et la liberté.

— Tout le monde le sait, Hamza.

— Alors pourquoi ne se souviendrait-on pas de nous autres ?

— Parce que c'est comme ça. Si nous avons été égaux dans le martyre, l'Histoire ne retiendra que les héros qui l'arrangent.

II

De la dette de sang au sang de la dette

18

Le commandant de la garnison de Mostaganem me convoqua dans son bureau après la levée des couleurs. Un télégramme à la main, il m'annonça que « mon père » allait venir me chercher et m'intima de l'attendre à la caserne.

Sid m'intercepta à la sortie du PC. Il était avec Mabrouk, Raho et Issa, à me guetter sous le platane.

— Qu'est-ce qu'il te voulait, le grand chef ?

— Je ne partirai pas avec vous, demain.

— Pour quelle raison ?

— Je suis consigné jusqu'à mardi, mentis-je.

— C'est à cause de ta prise de bec avec ce lourdaud de Maïz ?

— Il ne m'a pas donné d'explication.

Issa ébaucha une moue, dubitatif.

— Tu nous caches quelque chose.

— Je cacherais quoi, d'après toi ?

— Peut-être que tu as un butin de guerre et tu attends qu'on ait le dos tourné pour te servir en solo.

— Et c'est quoi ton problème ? lui dit Sid.

Mabrouk nous invita à déjeuner dans le quartier musulman. Ensuite, nous partîmes flâner sur le front de mer. Il faisait beau, malgré le froid. Des enfants s'amusaient sur la plage. Des dames coquettes se promenaient au bras de leurs hommes. De jeunes couples se contaient fleurette, assis sur le sable, face aux flots en fête. Le monde recouvrait ainsi ces instants simples, mais ô combien inestimables, faits de sérénité et d'insouciance… Quel bonheur de ne plus traquer le danger là où il n'officiait pas.

Sanglés dans notre treillis de héros, nous nous pavanâmes au milieu des flâneurs, la tête haute, comme au défilé. À peine si nous touchions le sol de cette bonne vieille terre d'Algérie. Nous avions l'impression d'être le centre des attentions.

Sa dégaine de zazou en guise d'appât, Sid Tami osait glisser des mots effrontés aux filles qui rosissaient de timidité tandis que nous leur souriions de toutes nos dents. Pour celui qui a traversé la vallée des ténèbres, l'étincelle est feu d'artifices, le gazouillis est symphonie, le nuage tapis volant et chaque nouveau jour un miracle. Nous étions fiers de porter un pan de l'Histoire en bandoulière, de faire partie des légendes de demain. Nous n'avions qu'à tendre la main pour cueillir nos lauriers nimbant les femmes que nous croisions, dont la beauté était la nôtre, ainsi que leur élégance.

Nous étions restitués à notre pays, abîmés certes, mais sains et saufs, et pleinement heureux d'être des survivants. Si aucun de nous cinq ne trouvait les mots pour le dire, tout autour le disait pour nous.

Mabrouk, Issa et Raho se rendirent dans les bazars acheter des cadeaux pour leurs familles. Sid m'emmena dans un café sur le port. Nous nous attablâmes sur la terrasse pour observer les dockers et les débardeurs qui s'échinaient sur les quais tandis que le soir refoulait les derniers foyers du jour au fond des impasses. Les chaloupes paraissaient naines au milieu des bateaux aux mâtures hautes comme des minarets. Des matelots en escale descendaient d'un navire en s'interpellant dans un patois chantant.

Sid commanda une bière et une assiettée d'escargots pour lui et un café latté pour moi.

— Tu vas faire quoi pendant ces trois jours ?

— Prendre mon mal en patience.

— Tu risques de t'embêter ferme. Pourquoi ne pas venir avec moi, à Sidi Bel Abbès ? C'est à moins de trois heures d'ici. Tu feras la connaissance de mon père. C'est quelqu'un d'épatant. Et de ma femme, tiens. Tu verras que je ne t'ai pas menti à propos de sa beauté. Elle nous mijotera un bon dîner et après, on ira se balader en ville.

— Tu oserais me présenter ton épouse ?

— On est des frères, non ?

— Ça ne se fait pas, voyons.

Sid humecta ses lèvres d'une langue nerveuse, avala une gorgée de bière et reposa son verre d'un coup sec sur la table.

Un serveur se pencha sur nous en lissant sa moustache.

— Vous étiez à la guerre ? nous demanda-t-il en arabe.

— Pourquoi ? C'est interdit ? lui répondit méchamment Sid.

Le serveur n'apprécia pas l'attitude du sergent. Il se déporta sur moi.

— Trois de mes cousins sont allés se battre. Aucun d'eux n'est rentré. Vous les connaissez peut-être. Ils s'appelaient Souahli. Il y avait Hachem, Okba et Haddou. Ils étaient dans le 3ᵉ Régiment des tirailleurs.

— Désolé, ce n'est pas notre unité.

— La mère aux cousins, elle refuse de croire que ses garçons ne reviendront pas. Elle est tout le temps chez les voyantes qui lui ont affirmé que ses fils sont en vie. Pourtant, on a été vérifier à la caserne, le père, les oncles et moi, et l'officier nous a certifié qu'ils sont morts au combat, tous les trois. Il y a même des documents qui l'attestent. Mais notre tante ne croit qu'aux voyantes. Ces dernières l'ont ruinée. Comment on fait pour la convaincre ? Il faut bien qu'elle fasse son deuil une fois pour toutes. Sinon, elle va devenir folle.

— Rabah, cria le gérant du café, y a des clients qui attendent que tu prennes leurs commandes.

Le serveur s'exécuta.

Sid n'avait pas prêté attention à ce que racontait le serveur. Il dévora ses escargots, vida sa bière, se moucha, regarda à droite, à gauche, le ciel ; il éclata, furieux :

— Tu penses que les gens de la ville n'ont pas de dignité ?

— Pardon ?

— Il faut que tu changes de mentalité, Hamza. Présenter son épouse à un ami, ce n'est pas la prostituer.

Je me rendis compte que je l'avais offensé.

— Ne le prends pas mal, Sid.

— Le mal est dans tes gènes, caporal. Tu vas devoir l'expurger, et vite, si tu veux être de ton temps. Des fois, j'ai envie de te fracasser le crâne pour voir combien d'araignées s'y terrent. Pourquoi t'es revenu d'entre les morts, si c'est pour garder ta mentalité de troglodyte ?… Émancipe-toi, merde !

— Tu t'énerves pour rien, je t'assure. Je te taquinais, voyons. Ce serait un honneur, pour moi, de faire la connaissance de ta femme.

— Tu me taquinais ?

— Que veux-tu que ça soit d'autre ?… Pourquoi je ne m'emporte pas, moi, quand tu me charries ?

Il dessina des ronds dans la buée sur la table. Ses mâchoires roulaient dans son visage.

— Et toi, est-ce que tu me présenterais ton épouse ?

— Bien sûr.

— Tu dis pas ça pour te rattraper ?

— Tu es mon meilleur ami, Sid.

Je lui tendis la main. Il tergiversa avant de la saisir.

— On est plus que des amis, Hamza, on est des frères.

— On est plus que ça, Sid, on est des jumeaux.

Il garda longtemps ma main dans la sienne puis, me déboîtant presque l'épaule, il me somma de le suivre chez Madame Caméléa enterrer notre vie de garçon, pour la énième fois.

Le lendemain, je l'accompagnai au poste de police où nos camarades démobilisés s'adonnaient aux accolades d'adieu.

— Tu ne veux vraiment pas venir avec moi à Sidi Bel Abbès ? insista Sid Tami. Tu passes la nuit, et demain tu rentres. Tu as deux jours devant toi.

— Je préfère pas.

— Tu promets de me rendre visite un de ces quat' ?

— Promis.

— Tu demanderas après qui ?
— Hamou le menuisier.
— Le bar à Dédé se trouve où ?
— En face de la gare.
— Parfait.

Nous nous embrassâmes avec force. Les autres camarades me prirent dans leurs bras, puis tout ce beau monde ramassa ses affaires et quitta la caserne qui, d'un coup, me parut aussi vide de sens que la rivière aux baigneuses blondes qui n'étaient pas revenues faire taire les canons.

Je me retirai dans la chambrée pleine de mes absents, m'allongeai sur le lit en pestant contre Gaïd Brahim. Il aurait pu venir me chercher plus tôt. Certes, les seigneurs aiment se faire attendre, mais là, le caïd abusait. Je revenais de la guerre après quatre année d'absence, bon sang, je mourais d'impatience de retrouver ma famille.

Après avoir fixé le plafond à le défoncer, je me tournai vers les lits vides. Je pensai à Tahar, qui dormait à ma gauche, à Othmane qui adorait passer la serpillière parce que ça l'aidait à faire le vide dans sa tête, à Abbassi, à Fartas le Teigneux, au caporal Borsali dont je ne garderais que ce corps foudroyé dégringolant sur la théière de Mabrouk, et à ceux que je ne reverrais plus. Leurs fantômes m'entouraient, perclus de froid, aussi silencieux que les tombes. Je sortis au soleil pour fuir leur pénombre.

J'arpentai la place d'armes jusqu'à midi. Le cliquetis des gamelles et le brouhaha du réfectoire supplantèrent bientôt la rumeur de la ville.

— Tu fais carême, caporal ? me lança l'adjudant-chef Gildas, assis sur une chaise en osier devant la porte de sa chambre.

— Je n'ai pas faim.
— Pourquoi tu n'es pas parti avec les autres ?
— Mon père n'arrivera que mardi.
— Ton père ? Tu as dépassé l'âge, caporal.
Je haussai les épaules.
— Si tu n'as rien à faire, je t'invite, ce soir. Je commanderai un p'tit gueuleton pour nous deux. Le cuistot m'obéit au doigt et à l'œil depuis que je l'ai surpris en train de détourner des rations.
— Je verrai.
— Tu dois te décider maintenant. Je ne vais pas commander un repas que je ne pourrai pas honorer. Tu me connais, j'ai horreur du gaspillage.
— C'est d'accord, mon adjudant-chef.
Il ramena son chèche sur sa figure et se cala contre le dossier de son siège.

Je passai la journée à écouter la mer, tel un naufragé, sauf que je n'avais pas d'épave à laquelle m'accrocher. Je restais là, à soliloquer et à jeter des cailloux aux flots. Les heures se succédaient au ralenti. L'horizon était peuplé de mes morts. Je pensais à ceux que nous avions laissés sur la terre de leur martyre, aux gueules cassées, aux handicapés qui hantaient les hôpitaux et aux spectres hagards errant dans les hospices psychiatriques. De parfaits inconnus, qu'on ne s'attendait pas à croiser un jour, nous étaient devenus aussi précieux que nos fratries.

Un chien se mit à japper sur la plage en tournant autour d'un couple, heureux comme un enfant amusé par le vol saccadé d'un papillon.

Il était temps, pour moi, de rentrer à la caserne.

19

L'adjudant-chef Gildas m'accueillit avec un large sourire. D'un geste théâtral, il m'invita à entrer dans sa chambre.

— Que monsieur le caporal daigne se donner la peine d'honorer, par sa présence, ma modeste demeure.

Flottant dans une robe saharienne sans manches, un turban bédouin autour de la tête et les yeux soulignés au khôl à la manière des gens du Grand Sud, mon hôte était passablement éméché.

— Installe-toi où tu veux...

Il s'assit en tailleur sur son lit, rangea un livre dans le tiroir de sa table de chevet et me considéra en hochant la tête :

— Le rideau est tombé, hein, caporal ? Fini le fourbi, le clairon et les sifflets d'assaut. On rabat la baïonnette et on restitue le fusil à l'armurier.

— C'est le retour aux sources, mon adjudant-chef.

— Retour aux sources ? soupira-t-il en dodelinant de la tête. Pour quelle eau et pour quelle fraîcheur, caporal ?

— Toute chose a une fin, mon adjudant-chef.

Il acquiesça.

— Toute chose a une fin, répéta-t-il d'une voix sourde, comme s'il se parlait à lui-même.

Il leva sur moi un regard mélancolique.

— On a traversé pas mal d'épreuves, au 2ᵉ RT, n'est-ce pas, caporal ?

— Ça n'a pas toujours été une partie de plaisir, mon adjudant-chef.

— Mais on s'est serré les coudes.

— Ah, ça, oui, on s'est bien serré les coudes.

— Alors, pourquoi faut-il qu'à l'heure des adieux, on balaie d'une main froide tout ce qu'on a partagé ?

— Je ne vous suis pas, mon adjudant-chef.

— Certains de mes soldats sont partis sans me dire au revoir. Ça m'a brisé le cœur. On revient de la guerre, que diable, pas d'une randonnée. On a traversé l'enfer, main dans la main.

Sa peine imprima sur son visage l'expression du joueur décavé qui sait qu'il doit quitter la table mais qui n'ose pas se retirer.

Il lissa l'arête de son nez, renifla très fort pour se ressaisir.

— Je ne suis pas raciste, caporal Boussaïd. Je l'ai été, je ne le nie pas, mais il y a longtemps. J'ai changé mon fusil d'épaule, depuis. Je reconnais que je dis pas mal d'âneries, mais je ne les pense pas. J'ai du respect pour les indigènes. J'ai choisi de m'engager dans le RT pour mieux les connaître, et je n'ai pas été déçu. Vous êtes des gens de cœur. Susceptibles, mais avec un bon fond. Les vôtres m'ont appris à parler l'arabe et à me contenter de peu. Je leur ai appris à retrouver leur dignité.

— Je ne suis pas Zorg, mon adjudant-chef. Je ne vous reproche rien.

— Zorg prend tout au premier degré, et ça, c'est pas bien. Quand je dis « bande d'attrape-mouches, ou têtes de mule ou baiseurs de biques », c'est que des mots en l'air, bêtes sans être méchants, tu comprends ? Ça part de la gorge, jamais du cœur.

— Y en a qui ont leur fierté, mon adjudant-chef.

— Je n'en disconviens pas, sauf que l'armée a sa pédagogie. C'est comme ça qu'elle fonctionne. Je gueule, mais je ne mords pas.

— Que voulez-vous que je vous dise, mon adjudant-chef ?

— Rien. T'as rien à me dire. C'est juste que c'est triste de se séparer de cette façon. On n'va peut-être plus jamais se revoir. Zorg aurait dû être franc avec moi. On aurait crevé l'abcès et on se serait quittés en bons termes. Mais il a remonté mes soldats contre moi. Je ne mérite pas d'être un mauvais souvenir. Je les ai aimés, mes soldats. J'ai été dur parce que ma fonction l'exige, mais j'ai été correct.

— Il ne faut pas trop vous en faire, mon adjudant-chef. Zorg se conduit de la sorte avec tout le monde. Il s'énerve à propos de n'importe quoi.

— N'empêche, il a retourné mes braves gaillards contre moi.

— Il ne m'a pas remonté contre vous.

— Toi, tu es différent et je t'apprécie beaucoup. Tu es quelqu'un de bien. Un peu rigide, côté religion, mais sans colère ni amertume. Jamais tu rouspètes, jamais tu te défiles. Un sacré bon tirailleur comme je rêve d'en avoir dans mes rangs.

Il porta son verre à sa bouche, en avala une lampée, s'essuya sur le poignet. Sa peine me mit dans une gêne qui ne lui échappa pas.

— Qu'est-ce que tu comptes faire dans le civil ? me demanda-t-il pour changer de sujet.

— Regagner mon douar.

— Comment il s'appelle, ton bled ?

— Il n'a pas de nom.

— Qu'est-ce que tu racontes ?

— Je vous assure. Il n'a pas de nom. C'est juste un petit hameau sur les terres de Gaïd Brahim.

— C'est de quel côté ?

— Au sud de la Gaada, je crois.

— Tu n'en es pas sûr ?

— Je n'avais jamais quitté mon douar, avant. J'entendais nos gens parler de tel ou tel endroit, parce qu'ils venaient de différents horizons. Mais moi, je ne me déplaçais nulle part.

— Comment on fait, chez vous, pour recevoir du courrier, si vous n'avez pas d'adresse ?

— On ne reçoit pas de lettres, chez nous.

Il se frappa la cuisse, sidéré.

— C'qu'il ne faut pas entendre de la bouche d'un Arabe ! Même les bobinards ont des noms et des adresses, bon sang de bonsoir. Tu n'es pas en train de brouiller les pistes, par hasard ?

— Non, mon adjudant-chef.

— Si, un jour, je passais dans ta région et que j'aie envie de te rendre visite, je ferais comment pour arriver jusqu'à toi ?

— Je ne pense pas m'éterniser au douar.

— Excellente idée. C'est des mouroirs, vos villages. Il faut que tu passes à autre chose. Pourquoi ne pas t'engager ? Y a que l'armée qui pourrait donner un soupçon de visibilité aux musulmans. Tu es caporal. Tu as déjà le pied à l'étrier. Après, tu grimpes petit à petit les échelons.

— Je vais bientôt devenir un notable, mon adjudant-chef. J'aurai une ferme, et des bêtes, et des employés. J'épouserai la plus belle vierge des quatre tribus et je fonderai ma petite famille. Je n'aurai besoin de rien d'autre.

— C'est toi qui vois. Si tu savais combien d'indigènes auraient crevé de faim si l'armée ne les avait pas pris sous son aile.

— Ça ne les a pas empêchés de périr par centaines de milliers sur les champs de bataille.

— C'est moins indécent que mourir de typhus.

On frappa à la porte.

De la main, Gildas me pria de rester à ma place.

— Ne te dérange pas. C'est le cuistot. Il connaît le chemin.

Le cuisinier entra dans la pièce ; les yeux fuyants, faussement obséquieux, il posa un plateau surchargé de nourriture sur la table et s'éclipsa.

— On devrait le fusiller, grogna Gildas. Ce saligaud s'en met plein les poches sur le dos du régiment. Il chipe des rations dans le stock intangible de l'unité et les écoule au marché noir.

La chambre de l'adjudant était tenue de façon impeccable. Chaque chose était à l'endroit, bien astiquée, au carré. Les godillots étaient cirés de frais et rangés avec d'autres chaussures au pied de l'armoire. Un étendard se tenait en faction dans une encoignure, aussi hiératique qu'une stèle. Des photographies montrant des défilés militaires et des cérémonies martiales décoraient les murs. Sur une commode, à côté d'un crucifix, un petit coussin revêtu de velours grenat exposait des médailles.

— Vous les avez gagnées au combat ?

— La majorité. Les autres, à droite, ce sont des insignes.

— Vous n'en avez pas marre des guerres ?

— Faut bien que quelqu'un les fasse, caporal.

Je m'intéressai à la photo d'une famille posant dans la cour d'une maison somptueuse.

— C'est votre famille ?

— C'était... Aujourd'hui, ma famille, c'est l'armée.

— Vous n'avez pas d'enfants ?

— J'en ai un tas au régiment.

Il revint sur la photo :

— Le petit, au milieu, c'est moi. J'avais neuf ans.

— Vous étiez mignon, mon adjudant-chef.

— Qui ne l'est pas à cet âge ?... Ah, l'enfance, ce vieux souvenir... L'autre garçon, c'est mon cousin Alphonse. Il est marié à une duchesse. C'est un formidable brasseur d'affaires. Il a des comptoirs jusqu'en Chine, à Canton... La créature sublime qui me tient par les épaules, c'est ma mère.

— Elle est belle. On dirait une reine.

— C'est une reine.

— Une vraie reine ?

— Mais non, idiot. Toutes les mères sont des reines aux yeux de leurs bambins.

— La mienne est sans doute la meilleure des mères, mais ce n'est pas une reine. C'est pour elle que j'ai accepté d'aller faire la guerre. J'ai envie de lui offrir de belles robes, et des bijoux et des choses qui lui feraient plaisir.

L'adjudant m'invita à manger.

— Et vous ?

— Je mangerai plus tard... Je trouve dommage que l'armée libère des braves dans ton genre. Si j'étais le commandant, je te forcerais à t'engager.

J'enfournai un quartier de viande et dis, la bouche pleine :

— Le grand monsieur au chapeau bizarre, c'est votre père ?

— Ça s'appelle un haut-de-forme. Mon père est une figure influente de la bonne société. Le gratin algérois défilait chez nous. Des députés, des artistes et des écrivains venaient souvent dîner à la maison.

J'étais impressionné.

— Vous habitiez un château ?

— C'est un manoir. Niché sur les hauteurs d'Alger, il offre une vue à couper le souffle sur la baie. Enfant, j'adorais siroter ma citronnade en contemplant, de mon balcon, les paquebots en rade.

— Vous devez être riche.

— Mes parents le sont, pas moi. Je suis parti très jeune de chez nous, en claquant la porte derrière moi. J'avais à peine vingt-deux ans.

— Vous vous êtes fâché avec vos parents ?

— En quelque sorte.

— Chez nous, se fâcher avec ses parents est un péché. Si vous n'avez pas leur baraka, vous ne pouvez rien réussir dans la vie.

— Qu'est-ce que la réussite, caporal ?

Il s'empara d'une poire et mordit dedans avec voracité.

— C'est comme ça que je croquais la vie, avant. Je croyais pouvoir tout me permettre, tout posséder, tout exiger. J'avais deux domestiques qui s'occupaient exclusivement de ma petite personne. J'étais persuadé que le monde m'appartenait.

— Que s'est-il passé ?

— Margot a débarqué.

— Margot ? C'est quoi ?

Gildas chercha ses mots en fixant le plafond, le souffle oppressé. Dans ses yeux, de lointaines choses s'entrecroisèrent. Il dit, d'une voix flageolante :

— Margot ? Comment te dire ? C'est quelque chose qui passe une seule fois devant toi et qui reste gravé dans ta tête à jamais. Et quand elle disparaît au coin de la rue, tu te demandes si tu n'as pas halluciné... En fait, je ne le sais pas moi-même. Elle est peut-être l'égérie dont rêvent les troubadours, ou bien l'oasis qui enguirlande le désert des méharistes... j'ignore quel sens précis donner à Margot. Une malencontreuse providence, un mirage piégé, un miroir ensorcelé, j'peux pas te dire... Tout c'que j'sais c'est que ça a été le coup de foudre à l'instant où je l'ai aperçue. Un formidable séisme, comme si une étoile filante m'avait happé sur sa trajectoire. Du premier regard, mon choix fut scellé. Ce serait elle, la femme de ma vie, et personne d'autre. J'avais tellement peur qu'elle ne s'évanouisse dans la nature qu'on s'est fiancés dans la foulée. J'ai tenu à ce que tout le monde sache qu'elle était à moi, rien qu'à moi... J'étais sur un nuage... J'étais le plus heureux des hommes.

Mille flammèches scintillaient dans ses yeux.

— Margot était jolie comme tout. La nature avait dû être dans son meilleur jour lorsqu'elle l'a conçue. Ses yeux, ses traits, son cou, le froncement de ses sourcils, la grâce avec laquelle elle portait la main à sa bouche pour dissimuler son sourire, tout en elle était ravissement. Et quand elle se racontait, Margot, tout le monde s'abreuvait à ses lèvres. On aurait dit une prêtresse en train de marabouter les dieux. Son rire résonne encore en moi, à ce jour… Je l'ai aimée comme aucun fou sur terre ne saurait aimer.

Il écarta les bras :

— Tu vois ? Il suffit que je pense à elle pour que je devienne poète… Mais, attention, j'étais un beau garçon, à vingt ans. Je n'avais ni cette brioche d'ivrogne ni cette tronche de vétéran.

Il étreignit la poire jusqu'à ce qu'elle lui dégoulinât entre les doigts.

Son ton devint grave, guttural :

— Et puis, les choses ont pris des tournures auxquelles on ne s'attend guère. Comme toujours.

Son cou rentra de plusieurs crans dans ses épaules.

— Je crois qu'il y a une justice en ce bas monde, caporal Boussaïd. Je n'ai pas été un bon drille, avant de rencontrer Margot. J'étais égoïste, arrogant et zélé. Je faisais marcher les gens à la trique, mettais sur la paille des familles entières pour des futilités. Je ne me rendais même pas à la messe du dimanche tellement j'étais sûr de pouvoir me passer de Dieu…

Il posa délicatement la poire réduite en purée sur sa table de chevet, s'essuya les mains dans un torchon.

— Y a pas à dire. Quand on se croit au-dessus de tout, on perd de vue la chute. Et ce qui devait arriver ne s'est pas fait attendre. Je suis tombé de mon nuage comme un oisillon de son nid. Le Seigneur m'avait remis à ma place. Je ne Lui en tiens pas rigueur. J'ai mérité de tomber bas. C'était la seule façon, pour moi, d'avoir les pieds sur terre.

— C'est pour ça que vous êtes parti ? Parce que vous faisiez du mal autour de vous ?

Son regard me traversa de part en part. Il ne me voyait plus.

Son ton s'abattit comme un couperet :

— Margot avait un amant.

— Non.

— Eh oui…

La bouchée de pain me resta en travers de la gorge.

Gildas poursuivit, stoïque :

— Remarque, elle était diablement bien gaulée pour ne pas en avoir. Tous ceux qui la croisaient craquaient pour elle.

Un sourire pâle flotta sur ses lèvres.

Il lâcha, la voix caverneuse :

— Un jour que je rentrais au bercail à l'improviste, je l'ai surprise dans notre bibliothèque avec quelqu'un qui m'était très cher.

— C'était qui ?

— Quelle importance ?… L'homme n'est qu'un tas de viande et de pulsions bestiales. On a beau être à cheval sur la morale et l'honneur, il est des tentations plus fortes que les serments. Margot aurait défroqué le pape en personne…

— Vous les avez tués tous les deux et vous vous êtes enfui ?

— C'est moi qui suis mort ce jour-là.

— Vous ne vous êtes pas vengé ?

— Me venger de qui, caporal ? Je n'en voulais qu'à moi-même. Quelque part, je ne faisais que récolter ce que j'avais semé... Sur le coup, j'ai trouvé ça trop injuste. Puis je me suis dit qu'une vérité, quand bien même elle est cruelle, mérite d'être sue. Le plus tôt est le mieux... J'ai quitté ma famille et je me suis engagé dans l'armée par dépit. J'aurais pu faire l'école des officiers, mais j'ai choisi de repartir du bas de l'échelle pour renaître autrement. C'est ainsi que j'ai rejoint les Turcos. J'ignore si c'était pour me punir ou pour divorcer d'avec le clinquant illusoire qui m'aveuglait, mais ça m'a beaucoup servi. J'ai habité dans vos quartiers et il m'est même arrivé d'observer le ramadan avec le regretté adjudant-chef Ben Amara. Je me sentais en paix avec moi-même parmi vous, et ça m'a aidé à me bonifier avec le temps.

Du doigt, il poussa lentement la photo de sa famille jusqu'à ce qu'elle tombât par terre. Il ne la ramassa pas. Je crois qu'il ne s'en était pas aperçu. Un voile brouillait son regard. Les rides, qui conféraient à son front l'aspect d'un vieux papier à musique, se creusèrent d'un chagrin inconsolable. Gildas était en souffrance, écartelé entre le remords et la nostalgie. En lui, tout un supplice couvait sous la cendre, telle une braise têtue.

— Dans un sens, dit-il, la gorge contractée, je m'estime chanceux de n'avoir pas épousé Margot. Elle aurait fait de moi le roi des cocus. Mais dans l'autre, je suis content de l'avoir aimée. Un amour de cette trempe vaut la peine d'être subi au moins une fois dans l'existence. Une année, une saison, le temps d'une perm' importe peu. Une nuit avec Margot compenserait les déconvenues de toute une vie.

Il posa la tête sur l'oreiller, allongea les jambes, tira la couverture sur lui et ferma les yeux. Il n'ajouta mot. Il demeura étendu sur son lit bien fait, les mains sous la nuque, le souffle imperceptible. Un moment, je crus qu'il s'était assoupi ; je me trompais. L'adjudant-chef gardait les yeux fermés et s'écoutait respirer.

Je dévorai la moitié du repas, vidai une carafe d'eau, attendis que Gildas dise quelque chose. Gildas s'était retranché dans un recoin de sa tête. Je compris qu'il voulait être seul.

Il ne m'entendit pas lui chuchoter « Adieu, mon adjudant-chef » ni sortir de sa chambre. Il était ailleurs, loin, très loin, là où les beuveries, les faits d'armes, les galons, les trophées et les victoires claironnantes ne sauraient le consoler de son idylle gâchée.

20

Il était trois heures du matin lorsque le sous-off de permanence vint me tirer du lit.

— Tu as de la visite, caporal.

Je courus me débarbouiller dans les lavabos, me rhabillai rapidement et me dépêchai de rejoindre le poste de police, un sac sur le dos et une valise en carton à la main.

Un jeune homme faisait les cent pas devant le portail de la caserne. Il devait avoir mon âge. Il portait un costume trois pièces sur mesure et un chapeau fédora vert olive. Ses souliers rétro vernis noir et blanc scintillaient sous la lumière du lampadaire.

— Monsieur Boussaïd ? me demanda-t-il en français.

— Oui.

— Ton père m'a chargé de te conduire à lui.

Il m'invita à le suivre jusqu'à une voiture garée un peu plus loin, ouvrit le coffre et se recula pendant que j'y entassais mes affaires. L'homme n'était pas très grand, mais de belle prestance, presque blond, la moustache mince et les sourcils si fins qu'on les aurait crus épilés. Il était difficile de savoir s'il était européen ou des nôtres ; une chose était sûre, il appartenait à une classe aux antipodes de la mienne.

De la tête, il me fit signe de monter devant. Le véhicule sentait l'encens et le cuir frais. Un bel engin. C'était la première fois que je posais le postérieur à l'intérieur d'un joyau pareil.

L'homme resta sur le trottoir pour finir sa cigarette. Après m'avoir dévisagé à travers le pare-brise comme si j'étais une curiosité, il projeta d'une chiquenaude son mégot contre un tronc d'arbre, grimpa derrière le volant et démarra.

Nous quittâmes Mostaganem en direction de Relizane.

Le dos droit, le menton haut, pas une fois le chauffeur ne m'adressa la parole. Il conduisait comme s'il était seul au monde. Son silence se voulait une frontière entre lui et moi.

Le jour commençait à poindre. Nous avions laissé Relizane derrière nous et nous nous dirigions sur Frenda. La route en lacets était mauvaise. Les virages trop serrés me donnèrent la nausée.

— Si tu as envie de dégueuler, je m'arrête, me dit le jeune homme. Mon père ne supporterait pas une seule tache sur le plancher.

— Vous êtes le fils de Gaïd Brahim ?

Sa pomme d'Adam rebondit dans sa gorge.

— Rassure-toi, on n'est pas demi-frères. Monsieur Brahim n'est pas mon père biologique, mais il m'a pris sous son aile et m'a traité comme son propre fils. C'est par gratitude que je l'appelle « père ». Il a été généreux avec ma famille, après la disparition tragique de mon géniteur. C'est lui qui a payé mes études de journalisme.

— Vous êtes journaliste ?

— Je ne suis pas censé t'adresser la parole.

— Est-ce qu'il y a un certain Sellam avec le caïd, là où nous allons ? Un vieil homme amputé d'une main ?

— Je ne sais pas. Une grande fête t'attend, ce soir, c'est certain. Mais, attention, je ne suis pas autorisé à t'en parler. Ton père a des choses à t'annoncer lui-même. Monsieur Brahim m'aime bien, mais il m'arracherait la peau s'il apprenait que je n'ai pas tenu ma langue. Donc, on ne s'est rien dit.

— Entendu.

Nous traversâmes Frenda encore ensommeillée. Quelques fenêtres étaient éclairées sur la rue principale. Deux agents de l'ordre soufflaient dans leurs poings, transis sous leur redingote. Le journaliste leur adressa un salut auquel ils ne répondirent pas.

Après les forêts du Tell, les garrigues crépues annonçaient la rudesse des Hauts Plateaux. La gelée teintait de blanc les champs. Des bergers avaient allumé des feux pour se réchauffer. Sur une colline, une ferme coloniale surplombait la plaine.

Nous contournâmes El Gaada vers sept heures. Le relief se mit à s'aplanir. La route se redressa, nue comme la paume de la main. Je perçus les senteurs singulières de ma terre natale ; mon impatience de retrouver les miens contracta ma gorge.

La voiture emprunta une piste au milieu d'une plantation de grenadiers, lentement, précautionneusement, négociant chaque ornière avec une adresse soutenue, comme si le chauffeur craignait qu'une éraflure ne défigurât la carrosserie.

Le gardien du verger sortit de sa hutte, arrangea ses frusques pour se donner une contenance et porta la main à sa tempe dans un salut militaire.

Le journaliste ralentit, parut chercher un repère, roula jusqu'à une allée jalonnée de palmiers et coupa le moteur.

— On est où ?

Il m'indiqua, du menton, une maison imposante au bout de l'allée.

— Ton père est à l'intérieur.

— Pourquoi ne pas aller le chercher ?

— Il préfère se dégourdir les jambes.

— Klaxonne pour qu'il sache qu'on est arrivés.

— Il le sait déjà.

Quelques minutes plus tard, le caïd apparut sur la véranda. Un homme le raccompagna jusqu'au perron, lui baisa le poignet et le regarda se diriger sur nous.

Le turban brodé or autour de la tête, le burnous des grands jours sur les épaules, le gilet et le saroual d'une blancheur radieuse, le caïd évoquait un pacha prenant le frais dans ses jardins.

Nous descendîmes de voiture pour l'accueillir. Je m'attendais à ce qu'il m'ouvre ses bras pour me serrer contre sa poitrine. Il n'en fit rien. Pas un sourire, pas un geste bienveillant. Bien au contraire, il jeta sur moi un regard dédaigneux.

— C'est tout ce que tu as rapporté du front, un modeste grade de caporal ?

— Je suis revenu sain et sauf, *sidi*.

— Tu aurais pu décrocher des galons d'officier. Un Boussaïd ne revient pas bredouille des champs de bataille.

— J'ai obtenu deux médailles, *sidi*.

— Elles ne valent pas grand-chose sans la Légion d'honneur.

Le journaliste se dépêcha de lui ouvrir la portière. Le caïd se répandit sur la banquette arrière. Le jeune homme et moi remontâmes devant. La canne du caïd cogna sur le plancher et nous mîmes le cap plein sud.

— Tu aurais pu faire un effort pour accéder au rang des officiers, me reprocha encore le caïd.

— Je n'ai pas beaucoup d'instruction, *sidi*.

— Nul besoin d'instruction en temps de guerre. La vaillance ferait d'un ignare un général.

— Notre régiment va être cité à l'ordre de l'armée, dont la Médaille militaire. Notre colonel nous a dit qu'on avait de fortes chances d'obtenir la fourragère d...

— Je ne parle pas des distinctions collectives, mais de celles que tu devrais accrocher à ta poitrine, me coupa-t-il. Un Boussaïd doit crouler sous les médailles les plus prestigieuses.

— Je n'ai pas démérité, *sidi*.

— *Astaghfirou Llah*, fit-il, dépité.

Il ajouta :

— Le monsieur à côté de toi est journaliste et écrivain. Il est l'auteur de plusieurs ouvrages. Je l'ai sollicité pour écrire ton épopée, celle du tirailleur Hamza Boussaïd, fils de Brahim Boussaïd Ech-Chorafa, caïd des quatre tribus. Il aura besoin de recueillir tes faits d'armes, depuis ton incorporation jusqu'à la victoire finale.

— D'accord, *sidi*. Je voudrais d'abord rendre visite à mes pa...

— Tu rendras visite au marabout de Sidi Oukil demain, m'interrompit-il avant que je commette l'irréparable, car j'allais dire « mes parents ». Il y a des priorités. Les morts peuvent attendre, pas les vivants. Tu as été absent pendant quatre années. Une nuit de plus, ce n'est pas la fin du monde. Notre ami le journaliste nous vient d'Alger. Son temps ne lui appartient pas. Il ne peut même pas nous faire le plaisir d'assister à la fête que nous donnons, ce soir, en ton honneur.

— J'aimerais bien me joindre à vous, monsieur Brahim, s'excusa le journaliste, mais j'ai plusieurs articles à boucler. Vous savez comment ça fonctionne, un journal. Il faut être à la page, sinon on n'a plus voix au chapitre. Mais je promets de revenir vous voir chez vous, avec le brouillon, afin de vérifier avec votre fils si tout est correct.

— Le livre paraîtra quand ?

— Mon éditeur est impatient de recevoir le manuscrit. Il tient à être le premier éditeur d'Algérie à publier un ouvrage sur le combat héroïque de nos tirailleurs. Je pense que le livre sera en librairie dans trois ou quatre mois.

— Deux mois, exigea le caïd, le ton aussi tranchant qu'un sabre. Pas un jour de plus. Je veux que l'épopée de mon fils se sache avant toutes les autres.

Nous atteignîmes la plantation de Haouch Sadgui vers midi. Les abricotiers, sur lesquels j'étais censé « veiller » quatre ans plus tôt, avaient poussé et constituaient un beau verger. Tayeb, le vieux gardien des lieux, nous attendait sur la piste, deux chiens au bout de la laisse.

— Qu'il enferme ses molosses dans le chenil, s'énerva le caïd. Je ne tiens pas à ce qu'ils salivent sur mon burnous.

Le journaliste baissa la vitre et ordonna au vieillard de s'exécuter.

Nous entrâmes dans la maison. La grande salle était meublée de bancs matelassés, d'une énorme armoire à glace, de poufs en cuir et d'une table à manger. Le parterre était recouvert de tapis. De lourds rideaux encadraient les fenêtres.

Le journaliste débarrassa le caïd de son burnous, puis il ôta sa veste et fit claquer les bretelles sur sa chemise. Il y avait un cartable sur un guéridon. Il en extirpa un cahier et des crayons.

— On commence tout de suite, monsieur Brahim ?

— On vient à peine d'arriver. Laissons notre héros se délasser deux minutes.

Il s'adressa à moi.

— Pose tes affaires dans la pièce d'à côté et enlève-moi cette tenue. Elle a besoin d'être rafraîchie. Tayeb va la porter à sa femme pour qu'elle la nettoie et la repasse. Il y a une abaya dans la salle des eaux. Prends un bain pour te détendre. Après, on déjeunera.

— Je ne dispose pas de beaucoup de temps, monsieur Brahim, lui rappela le journaliste.

— Ne t'inquiète pas. Tu seras à l'heure à la gare.

Puis, se tournant vers moi :

— Allez, allez, va te laver… Tayeb !

Le vieux gardien rappliqua en courant.

— Tu as préparé le bain pour mon fils ?

— Oui, *sidi*. Tout est prêt.

— Bien. La tenue de notre héros a besoin d'être astiquée.

Trois seaux d'eau brûlante étaient posés devant un baquet. Je me savonnai, me lavai, m'épongeai dans une large serviette, enfilai l'abaya accrochée à une patère et rejoignis le caïd et le journaliste. Ce dernier était déjà penché sur son cahier.

Tayeb nous apporta la moitié d'un agneau rôti sur un plateau garni de salade verte et de rondelles d'oignons qu'il posa sur le guéridon.

— Ta bicoque est loin ? lui demanda le caïd.

— À une heure d'ici, *sidi*.

Le caïd me fit signe de remettre ma tenue au vieillard.

— Tu me la ramènes comme si elle sortait de chez le teinturier, insista le caïd. Je veux que tu sois de retour le plus vite possible.

— Mon ânesse va mettre bas, *sidi*. Je suis obligé de rentrer à pied.

— Alors, qu'est-ce que tu attends ? File.

Le caïd sortit dans la cour, avec le vieillard.

Le journaliste m'invita à m'asseoir en face de lui. Il avait préparé une liste de questions soulignées en rouge sur son cahier. Il me pria de lui raconter mon arrivée au camp de transit, mon transfert à Mostaganem, la traversée, les batailles, les officiers qui m'avaient commandé. Il voulait tout savoir, les noms de mes camarades, l'endroit et la date des différents combats auxquels j'avais participé, revenait sur certains détails, insistait sur d'autres, en prenant des notes, collé à mes lèvres telle une sangsue.

Le caïd revint dans le salon. Il n'avait plus son gilet sur lui. Il se laissa tomber sur un banc, en silence. Son visage s'était assombri.

Au bout de deux heures d'entretien, j'étais épuisé. J'avais faim, mais ni le journaliste ni le caïd ne semblaient s'intéresser au plateau sur le guéridon.

— Bon, dit Gaïd Brahim lorsque le journaliste rangea son cahier et ses crayons dans le cartable, tu as noté ce qu'il faut ?

— Je crois que j'ai largement de quoi écrire un grand livre, monsieur Brahim.

— On passe à table ?

— Je crains de n'avoir pas suffisamment le temps de me restaurer.

— D'accord, je vais te conduire chez un ami qui se fera un plaisir de te déposer à la gare. J'aurais aimé te raccompagner moi-même, mais j'ai un programme chargé, aujourd'hui.

— J'imagine, monsieur Brahim.

Le caïd m'indiqua le guéridon.

— Sers-toi, mon garçon. Surtout, repose-toi. C'est toi qu'on célèbre, ce soir. Tu vas devoir veiller tard. Tayeb sera de retour bientôt, avec ta tenue. Je veux que tu sois impeccable dans ton bel uniforme, les médailles bien en évidence.

Il invita le journaliste à sortir avec lui dans la cour.

— Encore une chose, ajouta-t-il à mon adresse, c'est Babaï qui viendra te chercher. S'il savait conduire une voiture, je lui aurais volontiers confié la mienne, mais bon, la calèche a son prestige aussi.

— Vous ne reviendrez pas ici, *sidi* ?

— J'ai beaucoup à faire à la Grande Kheïma. Deux cents moutons ont été sacrifiés. Nous attendons des centaines de convives, des quatre tribus. Chacune viendra avec son groupe folklorique. Il faut que je supervise tout ce charivari.

Il poussa le journaliste dans la voiture et quitta la plantation dans un nuage de poussière.

21

Je tournai en rond dans la salle, nu sous l'abaya. Quelque chose me troublait dans cette histoire. Il y avait un blanc, une pièce qui manquait, mais quoi ? Le flou me fit l'effet de ce mot que l'on a sur le bout de langue et qu'on ne parvient pas à atteindre. Pour me calmer, j'attribuai mon malaise à un trop-plein d'émotion et au report, par le caïd, des retrouvailles avec ma famille. C'était sans doute mon impatience de revoir mes parents qui me rendait nerveux. Une nuit de plus, ce n'était peut-être pas *la fin du monde*, mais c'était long, trop long, cruellement long à gérer.

De temps à autre, je jetai un coup d'œil par la fenêtre. Le verger était désert. Hormis les hurlements des deux chiens enfermés dans le chenil, pas un bruit. Pour tempérer ma nervosité, j'attaquai le méchoui. La même boulimie qui m'avait gagné quatre ans plus tôt à la Grande Kheïma lors de ma première rencontre avec Gaïd Brahim me rattrapa.

Un hennissement manqua de me faire avaler de travers. Je courus à la fenêtre. C'était Babaï. Il était à cheval. Je regardai autour de lui ; pas de calèche en vue.

Je sortis dans la cour.

Babaï mit pied à terre et, avant que je lui adresse la parole, il braqua un pistolet sur moi et pressa la détente. L'arme ne répondit pas. Il réarma le chien, me visa ; de nouveau, le coup ne partit pas.

Une massue sur la tête ne m'aurait pas assommé de la sorte. J'ignorais à quel jeu Babaï s'adonnait, mais il n'avait pas l'air de plaisanter. Ses yeux étaient emplis de ténèbres.

— Qu'est-ce que tu fais ? lui criai-je.

Babaï pesta contre son pistolet, me l'envoya à la figure.

— Qu'est-ce qui te prend ? C'est moi, Yacine, le fils de Sellam. Tu ne me reconnais pas ?

Babaï extirpa le poignard qu'il avait à la ceinture.

— Holà, doucement. Tu es tombé sur la tête ou quoi ? Range-moi cette lame. Je suis Yacine, le fils de Sellam le manchot. Tu ne te rappelles pas ? Tu es venu me chercher au douar, il y a quatre ans.

— Je sais qui tu es et c'est pour ça que je suis ici. J'ai qu'un seul problème : où trouver un plateau pour ta tête ?

Je pivotai sur mes talons et courus me réfugier dans la maison.

Babaï ne me poursuivit pas. Il resta debout dans la cour, à contempler son poignard comme s'il tenait dans la main le sceptre de Salomon.

— Sors de cette maison, me fit-il avec un calme troublant. Ne m'oblige pas à défoncer la porte.

— Tu es devenu fou ?

— Cette porte est une œuvre d'art. Mon maître y tient beaucoup. Tu n'as pas remarqué les clous en cuivre rivés sur le pourtour, et le heurtoir à tête de lion, et la serrure forgée par un orfèvre ?

Il se tut brusquement, fronça les sourcils.

— Pourquoi je te raconte ça, moi ? Allez, sors, qu'on règle les choses entre hommes.

Je cherchai autour de moi de quoi me défendre, me précipitai sur le guéridon en quête d'un couteau ; je ne trouvai pas un seul objet susceptible de me servir.

— On ne va pas y passer la nuit, Yacine. Sors, s'il te plaît. M'oblige pas à casser la baraque. Tu aimerais que le caïd m'arrache la peau du dos avec sa cravache ?

— Qui t'envoie ?

— Ne fais pas ton innocent.

Je cherchai une échappatoire. Il n'y avait pas d'autre issue ; la porte et les fenêtres donnaient toutes sur la cour.

Babaï s'adossa contre un arbre. Les jambes croisées, il se mit à se nettoyer les ongles avec la pointe du poignard d'un air détaché.

— Yaaaciiine, ma patience a ses limites. Sors de là et viens m'offrir ta petite gorge d'agneau. Plus vite c'est fait, plus vite c'est fini.

Cet homme était fou à lier. Il parlait de me tuer comme s'il s'agissait d'une banalité. S'il n'avait pas amorcé le chien de son pistolet une deuxième fois, j'aurais cru qu'il plaisantait. Sauf qu'il ne plaisantait pas. Babaï était aussi glaçant qu'une potence. Ce qui me tarabustait, plus que son sarcasme décalé, c'était son implacable calme, comme si l'exercice du mal était une vocation naturelle chez lui.

— Qu'est-ce que tu me veux ?

— Moi, rien. J'exécute les ordres.

— Tu mens. Ce n'est pas le caïd qui t'envoie. Nous venons à peine de nous quitter. Nous avons passé la journée ensemble.

— À d'autres. Tu es revenu te venger. Où étais-tu passé, durant ces années ? Le caïd avait mis ses meilleurs pisteurs sur tes traces pour te faire la peau, et tu t'étais complètement volatilisé.

— Est-ce que j'ai l'air de quelqu'un qui se prépare à se venger ? Je n'ai même pas un bout de canif sur moi.

— Comme c'est touchant.

Tout s'embrouilla dans mon esprit. Je ne savais plus où j'en étais.

Babaï s'accroupit et se mit à poncer la lame de son poignard sur un caillou. Il dit, de ce ton sépulcral qui m'essorait les entrailles :

— Tu n'es qu'un ingrat doublé d'un voleur. Mon maître t'avait offert la chance de ta vie. Il t'a confié Haouch Sadgui. J'étais là, figure-toi. J'en suis témoin. Et dès que j'ai eu le dos tourné, tu l'as agressé pour le voler et tu t'es évanoui dans la nature. Et aujourd'hui, tu réapparais, comme par hasard, juste le jour où *sidi* Hamza revient de la guerre.

— Tu dis n'importe quoi. Le caïd était là. Avec moi. Tayeb ne va pas tarder à revenir et il te le dira. Il est allé remettre ma tenue à son épouse pour qu'elle la repasse.

— Son épouse ?... Tayeb est veuf depuis vingt ans... Tu vois ? Tu mens comme tu respires.

J'ouvris la porte.

Babaï se campa sur ses jarrets. Solide comme un rocher. Il me dépassait de deux têtes. Je n'étais pas de taille à me mesurer à lui.

Il éclata de rire en me voyant fuir vers l'écurie.

— Tu n'iras pas loin, mon agneau. Tu n'as pas de cheval, et moi j'en ai un. En plus, tu es pieds nus.

Une ânesse était en train de mettre bas dans l'écurie. Elle leva sur moi des yeux débordant de souffrance. Je cherchai de quoi me défendre, trouvai une pioche, m'en emparai et me cachai derrière un battant. Dès que Babaï franchit le seuil de l'écurie, je poussai un cri sauvage et cognai. Babaï attrapa le manche de la pioche au vol, me l'arracha d'un coup sec. Comme à un enfant. Une force herculéenne me catapulta par-dessus une clôture. Je me relevai et reculai jusqu'au fond de l'écurie.

— Ne crie surtout pas, me dit-il. Il y a une dame qui accouche, là. Il ne faut pas l'angoisser.

Il renversa la tête en arrière dans un rire dément, brandit son poignard en roulant des yeux et fonça sur moi.

Une fourche était plantée dans une botte de foin. Je la saisis au moment où Babaï me renversa…

Je m'étais évanoui.

En revenant à moi, je constatai que j'étais blessé à la tête. Du sang coulait sur mon menton et s'égouttait sur l'abaya.

Babaï rampait jusqu'au bas-flanc, une traînée rouge dans son sillage ; il eut beaucoup de peine à se mettre sur son séant. La fourche était profondément plantée dans son ventre. En haletant comme un vieux cheval de trait, il s'adossa contre la paroi pour se maintenir assis.

Nous nous regardâmes, hébétés et silencieux.

Dans l'écurie noyée de pénombre, on n'entendait que l'ânesse en train de mettre bas.

Babaï grimaça de douleur, parut ne pas comprendre pourquoi il saignait abondamment. Il porta la main à la fourche, secoua le menton d'un air éberlué.

— Comment tu as fait ?

Je l'ignorais moi-même.

Une migraine lancinante compressait mes tempes. Je me relevai en titubant. L'ânesse accoucha. Épuisée, elle fixait son petit qui gigotait dans le placenta.

Je m'apprêtai à sortir de l'écurie quand Babaï me supplia de ne pas le laisser seul.

— Nous le serons tous au Jugement dernier.

— Je ne veux pas crever comme un chien, dit-il, la voix atone. Aide-moi, au moins, à observer la *chahada.*

— Elle ne te servirait à rien.

— Je sais, mais c'est l'usage.

Mon ventre se contracta, me pliant en deux ; j'eus l'impression d'évacuer la lie de mes viscères. Le sol ondoyait sous mes pieds. Je respirai et expirai pour surmonter le vertige tandis que Babaï m'observait de ses yeux pâles.

— Et dire que j'avais juré de ne tuer personne si je sortais vivant de la guerre.

Babaï émit un petit rire guttural. Il pencha la tête sur son épaule, essoufflé.

— Il ne faut jurer de rien, petit. Ça ne dépend pas de toi… Je devais te tuer, et c'est moi qui agonise. Tu vois ? Rien ne se passe comme prévu.

— C'est vraiment le caïd qui t'envoie ?

— À ton avis ?

— Ça n'a pas de sens. Il y a moins d'une heure, nous étions là, dans la maison, à parler de mon avenir. Il avait fait venir un journaliste pour qu'il écrive un livre sur mes années de guerre. Pour quelle raison veut-il me tuer ?

Babaï déglutit, tenta de redresser le cou, n'y parvint pas. Il dut puiser au plus profond de lui-même pour trouver la force de laisser échapper :

— On m'ordonne, j'exécute, ça s'arrête là.

— Je veux juste comprendre ce qu'il se passe.

Babaï se mit à frissonner. Sa nuque se tassa. Il n'arrivait plus à se maintenir assis ; une partie de son buste touchait presque le sol.

— Mes pieds sont gelés, crachota-t-il.

J'eus pitié de lui. Babaï le Terrible n'était plus qu'un amas de muscles et de brutalité en train de fondre. Je m'en voulais d'être responsable de la fin de sa misérable histoire. Il avait tellement d'ennemis, pourquoi fallait-il que ça tombe sur moi ? J'aurais aimé ne l'avoir jamais croisé sur mon chemin. Et il était là, à quelques pas, recroquevillé dans une mare rouge, les yeux à moitié révulsés, des filaments sanguinolents sur le menton, laid, pathétique et horrible ; un cauchemar qui se délitait dans un autre cauchemar, une bête fauve prise à son propre piège.

Il rejeta mollement la tête en arrière, sans doute pour libérer ce rire de brute dont il avait le secret ; seul un gargouillis lui échappa.

— S'il te plaît, Babaï, dis-moi ce qu'il se passe.

— Jamais personne ne m'a dit « s'il te plaît ». Et puis, que ça me plaise ou pas, c'est du pareil au même. Je n'ai rien aimé en ce monde. Ni les femmes, ni les enfants, ni les fêtes… Et tu sais pourquoi ? Parce que mon cœur est mort. Il est mort le jour où mon père m'a cédé contre trois béliers… J'avais sept ans… Mon père, la chair de ma chair, mon petit dieu à moi, il m'a vendu comme on brade n'importe quelle camelote au souk. Sans marchander. Il m'aurait cédé les yeux fermés pour un bélier de moins si le père de Gaïd Brahim avait fait le difficile…

Sa pomme d'Adam s'affola. Il écarquilla les yeux, menaça de s'évanouir, se ressaisit.

— Comment veux-tu que j'aie envie d'aimer quoi que ce soit, après ça, fils du manchot ?... La faim n'excuse pas tout, et je n'ai rien pardonné. J'en ai voulu à l'humanité entière... Il était temps que ça s'arrête. Je n'en pouvais plus. Dans un sens, tu me rends service en abrégeant ma chienne de vie. Ça devait arriver un jour ou l'autre, et c'est arrivé aujourd'hui.

J'étais resté auprès de lui jusqu'à ce que son âme s'éteigne. Juste avant qu'il rende son dernier soupir, je lui avais pris l'index et j'avais observé la *chahada* pour lui. Je crois qu'il avait apprécié mon geste. Il est mort en se mordant la lèvre.

22

La lumière rasante du couchant zébra le verger d'ombres épineuses. Les deux chiens du gardien gémissaient dans leur cage. Le cheval de Babaï broutait dans la poussière, indifférent à la tragédie des Hommes.

En me dirigeant vers l'abreuvoir pour me laver, j'aperçus des pieds qui dépassaient d'un nopal. Un corps gisait dans une mare de sang. C'était Tayeb. Couché sur le dos, un bras replié sur la poitrine, les yeux écarquillés d'incrédulité, il avait la gorge tranchée.

En retournant me changer dans la pièce où j'avais laissé mes affaires, je remarquai que les sangles de ma valise avaient été défaites. Les cadeaux que j'avais achetés pour ma famille étaient toujours à l'intérieur, mais quelqu'un avait mal refermé la sacoche en cuir qui contenait mon argent et mes papiers. Les papiers avaient disparu ; on n'avait pas touché à l'argent. Ce fut alors que le blanc qui me taraudait l'esprit tandis que je guettais le retour de Tayeb se dissipa... Quel idiot !... Je m'écroulai sur un banc, écrasé de colère. *Idiot, idiot, idiot*, m'entendis-je crier, la gorge contractée. Je n'avais rien vu venir. Pourtant, un minimum de présence d'esprit m'aurait mis en garde. J'aurais dû me méfier de cet homme qui m'avait envoyé au charbon et qui, à mon retour, m'avait accueilli froidement. J'étais tellement impatient de retrouver les miens que je n'avais pas jugé nécessaire de m'attarder sur ces petites étrangetés qui auraient pu m'alerter quant à la mise en scène diabolique qui faisait de moi le parfait dindon de la farce.

Je cognai à me déboîter le poignet sur les murs, renversai les bancs, brisai la glace de l'armoire – ce ne fut qu'une façon comme une autre de me faire violence.

Le crépuscule embrasait l'horizon.

Jamais flammes de couchant ne m'avaient paru aussi menaçantes. La nuit qui s'annonçait n'aurait pas de matin clair pour moi.

J'encordai mon sac et ma valise sur le cheval de Babaï et quittai Haouch Sadgui sans un regard derrière moi.

J'avais galopé à travers la Hamada comme si j'avais cherché à remonter le temps. Encore une fois, je me méprenais sur ce qui était à ma portée et sur ce qui ne l'était pas. Je ne savais même pas vers quoi je courais ni ce qu'il me restait à faire. J'étais complètement perdu, comme le jour où un crissement bizarre avait bouleversé mon âme, là-bas, sur le front de tous les délires.

La nuit était tombée lorsque j'aperçus des centaines de torches enguirlander la Grande Kheïma. Le tohubohu des tambourins, mêlé aux chants et aux youyous, cadençait le souffle de la plaine. La fête battait son plein.

J'attachai le cheval à un arbuste derrière la butte où se tenait mon père, quatre ans plus tôt puis, mon chèche sur le nez, je me faufilai dans la foule en liesse qui essaimait devant une tribune pavoisée de tentures soyeuses, de palmes de dattier et illuminée par une multitude de lanternes. Sur l'estrade recouverte de tapis trônaient deux énormes chaises. Gaïd Brahim occupait celle de droite ; il rendait les salamalecs aux cheikhs venus lui renouveler leur allégeance, acceptait leurs présents, les laissait lui baiser la main avec une humilité feinte. Sur l'autre se tenait le journaliste sanglé dans *mon* uniforme, la poitrine ornée de médailles. Un poète déclamait une *qassida* à son honneur. « Ô Hamza, fils de Brahim, Les cimes des montagnes sont ta couronne, Le vent forcit grâce à ton souffle… » C'était donc lui, Hamza, le héros que l'on célébrait dans une kermesse euphorique. Maintenant qu'il allait s'inspirer de mon témoignage pour faire de mon récit sa propre légende, je n'avais plus qu'à creuser ma tombe.

Je m'étais égaré à plusieurs reprises sur les chemins qui menaient à mon douar avant de déboucher par hasard sur le marabout de Sidi Oukil que j'avais pu identifier grâce au caroubier séculaire dominant la colline. Le hameau était plongé dans l'obscurité. Des chiens aboyaient ; l'écho de leurs jappements se répercutait dans le noir comme des sortilèges.

Une ruine calcinée indiquait l'endroit où se tenait le gourbi de ma famille. Notre enclos avait disparu. Il ne restait, de notre figuier, qu'un tronc carbonisé.

J'attendis de me réveiller ; j'étais bel et bien éveillé. Comme à la plantation de Haouch Sadgui aux deux cadavres ensanglantés. Comme dans les tranchées ululantes de drames et d'agonie.

Je frappai à la porte de notre plus proche voisin, le vieux Messaoud, qui monnayait autrefois ses services de sourcier avant que les hommes du caïd ne lui brisent les doigts. Il se montra à la fenêtre.

— Qui est là ?

— C'est moi, Yacine, le fils de Sellam.

Il me claqua violemment les volets au nez.

Aucun des habitants de mon douar ne m'ouvrit. Comme si j'étais un agent pathogène hautement contagieux. « Pourquoi tu viens nous causer des problèmes ? Nous avons suffisamment de soucis comme ça. » Me lancèrent-ils, les uns après les autres, de derrière leur porte.

Seul l'imam eut le courage de me laisser entrer dans la mosquée. Sa main, qui tenait une lanterne, tremblait. Il avait beaucoup hésité avant de consentir à me recevoir.

— Il faut que tu retournes d'où tu viens, mon garçon. Si le caïd apprenait que je t'ai parlé, il me tuerait.

— Où sont les miens ?

L'imam me pria de baisser le ton. Il posa la lanterne sur un chevalet et s'empara d'un chapelet qui pendouillait à un clou. Sa main redoubla de tremblements.

— Pourquoi a-t-on détruit notre maison ?

— C'est toi qui as la réponse, mon garçon.

— Quelle réponse ? Je suis à deux doigts de devenir fou. Qu'est-il arrivé à ma famille ? Vous étiez là, non ?

— Oui, nous étions là, mais nous n'avons rien pu faire. C'est le caïd en personne qui a mis le feu à votre maison avant de sommer ta famille de quitter ses terres. Il lui a interdit d'emporter le moindre objet. Les tiens ont été chassés avec juste les habits qu'ils portaient sur eux. On ne les a plus revus. Le caïd les aurait écartelés sur la place du souk, s'ils étaient revenus récupérer quelques affaires.

— Pourquoi ?

L'imam écarta les bras en signe d'impuissance.

— Gaïd Brahim est chez lui. Il fait ce que bon lui semble.

— Il avait bien une raison ?

— Il a dit des choses sur toi. Selon lui, alors qu'il te confiait le verger de Haouch Sadgui, tu as abusé de ses largesses et tu t'es mis à vendre des moutons à des nomades pour ton propre profit. Quand il a voulu te châtier, tu l'as agressé avant de t'enfuir sur un cheval de son écurie.

— Il a dit ça de moi ?

— Même qu'il a envoyé ses sbires à ta poursuite pour qu'ils lui ramènent ta tête. Ils sont revenus bredouilles. On raconte que tu t'étais réfugié au Maroc.

— Ça n'a pas de sens, cheikh. C'est vous, vénérable imam, qui m'avez appris à lire et à écrire, et à bien me conduire. Je n'ai volé personne et je n'ai jamais levé la main sur le caïd. Je n'étais pas au Maroc. J'étais en France. Gaïd Brahim m'a envoyé faire la guerre à la place de son fils.

L'imam recula d'un pas, comme s'il venait de recevoir un coup en plein visage. Il observa un long silence, méditatif. Ses doigts effilés cessèrent d'égrener le chapelet

— Il t'a envoyé à la guerre ?

— Oui.

— À la place de son fils ?

— Oui.

— Lequel de ses fils ?

— Hamza.

L'imam se prit le menton entre le pouce et l'index, les sourcils pesants.

— Hamza ?... Rien que ça ?... Le caïd t'a envoyé faire la guerre à la place de *sidi* Hamza ? D'accord... D'après toi, où était passé Hamza durant ces dernières années ? Il adorait aller à la chasse avec son père et courir les femmes répudiées, les veuves et les filles de joie. Il ne faisait que ça, de jour comme de nuit. C'était sa passion. Comment expliques-tu que, du jour au lendemain, il disparaisse de la circulation ?

— Je n'en sais rien.

— C'est parce qu'il était à la guerre, Yacine fils de Sellam. Et aujourd'hui, il est de retour. La Grande Kheïma est en fête. Si personne de notre douar, pas même moi, n'a été convié aux festivités, c'est à cause de toi. Oui, par ta faute, le caïd nous a bannis de sa cour.

— C'est moi qui suis parti en France à la place de Hamza. C'est moi que Gaïd Brahim a chargé de défendre l'honneur des Ech-Chorafa. Et c'est encore moi qu'il cherche à faire disparaître pour toujours. Hamza est un usurpateur. Comme son père. Ils se sont servis de moi.

L'imam me montra la porte d'un doigt péremptoire.

— Dehors !... J'ignore ce que tu as fait au juste, mais si tu es capable de mentir de façon aussi grossière, tu dois être capable de voler aussi. Sors de chez moi, sinon je mobiliserai le hameau pour qu'on te livre aux hommes du caïd avant la prière de l'aurore.

— Est-ce que je peux au moins savoir où sont partis les miens ?

— Zakaria, cria l'imam, le fugitif Yacine ould Sellam est ici. Va chercher de l'aide.

Je sortis en courant de la mosquée, sautai sur mon cheval et quittai ventre à terre le douar qui m'avait vu naître et qui venait de me renier.

J'ai dormi une partie de la nuit dans un val. Fourbu et désorienté. Livré au froid mordant des Hauts Plateaux. Dès l'aube, j'ai repris ma chevauchée à travers les maquis. Une de mes sœurs vivait avec son mari à Bir Saket, mais j'ignorais où se trouvait son village. Un berger m'informa que j'avais laissé le hameau en question derrière moi, qu'il me fallait rebrousser chemin jusqu'à la montagne rocheuse et suivre la rivière morte en direction du sud.

Il m'a fallu une demi-journée pour atteindre Bir Saket, un lamentable douar coincé entre un ravin et une colline déchiquetée. Une vingtaine de taudis se barricadait derrière des haies de nopals. Des chiens squelettiques erraient çà et là, sous l'œil impassible des ânes. Des gamins nus jouaient dans la poussière, le crâne rasé, le minois barbouillé.

Des vieillards lézardaient au soleil. Ils cessèrent de bavarder en entendant approcher mon cheval, portèrent la main en visière à cause du soleil.

— *Salam aleikom*, leur dis-je.

— *Salam*, répondirent-ils en chœur.

— Je cherche la maison de Hamou…

Le plus jeune d'entre eux m'indiqua une bicoque à côté d'une basse-cour avant que j'aie fini ma phrase.

Ma sœur Khodij était en train de donner à manger aux poules. En me voyant, son panier lui échappa des mains. Elle courut vers moi et éclata en sanglots dans mes bras.

— Rentrons, gémit-elle en essuyant ses larmes. Hamou est à l'intérieur. Il est souffrant.

Elle me fit asseoir sur une natte dans un réduit craquelé de tous les côtés, au plafond bas, sans autre mobilier qu'un réchaud à alcool, une table basse branlante et quelques vieilleries.

— On te croyait mort, me dit-elle. Tu ne peux pas imaginer ce que nous avons enduré. Les hommes du caïd nous tombaient dessus à l'improviste, en persécutant les gens du village. Ils te cherchaient. Heureusement qu'ils ignoraient que j'étais ta sœur. Ils nous auraient chassés, mes enfants et moi. Ils étaient comme des fous. Puis, ils ne sont plus revenus, mais nous avons continué de trembler tous les jours et toutes les nuits.

— Où sont les nôtres ?

Ma sœur se remit à pleurer.

— Je n'ai pas de nouvelles. Ni Mimouna ni moi ne savons où ils sont allés.

— Ils ne sont pas passés par ici ?

— Non.

— Tout ça par ta faute, maugréa mon beau-frère dans mon dos.

Enserré dans un drap, le teint olivâtre, Hamou grelottait de fièvre. Il n'était pas ravi de me trouver chez lui.

— Ce n'est pas une bonne idée de venir nous voir.

— Tu en as une meilleure, Hamou ?

— Ce n'est pas parce que j'en ai pas que la tienne s'impose d'elle-même. Il ne fallait pas venir chez moi. Tu veux attirer la foudre sur ma famille ? Si le caïd apprenait que mon épouse est ta sœur, il nous bannirait, à notre tour.

— Je n'ai pas l'intention de m'attarder ici, rassure-toi. Je cherche le reste des miens.

Hamou croisa les bras sur sa poitrine, s'enveloppant frileusement dans son drap. Il tenait à peine sur ses jambes.

— Tu penses que je les cache ?

— Je n'ai pas dit ça.

Il hocha la tête, consterné.

— Est-ce qu'il t'arrive de réfléchir deux secondes, Yacine ?... Bir Saket est sur les terres de Gaïd Brahim. Et ta famille a été chassée des terres de Gaïd Brahim. Donc ce n'est pas chez nous que tu as des chances de la trouver. Tu ne dois t'en prendre qu'à toi-même. Tu t'es attaqué au caïd et voilà où ça mène. Par ta faute, ta famille est dans la nature. Personne ne sait ce qu'il est advenu d'elle.

— Je n'ai pas agressé le caïd.

— Quelle différence, pour nous, que tu sois innocent ou coupable ? Je suis malade. Je n'aimerais pas qu'on me jette en pâture aux chacals, dans mon état.

— Ce n'est pas dans mes intentions.

— Ça ne dépend pas de toi. Il ne fallait pas venir chez nous. Ce n'était pas la meilleure chose à faire. Le caïd a des mouchards partout.

Ma sœur baissa la tête. Je compris qu'elle pensait la même chose que son mari et mesurai la gravité du danger que je leur faisais courir.

Je sortis de ma sacoche quelques billets de banque.

Hamou me freina d'une main rebutée :

— On ne veut pas de ton argent, Yacine. Le *haram* n'a jamais franchi le seuil de ma demeure.

— C'est ma paie de soldat.

— Qu'importe. On est pauvres, mais on n'accepte pas l'aumône. L'unique service que tu peux nous rendre est de t'en aller tout de suite.

— C'est ce que je compte faire, Hamou. Je peux laisser ma valise et mon sac chez vous ?

— Tu n'as jamais mis les pieds chez moi, Yacine. Je suis désolé, je n'ai ni la force ni le courage de tenir tête au caïd. Je ne te chasse pas, je préserve ta sœur et tes neveux.

— Tu n'as pas à te justifier, Hamou. Je ne t'en veux pas.

— Moi, je m'en veux, mais que puis-je faire d'autre ?

J'ai laissé ma sœur en larmes et j'ai galopé ventre à terre, à travers la steppe.

À la tombée de la nuit, j'ai bivouaqué à proximité d'une retenue d'eau, affamé et désespéré. Les étincelles qui pirouettaient par-dessus les crépitements du bûcher, semblables à des insectes magiques, ne parvinrent pas à me distraire. Ma tête était remplie de noirceur et mon cœur battait la mesure de ma détresse.

Au lever du jour, j'étais de nouveau à chevaucher au gré de mon intuition, convaincu que je ne faisais que courir après du vent.

Un nomade m'offrit un repas et de l'avoine pour mon cheval. Cela nous aida à tenir jusqu'à un village où j'achetai des vivres et une couverture.

— On est toujours sur les terres de Gaïd Brahim ? demandai-je à un maréchal-ferrant.

— La terre appartient à Dieu, me répondit-il. Quant à Gaïd Brahim, il n'a pas intérêt à se hasarder par ici. Nous, les Issawa, nous n'aimons pas les traîtres.

Ses propos tempérèrent mes angoisses. Je n'étais plus en territoire ennemi.

23

J'ai cherché ma famille dans les douars, dans les souks, dans les fermes ; personne ne se souvenait d'un manchot. Pourtant, chaque silhouette me faisait croire au miracle. Derrière combien d'hommes ai-je couru pour me confondre aussitôt en excuses ? Lorsque je me retrouvais seul au milieu de la steppe, toute ma famille peuplait l'horizon. Je revoyais Missoum jouer avec notre chien, Hassan à califourchon sur un baudet, mes deux sœurs en train de filer la laine, mon père accroupi au pied d'un arbre, l'œil plissé à cause du soleil, et ma mère qui nous appelait derrière la clôture de notre maison, les mains sur les hanches, le pagne battant au vent. Des détails, naguère insignifiants, devenaient, l'espace d'une évocation, si précieux que j'en avais les larmes aux yeux. Mon cœur pesait sur ma poitrine tel un rocher, m'écrasait du poids de mes absents. Je regrettais de n'être pas resté longtemps près de mon père, de n'avoir pas osé lui prendre le poignet et le porter à mes lèvres ; je languissais de ma mère à qui il suffisait de poser sa main de fée sur mon front pour en résorber les migraines ; je m'en voulais de n'avoir pas été assez attentif à ces deux ombres indistinctes au fond de notre gourbi et qui étaient mes sœurs ; m'en voulais d'avoir tapé mon petit frère qui ne savait que brailler chaque fois qu'on lui refusait une faveur ; et Hassan, mon cadet, mon complice, mon bras droit, toujours prêt à me suivre partout où l'épreuve m'attendait, mon frère Hassan dont la voix de crécelle m'avait accompagné sur les terres de France, supplantant jusqu'au vacarme des armes, là-bas, dans les tranchées.

La Hamada était pleine de mes absents, mais impossible d'en entrevoir un seul. Leurs spectres n'étaient que mirages et chagrin.

Un soir, dans un bois, tandis que je préparais à manger, un cavalier surgit devant moi. Je ne l'avais pas entendu s'approcher. L'homme était assez grand, le visage caché sous un chèche. Il portait une jellaba en poil de chameau et des bottes artisanales qui lui arrivaient aux mollets. Des ballots cabossés pendaient de part et d'autre de sa selle.

Je me relevai d'un bond, sur la défensive.

— Si je te voulais du mal, j'aurais attendu que tu t'endormes, me rassura-t-il. J'ai vu ton feu et je me suis dit qu'un peu de compagnie m'arrangerait. Mais si tu tiens à être seul, je poursuivrai mon chemin.

Sans attendre ma réponse, il descendit de sa monture.

— Je m'appelle Kada et je suis herboriste. Je viens par ici cueillir des plantes médicinales.

Il s'accroupit et présenta ses mains au feu.

— Tu penses qu'il y a assez à manger pour nous deux ?

— Je ne t'ai pas invité.

— Ça se voit que tu n'es pas de la région. Dans la Hamada, on n'attend pas d'être invité. Si tu as faim, si tu n'as pas où dormir, il te suffit de te présenter à la première tente sur ton chemin pour avoir le gîte et le couvert.

— Je ne suis pas de la région.

— Ça crève les yeux. Les gens ne s'habillent pas à l'européenne, par ici. Si tu veux un conseil, débarrasse-toi de ton accoutrement. Tu es facilement repérable pour les brigands.

Il me considéra, un sourcil plus haut que l'autre :

— Tu n'es pas un brigand, j'espère ?

— Je n'en suis pas un.

— Tu as intérêt. Les Bédouins ont horreur des voleurs. Lorsqu'ils en attrapent un, ils lui règlent son compte sur-le-champ.

Il ramassa une branche et entreprit de tisonner les braises.

— Je t'ai vu au village des Issawa, ce matin. Tu avais l'air en déroute.

— Tu me suis depuis le village ?

— Pas du tout. J'étais dans les parages, à la recherche de mes plantes. J'en ai ramassé tout un sac. J'ai déjeuné là-bas, sur la colline. Tu es passé devant moi sans me voir. Et te revoilà, de nouveau, au coucher du soleil. J'ai cru que tu cherchais quelque chose que tu aurais perdu par ici puis, comme tu ne descendais pas de cheval, je me suis dit que tu t'étais probablement égaré.

Il essuya ses mains verdâtres sur les basques de sa jellaba.

— Tu devrais te défaire de ces vêtements de citadin, crois-moi. Ça fait de toi une cible criarde et les gens se méfient des étrangers. J'ai un saroual et une jellaba dans mon balluchon. Pour le saroual, il va te falloir le retrousser, vu qu'on n'a pas la même taille, mais la jellaba ferait l'affaire.

— Je te les achète au prix que tu veux.

— Un Bédouin ne vend pas ce qu'il peut offrir, mon ami. Mais, il ne dirait pas non si on consentait à partager son repas avec lui.

Cet homme, c'était la Providence qui me l'envoyait. Sa présence me réconforta, après des nuits de remords et de solitude. J'avais besoin d'entendre une voix autre que la mienne, qu'on me parle de choses aux antipodes de mes hantises. Kada venait de Saïda, une ville dans le Nord. Il était marié à quatre femmes et père de neuf enfants. Il parlait sans relâche, de tout et de rien, avec beaucoup d'enthousiasme. Je voulais qu'il ne s'arrêtât pas de me raconter sa vie qui n'avait rien d'un conte de fées et qui, cette nuit-là, conjurait, un à un, les démons qui me persécutaient.

— Tu vas où exactement ? Si c'est sur mon chemin, je pourrai faire une trotte avec toi.

— Je cherche ma famille. Elle a été bannie par le caïd, il y a quatre ans.

— Et ce n'est que maintenant que tu as décidé de la chercher ?

— Je suis rentré de la guerre, il n'y a pas longtemps.

Il opina du chef.

— Ton père est de quelle tribu ?

— Il ne nous a jamais parlé de ses origines. Je crois qu'il était en froid avec son passé. S'il a une tribu, je ne pense pas qu'il y soit retourné.

— Personne ne coupe court avec le passé. Quand on n'a pas où aller, on dépoussière les ponts et on revient parmi les siens.

— Pas mon père. Il a trop de dignité.

— En tous les cas, ce n'est pas dans les Hauts Plateaux que tu as des chances de tomber sur sa trace. Il n'y a rien, dans la Hamada. C'est à peine si les gens d'ici arrivent à nourrir leurs enfants. Je suis certain que ta famille est quelque part dans une grande ville du littoral. À Oran, sans doute. C'est là-bas que les déracinés espèrent restaurer ce que l'existence a abîmé en eux.

L'herboriste n'avait pas tort. La misère ravageait des tribus entières dans la Hamada. Après des semaines de recherches, au cours desquelles je vendis les cadeaux que j'avais achetés pour les miens et une partie de mes vêtements pour subvenir à mes besoins, je me rendis compte que je creusais au mauvais endroit.

Je cédai mon cheval à un colporteur pour une bouchée de pain et pris le train pour Sidi Bel Abbès.

24

Sid Tami me serra fortement contre sa poitrine. Il était très heureux de me revoir. Il me repoussa pour me dévisager, me serra de nouveau contre lui en me tapant sur le dos, l'haleine avinée.

— Tu ne peux pas savoir combien je suis content, Hamza.

Il m'attrapa par le poignet et me tira derrière lui.

— Viens, me pressa-t-il. Je vais te faire déguster la meilleure cuisine de l'Oranie.

Je pensai qu'il allait me conduire chez lui pour me présenter son père et son épouse, comme promis ; il m'emmena dans une gargote. C'était contraire aux usages. On n'emmène pas dans une gargote un ami qui vous rend visite. Quelque chose battait de l'aile, chez mon frère d'armes. Sa joie de me retrouver ne s'étendait pas jusque dans son regard ; son rire manquait d'éclat et ses tapes sur mon dos ressemblaient à des coups.

Je le suivis au milieu d'une marmaille turbulente qui disputait le quartier musulman aux désœuvrés.

— Ça fait deux jours que je te cherche. J'ai demandé aux gamins de m'indiquer l'atelier de Hamou le menuisier, aucun d'eux n'avait entendu parler de ton père. Je suis allé au bar en face de la gare. Pas un serveur ne te connaît.

— On est restés longtemps absents, caporal. Beaucoup de choses changent en quatre ans. Les mioches d'hier ne le sont plus aujourd'hui et la guerre a tout compliqué. Personne ne se souvient de personne.

Le propriétaire du boui-boui, un poussah vêtu à la turque, gilet lustré et saroual bouffant, n'avait pas l'air d'apprécier mon ami. Il nous désigna à contrecœur une table et sortit au soleil pour ne pas avoir à nous parler.

On nous servit le plat du jour, un tajine de pieds de mouton, savamment épicé pour en masquer la fadeur. Sid y toucha à peine. Il avait l'air totalement perdu. Ses joues s'étaient creusées, et son regard était plein d'une tristesse navrée.

— Qu'est-ce qui ne va pas, Sid ?

— Ça se voit tant que ça ?

— Ça crève les yeux. Raconte-moi. On ne se cachait rien, toi et moi.

Sid entreprit d'émietter la galette qu'il tenait dans ses mains. Nerveusement. Ses lèvres se mirent à frémir. Il regarda autour de lui, comme s'il redoutait que quelqu'un l'entende, approcha son visage du mien et me chuchota :

— Tu te rappelles, sur le bateau en partance pour la France, quand je t'ai dit que j'avais un gros problème ? Tu m'as demandé lequel, et je t'ai répondu que j'avais peur de ne pas tenir la promesse que j'avais faite au bon Dieu au sortir de la tempête.

— Je m'en souviens.

— Eh bien, je n'ai pas tenu ma promesse, caporal. Depuis que je suis rentré chez moi, je ne fais que des choses pas bien. La guerre m'a poursuivi jusqu'ici. Il ne se passe pas une nuit sans que je me réveille en hurlant. Dès que je ferme les yeux, le cauchemar me saute dessus. Je me vois fuir dans des forêts houleuses, pourchassé par des ombres armées de baïonnettes.

— Il m'arrive de cauchemarder, moi aussi.

— Moi, c'est toutes les nuits.

— Tu as consulté un conjurateur ?

— Tu parles ! J'en ai consulté un tas, pas un ne m'a prescrit le bon remède.

— Dans ce cas, il faut laisser faire le temps.

Il se prit la tête à deux mains et se mit à soliloquer, comme si je n'étais pas là. Ses mèches tremblotaient sur son front luisant de sueur.

— Sid…

Il sursauta.

— Tu étais parti où ?

— Ouais, soupira-t-il. J'ai des blancs. Je suis là et, d'un coup, je suis ailleurs. J'suis peut-être en train de devenir cinglé. Tu te rends compte ? Je parle tout seul. Chaque fois que je suis devant une glace, je passe des heures à m'adresser à mon reflet. Je n'étais pas comme ça, avant. Il m'arrive même de parler dans la rue et les gamins se moquent de moi. Tout m'échappe, caporal. Le jour, ça passe, mais dès qu'arrive le soir, c'est la panique.

Il me saisit les poignets à les broyer.

— J'ai peur de la nuit, Hamza.

Il s'essuya le nez sur la manche de son tricot.

— Tu ne peux pas savoir combien de crampes me saisissent aux tripes quand arrive le soir. Je bois des litres de café pour rester éveillé, mais comment ne pas m'endormir ? Si quelqu'un a la bonne recette, qu'il me la refile, pour l'amour du Ciel. Je n'en peux plus. Je te jure que je n'ai même pas besoin de me doucher tellement je transpire dans le noir. Des fois, j'ai envie de me fracasser la tête contre le mur. Alors j'abuse de la bouteille. Pour oublier. Mon père ne veut plus entendre parler de moi à cause des gens qui se plaignent de mes dérapages. Ma femme est retournée chez ses parents. Elle ne me reviendra que lorsque j'aurai arrêté de la couvrir de honte, qu'elle a dit.

Il cogna sur la table :

— Pourquoi je ne peux pas dormir comme tout le monde, merde ? Pourquoi je ne peux pas fermer les yeux et mourir jusqu'au matin ?

— Sid…

— J'en ai marre de choper la tremblote chaque fois que le soleil me fausse compagnie. J'ai envie de dormir en paix. Dormir, nom de Dieu, dormir, fermer les yeux et disparaître sans avoir à hurler et à fondre dans mon sommeil.

— Sid !

Il se rendit compte que la clientèle le toisait, se tut un instant, puis, la gorge écorchée :

— Tu crois que c'est à cause d'Othmane ? Si vous n'étiez pas venus me rendre visite à l'hôpital, il serait encore vivant, tu ne crois pas ?

— Qu'est-ce que tu racontes ? Nos milliers de morts ne sont pas tous venus te rendre visite à l'hôpital. Othmane a croisé son destin, ce jour-là. C'était écrit. Ça n'a rien à voir avec toi.

Malgré la faim qui me tenaillait, je renonçai à mon repas. Je regrettai d'être là, dans cette salle viciée et insalubre, au milieu de gens aux doigts noirâtres qui plongeaient leur pain dans leur soupe et le portaient fiévreusement à leur bouche ruisselante de sauce. J'eus envie de me lever et de reprendre, un à un, l'ensemble des chemins qui m'avaient trimbalé partout sans me proposer un point de chute.

Sid perçut mon malaise. Il laissa échapper dans un souffle tenu :

— Désolé de te recevoir de cette façon, Hamza. J'avais tellement de projets pour nous deux, et je ne suis pas fichu de t'inviter chez moi.

— Je suis tombé au mauvais moment, c'est tout.

Il passa les mains sur son visage. Ses pommettes osseuses tressautaient. Sid n'était plus ce beau garçon qui savait si bien se rendre attachant. Ses traits s'étaient avachis comme du vieux linge ; son regard, autrefois si intense, peinait à affronter le mien.

— T'as p't-êt' raison, caporal. Il faut laisser faire le temps. On tombe pour se relever, n'est-ce pas ? Seuls les morts ne se relèvent pas. J'ai encore du jus dans les veines, hein, frérot ? Si j'ai survécu à la guerre, je peux survivre aux ouragans.

— C'est ça, Sid, il faut s'accrocher. Tu n'es pas le seul à traverser une mauvaise passe.

— Ouais, c'est qu'une mauvaise passe, après tout. Qui n'a pas connu ça au moins une fois dans sa vie ? Ça va s'arranger, hein ? J'suis un dur à cuire. J'ai connu pire. Ne craint pas les volcans, celui qui revient de l'enfer, pas vrai, caporal Boussaïd ? On va pas laisser des fantômes nous gâcher la vie, hein ?

— Ni personne, d'ailleurs. Tu vas t'en sortir, j'en suis convaincu.

— Tu le penses vraiment ?

— Y a pas de raison pour que les choses ne rentrent pas dans l'ordre. Aussi bien pour toi que pour moi, et pour tous ceux qui gardent la foi.

Mes propos l'apaisèrent un peu.

— Ouais, caporal, y a pas d'raison. Il faut garder la foi... Et toi, comment tu vas ? Tu as vendu tes terres comme je te l'avais suggéré ?

— Je n'ai même pas un toit au-dessus de la tête. Je cherche ma famille. Le caïd l'a bannie en incendiant notre maison. Depuis mon retour au bled, je ne fais qu'errer. J'ai décidé de me rendre à Oran. Tous les déracinés échouent à Oran, m'a-t-on dit. Je suis venu poursuivre mes recherches de ce côté.

Sid voulut savoir ce qu'il s'était passé. Je m'abstins de lui relater mon histoire avec Gaïd Brahim. Sa détresse neutralisait la mienne.

— Tu penses qu'ils sont à Oran, les tiens ?

— C'est probable.

— Tu as des proches ou des connaissances, là-bas ?

— Non.

— Je m'en doutais un peu. Tu comptes les retrouver comment, tes parents, si tu n'as personne à Oran ?

— Je demanderai...

— Tu demanderas ?

— Je t'ai bien trouvé, toi.

Sid n'était pas convaincu. Il dit :

— Oran, c'est ni Mostaganem ni Sidi Bel Abbès. C'est une ogresse qui avale son monde et qui rumine tout le temps. Tu y pénètres par une porte, mais tu ne sais pas par quelle brèche en ressortir.

— De toutes les façons, je n'ai pas le choix. Je ne vais quand même pas rester les bras croisés.

— Tu as un bout de piste, au moins ?

— Je tâte dans le noir. C'est la raison pour laquelle je suis venu te voir. Je me suis dit que tu pourrais m'aider.

Sid fourragea dans ses cheveux, embarrassé.

— T'aider comment ?

— Chercher avec moi.

— Ça se voit que tu ne sais pas de quoi tu parles. Oran est une gigantesque fourmilière. Tu lâches une main, et t'es perdu.

— Je le suis déjà.

Il essuya son front en sueur. Ses soupirs se succédèrent, de plus en plus embêtés.

— Tu as des photos de ta famille ?

— On ignore ce que c'est, au douar.

— Tu comptes la retrouver comment si tu n'as aucun signalement, aucune adresse, aucun proche, là-bas ?

— Mon père ne peut pas passer inaperçu. Il est manchot.

— Quoi ? S'écria Sid, éberlué. Ton père est manchot ? Les gens, avec quatre bras et des épaules de lutteur, n'arrivent pas à joindre les deux bouts, à Oran.

— Mon père a un garçon et deux filles en âge de travailler.

Sid alluma une cigarette, tira dessus fiévreusement. Il rejeta la fumée par les narines, se mordit la lèvre, tourna la tête dans tous les sens avant d'écraser son mégot dans son assiette, l'air très ennuyé. Sa voix s'affaissa :

— Tu l'as dit, frérot. Tu es tombé au mauvais moment. Tu cherches ta famille, je cherche mes points d'appui. Je ne pense pas pouvoir t'être utile.

Je fus aussi peiné pour lui que pour moi.

— Ça ne fait rien, Sid. Je comprends.

— Tu ne peux pas comprendre, mon frère. J'ai honte de ne pas pouvoir t'aider. Je ne suis pas bien. Je ne me reconnais plus. Rien ne va pour moi. Des fois, je me demande si ce ne serait pas plus raisonnable d'en finir une fois pour toutes. J'en ai marre de la vie, marre de tout.

Il ne se rendit pas compte qu'il sanglotait presque, que les clients attablés autour de nous avaient arrêté de tremper leur pain dans leurs écuelles en bois pour l'observer.

— Ce n'est pas grave, Sid. Je sais que tu ferais n'importe quoi pour moi, mais si tu ne peux pas, tu ne peux pas. Je vais chercher de mon côté. En tout cas, je suis très heureux de te revoir, même si les choses ne sont pas comme on aurait aimé qu'elles soient.

Il hocha la tête, affligé :

— Il me reste un peu d'argent, si tu en as besoin.

— Merci, j'ai de quoi tenir quelques semaines.

— Tu me prends de court, là, caporal. Vraiment. Laisse-moi réfléchir une minute. Il y a forcément un moyen.

Il alluma une autre cigarette. Sa main tremblait.

— Ne te prends pas la tête, Sid. Je me débrouillerai.

— Je connais un gars à Oran. Lui, il pourrait t'aider.

25

Oran m'intimida dès la descente du train. La ville était gigantesque, avec ses boulevards interminables qui se ramifiaient à perte de vue, ses immeubles cossus, ses tintamarres, ses chantiers en ébullition, ses fiacres et ses tombereaux slalomant au milieu des badauds, ses trolleys et ses voitures pétaradantes qui couraient dans tous les sens comme des cafards effarouchés.

Où trouver les miens dans cette toile inextricable ?

Nous prîmes le tramway jusqu'à Gambetta à la recherche d'un certain Wari. On nous orienta sur la place d'Armes. Wari n'y était pas. On nous suggéra de le chercher du côté du quartier séfarade. Nous avons arpenté le Derb d'un bout à l'autre. En vain.

Sid remarqua que je traînais le pied.

— Tu veux qu'on se pose quelque part ?

— Je ne suis pas fatigué, lui dis-je. Je n'imaginais pas Oran si grande et si peuplée.

— Ne te décourage pas. Si tes parents sont ici, Wari te les ramènera.

Nous débouchâmes sur une courette écrasée de soleil. Un marchand de fruits exposait ses étals à l'ombre d'un ficus. Autour de lui, quatre hommes papotaient.

— J'ai même pas besoin de lui courir après, la femme de ma vie, qu'elle m'a promis la voyante, dit un gringalet coiffé à la zouave. C'est elle qui viendra frapper à ma porte.

— Quelle porte ? rétorqua un grand échalas aux oreilles poilues. Tu dors une nuit chez ta sœur, une autre chez ta tante et une autre dans la rue. Elle ferait comment pour te mettre le grappin dessus, la femme de ta vie ?

— La voyante a sorti trois fois d'affilée la carte de la Chance et celle de la Fortune.

— Elle t'a dit si elle est jolie et bien roulée, ta promise ?

— Elle a dit que je serai très heureux avec elle et qu'elle me donnera que des garçons en bonne santé. La beauté, c'est pas important. Avec le temps, elle se fane. Mais l'amour, lui, c'est comme le vin. Il se bonifie avec l'âge.

— Moi, décréta un borgne violacé et contrefait, j'épouserai jamais une moche.

— Même si elle est riche ?

— Ben, si elle est riche, admit raisonnablement le borgne, je ferai une exception.

— Et tu fais quoi de l'amour ?

— L'amour, dit le borgne, c'est de la démagogie sentimentale. Il n'y a de vrai que le sexe. Si tu carbures à plein régime au pieu, tu peux avoir toutes les femmes que tu veux, y compris les saintes-nitouches.

Le plus âgé des quatre, qui portait un béret et une veste à la coupe grossière, apostropha le borgne :

— Quelle femme voudrait de toi, Mauvais-Z'Œil ? Même une vieille sorcière fripée, avec des verrues sur le nez et des chicots noirs et longs comme des clous de charpentier, réfléchirait à deux fois avant de t'offrir son con à lécher.

— Ça t'amuse tant que ça d'être rabat-joie, Wari ? C'est pas parce que j'ai une taie dans l'œil que j'ai pas droit d'avoir une opinion ?

C'était donc le « rabat-joie », Wari. Le personnage me déplut d'emblée, avec son béret pourri, ses savates en chanvre et son froc usé jusqu'à la trame qu'un bout de ficelle ceinturait.

— Ne te fie pas aux apparences, me souffla Sid dans l'oreille. Wari ne paie pas de mine, mais il trouverait une aiguille dans une botte de foin les doigts dans le nez.

De la main, il fit signe au dénommé Wari de nous rejoindre. Ce dernier salua ses amis et se dépêcha de nous rattraper dans une ruelle.

— Bel Abbès ne suffit plus à ta déprime, sergent ? lança-t-il à Sid.

— On a besoin de tes services.

— Je m'en doutais. Ne peut-on pas venir me voir par simple amitié ? Même un chien a besoin qu'on lui témoigne un peu d'affection de temps en temps.

— Mon amitié t'est acquise d'office, et tu le sais.

Les deux hommes se donnèrent l'accolade.

— T'as des choses à me fourguer ou bien des comptes à régler, *khaïyi* ?

Sid me présenta :

— C'est mon ami, Hamza.

— Yacine, corrigeai-je.

— Quoi, Yacine ?

— C'est comme ça qu'on m'appelle, dans ma famille.

— Et depuis quand, tiens ?

— Depuis que je suis venu au monde.

— D'accord, je rectifie... Cher Wari, je te présente Yacine. On a fait la guerre dans le même régiment. Il cherche de l'aide, et tu es la personne la mieux indiquée pour lui donner un coup de main.

Wari se gratta la tête, peu emballé :

— Je ne peux pas m'occuper de tout le monde, Sid.

— Le caporal est quelqu'un de très précieux pour moi.

— Oui, mais j'ai mes limites, tu sais ? J'ai un tas de gens à caser.

— Wari, s'il te plaît...

Wari me dévisagea un instant, puis il gonfla les joues et souffla très fort.

— S'il te plaît, s'il te plaît... Tu crois que c'est facile, sergent ? J'entends ça cent fois par jour. Mais bon, on ne peut rien refuser à un héros de la guerre... Et si on allait au café ? Je ne peux pas voir clair si j'ai pas un verre de thé sous les yeux. C'est ma boule de cristal à moi.

— Je t'en paie deux, lui dis-je.

Wari se tourna vers le sergent, interloqué :

— Tu me le ramènes de quel trouduc, ton blédard ? Il veut finir dans une impasse, déplumé comme un cul d'autruche ?

S'adressant à moi :

— Faut faire attention à ce que tu dis, mon gars. Ne montre jamais que tu es plein aux as. Les généreux sont des proies de choix, par ici. Tu portes la main à la poche et, vlan ! plus de main, plus de poche.

— Il fera attention, dorénavant, lui promit Sid.

Wari nous promena à travers les pertuis du quartier séfarade jusqu'à la Tahtaha, une vaste esplanade poussiéreuse au cœur du quartier musulman. Des cavaliers arabes en costume traditionnel s'exerçaient à la fantasia, au milieu d'une foule bigarrée.

Wari marchait vite. Il avait un mot pour chaque personne sur son chemin ; boucher, savetier, épicier, portefaix, il connaissait tout le monde et tout le monde semblait l'apprécier. Cela tempéra un peu mes appréhensions.

Il nous conduisit dans un café borgne rempli de têtes enturbannées. Un énorme Noir au ventre débordant montait la garde à l'entrée. Wari lui enfonça un doigt dans la gidouille :

— Grossesse nerveuse ou bien constipation prolongée ?

— À ton avis, patate ?

— Est-ce qu'on connaît le papa ?

Des rires fusèrent. Le Noir ajusta sa chéchia en roulant des yeux.

— Quand vas-tu apprendre à surveiller ton langage de voyou, Wari ? Y a des gens respectables, chez nous.

— Tu dois halluciner ferme, mon frère.

— J'suis pas ton frère. Mon père n'a jamais couché avec ta mère.

— Mais mon père avec la tienne, si.

Les rires saluèrent l'impertinence de Wari.

— Jette l'éponge, Moussa, conseilla un vieillard au Noir. Tu ne fais pas le poids.

Moussa leva les bras en signe de reddition.

Il était ainsi, Wari : une bouffée d'air dans un monde en apnée.

Nous nous installâmes au fond de la salle. Wari héla le garçon, commanda trois thés à la menthe et me demanda si je pouvais lui payer des *montecaos*. J'acceptai volontiers.

Il commença par dévorer les petits biscuits, vida son verre et fit signe au garçon de lui rapporter la même chose. Une fois rassasié, il consentit enfin à nous accorder son attention. Sid lui expliqua l'objet de notre visite. Wari hochait la tête sans donner l'impression d'écouter. Il adressait un salut à une connaissance qui passait par là, se tournait vers des clients attablés autour de nous pour réagir à une discussion qui ne nous concernait pas.

Lorsque Sid se tut, Wari se gratta laborieusement l'oreille, les lèvres étirées.

— J'ai connu un Sellam qui était manchot, finit-il par lâcher. Il mendiait au souk, mais je ne l'ai plus revu depuis des lustres.

— Ça ne peut pas être lui. Mon père a trop de dignité.

— Ça n'a rien à voir avec la dignité, *khaïyi*. On mendie parce qu'on refuse de crever de faim, c'est tout. Un manchot ne peut pas prétendre à un turbin. Il ne peut pas voler avec un seul bras. Il ne peut que tendre la main qui lui reste.

— Mon père avait quatre enfants.

— Des garçons ?

— Un seul en âge de travailler. Mon cadet. Il s'appelait Hassan. L'autre est trop petit. Mais mes deux sœurs sont assez grandes pour se rendre utiles.

— Il faisait quoi, ton cadet ?

— Il était berger.

— C'est pas gagné, mon vieux. On n'a que faire des bergers à Oran. Il est comment ?

— Il me ressemble un peu, sauf qu'il est très clair de peau. Il a les yeux bleus et il doit être assez grand de taille. À quinze ans, il me dépassait de quelques centimètres.

— Pas de signes particuliers ?

— Il y a quatre ans, il n'en avait pas.

Wari se prit la lèvre entre les doigts pour réfléchir. Il réfléchit longtemps.

— Voilà ce qu'on va faire, dit-il enfin. Aujourd'hui, c'est trop tard. Vous allez passer la nuit au hammam Saâ, dans Sidi Blel. Dites au gérant que vous venez de ma part. Il vous hébergera à moitié prix. Demain matin, je passerai vous prendre et on ira d'abord à Jenane Jato. C'est là-bas que s'entassent les paysans qui viennent de l'arrière-pays.

— Je dois retourner à Sidi Bel Abbès, dit le sergent.

— Tu ne restes pas avec moi ?

— Je suis désolé, caporal. J'ai des choses à régler. Je ne te serai d'aucune utilité, à Oran. Wari s'occupera de toi. Tu es entre de bonnes mains, je t'assure.

— Est-ce que tu peux, au moins, l'accompagner à Sidi Blel ? lui demanda Wari. J'ai un tas de trucs qui m'attendent.

— J'ai encore un peu de temps devant moi.

— À la bonne heure.

Wari fit signe au garçon de lui apporter l'addition. Je m'apprêtai à porter la main à la poche, Wari m'en empêcha.

— Garde tes sous, *khaïyi*. Tu en auras bougrement besoin.

Il paya pour nous trois et sortit rejoindre la foule sur l'esplanade où la fantasia soulevait des clameurs tonitruantes.

26

Arrivés au hammam Saâ, Sid changea d'avis. Il décida de ne pas me laisser seul pour ma toute première nuit à Oran. Le gérant du hammam, un Kabyle vieux comme le monde, nous reçut avec égards. Il nous affecta deux nattes matelassées dans une alcôve, à l'écart, et nous conseilla de dormir habillés et de ne rien laisser à la portée des mains baladeuses.

Nous sommes allés dîner. À notre retour, le vestiaire du bain maure était plein de dormeurs transitaires, les uns laminés, les autres louches ou méfiants. On se serait cru dans une casemate sur le front. Sid et moi n'avions pas réussi à fermer l'œil, à cause des ombres furtives qui furetaient çà et là dans l'obscurité.

Sid resta avec moi la matinée. Nous avions attendu Wari dans un café, en face du hammam. Il nous rejoignit vers midi.

— Désolé, s'excusa-t-il. Une dame a perdu son mouflet au marché. J'ai été obligé de l'aider à le retrouver.

Sid me prit par les épaules.

— Il faut que je m'en aille, maintenant. Dieu est avec toi. Laisse tes coordonnées à Wari pour que je puisse te rendre visite de temps en temps.

Après le départ de Sid, nous partîmes à pied, Wari et moi, à Jenane Jato, qui se trouvait au sud de la ville, à quelques encablures derrière le centre pénitentiaire.

Je croyais avoir touché le fond de la misère dans les Hauts Plateaux, mais celle de Jenane Jato outrepassait les limites du concevable. Le contraste avec le reste de la ville ne sautait pas aux yeux, il les crevait. Le cloaque était une jungle de tentes de nomades, de baraques vermoulues, de cases bricolées de bouts de ferraille, de morceaux de grillage et de torchis, avec de grotesques lucarnes aveugles et des portes taillées dans de la tôle de récupération. Quant à la lumière du jour, elle s'éteignait d'elle-même avant d'atteindre le haut des taudis. Sous les toits, c'était la nuit – nuit à midi, nuit dans le regard hagard des somnambules rasant les murs, nuit dans la bouche aride des mendiants, nuit jusque dans le rire des enfants qui jouaient pieds nus dans des rigoles pestilentielles.

Dans mon douar natal, l'entre-soi rendait la misère supportable. Nous étions trop pauvres pour prétendre nourrir le voisin, mais nous étions solidaires et unis dans la pauvreté et la maladie. À Jenane Jato, foutoir sauvage et impitoyable, c'était chacun pour soi et il n'y avait pas grand-chose pour le cupide ni pour le vertueux. La mouise y était plus agressive parce que dressée contre elle-même. Personne n'avait de quartier pour personne, et malheur aux distraits. Dans ce bidonville livré aux déveines, au cœur des indécences les plus obscènes, les pénombres se voulaient arènes où tous les coups étaient permis.

Pendant que Wari faisait du porte-à-porte, je priais, en mon for intérieur, pour qu'aucun doigt ne nous indique une direction. Je refusais l'idée que ma famille vive dans un tel coupe-gorge.

— Allons-nous-en, dis-je à Wari, au bout de quelques pertuis. Mon père n'accepterait jamais de mettre en danger ses enfants.

— Parce que tu crois que ça dépend de lui ? Aucun crevard ne décide de sa vie. Il essaye parfois de donner un sens au sort qui le frappe et ne fait, en réalité, que naviguer à l'aveugle.

— On fait fausse route, je t'assure. Mon père ne resterait pas une minute de plus par ici. Surtout avec deux jeunes filles…

— Qu'est-ce que t'en sais ?

— Je ne me sens pas à l'aise. Rentrons à Médine Jdida, je t'en supplie.

— Tu veux retrouver ta famille ? Alors cherchons, et tais-toi.

Je suivis Wari à contrecœur en priant pour qu'il se tourne vers moi en s'excusant de ne pouvoir aller plus loin. Mais il allait toujours plus loin, m'enfonçant avec lui dans l'abîme.

— Je me souviens d'un manchot, nous révéla un boutiquier flanqué d'une jambe de bois. Il est arrivé, il y a deux ou trois ans, avec sa smala. Je ne me rappelle pas son nom, mais il avait un fils qui s'appelait Hassan et qui répond à votre description. Il habitait au coin de l'allée.

— Il avait aussi un petit garçon qui s'appelait Missoum, lui dit Wari.

— C'est ça, confirma le boutiquier. Et deux filles très belles. Un jour, l'une d'elles a été malmenée par un voyou dénommé El Moro. Il y a eu une bagarre entre lui et Hassan. Après, le manchot a quitté les lieux avec sa famille.

— Il n'a pas dit où il allait ?

— Qui ça ? Le manchot ? Il ne fréquentait personne.

À notre retour à Sidi Blel, j'étais triste et soulagé à la fois. Triste d'être arrivé trop tard, soulagé parce que les miens devaient être quelque part à Oran.

— Tu vois ? me dit Wari. On a au moins la preuve qu'ils étaient là. Demain, on ira chercher du côté du port.

— Je ne sais pas comment te remercier.

— Tu n'es pas obligé. J'adore rendre service. Que veux-tu que je fasse d'autre ? Ajouter aux malheurs des gens ? La place est déjà prise.

Son visage s'illumina lorsqu'il ajouta :

— Il n'y a rien de plus gratifiant que le regard d'un pauvre bougre qui te sourit parce qu'il n'ose pas te dire merci tellement il est ému.

Il m'attrapa par le coude et me fit pivoter de manière à coincer mon regard.

— Je t'observe depuis hier. Tu es tout effrayé. Tu reviens de la guerre, que je sache. Dois-je comprendre que la misère est plus terrifiante que les champs de bataille ?

— Ce n'est pas la même horreur, mais c'est la même tragédie.

— N'empêche, j'aimerais que tu changes d'angle de vue. Je t'ai vu trembler de peur à Jenane Jato et je n'ai pas apprécié. Tu dois considérer les nôtres avec compassion, et non avec dégoût. N'importe qui peut connaître des hauts et des bas, même les rois. Notre misère est une mauvaise passe, pas une nature.

— Pourquoi tu me dis ça sur ce ton, Wari ?

— Pour que tu ouvres grand tes oreilles. Je n'aime pas qu'on prenne notre peuple de haut.

— Je ne prends personne de haut, Wari.

— Ce n'est pas l'impression que tu donnes. Quand tu marches parmi les nôtres, on dirait que tu as peur de choper un microbe... Que les roumis nous snobent, il y a sans doute une raison. Mais qu'un Algérien méprise les siens, c'est qu'il est le plus à plaindre d'entre eux. Si tu veux qu'on reste amis, tiens-le-toi pour dit... Encore une chose qu'il faut que tu saches : l'existence est une belle vacherie. Chacun y a droit à son lot de soucis. Le pauvre parce qu'il manque de tout, le riche parce que aucune fortune ne lui suffit.

Il tapota du doigt sur sa tempe et regagna la foule qui déambulait sur la Tahtaha.

Ma mère m'avait pourtant mis en garde. « Ne juge pas et ne condamne pas une personne que tu ne connais pas. C'est peut-être ton ange gardien qui apparaît à toi. »

À cinq heures du matin, Wari et moi étions devant l'entrée du port. Une masse de journaliers s'agglutinait au pied d'une muraille rocheuse, les uns accroupis, les autres debout. La majorité d'entre eux avait passé la nuit sur le trottoir. Lorsque la grille qui donnait accès aux quais s'ouvrit, une ruée indescriptible se déclencha. Une ratonnade s'ensuivit, aveugle, sans quartier. Les plus caparaçonnés parvinrent à passer, le reste fut refoulé. La grille se referma sur la cohue. Les recalés se recroquevillèrent autour de leur désespoir, plus misérables que jamais.

Aucune trace de mon frère Hassan.

Durant la première semaine, Wari me fit découvrir les lieux où l'on embauchait de la main-d'œuvre. Nous nous y rendions avant le lever du jour. C'était, partout, le même contingent de galériens prêts à s'emparer de n'importe quelle corvée, le dos offert à tous les fardeaux et à toutes les colères. Lorsque le camion du recruteur ou le portail du chantier mettait fin aux bousculades, les guignards se frappaient les cuisses avec le plat de la main et restaient plantés là pendant des heures, lessivés et désemparés, avant qu'on les somme de se disperser.

— Tu vas devoir te débrouiller seul, désormais, me déclara Wari. Je t'ai montré ce que j'avais à te montrer. Il faut que je retourne vaquer à mes occupations. Si tu as besoin de mon aide, tu sais où me trouver. Tous les soirs, je suis au café Bendouma.

J'ai continué mes recherches, seul. Le matin, je me rendais au port et sur les places où s'attroupaient les demandeurs d'emploi. Ensuite, j'allais dans les marchés et à Médine Jdida chercher mon frère cadet parmi les portefaix, les coursiers et les garçons de café.

Au bout de quelques semaines, j'avais dépensé le peu d'argent qui me restait. Da Achour, le gérant du hammam Saâ, m'embaucha comme factotum, mais le salaire qu'il me versait me payait à peine un semblant de repas par jour. En guise de compensation, il m'hébergea gratuitement au bain maure.

Sid revint me voir trois fois. Il allait de moins en moins bien.

Il arrivait vers midi à la gare, me tenait compagnie jusqu'au coucher du soleil et rentrait chez lui, abattu, aigri. Sa femme refusait de s'assagir. Quant à son père, il continuait de lui en tenir rigueur.

Mon sergent buvait trop. Il en voulait à la terre entière. Lorsqu'il commençait à se plaindre et à râler, il ne savait plus comment s'arrêter. Puis, après avoir vidé son sac, il se verrouillait dans sa carapace et boudait le monde. J'avais beau essayer de lui remonter le moral, il refusait de m'écouter.

Lors de notre dernière rencontre, je l'avais empêché de monter dans le train. Il était plus déprimé que d'habitude. J'eus le sentiment que si je le laissais partir, je ne le reverrais plus. Nous avions passé la nuit sous le porche d'une bâtisse en ruine, dans un faubourg hanté de prostituées et de matelots soûls en quête d'une dernière passe avant de lever l'ancre. Je lui avais parlé de mes absents, de mes chagrins et de la galère qu'était devenue ma vie dans l'espoir de l'aider à se ressaisir. Sid m'avait écouté d'une seule oreille ; ensuite, il ne m'entendit plus. Tout ce à quoi il aspirait l'avait lâché. La nuque cassée, il s'était retranché dans sa tête pleine de fantômes. Il ne parlait que de ce que nous avions vécu, là-bas, en terre de France. Sans doute parce qu'il avait peur de la loque maussade et désabusée qui s'était substituée au baroudeur qu'il avait été. Les frayeurs contractées sur le front lui paraissaient moins terrifiantes que l'incertitude des lendemains. Pour faire diversion, il s'inventait tout un registre de « fautes » improbables qu'il exagérait pour être le seul à en pâtir, persuadé que son malheur était un châtiment de Dieu, et non le fruit vénéneux de la fatalité : si ce n'était pas la mort d'Othmane, c'était l'« affront » fait à Appoline ; si ce n'était pas la rancœur qu'il nourrissait pour Zorg, c'était tel ou tel subordonné tué « à cause de lui ». Et d'un coup, il s'était tu. Plus un mot. Plus un soupir. Son père, son épouse, ses morts et ses vivants, ravalés, bus jusqu'à la lie. Sid s'était replié sur lui-même. Tel un crabe. La pince autour du cou.

Je regrettais de n'avoir à lui dire que des banalités qui auraient lassé le plus docile des gamins. Mais que pouvais-je lui suggérer d'autre ? J'étais aussi largué que lui.

Le matin, il m'avait interdit de le raccompagner à la gare.

— Tu ne comprends rien à rien, m'avait-il reproché avant de me quitter.

Des mois passèrent.

Je tournais en rond dans la chaleur poussiéreuse de la Tahtaha, tantôt à traquer des silhouettes dans la mêlée, tantôt à essayer de me faire une raison.

— Ne t'épuise pas inutilement, me conseilla Wari. Si les tiens sont à Oran, tu finiras par retrouver leur trace. Tu choisis un coin et tu guettes. Un jour ou l'autre, au moment où tu t'y attends le moins, ton frère ou ton père se manifestera.

Je le pris au mot et me mis à m'attabler sur la terrasse du café Mimoun, en face du souk de Médine Jdida, et à observer les gens. Le soir, je regagnais le hammam pour masser les baigneurs et faire sécher les *foutas*. Après, je me recroquevillais sur ma natte au fond de l'alcôve et priai pour qu'aucun rêve, bon ou mauvais, ne frondât mon sommeil.

27

J'étais en train de déjeuner lorsque Dida Mauvais-Z'Œil s'invita à ma table. Nous n'étions pas très proches, mais comme il traînait dans l'ombre de Wari, je ne pouvais pas l'éviter.

— Tu peux payer un bol de soupe à un vieux pote fauché ?

Je fis signe au garçon de lui servir la même chose qu'à moi.

— Merci. T'as la main au cœur, Yacine.

— Ce n'est pas à cet endroit que se trouve ma poche.

— Mais c'est là que se trouve le plus fabuleux des trésors. Seuls les généreux sont riches.

On lui apporta une assiettée de lentilles. Dida se jeta dessus avec frénésie.

— Faut pas croire que j'ai perdu mon œil dans une bagarre, me confia-t-il, la bouche pleine. J'étais en train de me raser. Une mouche n'arrêtait pas de m'emmerder. En voulant la chasser, je me suis éborgné.

— …

— Qu'est-ce que tu croyais ? Que je suis borgne des suites d'une castagne ? Je ne suis pas un mauvais gars. Je suis quelqu'un de gentil. J'aime mon prochain, je suis serviable et tout. Le problème, on m'accuse toujours à tort. Qu'est-ce que tu veux ? Il y a des gens à qui nos mines ne reviennent pas. On a beau montrer patte blanche, ils ne voient que la crasse sur nos cols.

— C'est la vie.

— Tu as raison, c'est la vie.

Il engloutit son repas, essuya le fond de l'assiette avec le dernier bout de pain qui lui restait et l'enfourna.

— Wari m'a suggéré de te tenir compagnie de temps en temps.

— Ah, oui ?

— Ben, c'est normal. Qui aimerait voir son copain se mettre en quarantaine de son plein gré ? T'es à Oran, frérot. Faut que tu te jettes dans le bain. Tu attends quoi ? Que l'aubaine vienne te tirer du pucier ? Oran est à chier pour les gens qui s'esseulent. T'as besoin de t'amuser un peu, sinon tu risques de te forer un boulon.

— Je ne sais pas où donner de la tête.

Mon aveu l'enhardit.

— Faut te faire des amis, mon gars. Pourquoi ne pas te joindre à nous ? On est une bande de copains et on se serre les coudes. C'est pas qu'on se la coule douce, mais on est ensemble, et ça amortit les coups de barre. Y a Laweto, y a Abdekka et, parfois, Sigli. On se raconte des blagues et on rigole. Et puis on cotise pour acheter à boire et on se soûle la gueule pour faire un pied de nez aux vacheries d'ici-bas.

— Je ne suis pas très porté sur la bouteille.

— On sait que t'es très rangé, côté religion. Sigli ne boit pas, lui non plus. Nous aussi, on a la foi. C'est pas parce qu'on picole qu'on est des mécréants.

— Pour l'instant, j'ai d'autres soucis.

— Les soucis, c'est des parasites. Tu seras à ton aise avec nous. Laweto est un sacré numéro. Avec lui, on risque pas de se saborder. Si t'as pas envie de te soûler, personne ne te forcera.

— Arrête de baratiner ce brave homme, lui lança Wari en nous rejoignant.

— On cause, c'est tout.

— Sans blague.

Wari s'assit en face de moi, en se tenant le plus loin de Dida dont la présence, visiblement, l'incommodait.

— Tu as des nouvelles de notre sergent ?

— Non.

— Ça ne lui ressemble pas. Avant qu'il parte à la guerre, il venait souvent glandouiller dans les bouges de la rue de l'Aqueduc. Je me demande comment ça fonctionne dans sa tête, ces derniers temps... La tienne non plus n'est pas bonne à voir. Quelque chose te turlupine ?

— Il me faut un vrai boulot, Wari. Da Achour est correct, mais un peu radin sur les bords.

— Pourquoi tu n'en touches pas deux mots à Chico, Wari ? suggéra Dida. Tu t'entends bien avec lui. Chico connaît un tas de commerçants qui peuvent caser Yacine. Je l'aime bien, moi, Yacine. On est des amis, hein, pas vrai, Yacine ?

— Yacine ne peut pas être ton ami, lui rétorqua Wari. J'aimerais que tu ne le serres pas de trop près.

— J'ai pas la gale, protesta Dida. J'ai toutes mes dents, je me lave avec du savon, je ne ronfle pas, ne parle pas tout seul et même si j'ai qu'un œil, je vois mieux qu'avec une loupe.

— T'es un poil susceptible, bonhomme. On n'est pas au bureau de recrutement. Ce que j'essaye de faire rentrer dans ton crâne d'œuf est clair : tu laisses cet honnête homme en dehors de tes petites combines. Yacine est pur. Il marche sur l'eau, et toi, tu ne sais pas nager.

— C'est pas toi qui disais que celui qui voit le mal partout ignore que le mal est en lui ?

— C'est pas le mal que je vois partout, mais toi.

Dida se leva d'un bond et se dirigea furieusement vers la sortie.

— Tu ne vas pas te défiler sans payer ta consommation ?

— C'est moi qui lui ai offert le repas.

— Je m'en doutais un peu. Ce morpion sucerait le sang à un vieux rat d'égout.

Wari m'attrapa le poignet.

— Écoute-moi bien, Yacine. Il faut que tu fasses gaffe à Dida. C'est pas parce qu'il me colle au train qu'on est comme cul et chemise. Dida s'accrocherait à un cactus s'il y voyait son intérêt. Et il n'est pas le seul. Beaucoup de gens crèvent la dalle dans le coin. Ils prendraient un crachat par terre pour un sou. Si tu as besoin de quoi que ce soit, viens me voir. Si c'est dans mes cordes, je te rassure tout de suite. Si c'est pas le cas, je ne te ferai pas marcher. Les mauvaises fréquentations ne pardonnent pas, ni à Oran ni ailleurs. J'ai promis à Sid de m'occuper de toi, ne me complique pas la tâche.

— C'est un parent à toi, Sid ?

— On ne se connaissait ni d'Ève ni d'Adam. Quand je crevotais dans la rue sans un saint patron vers qui me tourner, Sid m'a tendu la main. Sans rien attendre en retour. Et ça, je ne l'oublierai jamais.

Il s'essuya le front dans un pan de sa chemise.

— J'ai perdu mes parents très jeune. J'avais neuf ans, l'âge où tout te tombe dessus et t'emporte comme une crue. Si j'ai survécu, c'est grâce à des gens comme Sid.

Un mois plus tard, sans nouvelles du sergent, Wari et moi partîmes à Sidi Bel Abbès lui rendre visite. Le père de Sid nous accueillit froidement. Il ignorait où son fils était passé et s'en fichait. Nous apprîmes par un voisin que le sergent était parti en France.

28

L'été 1922 tirait à sa fin. Le soleil s'acharnait sur la ville comme s'il cherchait à marquer les esprits avant de céder la place aux jours qui s'écourtaient. Oran sentait la poussière et le bitume dilaté. Même le chahut des enfants s'était rétracté, livrant le quartier musulman au mutisme des pierres et des échoppes désertées.

Médine Jdida évoquait une étuve chauffée à blanc. Derrière leur comptoir, les cafetiers suffoquaient, un éventail sur la figure, presque contents de n'avoir pas de clients à servir. Les gens se terraient chez eux en attendant le soir pour rattraper ce que la fournaise laissait passer. On ne voyait, sur la Tahtaha, que les mendiants retranchés au pied des arbres et de rares marchands d'eau, harnachés comme des chevaux de cirque, leurs clochettes en suspens.

Assis à l'ombre d'une arcade, j'attendais Wari. La veille, il m'avait annoncé qu'il aurait peut-être quelque chose pour moi. Les petits métiers que je décrochais çà et là m'avaient esquinté. J'étais coursier jusqu'à me cisailler les mollets, déménageur à ne plus avoir de peau sur le dos et livreur haletant derrière mon *carico.*

Wari m'invita d'abord à me décrasser au hammam, puis me livra au barbier.

— Il faut que tu sois présentable. Une dame, qui vient de perdre son mari, cherche quelqu'un de confiance pour lui tenir la boutique, à Satatwane [1].

La façade du magasin en question avait été fraîchement ravalée. C'était une boutique assez chic qu'ornaient une enseigne calligraphiée au fronton et deux vases en fleurs devant la porte d'entrée. La devanture, donnant sur place Laurence, exposait des écharpes brodées, des foulards et des échantillons de tissus précieux.

La dame qui nous reçut était belle, avec des yeux immenses d'un vert clair et un coquelicot en train d'éclore à la place de la bouche. Elle devait avoir la cinquantaine.

— Tu sais lire et écrire ?

— Seulement en arabe, madame.

Elle ouvrit un livre et me le tendit :

— Lis ce qui est écrit sur cette page.

Je m'exécutai, sans trébucher d'une syllabe.

— Très bien… fit-elle. Wari prétend que tu es digne de confiance. Dois-je le croire ?

— Wari a fait beaucoup pour moi, madame.

— Tu n'as pas répondu à ma question.

Wari me pinça discrètement.

— Nul ne sait ce qu'il vaut vraiment, madame.

— Je déteste ce mot. On m'appelle Lalla. On n'est pas rue d'Arzew, ici. On est à Saint-Antoine.

---

1. Contraction de Saint-Antoine.

— Yacine est honnête, intervint Wari. Je me porte garant pour lui.

D'une main autoritaire, elle le pria de ne pas s'en mêler.

— Parle-moi de ta famille, me demanda-t-elle.

— Y a pas grand-chose à dire sur ma famille.

— Tu faisais quoi, avant ?

— J'étais berger. Puis je suis parti en France faire la guerre. Aujourd'hui, je suis à Oran.

— C'est tout ?

Je ne répondis pas. Je n'avais pas de raison de relater ma vie en détail à une femme qui s'embrasait pour des futilités.

Son regard plongea profondément dans le mien.

— Tu as des enfants ?

— Je ne suis pas marié.

— Des antécédents avec la police ?

— Non.

— Des dettes ?

— Non.

Elle passa le doigt sur un bahut qui prenait la poussière, le front plissé, se tourna vers Wari, en quête de j'ignore quelle assurance.

— Je te dirai.

Sur ce, elle nous congédia.

Une semaine passa. Aucun signe de la dame. Je commençais à désespérer. Au café Bendouma, Wari avait du mal à gérer mon pessimisme. Il m'expliquait que je n'étais probablement pas le seul postulant, qu'il fallait laisser le temps à Lalla. Il était persuadé qu'elle ne trouverait pas meilleur candidat que moi.

— C'était son mari, un notable, qui s'occupait du commerce, m'expliqua-t-il. Lalla cherche quelqu'un de la trempe de son époux, vigilant et ferme. Une veuve est une proie facile, et elle le sait. Les prédateurs n'hésiteraient pas à se tailler avec la caisse à la moindre occasion.

Pour moi, le silence de la dame était éloquent : je ne lui convenais pas.

Je repris tantôt mon *carico*, tantôt un char à bras, et fis une croix sur le magasin, place Laurence.

Quelques jours plus tard, Wari m'annonça que j'étais pris.

La dame me fit faire le tour de la boutique. Tout y était agencé avec soin. Sur chaque étagère chargée de rouleaux de tissus, le défunt avait collé des bouts de papier cartonné mentionnant le type de textile et le prix au mètre. Mon rôle de vendeur consistait à ne pas confondre les produits, à m'en tenir strictement aux prix fixés si un acquéreur se montrait gourmand, à remplir le registre des sorties et à établir les comptes en fin de journée. Le salaire n'était pas faramineux, mais, à l'instar de Da Achour, Lalla m'autorisa à dormir dans l'arrière-boutique, « pour dissuader les cambrioleurs ». En réalité, elle avait peur d'être seule dans son grand appartement au-dessus du magasin. La nuit, je l'entendais descendre plusieurs fois au rez-de-chaussée vérifier si les loquets étaient mis et s'assurer que le portillon menant à l'entrepôt était verrouillé.

L'arrière-boutique avait été réaménagée pour mon petit confort. J'avais à ma disposition un lit, une table basse avec un broc dessus et des cabinets dotés de deux robinets, d'une chasse d'eau, d'une glace et d'une patère.

Pour la lumière, je n'avais qu'à appuyer sur le poussoir du commutateur, qui pendait au-dessus du sommier. Après la fermeture du magasin, je devais utiliser strictement la porte de service qui, à ma grande satisfaction, donnait sur une rue adjacente sans éclairage ; je pouvais sortir et rentrer à ma guise et en toute discrétion.

Lalla m'offrit des chemises qui avaient appartenu à son mari, m'acheta des pantalons et veilla à ce que je sois impeccable pour recevoir les clients. Elle exigea que je me rase régulièrement et que je sente bon. Après la galère qui m'avait ballotté tous azimuts, ses exigences furent pour moi du pain bénit. Je n'étais plus obligé de suer sang et eau pour quelques sous qui fondraient dans le creux de ma main avant que j'aie refermé le poing dessus, ni de partager mes nuits avec une armée d'inconnus. J'étais à l'abri des averses et des canicules ; je dormais dans un vrai lit aux draps amidonnés, sans craindre que des mains baladeuses ne me fassent les poches.

Mon travail était aussi gratifiant qu'un privilège. Je me levais tranquillement vers sept heures, prenais un café latté et une tartine beurrée garnie de mélasse au café d'en face, puis je retournais vaquer à mes occupations. Je brûlais un ou deux bâtonnets aromatiques afin d'embaumer la boutique et, après avoir donné un dernier coup de chiffon à la vitrine, je hissais le rideau pour accueillir les premiers clients.

La clientèle était composée, en majorité, de familles musulmanes aisées. J'ignorais que cette classe existait dans mon pays. Des dames bien mises défilaient devant mon comptoir, le *haïk* soyeux, les poignets cerclés d'or, le portefeuille imposant sous le giron. Elles ne marchandaient pas, mais étaient très regardantes sur le produit.

Il m'arrivait de décharger toute une étagère pour n'en vendre que le dixième d'un rouleau de tissu. Cependant, je demeurais amène et obséquieux et je me gardais de contrarier ces dames raffinées qui avaient les moyens d'obtenir ce qu'elles voulaient et qui n'appréciaient guère la familiarité. Aussi les laissais-je choisir et se consulter sans manifester d'agacement malgré le temps effarant qu'elles mettaient à se décider.

Au bout de quelques semaines, grâce aux enseignements de Lalla, j'appris à distinguer les différentes variétés des tissus et me permettais, par moments, de vanter leur qualité aux acquéreurs indécis.

Le rapport à la bourgeoisie musulmane me donna l'impression que je changeais de statut. Pour la première fois de ma vie, j'étais persuadé que d'autres horizons étaient possibles et que si certains d'entre *nous* avaient réussi, je pouvais réussir, moi aussi.

29

Ma situation s'améliora.

Qu'il pleuve ou qu'il vente, chaque matin seyait à mon humeur. Je dormais sur mes deux oreilles, mangeais à ma faim ; je n'étais plus cette bête en détresse cherchant son ombre dans les opacités.

J'étais moi-même en train de changer. Mes nouveaux repères ne me fournissaient ni recette ni mode d'emploi, sauf l'insolente audace d'y croire. Combien d'appâts m'avaient piégé, combien de mirages m'avaient ri au nez ? À mort, le dindon ; je voulais voler de mes propres ailes comme un faucon, franchir le pas, sauter dans le vide, et j'étais curieux de voir quel effet cela me ferait. La mutation menaçait d'être périlleuse, mais je n'avais pas le choix. Pour rattraper les vivants, je devais d'abord semer mes fantômes.

Le défi était de taille et je ne me souvenais pas d'avoir eu le courage de mes convictions, dans le passé. En avais-je eu, d'ailleurs ? Berger ou Turco, j'avais toujours été le personnage lisse, plus à l'aise dans l'ombre d'un ami que face à un miroir. J'aimais ne pas trop insister, prendre sur moi, m'accommoder de ce que je ne pouvais empêcher, naïf à mordre deux fois au même hameçon sans que cela fasse *tilt* dans ma tête. À chaque déboire, le berger Yacine me rappelait combien est bienheureux celui qui *assume son malheur*. J'avais grandi avec ce credo hérité des *Anciens* et je pensais, intimement, que c'était là la plus sainte des sagesses. Après quelques mois chez Lalla, au fur et à mesure que le gratin de la communauté musulmane écartait mes œillères sur des mœurs insoupçonnables, je me rendis compte qu'une autre réalité contestait l'irréversibilité du *mektoub* et que le fait de remettre en question certains dogmes n'était pas forcément un sacrilège. « La fatalité, me dira plus tard l'aumônier du bagne, est ce qui reste lorsqu'on a tout tenté. » Or, je n'avais encore rien tenté. C'est pourquoi lorsque Amir, un nanti de trente ans, m'avait proposé son amitié, malgré le gouffre qui séparait nos deux mondes, je l'avais saisie au vol.

Amir possédait deux ateliers de couture, l'un sur le boulevard Seguin, du côté du Cercle militaire, l'autre non loin de la Maison Darmon. Il habillait les grandes familles araberbères d'Oran, de Mostaganem et d'Aïn Témouchent et venait régulièrement dans notre magasin s'approvisionner en tissu qu'il achetait par rouleaux entiers.

Au début, il ne répondait pas à mes politesses. Pour lui, je n'étais qu'un outil de travail dont la fonction se limitait à déployer le tissu, à le mesurer et, le cas échéant, à le remballer. Puis il m'avait surpris en train de lire un gros pavé et son attitude à mon égard avait pris une autre tournure. Il s'était mis à s'intéresser à moi. Il voulait savoir si j'avais un lien de parenté avec Lalla, si j'étais allé loin dans mes études. Lorsque je lui avais avoué que je n'étais qu'un ancien berger issu d'une famille aussi pauvre que la pierre, que j'avais appris à lire et à écrire sur la planche de l'école coranique, il s'était étonné que je me passionne pour des ouvrages censés être, selon lui, destinés aux seuls érudits. En vérité, mon intérêt pour la littérature s'était déclaré depuis que je partageais l'arrière-boutique avec un amas d'ouvrages laissé par le défunt. Le soir, avant d'éteindre, je prenais un livre et plongeais dedans jusqu'à ce que je m'assoupisse. En tout cas, Amir était impressionné. Plus tard, il me confia qu'il nourrissait secrètement une sorte de respect admiratif pour les gens « lettrés » car, malgré sa fortune et sa renommée et bien qu'il parlât couramment le français et l'espagnol, il ne savait ni lire ni écrire.

Une nuit, tandis que je flânais en ville, nous nous étions rencontrés par hasard sur le front de mer. Amir était en train de fumer en contemplant les lumières du port. Je crois qu'il pensait à des choses tristes car il se tenait la joue dans le creux de sa paume, à la manière d'un indécis aux prises avec ses soucis. Il avait sursauté lorsque je l'avais salué. En me reconnaissant, un sourire avait décrispé son visage.

— Incroyable, fit-il. J'étais en train de penser à toi, à l'instant.

— À moi ?

— Oui, à toi… Je pensais à mon frère, et ton image m'a traversé l'esprit. Tu l'as peut-être connu.

— J'aimerais bien savoir où ?

— Tu as fait la guerre au sein du 2e RT, n'est-ce pas ?

— Je ne vous ai pas menti.

— Mon petit frère était dans le même régiment que toi. Il s'appelait Chaïla Abderrahmane, mais tout le monde le surnommait Murdjadjo. Ça ne te dit rien, Murdjadjo ? Un petit gars très typé oranais, qui aimait se la raconter. Il est mort au fort de Douaumont, en 1916. Tu ne le remets pas ?

— On était des milliers sur le front.

— J'imagine… Tu l'aurais adoré. C'était un sacré gai luron. Il mettait de l'ambiance partout. Il n'y avait pas un seul garçon de son âge qui n'aurait pas rêvé d'être son ami. Si j'avais su qu'on l'incorporait, je serais intervenu pour le démobiliser. Mais il ne nous a rien dit. De toutes les façons, il n'en faisait qu'à sa tête, mon petit frère bien-aimé… Il me manque comme c'est pas possible.

Je ne me souvenais pas du regretté et n'étais pas sûr de l'avoir croisé sur le front ni ailleurs. Nous appartenions au même régiment, mais nous n'étions pas dans le même bataillon, autrement son nom m'aurait interpellé. Pour Amir, cela n'avait aucune importance ; j'étais le compagnon d'armes de son cher disparu et, quelque part, je faisais partie de son histoire.

Nous étions restés une bonne demi-heure arc-boutés contre la rampe surplombant les docks, à remuer le passé et à tempérer notre douleur à coups de « c'est la volonté de Dieu ». Amir me raconta qu'il était parti du bas de l'échelle, que son père était cordonnier et que, enfant, il traînait dans le faubourg avec juste un tricot sur le dos et une vieille culotte rapiécée. À douze ans, il avait été engagé comme coursier chez un Juif marocain qui tenait une bonneterie, place Blandan. À quinze ans, il confectionnait des vêtements pour femmes chez un tailleur musulman d'Eckmühl. L'épouse d'un notable arabe, séduite par sa dextérité créative, lui confia un petit atelier qui lui permit d'exceller dans son art de couturier. Amir ne tarda pas à se tailler la réputation d'un maître. Pour ses vingt-quatre ans, il s'offrit son premier magasin de prêt-à-porter, ensuite son premier atelier de confection, sur lequel les mères fortunées jetèrent leur dévolu, incitant leurs vierges et leur brus à en faire autant. Amir devint le pôle de l'élégance, la référence de la bonne société musulmane. À trente-trois ans, célibataire et riche, il menait une vie de prince. Il habitait une belle maison sur les hauteurs de Gambetta où se relayaient de jeunes demoiselles en quête de badinages et de soirées opiacées, roulait dans une voiture de luxe que beaucoup d'Européens lui enviaient, et fréquentait les pontes de l'Administration coloniale.

Quelque chose s'était tissé entre nous, cette nuit-là. Il était riche, j'étais pauvre, mais nous étions les enfants d'une même incomplétude. Son petit frère lui manquait, je manquais à ma famille. Il comprenait mon chagrin, je partageais le sien. Il me proposa son amitié. Je n'y vis pas d'inconvénient. Moi-même étais en quête d'une épaule sur laquelle m'appuyer. Hormis Wari, je n'avais personne à qui me fier.

À ses heures vacantes, Amir passait me prendre place Laurence. Il me payait des festins dans les restaurants chics, m'emmenait sur la plage ou chez des amis à lui dans des demeures somptueuses au sortir de la ville. Nous écoulions nos temps libres tantôt au Grand Café Richelieu, tantôt au milieu de jardins en fleurs, à siroter des orangeades et à grignoter des amandes grillées servies par des domestiques échappés d'un conte des *Mille et Une Nuits.*

Amir aimait me faire plaisir. Mes costumes sur mesure, c'était lui. Mes souliers vernis, c'était lui. Ma toute première cravate, c'était lui qui l'avait nouée autour de mon cou. Bien que gêné par tant de générosité, je ne faisais pas grand-chose pour la refuser.

Nos virées m'éloignèrent de Médine Jdida et de sa promiscuité. Je n'éprouvais nulle envie d'aller ramasser la poussière sur la Tahtaha, de m'attabler avec des inconnus sur la terrasse des cafés borgnes. Je sortais du magasin sur la pointe des pieds, prêt à tourner bride à la vue d'un ancien compagnon d'infortune.

Et un jour, alors que je prenais un raccourci pour me rendre à la brasserie Guillaume-Tell, sur le boulevard du Lycée, le hasard me livra à Wari qui sortait de chez un grossiste.

S'il y avait une personne, à Oran, que je n'avais pas le droit de décevoir, c'était Wari. Pourtant, cela faisait des mois qu'il m'avait perdu de vue.

— Qu'est-ce que tu deviens, brave Yacine ? me cria-t-il en me donnant l'accolade comme si de rien n'était. Tu te fais rare, dis donc. C'est Lalla qui te séquestre ou bien est-ce toi qui ne te souviens plus de tes vieux camarades ?

Étaient-ce des questions ou des reproches ?

Je ne sus quoi répondre.

Une serre de rapace s'était refermée sur ma gorge. Combien de prétextes me fallait-il faire valoir afin de sauver la face ? Je n'avais pas d'excuse, et aucun argument à fournir. Je réalisai soudain que j'étais impardonnable. Comment avais-je pu tourner le dos à cet homme qui s'était tellement dépensé pour moi, qui m'avait pris sous son aile sans rien me réclamer ? Mon cœur se pressa comme un citron amer. La honte me submergea. Si le sol s'était dérobé sous mes pieds, j'aurais sauté dedans sans hésiter.

— Je suis très pris, ces derniers temps, bredouillai-je. Chaque fois que je m'apprête à te rejoindre, un imprévu m'en empêche.

Wari était un vieux briscard. On ne pouvait pas lui mentir sans se couvrir de ridicule. Il était au courant de mes escapades avec Amir et on lui avait sans doute rapporté les détours que je faisais pour contourner le café Bendouma.

— Ne crois pas que je t'en veux, me rassura-t-il. Je suis même très content de ce qu'il t'arrive. Tu fréquentes le beau monde, quel mal y a-t-il ? C'est mieux que se décomposer au soleil avec les rats crevés.

— Ce n'est pas ça, Wari. Je comptais te rendre visite, je le jure.

— Tu es rouge comme une pivoine. Tu n'as aucune raison de t'en vouloir, voyons. La chance te sourit enfin, tu ne vas pas lui cracher dessus. Tu ne peux pas savoir combien je suis heureux pour toi.

Il était sincère, Wari. Sincère et entier. Ni ambages ni facéties. S'il avait voulu m'admonester, il l'aurait fait sans prendre de gants.

Je ne sus quel profil afficher, celui du faux frère ou bien celui de l'ingrat.

— Wari, je t'en prie, ne le prends pas mal…

Il posa la main sur mon épaule.

— Tu n'as pas à rougir de l'aubaine qui s'offre à toi parce qu'elle se refuse aux autres.

— C'est pas ça, Wari.

— C'est quoi d'autre ? Tu n'as de compte à rendre à personne.

Ce furent exactement les mêmes propos que me tint Amir quelques heures plus tard, lorsque, la conscience malmenée par l'accablante mansuétude de Wari, je refusai d'accompagner mon riche bienfaiteur à la fête que donnait un notable à l'occasion de la circoncision de son petit-fils.

— Nous avons convenu de nous rendre à cette soirée.

— Je ne peux pas.

— Depuis quand, tiens ? Tu étais d'accord, ce matin. Pourquoi cette volte-face ?

— S'il te plaît, Amir, n'insiste pas. Je suis fatigué, c'est tout.

— Fatigué, fatigué… Je ne vois pas d'ampoules sur tes jolies mains et ta veste ne porte la trace d'aucun fardeau.

J'avouai à Amir que j'avais peur de ce que j'étais en train de devenir. Il m'écouta avec attention. Quand j'eus fini de confesser le tort fait à mes anciens camarades, il rétorqua :

— Mes amis étaient plus miséreux que tes copains. Si les tiens parviennent à se démerder, les miens crevaient pour de vrai de faim et de maladie. Tu crois qu'Amir est mon nom de naissance ? C'est mon pseudonyme. On m'appelait « Hé ! » quand j'étais gosse avec un haillon sur le fion. « Hé ! moutcho »… Nous sommes tous nés du mauvais côté de la barrière. Si j'avais choisi de regarder par-dessus mon épaule au lieu de regarder au-delà des obstacles sur ma route, je serais encore à rafistoler les savates comme mon père, à l'heure qu'il est, avec, dans un trou à rat, un tas de gosses livrés en pâture aux puces et une épouse en train de me rendre fou.

— Je n'étais pas obligé de…

— De quoi, Yacine ? me coupa-t-il. De saisir la perche que la Providence te tend ? Tu n'as de compte à rendre à personne et tu n'as pas, non plus, à rougir de ta chance, même si elle néglige tes vieux amis. Tu as eu ton quota d'épreuves, et tu as perdu au change tant de fois. Les joies ne sont pas des péchés, la réussite n'est pas une hérésie. S'il t'est possible de décrocher la lune, décroche-la, et tant pis si la nuit n'en sera que plus noire.

— Noire pour qui, Amir ?

— Façon de parler… Ce que j'essaye de te dire est que tu n'es pas responsable de la souffrance des gens. Et moi non plus. Ce n'est pas un péché d'être riche ou d'être l'ami d'un riche. Lorsque je m'empiffre, je n'oublie pas que beaucoup des nôtres jeûnent hors saison. Que faire ? Expédier à la casse mes assiettes en porcelaine et me contenter de lécher le fond des casseroles cabossées ? J'ai éclos tel un champignon dans un berceau vermoulu et j'ai partagé mes langes mille fois usés avec l'ensemble de ma fratrie. Aujourd'hui, je prends ma revanche sur tout ce qui m'a manqué et je ne vais pas me gêner. J'ai travaillé dur pour sortir le bout du nez de la tourbe et je compte profiter à fond de ce que je peux m'offrir avant que ma chair soit restituée à la poussière. Je n'ai rien à me reprocher, hormis certains plaisirs que je m'autorise bien qu'ils soient mal vus, ce qui ne m'empêche pas de faire du bien autour de moi et de proposer mon confort à ceux qui n'y ont pas accès.

— Comme moi ?

— Est-ce un mal ?

— Si c'est de la charité, oui.

— Ce n'est pas de la charité. C'est de l'amitié. Je te l'accorde parce que j'estime que tu la mérites. Ta compagnie me réconforte. Je ne suis entouré que de catins et de profiteurs qui me jalousent pour le bien que je leur fais en me souhaitant tout le mal qu'on souhaiterait à son pire ennemi. Être riche, Yacine, n'est ni une fin ni une sinécure. C'est la plus effroyable des solitudes. Si je t'emmène partout, c'est parce que j'ai du mal à apprécier les choses sans un *vrai* ami à mes côtés. Tu crois abuser de mes largesses. En vérité, c'est moi qui abuse de ta proximité.

Je ne suis pas allé avec lui à la fête du notable, cette nuit-là.

Mais je fus soulagé, une semaine plus tard, de voir Amir ranger sa voiture place Laurence.

30

Un vendredi, à l'heure où je m'apprêtais à baisser le rideau, un fiacre s'arrêta devant la vitrine du magasin. Le cocher se dépêcha d'aider un vieux couple à mettre pied à terre. C'étaient des gens de la bonne société. Riches et taciturnes.

Je remis de l'ordre sur mon comptoir et courus à la porte pour les accueillir. Mais le couple n'était pas venu pour la boutique. Il se dirigea sur la porte principale de l'habitation qui menait aux appartements de Lalla. Trois coups du heurtoir résonnèrent à travers les murs. J'entendis la servante de Lalla crier « Qui est-ce ? » du haut du palier avant de descendre ouvrir.

Le couple ne resta pas longtemps au premier étage. Les choses ne s'étaient pas passées comme il l'espérait, car la voix de Lalla s'était élevée plusieurs fois par-dessus celle du vieillard. Intrigué, j'avais collé l'oreille contre le portillon de l'escalier métallique qui donnait accès à l'appartement à partir du magasin. Les éclats de voix étaient confus, mais la colère de Lalla supplantait nettement les tentatives d'apaisement de la vieille visiteuse. Le compagnon de cette dernière intervenait rarement, conciliant, mais très embarrassé. Des bruits de pas dévalèrent bientôt l'escalier. J'entendis le vieillard dire, avant que le couple ne sorte dans la rue : « Réfléchis bien, mon enfant » et Lalla rétorquer : « C'est tout réfléchi. Ma décision est sans appel, et c'est non. »

À travers la vitrine, je vis le vieux couple remonter dans le fiacre, l'air fortement contrarié.

Après le départ des visiteurs, Lalla envoya sa servante chercher une voyante qui venait parfois apaiser les humeurs de la patronne. La séance dura plus longtemps que d'habitude. La nuit était tombée. J'avais rangé la boutique et je me préparais à rejoindre Wari.

On cogna sur le portillon. C'était la servante.

— Lalla te charge de raccompagner Hajja chez elle.

— Elle peut très bien rentrer sans moi, lui dis-je, embêté.

— À cette heure, les rues ne sont pas sûres.

Hajja la voyante habitait dans une impasse en bas de Saint-Antoine, un endroit mal famé, sans éclairage. Seuls les résidents du quartier pouvaient s'y hasarder. Il arrivait souvent que l'on découvre, au petit matin, des étrangers dépouillés et copieusement tabassés gisant sur le trottoir.

Hajja évoquait un spectre éclopé. Elle était pied-bot et avait une épaule plus basse que l'autre, ce qui donnait à sa démarche quelque chose de tragique. On aurait dit qu'elle portait la misère du monde sur son dos. Je n'avais encore jamais vu son visage, mais, à en juger par ses mains flétries, aux phalanges boudinées et sèches comme des osselets, elle devait ressembler à ces damnées qui mendiaient dans les souks en psalmodiant jusqu'à extinction de la voix.

Au détour d'une ruelle, elle me saisit le poignet et effleura du bout des doigts le creux de ma main.

— Tu es un garçon bien tourmenté, me dit-elle.

— Qui ne l'est pas de nos jours, Hajja ?

— Il fait noir. Je ne peux pas lire les lignes de ta paume, mais je perçois qu'un chagrin immense s'est insinué en toi. Reviens me voir demain, après la prière d'*el Asr*.

— Je ne peux pas. Je ne ferme pas avant vingt heures.

— Ne sois pas en retard.

Le lendemain, après la prière d'*el Asr*, j'étais devant la porte de son taudis.

Hajja logeait dans un réduit à peine plus large qu'une tombe. Elle n'avait pas un seul meuble, hormis une natte étalée par terre, un réchaud à pompe et un brasero. Les murs sans fenêtres suintaient de salpêtre, les encoignures sentaient la rigole et le vomi de chat, quant au parterre, il était rêche à écorcher la plante des pieds.

La voyante était assise en tailleur sur la natte, penchée sur quelques mottes de charbon qui crépitaient au fond du brasero. Elle m'invita à me déchausser et à m'asseoir en face d'elle, à même le sol. Je sentis une présence dans mon dos. En me retournant, je découvris, tapie dans un coin, une gamine qui me fixait de ses grands yeux vides.

— Ne fais pas attention à elle. C'est ma petite-fille. Elle est née handicapée.

La gamine devait avoir une douzaine d'années. Avec ses bras squelettiques qui l'encamisolaient, sa pâleur marmoréenne, elle évoquait une âme en peine abandonnée par le sort là où personne ne pouvait lui venir en aide. Sa raideur et son silence me firent froid dans le dos.

— C'est mon châtiment, soupira Hajja. Dieu n'aime pas ceux qui voient ce qu'Il est censé être le seul à voir.

La présence de la fillette me mit mal à l'aise.

— Elle ne sait pas que tu es là. Elle dort.

— Les yeux ouverts ?

— Ne t'occupe pas d'elle.

Hajja jeta une pincée de benjoin dans le brasero, puis une poignée d'épines qui s'enflamma dans un crépitement. Une fumée âcre se répandit dans le réduit. La voyante la fit venir sur elle, en agitant ses mains dans un va-et-vient mystique, puis la poussa vers moi. Lorsque les volutes se dissipèrent, elle me saisit la main et la tourna pour la lire.

— Tu vivras longtemps, mon garçon. Tu connaîtras l'amour comme un rêve et tu ne voudras pas te réveiller, mais tu te réveilleras. Et tu trouveras ce que tu cherches lorsque tu arrêteras de chercher.

— Que suis-je en train de chercher ? lui demandai-je pour être sûr qu'elle ne racontait pas n'importe quoi.

Elle jeta une seconde pincée de benjoin dans le brasero, aspergea le sol de gouttelettes d'eau qu'elle étala du bout du doigt. La tête rejetée en arrière et les yeux révulsés, elle émit un long gargouillis, puis elle se pencha sur les taches sur le sol, passa et repassa les mains dessus en chevrotant des incantations.

— L'eau a parlé. Ce qu'elle dit est vrai. Car de l'eau est née la vie et c'est par elle que tout se purifie… Je vois deux chiots et deux chatons qui ont peur dans le brouillard. Combien de frères et sœurs as-tu ?

Je ne répondis pas.

— Il s'agit de deux filles et de deux garçons. Est-ce que tu as deux sœurs et deux frères ?

— Comment vont-ils ?

— Ils vont bien… Je vois une silhouette à moitié cachée derrière une femme en colère. C'est la silhouette d'un homme. Je crois qu'il est borgne. Est-ce ton père ?

— Mon père n'est pas borgne.

— Il est sourd et muet ?

— Non plus.

— L'eau ne se trompe pas. Si ce n'est pas ton père, il est proche de toi. Un oncle, peut-être, ou un beau-père…

— Est-il ici, à Oran ?

— Non, il est loin, très loin.

— Sur la terre ou dans le ciel ?

— Il est vivant, mais loin d'ici.

— Tu ne peux pas être plus précise ? J'ai besoin de savoir où chercher. Ça fait plus de deux ans que je creuse au mauvais endroit. Ma famille a bien été à Jenane Jato, mais elle a disparu sans laisser de traces.

— Ne la cherche plus. C'est elle qui te retrouvera.

— Quand ?

— Quand tu te réveilleras.

— Je suis réveillé.

— Pas cet éveil-là, mon garçon. Je vois des chemins qui se ramifient, je te vois courir sur chacun d'eux en même temps. Tu n'es pas tranquille. Ce n'est pas toi qui cours, ce sont les chemins qui t'emportent. J'ignore quel sacrilège tu as commis, mais ta peine sera grande…

— Je suis venu pour te consulter, pas pour que tu me jettes un mauvais sort.

— Je ne fais qu'interpréter ce que l'eau révèle.

— Eh bien, qu'elle soit claire, ton eau.

La voyante hocha la tête.

— Je suis navrée pour toi, mon garçon. Les épreuves qui t'attendent sont injustes, mais tu les surmonteras. Tu souffriras le feu et le fer, tu dormiras sur les orties, tu saigneras dans les larmes et dans la sueur, mais tu connaîtras la paix lorsque tu te réveilleras.

— D'accord, d'accord… Je veux savoir où se trouve ma famille. C'est tout ce qui m'importe.

— Je te l'ai dit : elle se manifestera à toi après que tu auras souffert le feu et le fer.

J'ai quitté la voyante, déçu. Elle avait vu juste, dans un sens, pour mes deux frères et mes deux sœurs bannis par Gaïd Brahim. Si mon père n'était pas borgne, il était manchot. Le reste n'était qu'élucubrations sujettes à n'importe quelle interprétation. Quant à cette histoire d'épreuves en perspective, elle n'avait ni queue ni tête. L'enfer était derrière moi. Je ne voyais pas comment il me rattraperait.

De retour au magasin, je repris mon travail. J'avais préparé un prétexte pour justifier mon « abandon de poste », mais je n'eus pas à mentir. Lalla s'acquittait de sa sieste et n'avait pas remarqué mon absence.

Après la fermeture, je mis des vêtements moins chics et me rendis au café Bendouma. Wari était en compagnie de Laweto, le drôle de loustic, d'Abdekka le crieur qu'on entendait déblatérer au souk chaque fois qu'un enfant faussait compagnie à ses parents, et de Sigli, surnommé ainsi parce que natif de Saint-Denis-du-Sig, une bourgade sur la route de Mascara. Ce dernier, camionneur-livreur dans une conserverie, ravitaillait l'ensemble des entrepôts de l'Oranie. Il connaissait mieux que personne les routes de l'Ouest, les villes et les villages, jusqu'aux portes du désert. On s'entendait bien, lui et moi. C'était un homme correct.

Laweto ne me laissa pas le temps de m'asseoir. Il m'accueillit méchamment :

— Ton bon prince te délaisse. C'est pour ça que tu te rabats sur tes vieux potes ?

Wari émit un soupir, secoua une tête navrée et toisa Laweto.

— L'ennui, avec les crottes, c'est qu'on a beau les éviter, il y en a toujours une qui te colle à la semelle.

— C'est moi que tu vises, Wari ?

— Tu connais quelqu'un d'autre qui sent la merde à cette table ? Tu n'as pas à parler à Yacine sur ce ton. Laisse-le arriver, bordel !

— Je plaisante, c'est tout.

— Eh bien, c'est pas drôle.

Laweto maugréa quelque chose et se contracta comme un oursin.

Ce n'était pas la joie, sur la terrasse du café Bendouma. Les têtes étaient sombres et les lèvres tombantes.

— Si je vous dérange, je peux m'en aller.

Wari poussa une chaise dans ma direction.

— Tu ne déranges personne. Assieds-toi, va.

— On dirait que vous rentrez d'un enterrement.

— C'est à cause de Mauvais-Z'Œil, m'expliqua Sigli. Il a été enlevé par les hommes de Chico, ce matin. Et on n'a plus de ses nouvelles.

— Qu'a-t-il encore fait ?

— Il a essayé d'arnaquer Chico.

— Il ferait jamais ça, objecta Abdekka. Dida n'est pas fou à ce point.

— Et pourtant, il l'a fait.

Sur l'esplanade, des contorsionnistes amusaient les badauds ; quelques zouaves en quartier libre, engoncés dans leur tunique criarde, plastronnaient devant les rares ménagères qui traînaient encore dans la rue ; un charretier fit claquer son fouet pour dissuader les garnements de s'accrocher à l'arrière de son tombereau ; près de nous, un flûtiste soufflait dans son bout de roseau en battant la mesure avec son pied. L'air sentait la friture et la cannelle – c'était un soir ordinaire, comme en égrenait Médine Jdida depuis toujours. La nuit arrivait doucement, presque sur la pointe des pieds, sans mystères. Déjà, des dormeurs à la belle étoile déployaient leur couchage sur le trottoir. La soirée s'annonçait agréable, mais il y avait cette inquiétude sur le visage d'Abdekka qui faussait l'ambiance.

— J'suis pas tranquille, gémit-il.

— Et alors ?

— Comment ça, « et alors ? », Wari, implora Sigli. Fais quelque chose, bon sang ! Chico a du respect pour toi. Tu peux tirer Dida du guêpier dans lequel il s'est foutu.

— Je ne bougerai pas le p'tit doigt pour lui, cette fois. Je l'avais mis en garde. T'approche pas de Chico, que je lui ai dit, tu risques de cramer plus vite qu'un papillon de nuit sur un cierge. Il a juré de se tenir à carreau. Pas plus tard qu'hier, je l'avais averti.

— Arrête, Wari, supplia Abdekka. Dida n'a pas plus de cervelle qu'une tête d'épingle. C'est pas qu'il est têtu, il est fêlé. Ne le laisse pas entre les griffes de Chico. Tu t'en voudras le restant de tes jours.

Laweto ne disait rien. La tête rentrée dans les épaules, il contemplait ses ongles et boudait. Les propos de Wari l'avaient profondément offensé.

— C'est vrai, dit Sigli, tu l'aimes bien, cet abruti. Tu l'as toujours *paterné*. T'auras pas la conscience tranquille s'il lui arrive malheur. Je t'en prie, Wari. Sors-le du merdier. Je me fais un sang d'encre pour lui.

— Tu perds ton temps avec lui, mon ami. Y a rien à récupérer de ce gars. Il vendrait son âme au diable que le diable n'en voudrait pas. Maintenant qu'il est tombé dans son propre piège, faut bien que ça lui serve de leçon, s'obstina Wari.

Il porta son verre de thé à sa bouche pour signifier que le débat était clos.

Sigli et Abdekka rentrèrent chez eux, Laweto regagna la fabrique où il était veilleur de nuit. Wari et moi restâmes au café. Le serveur nous apporta une assiettée de dattes.

— Ça vient de mon Sahara, nous lança Moussa du comptoir. C'est offert par la maison.

Nous le remerciâmes.

— Tu as le front bas, me dit Wari. Qu'est-ce qui ne va pas ?

— Je n'ai pas à me plaindre.

— Alors, pourquoi cette tronche ?

— J'avoue que je me sens un peu mal à cause de Laweto. Tu as été très violent avec lui.

— Tu trouves ?

— Pas toi ?

— Et ça te gêne ?

— Un peu, quand même. C'est à cause de moi si tu l'as malmené. Le pauvre ne savait plus où se mettre.

— Je l'ai seulement remis à sa place. Il n'avait pas à t'accueillir de cette manière. Je ne supporte pas les gens qui jugent, condamnent et font des reproches aux autres comme s'ils étaient dans leur droit alors qu'ils devraient d'abord balayer devant leur porte. Laweto a tendance à se montrer agressif, ces derniers temps. Son aigreur le dénature. Il n'était pas comme ça, avant. Je lui tape sur les doigts pour qu'il retienne la leçon.

— Tu penses qu'il l'a retenue ?

— N'empêche, je serai là pour le rappeler à l'ordre. Tu es libre de fréquenter qui tu veux, de venir nous voir quand tu veux, et tu es libre de nous envoyer balader.

— Jamais je ne ferais une chose pareille, Wari.

— « Jamais » est un engagement que personne ne peut garantir.

Il ajouta :

— Je commence à me faire du souci pour toi.

— Il n'y a pas de raison.

— Il y en a une, et elle est de taille. Tu es sincère, entier, pur, et ça, c'est pas prudent. On ne peut pas être trop près du bon Dieu sans se mettre à la merci du diable.

— Je prends le risque.

— Il n'en vaut pas le détour, Yacine. Tu as le cœur sur la main, c'est-à-dire à la portée de n'importe qui. Essaye de le durcir un peu pour qu'il ne s'envole pas comme une feuille morte au premier coup de vent. De nos jours, les saints se cassent la figure chaque fois qu'ils se baissent pour prier.

— J'ai été élevé comme ça.

— Tu n'es pas dans ta Hamada. À Oran, on ne doit pas se tromper quand on fait la part des choses. Céder un pouce de son territoire, c'est abdiquer.

— Je tâcherai de m'en souvenir.

— Tu y as intérêt.

J'invitai Wari au restaurant, puis nous partîmes nous dégourdir les jambes sur la Tahtaha.

De retour place Laurence, je remarquai que toutes les fenêtres étaient éclairées chez Lalla. Elle avait surtout abusé sur l'encens car le magasin empestait le benjoin jusque dans l'arrière-boutique.

Je me mis au lit, ouvris un livre ; impossible de me concentrer sur le texte. Lalla arpentait l'étage, ouvrait et refermait les portes, passait d'une pièce à l'autre comme si elle cherchait à débusquer un djinn. J'avais éteint pour dormir. Pas moyen de trouver le sommeil. Les pas sourds au-dessus de moi cadençaient mon pouls, résonnaient à mes tempes avec la régularité délétère d'un robinet qui fuit.

Lorsque le silence se fit enfin, la voix de la voyante prit le relais, lugubre comme un chant funèbre. *Tu saigneras dans les larmes et la sueur… Tu souffriras le feu et le fer… Tu dormiras sur les orties…* » Ne l'écoute pas, me répétai-je en mon for intérieur, cette folle raconte n'importe quoi, n'importe quoi, n'importe quoi…

Et pourtant…

31

Amir n'avait pas donné signe de vie depuis plusieurs semaines. Certes, son travail lui prenait un temps fou, mais il parvenait toujours à trouver un moment pour nous deux. Son absence m'affolait plus qu'elle ne m'intriguait. J'avais peur qu'il n'ait eu un accident. C'était un mordu du volant. Il conduisait dangereusement et prenait plaisir à faire crisser les pneus de sa voiture dans les virages.

Un après-midi de fête religieuse – je ne me rappelle pas si c'était l'Aïd ou le jour des Rois – j'étais allé lui rendre visite chez lui, sur les hauteurs de Gambetta. Mais il n'y avait personne. La villa paraissait déserte. Les feuilles mortes pourrissaient sur la pelouse et sur le cailloutis de l'allée qui menait à la maison.

J'avais pris place à la terrasse d'un estaminet, à proximité de la résidence de mon ami, commandé du thé et des biscuits *torno* et j'étais resté là une petite heure dans l'espoir de voir Amir rentrer chez lui.

Le quartier était majoritairement habité par des Européens de classe moyenne. En amont, à Carto, quelques familles musulmanes avaient construit des maisons en dur sur la colline et ouvert des épiceries et un four banal. La cohabitation s'opérait sans heurts, chaque communauté vivant de son côté dans la plus stricte intimité.

Deux hommes se tenaient à la table voisine. Ils étaient d'un certain âge, l'un habillé à l'ancienne – saroual bouffant à plis, gilet par-dessus la chemise et chaussures en cuir montantes –, l'autre vêtu d'un costume lustré surmonté d'un fez. Ce dernier parlait sans arrêt, en se lamentant, tandis que son interlocuteur, blasé, attendait patiemment de placer un mot. J'étais moi-même agacé par la voix nasillarde du bavard qui ne cessait de se plaindre d'un déboire que pour passer à un autre sans reprendre son souffle. À bout, son compagnon cogna sur la table :

— Pour l'amour des sept marabouts, Hamid, tu ne peux pas la mettre en veilleuse deux secondes ? C'est plus un thé que je bois avec toi, mais de la bile. On est là pour prendre le frais, je te rappelle.

— À qui veux-tu que je me confie, Ghaouti ? Tu es mon meilleur ami.

— Ouais, mais je suis de chair et de sang. J'ai besoin d'écouter mon corps. Ça fait plus d'une heure que tu me fatigues avec tes problèmes. Tu crois que je n'en ai pas, moi ? Peut-être que les miens sont plus gros que les tiens. On est dans un café, Hamid. On boit du thé et on regarde passer du monde. Il fait beau, il y a du soleil et il fleure bon la fin de l'automne.

— Je croyais que tu avais de la sympathie pour moi.

— Je voudrais avoir autre chose pour toi, Hamid. Tu n'as pas une blague à me raconter ?

— Ma vie n'est pas drôle, et tu le sais mieux que moi.

— Dans ce cas, finis-en une fois pour toutes. Ta femme te fait chier, ton beau-père se mêle de tes affaires et ton voisin te pourrit la vie, sans compter ton fêlé de rejeton qui ne t'apporte que des emmerdes et tes cinq filles qui ne trouvent pas preneurs. J'en connais qui se sont jetés du haut de la falaise de Kovalawa [1] pour moins que ça.

— Tu es sérieux, Ghaouti ?

— Et comment ! Si tu es persuadé que tu n'es pas près d'être en paix en ce monde, pourquoi t'entêter ?

— Tu galères autant que moi, pourquoi tu ne te tues pas le premier pour donner l'exemple ?

— Parce que je ne fatigue personne avec mes histoires, moi.

— Si je t'ennuie, tu n'as qu'à me le dire.

— Que suis-je en train de faire, d'après toi ?

Hamid se leva, furieux. Ses mâchoires remuèrent dans son visage congestionné. Il voulut dire quelque chose, ne trouva pas ses mots, pivota sur lui-même et s'éloigna d'un pas digne.

— Fais pas l'imbécile. Reviens finir ton verre.

Hamid ne revint pas. Il gravit le pertuis qui menait à Carto sans se retourner.

— Vous l'avez vexé, dis-je à l'homme au saroual bouffant.

— Je n'avais pas le choix. C'était lui ou moi.

Une heure passa. L'homme au saroual bouffant était parti depuis un bon moment. La lumière du jour embrasait le haut des habitations. Les gamins n'assiégeaient plus le marchand d'oublies.

1. Contraction de Cueva del Agua.

Amir ne se manifesta pas.

Je payai ma consommation et descendis une ruelle en escalier pour rejoindre la station du tramway.

En chemin, le jardinier d'Amir m'intercepta :

— Il rentre quand, ton copain ? Les plantes n'ont pas été arrosées depuis un mois. Tu n'as pas une deuxième clé ? J'aimerais sauver ce qu'il reste de ce pauvre jardin. On dirait une maison hantée.

— Il est parti où, Amir, pour s'absenter aussi longtemps ?

— À Séville.

— Ça se trouve où, Séville ?

— En Espagne, voyons. Tu n'étais pas au courant ? Ton copain est parti en vacances avec sa nouvelle conquête féminine.

Je revis Amir une semaine plus tard. Il était dans sa voiture, avec une femme à ses côtés. Il avait traversé le boulevard Mascara en coup de vent. Je lui avais fait signe, mais il était trop occupé à rire avec sa compagne pour faire attention à moi.

Le lendemain, j'étais allé le trouver chez lui. Il y avait du monde qui s'affairait dans la maison ; des peintres, des déménageurs, le jardinier en train de nettoyer la pelouse. Le torse nu ruisselant de sueur, Amir dirigeait les travaux. Il m'accueillit avec un large sourire, mais je le sentis un peu embarrassé. Je n'ai pas voulu abuser de son temps. Il n'essaya pas de me retenir, lui non plus. Il ne me raccompagna pas jusqu'à la sortie, ne m'expliqua pas pourquoi il procédait au remue-ménage, ne me parla pas de ses fiançailles auxquelles il omettra de me convier

– je l'apprendrai beaucoup plus tard par un de ses employés venu commander du tissu.

Nous nous étions croisés, vers la fin du printemps. Il sortait de chez le barbier. J'étais sur le trottoir d'en face en train d'acheter un cornet d'amandes grillées. En me voyant, Amir m'avait adressé un salut furtif avant de monter dans sa voiture.

L'été précédent, alors que nous étions à la pêche, à l'est de Cap Blanc, seuls au milieu de la mer aussi plate qu'une cour damée, Amir m'avait dit : « L'argent fait croire aux riches qu'ils sont heureux. Ce n'est pas vrai. Les riches peuvent acheter ce qu'ils veulent, sauf la paix intérieure, et il n'existe pas de bonheur pour celui qui n'est pas en harmonie avec lui-même. Quand un être cher te manque, aucune fortune ne peut combler le vide qui t'isole dans ton incomplétude. »

Amir venait de rencontrer cet être cher qui lui manquait.

Il avait trouvé la paix intérieure et accédé à la plénitude.

J'étais content pour lui, et triste pour moi.

Le feuilleton de notre camaraderie était terminé.

32

Wari tapa du doigt sur la vitrine et me fit signe de le rejoindre. Ce n'était pas dans ses habitudes de venir me déranger pendant les heures d'ouverture du magasin. Espérant la nouvelle que j'attendais depuis des années, je rangeai rapidement le rouleau de tissu que j'étais en train de mesurer et sortis dans la rue.

Ce ne fut pas la nouvelle que j'espérais, mais celle qu'il m'annonça ne se refusait pas : Sid Tami était de retour au pays.

Je voulus baisser le rideau ; Wari me pria de temporiser car Sid n'avait pas dormi depuis trois jours et avait besoin de se reposer.

— Il est où ?

— Au hammam Saâ... Retrouve-moi chez Moussa quand tu auras fini.

J'étais trop impatient de revoir mon ancien frère d'armes. Lalla ne vit pas d'inconvénient à ce que je ferme la boutique plus tôt. Nous étions en janvier 1923. La nuit tombait vite, et les gens, habitués à la torpeur des soirées oranaises, n'aimaient pas s'attarder dehors, dans le froid. Ne restaient ouvertes que les épiceries et les deux gargotes de la rue de Tlemcen.

Wari n'était pas au café Bendouma. Moussa m'assura ne pas l'avoir vu de la journée. Je me rendis à Sidi Blel. Da Achour me déconseilla de réveiller le sergent : « La traversée l'a esquinté. Il m'a chargé de veiller à ce qu'on ne le dérange pas. » Il m'autorisa à jeter un coup d'œil sur mon revenant. Sid dormait dans l'alcôve que j'avais occupée. Les socques de bois rivés aux pieds, la bouche grande ouverte et les bras écartés, on aurait dit une épave sur le rivage.

— Il est comme ça depuis combien de temps ?

— Depuis le déjeuner.

— Tu es sûr qu'il n'est pas malade ?

— Je ne suis sûr de rien, mais je ne pense pas.

— Je vais attendre au café d'en face. Fais-moi signe dès qu'il rouvre les yeux.

Je m'attablai à la terrasse du café, commandai une théière entière et une galette d'orge.

Wari se manifesta enfin, sa popularité en bandoulière. S'il était apprécié à Médine Jdida, à Sidi Blel, il était aimé. Les gamins s'agglutinaient autour de lui avant de s'éparpiller comme des moineaux, ravis de l'avoir touché du bout des doigts. Wari n'avait pas de friandises à leur offrir, mais sa main fourrageant dans leurs cheveux les comblait. Ils recevaient cette marque d'affection comme une bénédiction. Les grandes personnes l'arrêtaient tous les cinq-dix pas pour le saluer ou lui arracher une boutade. Le barbier, le cordonnier, le charbonnier, le marchand de soupe, le boutiquier, chacun en avait pour son grade et tous en redemandaient.

— Hé, Wari, t'as réussi à identifier le type qui a crotté dans ta chaussure ?

— Je n'ai même pas eu besoin de chercher. Je t'ai reconnu à l'odeur. (S'arrêtant devant un vieillard qui somnolait sur une chaise en osier :) Alors, Ba-Rachid, quand vas-tu redresser le monde, comme promis ?

— On ne redresse pas le monde, on s'y fait et c'est tout.

Quelques mètres plus loin, Vasco, un marin portugais, qui avait perdu ses deux jambes dans le naufrage de son navire avant d'échouer sur la plage des Coralès, l'interpella :

— S'il te plaît, Wari, sois bon prince pour un pauvre matelot chrétien largué en terre musulmane. Je cherche un doigt pour ma bague d'alliance. Dégotte-moi une moukère bien dorée, avec un grain de beauté sur le menton, et une poitrine qui déborde quand on l'étreint, et des fesses rondes à donner le tournis. Je vais me déshydrater à force de saliver chaque fois que l'une d'elles passe devant moi.

— Tu comptes prendre ton pied comment, le cul-de-jatte ? lui lança un portefaix de l'autre côté de la chaussée.

Des rires hoquetèrent çà et là, puis le silence s'établit de nouveau, à peine perturbé par les coups de marteau sur l'enclume du forgeron.

Wari claqua des doigts en direction du garçon et se laissa choir lourdement sur une chaise, à côté de moi.

— J'ai les pieds en feu, me dit-il.

Le garçon lui apporta un verre et une assiettée de *montecaos*.

— Tu l'as vu, notre sergent ?

— Il dort.

— J'ai hâte de l'entendre. Il a sûrement un tas de trucs à nous raconter et on n'a pas toute la nuit. Sid rentre chez lui, demain, à la première heure. J'ai chargé Sigli, qui a une livraison à Sidi Bel Abbès, de le prendre avec lui dans son camion.

Sid se montra sur le pas du hammam, encore ensommeillé. Nous lui fîmes signe. Il nous considéra un moment avant de nous remettre puis, le pas harassé, il se dirigea sur nous. Wari le prit dans ses bras. L'accolade manquait d'entrain du côté du revenant. Le visage de Sid était fermé. Aucune émotion. Le regard vague, la bouche molle, il avait l'esprit ailleurs. Après une séparation de presque deux années, Sid se contenta de me serrer la main comme si nous nous étions quittés la veille.

— J'ai pas arrêté de dégueuler, grommela-t-il.

Ce fut tout ce qu'il trouva à me dire.

Wari remarqua ma déception. Il m'enfonça son coude dans le flanc.

— Où veux-tu qu'on aille dîner, sergent ? C'est moi qui invite.

— On va manger chez DiStefano, proposai-je.

— Non, pas chez cet escroc, objecta Wari. Sa viande est douteuse. Allons plutôt chez Toto. Il fait les meilleures brochettes de la ville.

Nous partîmes chez Toto, qui tenait un comptoir rue d'Austerlitz. C'était un peu cher, mais l'hygiène était moins discutable qu'ailleurs et le service rapide.

Sid avait « muté ». Le zazou au rire surfait, qui adorait s'écouter parler et vanter ses conquêtes féminines, avait cédé la place à un être aigri. Malgré le costume chic qu'il portait, il était déprimant. Il ingurgita ses brochettes en se léchant les doigts, vida ses verres de vin les uns après les autres, en nous ignorant. C'était comme si nous n'étions pas là.

— Tu as oublié ta langue sur le bateau ? lui reprocha Wari, exaspéré.

— On ne parle pas la bouche pleine, grogna Sid.

— Tu as fini de ruminer depuis un bon bout de temps, je te signale. Tu crois qu'on est là pour te regarder picoler ?

— J'ai pas envie de parler. Ça vous pose problème ?

— Ouais, ça nous ennuie beaucoup. Deux ans qu'on t'a pas vu. Deux ans que j'ai rien reçu de toi, ni lettre ni signe de vie.

— Tu ne sais pas lire, Wari. Et moi, je ne sais pas écrire.

— Sauf que tu es là, maintenant, en chair et en os. Là encore, tu n'as rien à raconter ?

— Te raconter quoi ?

— Comment ça s'est passé en France ? Pourquoi tu n'es pas resté là-bas ?

Sid vida son verre d'une traite avant de le poser sèchement sur la table.

— Et si j'ai pas envie d'en parler ?

— Qu'est-ce que tu as, Sid ? On dirait que tu nous en veux.

— J'en veux à personne, moi. J'veux juste qu'on me laisse bouffer en paix.

J'essayai de lui prendre la main, il la retira d'un geste brusque.

— Sid, quelque chose ne va pas ?

Il me décocha un regard noir.

— Je veux juste me soûler en paix, putain ! C'est trop vous demander ?

Wari était déçu. Un moment, il se tourna vers la porte, eut envie de s'en aller sur-le-champ. Je le retins par le bras.

Sid considéra la bouteille vide devant lui, se mordilla les lèvres, puis, devant notre silence désapprobateur, il remua sa carcasse avec dégoût :

— J'ai le droit d'avoir une vie à moi, non ? Une vie qui ne regarde personne. Pourquoi vous voulez tout savoir sur les gens ?

— Tu es notre ami, lui rappela Wari. Et nous ne sommes pas des *gens*. On n'est pas là pour te bousculer. On voulait juste savoir comment ça a été, ton séjour en France. Si tu estimes que ça ne nous regarde pas, l'incident est clos. Franchement, là, on ne te reconnaît plus. J'ai le sentiment que tu nous reproches un tas de saloperies, et ça, je ne le tolère pas. Tu n'as pas à nous traiter comme de la merde, sergent. Ça non plus, je ne le tolère pas.

Sid le calma d'une main lasse :

— D'accord, vous voulez que je vous raconte quoi, au juste ?

— Si c'est comme ça que tu vois les choses, on ne veut rien entendre, lui dit Wari.

— Est-ce qu'on t'énerve tant que ça, Sid ? lui demandais-je à mon tour.

— Je m'énerve pas, je rame. Vous voulez savoir pourquoi je rame ? Parce que j'suis pas fichu de faire autrement.

Le vin commençait à faire son effet. Sid avait la langue épaisse et le regard de plus en plus vague.

— Vous voulez que je vous raconte la France ? Eh bien, je vais vous régaler. À moindres frais. Mais, attention, j'veux pas d'avis. J'ai toujours l'air idiot lorsqu'on essaye de me prouver que j'ai tort ou bien raison. D'accord ?...

Ses paupières ramollies peinaient à rester ouvertes.

— D'accord ?... Faut que ça soit clair. Si c'est pour vous entendre me plaindre ou me consoler, je préfère qu'on stoppe les machines tout de suite.

— Si tu poses des conditions, on ne veut plus de tes histoires. On n'est pas là pour te juger. On est juste curieux de savoir comment ça a été ton voyage en France. Curieux, mais pas obligés. Si tu ne tiens pas à en parler, on s'en tape.

La colère de Wari fit se redresser le cou du sergent qui, après un hoquet, s'essuya le nez sur son poignet, maladroitement, en écarquillant les paupières comme s'il luttait contre l'endormissement.

— La France, c'est beau à voir, balbutia-t-il.

Il émit un petit rire englué, ramena son doigt sur la poitrine ; son cou se renversa en arrière et manqua de l'entraîner en entier :

— Ça, y a pas à débattre, la France, c'est très joli. Mais pas pour longtemps... Au début, j'étais comme un moineau qui découvre son premier printemps. Au début, ouais, ça valait le détour. Les séquelles de la guerre ne gâchaient pas tout. Marseille avait le chahut festif et Paris était pimpante telle une courtisane. (Il se redressa et, cette fois, il faillit s'écraser la figure contre l'assiette.)... Et bibi, lui, il se gênait pas. Il ne rasait pas les murs, bibi, il plastronnait sur les grands boulevards et faisait du gringue aux passantes… Je peux avoir un peu de gnôle ?

— Tu as suffisamment levé le coude.

— J'ai la gorge sèche. Sinon, j'arrête.

Wari commanda une autre bouteille.

Sid descendit ses verres avec une régularité mécanique qui me chagrina. J'étais en colère contre lui. Je m'attendais à retrouver mon ami, et j'avais devant moi un ivrogne désabusé en train de transformer nos retrouvailles en veillée funèbre.

Il repartit, de cette voix mélancolique que l'ébriété rendait presque tragique :

— Au début, ouais, c'était bien. T'es comme dans un rêve, puis le bruit d'un chantier te rappelle à l'ordre. Tu te réveilles et tu te demandes où t'es, qu'est-ce que tu fous là, qu'est-ce que t'es venu chercher ? T'as vu les Champs-Élysées et la tour Eiffel, t'as vu Montmartre et ses brasseries, t'as vu la Seine et ses badauds, t'as vu les putains et les fêtes foraines, t'as fait le tour et tu reviens à la case départ : qu'es-tu venu chercher si loin de chez toi ? Alors tu bosses comme un âne pour t'abrutir afin de ne pas te poser de questions… Au début, ouais, tu te contes fleurette et tu te forces à y croire. Mais il faut bien qu'à un moment tu arrêtes de te mentir, pas vrai ? Tu admets, au bout du compte, que t'es pas du tout dans ton élément. Tu le sens, putain, t'es dans tes p'tits souliers.

Il parut sur le point de s'assoupir. Ses lèvres pendantes dégoulinaient sur son menton. Il renifla, se moucha :

— Quand t'as rien à foutre, tu ne vas pas à Montmartre, tu ne vas nulle part. Quand t'as rien à foutre, c'est que ton moral est à plat. Tu prends un banc public, tu regardes passer le temps et le temps ne te voit pas. Tu ne comptes ni pour les heures ni pour les jours. Tu espères que le temps t'apporte quelque chose, et il ne t'apporte que dalle. Ce qui est le plus dur, c'est qu'tu sais même pas ce que tu attends que le temps t'apporte. T'es largué, et c'est tout. Tu te lèves à l'aube, tu trimes comme une bête puis tu réintègres ton trou à rat et tu te chamailles avec tes doutes. Tu n'arrives pas à fermer l'œil à cause des tas de questions qui te bouffent la cervelle. Qu'est-ce que t'as loupé ? Qu'est-ce qui ne va pas ? À la longue, tu commences à perdre la boule. Alors, tu entasses tes fripes dans une valise et tu cours à la gare, puis au port. Et te revoilà au bled... Pourquoi j'suis rentré ? Je me le demande encore.

Sid parlait dans un souffle continu qui l'épuisa. Comme s'il récitait un texte appris par cœur. Les yeux dans le vague. Les coins de la bouche blanchâtres. Le visage tressautant de tics. Il n'était plus qu'un amas de nerfs dénudés comme des fils électriques.

— À mon avis, lui dit Wari, tu as bien fait de rentrer.

— Tu crois ?

— Je le pense sincèrement.

— Alors, pourquoi j'suis triste ? Pourquoi j'ai envie de chialer, là, dans cette fichue mangeoire, devant tout le monde ? Pourquoi j'ai l'impression d'avoir laissé une part de mon âme là-bas ?

— Tu n'as rien laissé là-bas, sergent. Tu es rentré en entier. Et tu es chez toi. Tu as tenté ta chance ailleurs. Si tu l'as pas attrapée au vol, c'est que ta chance est ici, parmi les tiens.

— Dans ce cas, pourquoi j'suis parti, si ma chance est ici ?

— C'est pour t'en rendre compte.

Sid se mit à rire tout seul. Nerveusement. Il ne croyait pas un mot de ce que lui disait Wari.

Il me saisit par le poignet :

— Est-ce que tu sais que j'ai retrouvé Appoline ?

— Comment le saurais-je ?

— Eh bien, je l'ai revue. Elle est toujours infirmière. Tu peux pas savoir combien elle a été contente de me revoir. On a beaucoup parlé, et elle m'a avoué qu'elle m'aimait. C'étaient pas des mots en l'air. Je m'y connais en femmes. Je reconnais tout de suite celles qui jouent la comédie et celles qui sont sincères.

Il se tourna vers Wari :

— C'est la plus jolie femme que tu peux même pas imaginer, Appoline. Elle est douce comme l'eau de source, et tout aussi transparente. Tu la regardes, elle te rafraîchit. Tu l'écoutes, c'est une rivière qui te berce. Dis-lui, *Hamza*, dis-lui combien Appoline est jolie.

— C'est vrai qu'elle est très belle.

— T'as rencontré, dans ta vie, plus jolie qu'elle ?

— Non.

— Vous avez tous salivé quand elle s'est amenée pour changer les pansements à Gustave. Avoue-le, *Hamza*, avoue que tu t'es vu en train de la prendre dans tes bras à l'instant où tu l'as vue, mon Appoline.

Il lampa dans son breuvage, hocha la tête, l'air grave :

— Je lui ai demandé de m'épouser. Elle pouvait pas. Elle est mariée à un sous-off. Après la guerre, son mari a été envoyé en Russie combattre les communistes. Il est revenu avec un bras en moins et la moitié de la figure arrachée, mais vivant. Appoline s'occupe de lui. C'est pas qu'elle l'aime, mais elle est sa femme, tu comprends ?…

Il se versa à boire. Sa main tremblait tellement qu'une bonne quantité du breuvage tomba à côté.

— Quand on a été dans les champs, elle m'a laissé l'embrasser. Je l'ai pas forcée, je l'jure. Nos bouches sont parties d'elles-mêmes se sceller. Appoline a fermé les yeux comme si elle rêvait. C'était pas un baiser à la sauvette. C'était du sérieux. Y avait quelque chose. Appoline avait les yeux qui brillaient quand elle les rouvrait. Quand j'ai voulu déboutonner son chemisier, elle m'a arrêté. À contrecœur. À cause de son mari. « Je ne peux pas lui faire ça », qu'elle a dit, Appoline. Et moi, j'ai pas insisté. J'ai bien vu qu'elle souffrait de ne pas pouvoir aller plus loin. J'ai eu autant de respect pour elle que d'envie. Une femme comme ça, ça ne se déçoit pas, moi, je trouve.

Il hocha la tête pendant une bonne minute, le regard lointain :

— C'est peut-être pour elle que j'suis allé là-bas. Ouais, sûr que c'est pour elle que j'suis allé en France. J'étais pas en France, j'étais chez Appoline.

Sid n'avait pas laissé qu'une partie de son âme en France. Il y était resté en entier. L'homme qui balbutiait en face de moi n'en était que l'illusion.

Nous l'avons raccompagné au hammam. En le traînant. Car il était ivre comme la houle.

Le lendemain, je me suis levé tôt pour lui dire au revoir, mais il était déjà parti à Sidi Bel Abbès avec Sigli.

« Sid est mort », décréta Wari. Je lui demandai ce qui lui faisait dire une horreur pareille. « Y a des signes qui ne trompent pas. Quand on ne se pose pas les bonnes questions, c'est qu'on ne cherche pas de réponses. Sid est en train de s'enterrer vivant. »

J'ai trouvé les déductions de Wari choquantes, mais je n'ai rien dit. J'avais peur que mon ami Sid, le sergent bon vivant qui savait parler aux demoiselles et jouer si bien des sourcils à la manière des tombeurs, que le garçon qui m'avait appris à franchir le pas, que le complice de mes premières incartades ne soit perdu à jamais.

33

C'était un lundi. Il bruinait. La communauté espagnole de Saint-Antoine s'apprêtait à célébrer une fête religieuse. Une sorte de fébrilité s'était emparée du quartier, un peu comme chez nous les matins de l'Aïd. Les enfants farandolaient sur le square, fiers de leurs habits neufs et de leurs tresses fleuronnées. Les cafetiers surveillaient les nuages, les mains sur les hanches, en se demandant si la pluie ne faisait que passer ou s'ils devaient mettre à l'abri les tables en terrasse.

Un tombereau vint se ranger devant la vitrine du magasin avant qu'un klaxon courroucé le somme de céder la place à une grosse conduite intérieure.

Deux femmes drapées dans des haïks soyeux descendirent de la voiture, accompagnées de trois hommes d'un certain âge. Ces derniers portaient des costumes de bourgeois, le fez vissé au crâne, la chaîne de la montre gousset sur le gilet. Je reconnus, parmi eux, le vieillard qui avait rendu visite à Lalla, une ou deux années plus tôt. Il s'était encroûté davantage et avançait péniblement à l'aide d'une canne à pommeau doré. La délégation se dirigea sur la porte d'à côté. J'entendis la servante dévaler l'escalier pour ouvrir. Des bruits de pas claquèrent sur les marches ; un brouhaha feutré se déclara sur le palier. « *Marhaba, marhaba* », disait Lalla.

La servante, une jeune femme amaigrie et pâle, me rejoignit dans la boutique pour me dire de baisser le rideau et d'attendre au comptoir jusqu'au départ des visiteurs. Elle était nerveuse, la servante. En remontant, elle omit de refermer le portillon derrière elle.

J'entrepris de remettre de l'ordre dans les étagères, pour m'occuper.

Les choses ne tardèrent pas à dégénérer, au premier. À peine une quinzaine de minutes après l'arrivée des visiteurs, le ton monta. D'abord, la voix d'une femme qui somma Lalla d'être raisonnable. Ensuite, celle de Lalla qui rétorqua qu'elle n'avait plus dix ans et qu'elle savait ce qu'elle faisait. Il y eut un silence, puis la voix chevrotante d'un homme tenta de calmer les esprits. Quelques minutes plus tard, le conciliabule s'enflamma. « Tu ne peux pas faire comme bon te semble, s'insurgea la voix d'un homme. — Vous n'avez pas à vous immiscer dans mes affaires, rouspéta Lalla. Vous avez géré ma vie lorsque je n'avais pas mon mot à dire. Mais c'est fini. Je n'ai pas besoin d'un tuteur, encore moins d'un mari. — Songe à ce que vont penser de nous les autres familles, s'alarma la voix d'une femme. Tu ne peux pas vivre sans un homme pour veiller sur toi et préserver ton honneur. — Mon honneur ? Vous osez me parler d'honneur ? Qu'avez-vous fait du vôtre ? Je ne suis pas une monnaie d'échange. Allez-vous-en, maintenant. Je ne veux plus vous revoir. — Tu oses nous chasser, Halima ? s'indigna-t-on. — Je ne vous ai jamais portés dans mon cœur », cria Lalla.

Le palier se remplit de froufrous et de bruits de pas. J'entendis les visiteurs descendre l'escalier. La porte principale claqua. Les portières de la voiture en firent autant. Le moteur se gargarisa, un vrombissement ; puis, le silence.

Je m'apprêtais à hisser le rideau du magasin quand une tornade, faite de vociférations et de bris de verre, se déclencha au premier.

La servante accourut vers moi, affolée :

— Vite, vite, Lalla va tout dévaster.

Je gravis rapidement l'escalier métallique.

Lalla s'acharnait sur tout ce qui lui tombait entre les mains. Le sol était jonché de tessons de verre et de débris d'assiettes.

— Lalla, lui criai-je, reprenez-vous…

Elle se figea d'un coup en me surprenant derrière elle. Son regard de braise se jeta sur moi comme une giclée de lave.

— Qu'est-ce que tu fabriques dans mes appartements ?

Ses pommettes exsangues frémissaient d'indignation.

— Tu écoutes aux portes, maintenant ?

— Non, non, j'ai cru…

— Cru quoi ?

— Je ne sais pas, moi. J'ai pensé me rendre utile…

— Te rendre utile ? Est-ce que je t'ai sonné ? Tu vois un comptoir, ici, ou des rouleaux de tissu ?

— J'ai pensé…

— Est-ce que tu vois des rouleaux de tissu ? Ma question est claire, non ? T'ai-je autorisé à profaner mes appartements ? C'est un moulin, ici ? Parle, est-ce que je t'ai sonné ?

Elle prenait un malin plaisir à me déstabiliser. Plus je me faisais tout petit, plus sa colère cherchait à me rabaisser. Son visage était aussi blanc que les jointures de ses doigts repliés dans des poings qui ne demandaient qu'à cogner.

— Réponds !

Une écume laiteuse clapotait aux coins de sa bouche. On aurait dit qu'elle venait de trouver le bon déversoir qui subirait sa haine entière mieux que les objets sur lesquels elle se défoulait.

— Est-ce que je t'ai sonné ?

— Non, madame.

— Alors, retourne dans ton terrier et fais celui qui n'a jamais existé.

Son attitude méprisante me révolta. Il n'était pas question, pour moi, de la laisser m'humilier sans raison, devant la servante qui, tétanisée, était sur le point de s'évanouir.

— Je ne mérite pas que vous me traitiez de la sorte, madame. Je suis votre employé, pas votre chien. Et j'ai ma dignité. Elle n'est pas énorme, mais j'y tiens plus qu'à la prunelle de mes yeux.

Je ne reconnus pas ma voix. Ce n'était pas une voix ; c'était la vibration de l'ensemble de mes fibres sensibles qui tremblaient autant que mes doigts et mes cordes vocales.

Mon sursaut d'orgueil la freina net. Elle déglutit, s'essuya le visage distordu de fiel, attrapa un pan de rideau comme si elle voulait l'arracher, ne l'arracha pas, se ramassa autour de sa fureur intérieure.

Ni la servante ni moi n'osions broncher, de peur de déclencher de nouveau les éléments. Nous étions conscients qu'un mot de plus de ma part pourrait avoir des conséquences catastrophiques. La servante me suppliait, de ses yeux pleureurs, de prendre sur moi. Elle tenait à peine debout, le dos contre le mur pour ne pas s'effondrer. Lalla était capable de nous jeter dehors, tous les deux, et de fermer la porte derrière nous pour toujours.

Lalla nous tourna le dos, sans doute pour cacher ses larmes.

— Nettoie-moi cette porcherie, dit-elle à la servante, la gorge contractée, et rends-toi invisible. Je veux être seule avec mes démons.

La servante courut chercher de quoi balayer les bris de vaisselles sur le parterre.

Je restais cloué sur place, le cœur pressé.

— Va-t'en, toi aussi.

D'une main lasse, elle me chassa.

J'avais passé l'après-midi à ruminer mes frustrations derrière le comptoir du magasin. Les clients avaient remarqué que je n'étais pas bien. La plupart d'entre eux me connaissaient, appréciaient ma correction et ma prévenance. Un seul, qui m'estimait peut-être un peu plus que les autres, me demanda ce qui n'allait pas. Je ne lui répondis pas. Il m'assura que je pouvais le solliciter si j'avais besoin d'aide. Je le remerciai d'un hochement de tête. Il me tapa sur l'épaule – geste qui m'horripila – et partit en oubliant sa monnaie. Je n'eus pas la force de le rappeler.

Je vis, à travers la vitre, la servante sortir en courant. Elle revint un peu plus tard avec la voyante qui tenait un petit couffin à la main.

Bientôt, une forte odeur d'encens et de benjoin me parvint de l'étage avant de se répandre, tel un souffle maléfique, dans le magasin.

Je fermai boutique plus tôt que d'habitude. J'eus besoin de prendre l'air ; celui du magasin viciait mon âme.

Je flânai dans le quartier, la poitrine oppressée. Je ne voulais rencontrer personne. J'étais trop peiné pour ne pas intriguer mes copains et je ne tenais pas à me confier.

Las de tourner en rond, je me rabattis sur le seul endroit où je pouvais râler, boxer dans le vide, me mettre à poil sans attirer l'attention : mon réduit. Je me jetai sur mon lit, à plat ventre, le nez dans l'oreiller et les doigts croisés sur la nuque. Là non plus, je ne pus rester seul bien longtemps.

La servante vint me chercher.

— Lalla veut te parler.

Redoutant une autre scène, je mis plusieurs minutes avant de prendre mon courage à deux mains et monter au premier.

Lalla s'était changée. Elle portait une belle robe blanche, avait ramassé ses cheveux autour d'un chignon et souligné au khôl ses yeux immenses.

Elle me désigna un pouf dans le salon. Sur le guéridon qui nous séparait, il y avait un plateau avec une théière et deux assiettées de biscuits.

Je m'assis à contrecœur, sans la regarder.

— Ça va ?

— Oui, madame.

— Sers-toi.

— Je n'ai pas faim.

— J'ai préparé cette table pour toi.

Je fixai le tapis.

Elle toussota légèrement.

— J'ai été méchante avec toi, n'est-ce pas ?

— Ce n'est pas grave, madame.

— Tu le penses vraiment ?

— Vous étiez en colère.

— Ce n'est pas une raison.

Je me retranchai derrière la contemplation de mes doigts.

— Je n'avais pas à me défouler sur toi. J'avais suffisamment cassé de vaisselle comme ça.

Elle se baissa un peu pour saisir mon regard.

— Tu m'en veux ?

— Vous avez toujours été bonne avec moi.

— Parce que tu as *toujours* été correct. Mais je t'ai offensé. Tu n'y étais pour rien, et je t'ai crié dessus.

— Il y a des moments où l'on perd son sang-froid, puis les choses se tassent.

— Les choses ne se tassent jamais. J'ai la rancune tenace. Je ne pardonne rien. Pas même les petites misères que me faisaient mes cousines lorsque nous étions gamines.

— Vous avez sans doute vos raisons. À moi, on m'a appris à tourner la page.

— Tu ne te plains donc jamais ?

— À qui ?

Elle hocha la tête.

— Je me demande si tu es un sage ou un sot, mais ta naïveté m'émeut. On raconte que les simples d'esprit sont plus proches du Seigneur que les saints.

— Je ne suis pas un simple d'esprit, madame.

Elle médita mes propos quelques instants, revint à la charge :

— Quand on est jeune, on est un peu simple d'esprit. On croit qu'on a le temps, que les jours meilleurs sont à venir, qu'on peut se permettre de reporter à plus tard certaines opportunités, persuadé que tout se rattrape. On a trop confiance, tu comprends ? On se berce d'illusions. Puis on se réveille, et on s'aperçoit qu'on est passé à côté de l'essentiel.

— Je ne vois pas le rapport, Lalla.

— Je dis ça comme ça, pour bavarder. Je ne trouve personne d'intéressant à qui parler, de nos jours. Est-ce que je t'ennuie ?

Je jugeai prudent de garder le silence.

Un vague sourire effleura ses lèvres.

— Tu as une fiancée ?

— Non, madame.

— Pas même un œil sur quelqu'une ?

— Je n'y pense même pas.

— Pourquoi ? Tu n'aimes pas les femmes ?

— Je n'ai rien à leur offrir, ni toit ni fortune.

— Tu es bel homme, sain de corps et bien élevé. Tu pourrais tomber sur une fille qui dispose d'un toit et d'une fortune. J'en connais qui ont eu cette chance et qui se portent à merveille.

— Tant mieux pour eux.

— Tu ne crois pas en la chance ?

— J'en ai entendu parler, mais je ne l'ai pas encore croisée.

— Tâche de ne pas la laisser passer, si elle se présentait un jour à toi.

— Je tâcherai, madame.

— Il ne faut rien laisser au hasard. Ce n'est pas un prêteur sur gages, le hasard. Il ne rend jamais rien.

— Est-ce que je peux disposer ? J'ai promis à des amis de les rejoindre, ce soir.

— Honore d'abord le plateau devant toi. Et s'il te plaît, ne rentre pas tard. La porte de l'arrière-boutique ferraille. Après, j'ai du mal à me rendormir.

Nous étions partis assister à une fête maraboutique à Sid El Hasni, Wari, Sigli et moi. Un taurin fut sacrifié au nom du saint patron. Une troupe folklorique nous gratifia d'un spectacle envoûtant qu'elle clôtura à coups de mousquetons, salués au passage par des salves de youyous. Le baroud embauma le terrain vague où nous étions des dizaines de convives à saliver d'impatience au festin qui nous attendait.

De retour place Laurence, je remarquai qu'aucune des fenêtres du premier n'était éclairée. Je fis très attention en ouvrant la porte de l'arrière-boutique, allumai dans la pièce, me déshabillai, pris un livre et me mis au lit.

Quelques minutes plus tard, j'entendis crisser les gonds du portillon donnant sur le magasin.

— Ce n'est que moi, madame.

Lalla ne regagna pas ses appartements.

Elle se présenta à moi, les cheveux défaits.

D'un geste mystique, elle défit le ruban qui lui ceinturait la taille. Sa robe de nuit glissa lentement à ses pieds, délivrant un corps splendide de nudité.

— Éteins la lumière, me dit-elle.

34

Le lendemain, Lalla fit comme s'il ne s'était rien passé. Égale à elle-même, elle descendit au magasin superviser les négociations que j'opérais avec les clients, me signifiant ainsi que rien n'avait changé entre nous deux et que rien ne devrait changer.

Elle me traita de la même manière que les jours précédents, avec cette distance conventionnelle qui tient le domestique scrupuleusement éloigné de son maître, mais toujours à la portée de son autorité.

La nuit suivante, elle était de nouveau dans mon lit.

Les gens ont souvent un doute, voire du remords, lorsqu'ils cèdent aux tentations de la chair. Lalla n'avait ni l'un ni l'autre. « Le scandale n'effraie que ceux qui ont une piètre opinion d'eux-mêmes, me déclarera-t-elle plus tard. J'ai sacrifié une partie de ma vie. Ce serait idiot de renoncer au reste. »

Elle revint encore et encore me prendre dans le noir. Patronne le jour, maîtresse la nuit, elle gérait la situation sans partage. C'était elle qui décidait quand et comment. Je n'étais plus autorisé à rejoindre Wari après la fermeture du magasin comme bon me semblait. « J'ai besoin de toi, ce soir », me laissait-elle entendre. Quartier consigné, pour moi. Je devais rester au lit jusqu'à ce qu'elle me dise d'éteindre la lumière. Elle investissait l'obscurité, me « sellait » de son corps avant de s'affaisser contre moi, terrassée par son orgasme précoce, puis elle se retirait sans un mot en me laissant sur ma faim. Elle ne m'embrassait pas, ne me parlait pas. J'étais son valet sexuel, l'objet de ses désirs, rien de plus. Elle ne se donnait même pas la peine d'insister sur la procédure. Sa nudité, ses cheveux lâchés sur ses épaules, sa poitrine qu'éclairait la lumière du dehors à travers la lucarne et quelques attouchements ciblés suffisaient, selon elle, à m'éveiller à cette disponibilité qu'elle attendait de moi. Dès que j'étais prêt, elle me consommait avec voracité et m'abandonnait comme un reste de repas sur la table.

À la longue, je me mis à me prêter à son jeu sans enthousiasme. Elle se rendit compte que son égoïsme la desservait et se mit à y mettre du sien. Parcimonieusement. Le strict nécessaire.

À mon tour, je devenais exigeant. De cette façon, je ne lui laissais pas le choix, l'obligeant ainsi à me passer la main. Nos ébats n'en furent que plus exaltés.

La pénombre et le relent doucereux de l'arrière-boutique ne seyant guère à nos ardeurs, Lalla consentit à m'inviter dans sa chambre. Le lit à baldaquin, grand, beau, paré de dorures et de draps soyeux, devint le palais de toutes les voluptés, le sanctuaire de notre ivresse ; il déchaîna nos fantasmes, galvanisa nos vertiges. Nos orgasmes frisaient l'extase. Lalla en redemandait. Elle ne se contrôlait plus, ne contrôlait plus rien, se livrait corps et âme, déchaînant ma fougue, se soumettant à mes suggestions, les réclamant à cor et à cri comme une légitimité longtemps confisquée. Amante insatiable, elle était une fête dans la tempête, une tempête en fête. La nuit ne lui suffisait pas. Elle voulait le jour aussi. Lorsque le désir l'embrasait, elle envoyait la servante faire des courses le plus loin possible, fermait le magasin et m'ordonnait de la prendre n'importe où, sur le comptoir, à même le sol, là où cela lui chantait. Épuisés, le cœur débridé, nous restions blottis l'un contre l'autre jusqu'à ce que les palpitations de notre chair s'apaisent.

Dès le coucher du soleil, elle renvoyait la servante chez elle et venait me chercher. Parfois, nous n'atteignions même pas la chambre ; nous faisions cela dans l'escalier. Pour nous reprendre au lit dans la foulée.

Le matin, en ouvrant les yeux, je la surprenais en train de me contempler, hissée sur un coude, un sourire énigmatique sur les lèvres.

— Tu as de très beaux yeux. De qui les tiens-tu ? De ta mère ou bien de ton père ?

Elle m'embrassait sur la bouche, me demandait de me rhabiller et de retourner dans le magasin avant l'arrivée de la servante.

Je pensais qu'elle était éprise de moi, mais Lalla se méfiait des sentiments éperdus, de leurs pièges mortels et de leur aveuglement. Elle a été claire avec moi. Elle cédait volontiers à la passion des sens, et se gardait de celle de l'émotion. Elle tenait à son autorité, seule garante, estimait-elle, de ses libertés. Si je comptais pour elle, je ne valais que ce que j'avais à lui offrir. Elle n'était pas ingrate, de son côté, mais elle veillait à ce que les choses ne prêtent pas à équivoque. « Tu es ma renaissance à moi-même, pas ma vie », m'avait-elle avoué sur l'oreiller.

Lalla avait évolué dans l'abstinence forcée et les interdits et était décidée à ne plus tolérer ce qui ne lui convenait pas. « Mon corps m'appartient, me dit-elle un soir, tandis que je la massais. Je prends soin de lui, le toilette avec des huiles essentielles, le parfume, l'habille de tissu noble, mais il a aussi ses besoins propres. Le veuvage n'est pas un gage de chasteté. On ne m'a pas enterrée avec mon mari. »

Elle était entière, Lalla. Elle ne laissait pas de marge de manœuvre aux autres. Chaque fois qu'elle avait le sentiment que je dépassais mes limites, elle me rappelait à l'ordre. Pourtant, à aucun moment je n'avais cherché à abuser de notre relation intime. Depuis le temps qu'elle m'employait, elle avait appris à connaître l'homme que j'étais et savait que je n'étais pas le genre à rapporter aux amis ce que nous étions censés taire, elle et moi, qu'elle ne verrait nulle part son honneur livré aux commérages et aux indignations. Mais pour en avoir le cœur net, elle faisait exprès de considérer le plus insignifiant de mes écarts comme l'esquisse d'une insubordination. En vérité, elle voulait s'assurer qu'elle contrôlait la situation, que j'étais bel et bien à ma place. Je ne lui en tenais pas rigueur. Je mesurais parfaitement ce qu'elle risquerait si elle déposait les armes.

« Parce que je n'ai pas eu droit à la jeunesse dont je rêvais, m'avait-elle avoué, je *veux* finir les jours qui me restent à vivre comme je l'entends. Avant, je n'étais qu'*une femme*. Désormais, je suis *moi*, Lalla Halima. Plus aucune autorité ne se substituera à la mienne. »

La menace était sans appel.

Lalla n'avait pas eu d'enfance. Ses parents étaient morts, emportés par la maladie, alors qu'elle avait cinq ans. Sa famille ne savait pas quoi faire d'une orpheline rebelle et compliquée. À peine pubère, on la maria à un cousin jaloux qui la battait et qui finit par la répudier parce qu'elle ne lui donnait pas d'héritier. Ni ses tantes ni ses oncles ne souhaitaient recueillir, sous leur toit, une adolescente « déflorée » susceptible d'attirer la honte sur la tribu à la moindre distraction. Aussi l'avait-on livrée sans tergiverser au premier prétendant qui s'était manifesté, moins d'un an après le divorce – un commerçant fortuné de la ville.

« Mon second époux était gentil, me raconta-t-elle. Il me choyait, ne me refusait rien, mais je n'étais pas heureuse avec lui. Il avait trente ans de plus que moi. Il me couvrait de soie et de bijoux sans s'attarder sur ce que j'avais en dessous. Il n'avait de passion que pour les affaires. Il passait la journée avec ses clients et la soirée à faire ses comptes. Quand il lui arrivait de me prendre, il ne laissait pas grand-chose pour moi. Je crois qu'il ignorait concrètement la part essentielle de la femme dans la vie du couple. »

Cette dame m'impressionnait. Sa témérité et sa détermination étaient un enseignement qui m'aurait évité bien des travers si j'avais su m'en inspirer. Elle savait dire les choses les plus navrantes avec une subtilité qui les rendait presque héroïques. Je l'admirais énormément, admirais la rigueur avec laquelle elle faisait la part des choses… Et puis, elle était tellement belle, d'une beauté majestueuse, souveraine, intacte, aussi bien lorsqu'elle commandait que lorsqu'elle se soumettait. À cinquante ans, avec ses fascinants yeux de biche surplombant ses joues diaphanes, aucune vierge du paradis ne lui arriverait à la cheville. Son charme triomphait de la félonie des ans, se bonifiait avec le temps comme le vin des dieux – pas une ride, pas un cheveu blanc ne semblait en mesure de l'altérer.

Je crois que j'étais amoureux d'elle.

35

— Tu vois l'homme au fez, sur la terrasse du café ? me demanda Lalla, en retrait dans le magasin pour qu'on ne l'aperçoive pas de la rue.

Nous étions fin juillet. Une moiteur étouffante oppressait la ville. Les gens s'abritaient dans l'ombre des stores, de hauts verres de citronnade glacée sur la table. C'étaient en majorité des Espagnols du quartier que je connaissais, des gagne-petit qui trimaient au port et des employés de la fabrique de papier que gérait Lozano, un personnage trapu et ventripotent que l'on vénérait à Saint-Antoine.

L'homme au fez dont parlait Lalla n'était pas du coin. Il se tenait à l'écart.

— C'est mon cousin Chérif, m'expliqua-t-elle. Il attend que je sorte pour me filer. Deux fois qu'il a tenté de me parler dans la rue. Je lui ai dit qu'on n'avait rien à se dire, et le voilà qui se pointe de nouveau.

Le personnage en question devait avoir la cinquantaine. Il était petit, émacié, mais très élégant. Malgré la chaleur, il portait un costume d'effendi par-dessus une chemise d'une blancheur impeccable.

— Je veux que tu t'arranges pour qu'il ne revienne plus m'importuner.

— Vous voulez que j'aille lui parler ?

— Non, il ne faut pas qu'il sache que ça vient de moi ni qu'on se connaît. J'ai un plan. Je vais sortir. Il va me suivre. Je l'attirerai dans l'impasse, derrière le moulin de Laghouati. À cette heure, il n'y a personne. Chérif va m'aborder. Toi, tu arrives du côté de l'ancienne écurie, comme un simple badaud qui passe par là. Tu m'entendras crier au cousin de ne pas m'importuner. Toi, tu feins l'indigné et tu te portes à mon secours, comme ferait n'importe quel garçon bien élevé. Tu t'arrangeras pour le provoquer et tu le jetteras à terre. C'est important de le jeter à terre.

— Qu'est-ce qu'il vous veut ?

— Il est marié à deux femmes, et la famille l'a chargé de m'épouser.

Elle monta se changer, se voila dans un haïk et mit son plan à exécution. À travers la vitrine, je vis le cousin presser le garçon de lui apporter l'addition, payer et se dépêcher de rattraper Lalla. Je sortis à mon tour, contournai le pâté de maisons jusqu'à l'écurie désaffectée et fis le guet au coin du pertuis. Lalla apparut à l'autre bout de la venelle, s'assura que j'étais bien à l'endroit indiqué avant de s'engager dans l'impasse, suivie de près par son cousin.

Le cul-de-sac n'était pas si désert que ça. Il y avait deux ivrognes qui gobelotaient sur le seuil d'une porte cochère, et des gamins qui tapaient dans un ballon en chiffon un peu plus loin.

— Je suis une femme respectable. Tu n'as pas honte, à ton âge ? hurla Lalla de façon que tout le monde l'entende.

Le cousin ajusta son fez, embarrassé.

— Je veux juste te parler.

— Laisse-moi tranquille. Je ne suis pas ce que tu crois.

J'accourus.

— Laisse cette dame tranquille.

— C'est une affaire de famille, me dit le cousin. Ça ne te regarde pas.

Je le saisis par la gorge et l'écrasai contre le mur.

— Elle te dit de lui ficher la paix.

— Casse-lui la gueule, me cria l'un des deux ivrognes. C'est qu'un salopard. Aujourd'hui, il s'attaque à une pauvre femme. Demain, il s'attaquera à ta mère ou bien à ta sœur.

Le cousin fut horrifié par mon geste. Il me repoussa avec une hargne écœurée :

— Je t'interdis de poser ta sale patte sur moi, espèce de va-nu-pieds.

— Cette dame te demande de la laisser tranquille.

— Et moi, je te répète que c'est une affaire de famille et que ça ne te concerne pas.

Je l'écrasai de nouveau contre le mur. Il chercha à se défaire de mon étreinte, mais je le tenais fermement.

— Elle ne veut pas que tu lui adresses la parole.

— Tu es en train d'abîmer mon costume. Retire ta sale patte et disparais de ma vue. Tu ignores qui je suis et tu n'as pas intérêt à le savoir.

— Qui que tu sois, tu n'es qu'un lâche qui agresse une dame esseulée.

Il leva la main pour me gifler. Mon poing le cueillit au menton et l'envoya sur les pavés. La figure congestionnée, il ramassa son fez et se releva. Ses pommettes vibraient de colère.

— Tu ne peux pas mesurer la profondeur de la fosse que tu viens de creuser pour ta charogne, fils de chien, grommela-t-il, la gorge nouée. Tu as osé lever la main sur moi, toi, le dernier des derniers. Je m'en vais te la couper et te la faire bouffer. Tu peux te cacher où tu veux, je te retrouverai.

— C'est quand tu veux, espèce de pervers.

Il me menaça du doigt, pivota sur lui-même et s'éloigna en s'époussetant.

— La prochaine fois que tu te ramènes par ici, c'est moi qui t'arracherai la langue pour te pendre avec, lui criai-je.

— Aucune chance qu'il revienne, me chuchota Lalla. Tu viens de me débarrasser définitivement de lui. Dans notre tribu, lorsqu'un homme est humilié devant une femme, il n'osera plus lever les yeux sur elle.

Je n'étais pas fier de moi. Ce n'était pas dans mes habitudes de prendre parti les yeux fermés. Il s'agissait d'une histoire de famille et je n'avais pas à m'en mêler. Avec le recul, je réalisai que je m'étais conduit en voyou. Je ne connaissais pas cet homme. Ses intentions étaient peut-être sincères. De toutes les façons, il ne méritait pas que je l'humilie de la sorte devant une femme, deux ivrognes et des gamins. Je n'avais pas été élevé pour lever la main sur plus âgé que moi. Chez nous, manquer de respect à un aîné était un sacrilège. D'autant plus que le monsieur n'avait pas été agressif. Lalla ne lui avait pas laissé le temps de placer un mot. Elle l'avait cueilli à froid. À preuve, il avait paru aussi surpris qu'embarrassé par la véhémence de sa cousine.

Lalla avait abusé de ma loyauté, mais j'étais aussi coupable qu'elle. J'avais gravement fauté et le Seigneur allait me le faire payer d'une manière ou d'une autre.

Ce fut ce qui arriva, une semaine plus tard.

Nous étions en train de nous délasser au lit. La servante n'arrivant que vers huit heures, nous avions encore du temps devant nous. Lalla avait la tête sur ma poitrine, j'avais ma main sur sa hanche nue ; nous ne disions rien. Quelques caresses voluptueuses berçaient notre quiétude. Dehors, le rideau des boutiques se soulevait dans un râle de ferraille. Le staccato des sabots martelait le pavé, cadençant le crissement des tombereaux. Des klaxons nasillards retentissaient çà et là. La ville s'éveillait à son tapage de tous les jours…

Soudain, on cogna à la porte ; des coups rudes.

Je fronçai les sourcils.

— C'est la servante ?

— Je ne crois pas, mais on ne sait jamais, avec cette étourdie.

Les coups retentirent de nouveau, de plus en plus fort.

— Ce n'est pas la servante, dit Lalla. Elle ne se permettrait pas de défoncer ma porte de cette façon.

Elle s'enveloppa dans un large châle andalou et s'approcha de la fenêtre. Ses épaules se contractèrent.

— Que viennent-ils faire chez moi, ces deux-là ?

— Qui est-ce ?

— Deux hommes que je ne connais pas. Je descends voir ce qu'ils veulent. Toi, tu ramasses tes habits et tu te caches dans les cabinets. Je ne veux pas qu'ils entendent d'autres pas que les miens dans l'escalier.

Lalla enfila une robe, noua un foulard autour de la tête et descendit ouvrir.

Je me rhabillai rapidement et m'approchai du palier. Un loquet claqua au rez-de-chaussée, puis les gonds de la porte grincèrent. Une voix d'homme, grave et percutante, dit en français : « Police, madame. Est-ce que Chéraga Yacine travaille chez vous ? » Je courus m'enfermer dans les cabinets, le ventre retourné. Je ne voyais pas ce que j'avais à craindre, mais le fait que la police demande après moi m'effara.

Je restai en apnée dans ma cachette jusqu'au retour de Lalla.

— Ils sont partis, m'annonça-t-elle.

— Ils sont après moi ?

— Apparemment, oui.

— Ils ne vous ont pas dit ce qu'ils me voulaient ?

— Ils n'avaient pas l'air commode du tout. Je leur ai dit que tu travaillais bien pour moi mais que tu étais parti à Tlemcen commander du tissu. Ils m'ont demandé quand tu rentrerais. J'ai dit dans deux ou trois jours. Ils m'ont prié de ne pas te parler de leur passage. Ils ont un avis de recherche contre toi.

— Un avis de recherche ?

Lalla, inébranlable de sang-froid, m'invita à garder mon calme.

— C'est sûrement mon cousin Chérif qui a porté plainte contre toi.

— Comment connaît-il mon nom de famille ?

— Ma tribu n'a qu'à claquer des doigts pour obtenir les informations qu'elle veut. Elle est capable de savoir où nidifie le chitane. Je suis persuadée qu'elle m'espionne matin et soir.

Elle leva la main pour m'empêcher de parler.

— Laisse-moi réfléchir. Tu vas dans l'arrière-boutique et tu ne bouges pas. Pas d'ouverture de magasin, aujourd'hui. Et surtout, ne sors pas dans la rue. La police a ses mouchards. Même la servante ne doit pas te voir. D'ailleurs, je la renverrai dès qu'elle arrivera ; ensuite, j'irai voir de quoi il retourne.

— Je ne suis pas tranquille.

— Ce n'est pas la fin du monde. Une plainte, ça se retire.

Lalla se rendit au commissariat. Elle rentra vers midi. Bien qu'elle affectât un calme olympien, ce que je lus dans son regard ne présageait rien de bon. Elle commença par me demander d'arrêter de m'agiter et de l'écouter attentivement. Ce n'était pas facile : cela faisait trois heures que je me rongeais les sangs, tapi dans la pénombre de l'arrière-boutique.

— J'ai été reçue par un gradé de la police qui connaissait mon défunt mari. Il a été charmant. Je lui ai expliqué que tu n'avais fait qu'empêcher un malotru de m'agresser dans la rue. Le gradé a dit que c'était plus grave que ça.

— Plus grave que quoi ?

— Il a refusé de m'en dire plus. Chérif a dû mentir à la police. Il leur a peut-être raconté que tu l'avaiss rudoyé pour le voler, ou bien que tu avais attenté à sa vie.

— J'ai mon mot à dire, moi aussi. Nous avons des témoins. Le mieux serait que j'aille, en personne, expliquer à la police ce qu'il s'est passé. Si je me présentais de mon propre chef…

— Pas question, trancha-t-elle. Ce sera ta parole contre celle de Chérif, et tu n'as aucune chance si tu te mesures à lui. Chérif est un notable, et il a toute une tribu derrière lui. Si tu te livres, on te jettera d'office en prison et on t'oubliera derrière les barreaux, ferré comme un fauve, parmi les brutes et les meurtriers. Tu dois quitter la ville, le temps, pour moi, de trouver une solution.

— Je n'ai pas où aller.

— Je sais. J'ai réfléchi. J'ai un beau-frère à Mécheria. Il s'appelle El Hachemi. C'est quelqu'un de bon. Il prendra soin de toi jusqu'à ce que j'envoie quelqu'un te chercher.

Elle monta se changer, et revint avec une lettre.

— Tu la remettras à mon beau-frère. Ne lui raconte pas ta vie. Il n'a pas à savoir que tu es recherché par la police. Dans cette lettre, je lui dis que tu es mon employé et que je t'envoie chez lui pour apprendre à gérer une tannerie car je compte en acquérir une. Tu quittes Oran ce soir même. Tu prendras le train de nuit à Sainte-Barbe-du-Tlélat.

— Je reste combien de temps là-bas ?

— Le temps qu'il faudra. Ça va être très compliqué de forcer Chérif à retirer sa plainte, mais j'ai quelques arguments qui pourraient faire plier la famille. Fais ta valise. Prends le strict nécessaire. Et, avant la tombée de la nuit, tu files par la porte de derrière et tu prends le premier taxi pour Tlélat.

— Je demanderai à Sigli de me déposer à la gare.

— Qui est-ce ?

— Un ami. Un homme sûr. Il a un camion.

— Pas question. Tu oublies que j'ai menti à la police ? J'aurais des problèmes avec la justice si l'on apprenait que tu n'as pas été à Tlemcen. Oublie le camion. Aucun de tes amis ne doit te croiser aujourd'hui. Ni Wari ni personne.

III

L'Officier Rouge

36

Je ne sais pas quelle mouche m'a piqué quand, arrivé à la gare de Sainte-Barbe-du-Tlélat, j'ai chuchoté au chauffeur de taxi, comme ça, bêtement : « Vous ne m'avez jamais vu. »

À mon grand soulagement, le chauffeur se tourna vers moi, agacé.

— Parle plus fort, je suis un peu dur de la feuille.

— Vous êtes sûr que c'est la bonne gare ? tentai-je de rectifier.

— Ouais, bonhomme, c'est la bonne gare, et il n'y en a pas d'autres dans le coin. Tu es bien à Sainte-Barbe-du-Tlélat. Le hall, c'est là où entrent et sortent les gens. Les quais, c'est à l'intérieur, et le train, c'est une file de roulottes de gitans emboîtées les unes aux autres, avec des roues sans pneus posées sur des barres de fer.

Si les circonstances avaient été différentes, je n'aurais pas laissé cet énergumène se gausser de moi de cette façon. Mais après la bourde qui aurait pu lui mettre la puce à l'oreille, je ne méritais pas d'être mieux traité. Tout m'échappait depuis la maudite visite matinale des policiers. Les coups du heurtoir qui avaient ébranlé la porte du rez-de-chaussée retentissaient encore à mes tempes.

Je descendis de voiture et courus vers la gare.

— Hé, me cria le chauffeur, tu oublies ta valise, andouille.

S'il n'y avait eu que la valise ! Je ne savais où donner de la tête. J'avais peur, de cette peur insondable qui fait dire et faire n'importe quoi. J'ignorais vers quoi je courais. Mais il me fallait fuir. Les histoires que l'on rapportait des bagnes étaient glaçantes. Le seul fait de m'imaginer enfermé dans une basse-fosse, parmi « les brutes et les meurtriers », déclenchait mille toxines à travers mon être. J'avais beau me dire qu'un nom n'était pas un visage, que la police n'avait pas forcément mon signalement et que je n'avais pas de document sur moi qui me trahirait, rien à faire. J'étais mort de trouille. En croisant le chef de gare dans le hall, je faillis prendre mes jambes à mon cou. Sauf que je n'avais plus de jambes.

— Tu te décides ou pas ? s'emporta le guichetier. Il y a du monde qui attend.

J'émergeai du gouffre.

Quelques passagers faisaient la queue derrière moi, la mine revêche.

— C'est pour quelle destination ?

— Je ne me rappelle pas.

— Tu ne sais pas où tu vas ?

Je sortis fébrilement de ma poche la lettre que m'avait remise Lalla à l'attention de son beau-frère, mais il n'y avait pas d'indication sur l'enveloppe.

— C'est dans le Sud, monsieur.

— Cette gare dessert le Sud, nom de Dieu, mais quelle ville ?

J'avais un blanc. Tout s'était entremêlé dans ma tête depuis que j'avais pris le chef de gare pour un agent de l'ordre.

— Ça va me revenir.

— On n'a pas toute la nuit. Mascara ? Kreider ? Mécheria ?

— Mécheria, monsieur.

— Tu es sûr ?

— Oui, c'est bien Mécheria.

Le compartiment de 3e classe était occupé, à l'avant, par une famille musulmane composée d'un couple et de cinq enfants entassés sur des balluchons, de rares passagers européens et de quatre nonnes. J'occupai un banc, à l'arrière, et me tournai vers la vitre jusqu'à attraper le torticolis. Je n'avais rien mangé depuis le matin, et je ne pensais qu'à me rendre invisible. J'avais hâte d'arriver à destination et de m'évanouir dans la nature.

Le sifflet du chef de gare me vrilla le cerveau. « En voiture, attention au départ. »

J'eus la nausée lorsque le tortillard se mit à crisser sur les rails.

Un groupe de soldats araberbères embarqua à Mascara. Bizarrement, je me sentis un peu mieux. Leur chahut décrispa mes crampes. C'étaient des fantassins qui, d'après les quatre cents coups qu'ils se racontaient, rentraient de permission. Chacun avait un épisode de son congé à relater aux autres. Et tous les cinq s'esclaffaient en se frappant les cuisses avec le plat de la main et en pédalant dans le vide. Lorsque la grivoiserie s'annonçait trop crue, ils baissaient le ton, à cause des bonnes sœurs, se penchaient les uns sur les autres avant de se renverser en arrière dans des rires homériques. Après avoir épuisé leurs anecdotes, ils sortirent leur casse-croûte et mordirent dedans avec appétit. L'un d'eux, un homme rabougri au front saillant, me proposa des figues. Je lui fis non de la tête. Il se leva et me les apporta.

— Y a pas de honte, mon frère, me dit-il. Tu n'as pas besoin de tendre la main. Ton regard suffit. Il est évident que t'as la dalle.

Il s'assit à côté de moi.

— Tu vas où ?

— Dans le Sud.

— C'est vaste, le Sud.

— Je ne connais pas bien la région.

— Mais tu dois bien descendre quelque part. Mes camarades et moi, on descend à Kreider.

— Moi, au terminus, mentis-je.

— Tu en as encore pour des heures et des heures. C'est pour t'engager ou pour une visite familiale ?

— J'ai mes oncles, là-bas.

— Tu as fait l'armée ?

— Non.

— Comment ça s'fait ?

— Je suis malade du cœur.

— Tu as été réformé ?

J'acquiesçai.

Les autres soldats m'observaient en riant sous cape. Je leur souris. Ils se détournèrent.

— Moi, je me suis engagé après la guerre, me confia le fantassin. Mon oncle Jilali a dit qu'il me fallait trouver un boulot pour prétendre à la main de sa fille. Alors, je me suis présenté au bureau de recrutement. On m'a fait passer la visite. Sur le plan de la santé, j'étais apte, mais l'officier trouvait que, sur le plan de la taille, j'étais pas suffisamment baraqué. Je lui ai prouvé que c'est pas parce que je paie pas d'mine que j'suis un bras cassé. J'suis pas maigre, je suis sec comme un pet. J'ai claqué des talons, le menton haut et le regard tueur, et j'ai dit à l'officier « À vos ordres, mon général ! » J'en ai donné de la voix, crois-moi. On aurait dit un canon. L'officier, qui n'en était pas un, mais juste un caporal qui se la jouait grand commandeur, il a apprécié, et c'est comme ça que j'ai été « adjugé ».

— Bien joué, le félicitai-je.

— J'suis un bon soldat, se vanta-t-il. Quand je reçois un ordre, je l'exécute à la lettre. Je ne plaisante pas avec les consignes, moi. Une fois que j'étais de garde au poste 3, un sergent a voulu faire le mur à deux heures du matin. Il n'avait pas le mot de passe. Je l'ai braqué avec mon arme et je l'ai obligé à se mettre à genoux jusqu'à la relève. J'savais bien qui il était puisqu'il était de ma compagnie, sauf qu'il n'avait pas le mot de passe. Le règlement, c'est le règlement, pas vrai ? Ça ne se négocie pas... C'que je comprends pas, c'est que ça peut te causer pas mal de tracasseries, la discipline. Tu crois qu'on m'a applaudi pour avoir appliqué à la lettre les instructions ? Tu parles, on m'a foutu direct aux arrêts.

— Aux arrêts ?

— Ouais, cousin, aux arrêts. L'officier a dit que j'avais fait exprès d'humilier le sergent parce qu'il était français. Heureusement que j'ai été muté à Crampel. Parce que le sergent a été après moi durant deux années. Il me pourrissait la vie... Je te dis ça pour que tu fasses attention à c'que ça ne t'arrive pas si, par hasard, ton cœur guérissait et que tu t'engageais. Le règlement militaire ne s'applique pas de la même façon à tous. Maintenant, je ne fais plus d'excès de zèle. Je veux faire carrière, tu comprends ? L'armée, c'est une grande famille, et ça me botte d'avoir des potes et des mutations. Tu voyages tout le temps. T'es au Sud, t'es au Nord, t'es partout. La paie n'est pas fameuse mais, au moins, mon oncle Jilali ne pourra plus m'envoyer balader. Et puis, un fusil, ça rassure. Ça fait de toi un homme. Je suis le meilleur tireur de l'unité. J'ai abattu un lièvre à cinquante mètres, et au jugé, s'il te plaît. L'adjudant a dit qu'il n'avait jamais vu ça de toute sa putain de carrière. Tu t'es déjà servi d'un fusil, toi ?

— Non.

— Moi, c'est mon troisième bras. Dommage que j'aie loupé la guerre. J'étais trop jeune. J'aurais fait un carton, moi. Je t'aurais aligné des officiers allemands comme des trophées de chasse. Mon aîné Abderrahmane a fait la guerre. Au village, c'est un héros. À son retour, il a épousé la fille du cadi, celle-là même qui le snobait, avant. Mais ma cousine, c'est une fille simple. Elle ne snobe personne. J'ai su qu'elle était faite pour moi depuis qu'on était petits. Quand on se mariera, on ne restera pas au douar. Maintenant que j'ai vu du pays, on ira s'installer dans une grande ville.

— Viens que je te montre un truc, Kouider, l'invita un de ses camarades.

— Tu me le montreras à la caserne.

— Amène ta tronche et arrête de cuisiner ce pauvre diable.

— Je le cuisine pas, on fait connaissance.

— Reviens, Kouider, le supplièrent les autres. Rabah va nous raconter comment il a culbuté le vieux puisatier. C'est à chier de rire.

Le dénommé Kouider s'excusa de devoir me laisser et rejoignit ses camarades. Les rires repartirent de plus belle, au grand dam des autres passagers que le chahut des fantassins empêchait de dormir.

37

J'ai rêvé de mon père. Il se tenait au milieu d'un torrent. Des flots fangeux se fracassaient contre son dos. Mon père ne bronchait pas, aussi inébranlable qu'un rocher. Il me regardait fixement, sans s'intéresser à la perche que je lui tendais. Sur l'autre berge, Gaïd Brahim sommait Babaï de se jeter à l'eau et de lui ramener le « manchot », mais l'esclave, cramponné à un arbre, refusait d'obtempérer. Le caïd le frappait avec son fouet sans parvenir à lui faire lâcher prise. Mon père leva les bras pour me montrer ses deux mains. *Tu as retrouvé ta main, père ? Comment tu as fait ? Comment tu as fait ? Comment tu as fait ?* Mon père ne me répondit pas. Tout en me fixant de ses yeux vides, il se coucha dans l'eau et se laissa emporter par la crue. Je courus sur la berge, la perche au-dessus des flots. *Père, attrape le bâton. Attrape le bâton…*

Un ballot me tomba sur la tête et me réveilla en sursaut. Le tortillard était en train de freiner en catastrophe dans un crissement déchirant. Un enfant fut projeté contre le banc en face de lui. Le jour s'était levé. La steppe luisait de rosée. Nous étions au beau milieu de la Hamada.

Les passagers se demandèrent pourquoi on s'arrêtait brusquement. Des militaires, que je n'avais pas vus monter à bord, se penchèrent par les fenêtres pour voir ce qu'il se passait. Les plus hardis descendirent à terre. « Remontez dans la voiture, tonna une voix. Ce n'est rien. Un troupeau de dromadaires bloque le passage. On va le dégager. »

Soudain, je m'affolai. Les cinq fantassins araberbères n'étaient plus là... Et si j'avais dépassé Mécheria pendant que je dormais ?

— On est où ? demandai-je à un paysan à côté de moi.

— Je ne sais pas. Moi, je descends au terminus.

— On va bientôt arriver à Mécheria, m'informa un jeune homme.

Le train se remit en marche. Il glissa lourdement sur les rails. Sur le bas-côté, un berger tentait d'éloigner ses dromadaires de la voie ferrée.

— Tu ne peux pas aller faire paître ton troupeau ailleurs ? lui lança un caporal, en arabe. C'est pas l'espace qui manque, espèce d'âne !

Le soleil était à son zénith lorsque nous atteignîmes la gare de Mécheria. Quelques débardeurs attendaient devant leurs charrettes, à l'affût d'un client encombré de bagages. Les passagers s'éparpillèrent à la descente du train. Après m'être assuré qu'aucun agent de l'ordre ne hantait les lieux, je descendis à mon tour, de l'autre côté du quai, et me dépêchai de contourner la station.

Je n'eus pas à chercher longtemps le beau-frère de Lalla. El Hachemi Tayeb était un notable de Mécheria, sans doute le plus riche musulman de la région. Il avait des terres, du cheptel par centaines de têtes ; les deux principales épiceries, le café sur la place et l'unique atelier de joaillerie artisanale de la ville lui appartenaient. Le premier garçon sur mon chemin me conduisit jusqu'à chez lui.

La maison d'El Hachemi Tayeb se dressait un peu à l'écart de la cité, non loin d'une palmeraie. Elle était cossue, avec un muret en pierre taillée en guise de clôture et un jardin parsemé de citronniers et de mimosas.

El Hachemi ne m'invita pas à l'intérieur de sa demeure. Il préféra lire la lettre de sa belle-sœur dans le jardin pendant que je patientais dans la rue.

— Ce n'est pas une bonne idée, me dit-il. Halima ne connaît rien à la tannerie. Et puis, c'est pas ça qui manque à Oran. Mon frère lui a laissé assez d'argent pour qu'elle vive à l'aise jusqu'à la fin de ses jours. Pourquoi cherche-t-elle à se compliquer l'existence ?

— Je ne suis qu'un employé, monsieur.

– Tu as déjà travaillé dans une tannerie ?

— Non, monsieur, mais j'apprends vite.

El Hachemi paraissait plus vieux que son âge. L'air sec du désert l'avait presque décharné. Il était grand et osseux, le visage étroit, avec des yeux vifs sous des sourcils hérissés. La bonté dont parlait Lalla était difficile à situer dans son regard qui me passait au crible.

— De toutes les façons, soupira-t-il, elle n'en fait qu'à sa tête… Tu vois la maisonnette, là-bas, près du remblai ? ajouta-t-il en me montrant une baraque. Va m'y attendre. Je te rejoins plus tard.

— Je n'ai rien mangé depuis hier matin.

— Adama s'occupera de toi.

Adama était un vieux Soudanais, tout ratatiné et chenu. Il m'accueillit comme si on se connaissait depuis des lustres, me pria de m'asseoir sur une paillasse et retourna à ses fourneaux.

— C'est toi qui cuisines ?

— Qui veux-tu d'autre ? Ma femme est morte il y a des années. Je n'ai pas d'enfants.

— Qu'est-ce que tu mijotes ?

— De la *mouloukhia*...

— C'est quoi ?

— Un plat typiquement saharien, à base de gombo, un légume très apprécié en Afrique pour sa texture et pour ses vertus nutritives. C'est très bon pour le cœur.

— En tous les cas, ça sent bon. J'en ai l'eau à la bouche. Y a de la viande, dedans ?

— J'y ai mis une belle souris d'agneau. La sauce va être onctueuse et exquise.

— Tu penses qu'il y en a assez pour deux ?

— Quand il y en a pour un, il y en a pour deux. La vraie satiété est dans le partage... Tu viens d'où ?

— De Mascara, mentis-je.

— Tu es un parent à sidi El Hachemi.

— En quelque sorte.

— C'est une bonne personne. Ça fait vingt ans que je travaille pour lui, il ne m'a jamais brutalisé.

Quelques jours avaient suffi pour donner raison à Lalla et à Adama. Effectivement, El Hachemi était une bonne personne, réservée certes, mais correcte. Un notable, à l'époque, suscitait autant de respect que de retenue chez les nôtres. Cependant, ce n'était pas sans ambiguïté. À cheval entre la crainte qu'inspirait une autorité coloniale et le décalage qu'observait un dignitaire musulman par rapport à ses coreligionnaires, El Hachemi ne savait pas dans quel camp se ranger. Aussi gardait-il ses distances avec les uns et les autres.

Mes habits de citadin attirèrent rapidement l'attention sur moi. Or c'était exactement ce que je redoutais. Il me fallait me diluer dans la foule, ne pas me faire remarquer. Dès le lendemain de mon arrivée, j'achetai une abaya, des chaussures en toile aux semelles de chanvre, deux sarouals *araïbi* et un chèche.

La tannerie se trouvait à la sortie de la bourgade, sur un vaste terrain vague grillagé où l'on parquait des moutons destinés aux abattoirs du Nord. La viande locale était très prisée par les consommateurs du Tell. La flore steppique de la région lui donnait une saveur rare.

Le matin, Adama me prenait dans sa charrette et revenait me récupérer après le travail. En vérité, je répugnais à mettre la main à la pâte. Je passais plus de temps à observer les tanneurs en sueur qui se pliaient en quatre qu'à me rendre utile. Je n'étais pas là pour apprendre le métier, mais pour attendre que Lalla me fasse signe de rentrer à Saint-Antoine.

Au bout de deux semaines, ne voyant personne venir d'Oran me chercher, je commençai à désespérer. Mécheria ne se prêtait guère aux loisirs. Une petite heure suffisait à en faire le tour. Le reste du temps, on s'y ennuyait ferme.

Je dormais dans la baraque, avec Adama. La nuit, nous papotions sur le pas de la porte, une théière sur le feu et les yeux dans les étoiles. Le ciel de la Hamada était limpide et la lune si proche qu'on distinguait nettement ses cratères. Dans l'obscurité bleutée, peuplée de mystères et de djinns, on entendait les chacals narguer les chiens.

Une fois sur ma paillasse, mes angoisses investissaient mes insomnies. Je ne parvenais pas à faire le vide dans ma tête.

Puis il y eut cet après-midi froid et triste. J'étais rentré plus tôt de la tannerie. Adama lissait les costumes de son patron à l'aide d'un fer chauffé à la braise. Je lisais le livre d'un exégète marocain. Les chiens se mirent à aboyer. Je jetai un coup d'œil par la fenêtre. Une petite voiture noire se rangea devant la maison du patron. Deux hommes en uniforme en descendirent. Pris de panique, je sortis en courant de la baraque et filai ventre à terre me cacher derrière le remblai.

Les deux hommes partis, je retrouvai Adama en train de repasser tranquillement les habits. Il ne me dit mot. Une fois sa besogne terminée, il plia soigneusement les costumes, les rangea dans un panier en osier et les porta à son maître.

À la tombée de la nuit, El Hachemi me rendit visite Il pria Adama de nous laisser seuls.

— Je te donne ma parole que tu n'as rien à craindre de mon côté si tu me dis la vérité, me promit-il.

Le ton était mesuré, presque solennel.

— Est-ce pour un stage à la tannerie ou pour une autre raison que tu es chez moi ?

— C'est pour apprendre le métier, monsieur.

— Mes employés disent que tu ne t'intéresses pas à ce qu'ils font.

— Je les observe.

Il se mordit la lèvre, déçu par mon attitude.

— Je t'ai bien reçu, n'est-ce pas ?

— Oui, monsieur.

— T'ai-je privé de quoi que ce soit ou obligé de faire des choses que tu aurais accomplies contre ton gré ?

— Non, monsieur.

— Alors, sois correct avec moi comme je le suis avec toi. Pourquoi es-tu venu à Mécheria ?... Ne me répète pas ce que tu viens de me dire. Cette histoire de stage, oublie-la. Je réitère ma promesse. Tu n'as absolument rien à craindre de moi. J'aime trop Halima pour la contrarier. Mais il faut que je sache à qui j'ai affaire. Non, m'empêcha-t-il de parler, laisse-moi terminer. Je suis connu pour être loyal. Ma conduite est irréprochable, aussi bien avec l'Administration coloniale qu'avec ma communauté. Je ne pense pas être en mesure d'assumer une responsabilité autre que celle que m'impose mon statut de notable. Les problèmes qui me dépassent, je ne sais pas les gérer parce que je n'en ai jamais eu. Aussi, je n'ai qu'une question à te poser, une seule, et je n'attends qu'une seule de ces deux réponses : oui ou non. Strictement... Est-ce que tu es prêt à satisfaire ma demande ?

Je n'avais pas besoin de puiser dans son regard pour voir où il voulait en venir et ce qu'il attendait de moi. Adama avait dû lui raconter ma panique à la vue des deux hommes en uniforme.

— Je suis prêt, monsieur.

Il croisa les doigts sous le menton, à la manière d'un prieur, respira, les yeux rivés aux miens.

— Est-ce que tu es un fugitif ?

— Oui, monsieur, répondis-je sans tergiverser.

Il se recula, navré.

— Merci, mon garçon. J'apprécie ton honnêteté, vraiment. Je ne tiens pas à savoir ce que tu as fait, si tu es un déserteur ou un repris de justice. Cela ne me regarde pas. Mais je suis dans l'obligation de t'inviter à partir sur-le-champ. Mes relations avec les autorités coloniales sont claires. Il n'est pas dans mon intérêt de les compromettre. Je suis sincèrement désolé, mais qui tient à son intégrité ne doit pas l'exposer à ceux qui la contestent. Adama va te conduire à Aïn Adlam. Il n'y a ni police ni armée là-bas. Tu trouveras quelqu'un pour t'emmener où tu voudras.

Il posa des billets de banque sur la table.

— Tu as juste le temps de faire tes bagages.

— Est-ce que je peux vous poser une question, monsieur ?

— Bien sûr.

— Les policiers, ils étaient après moi ?

— Ce n'étaient pas des policiers. C'étaient des aviateurs. Ils s'intéressent à un terrain sur mes terres.

38

Aïn Adlam n'était ni un douar ni une gare routière, mais un vaste souk de dromadaires. Il y avait des tentes de nomades dressées un peu partout, des enclos, des chariots, une sorte de cantine insalubre autour de laquelle essaimaient montreurs de bêtes, transporteurs, acquéreurs et brigands. L'endroit empestait la crotte et les effluves d'animaux.

— Tu ferais mieux de te débarrasser de ta valise, me suggéra Adama. Ici, les gens n'ont pas l'habitude de voyager avec. Ça attirerait l'attention.

Il me tendit un sac en toile à sangles :

— Tu peux le porter en bandoulière. Mets-y tes affaires. Et prends ceci, aussi, ajouta-t-il en m'offrant un couteau *sept-doigts*. Les parages ne sont pas sûrs.

— Pourquoi m'as-tu dénoncé ?

— Je veille sur mon maître. C'est un brave homme. Je ne laisserais pas une mouche se poser sur ses pieds.

Sur ce, il tira sur les rênes de sa monture pour faire faire demi-tour à sa charrette et rebroussa chemin.

Le matin inondait la plaine d'une lumière nacrée. Une petite brise furetait dans les touffes d'herbes gelées. Je mis mes vêtements dans le sac et m'assis sur la valise en me demandant s'il fallait poursuivre ma route à pied ou bien solliciter un transporteur. J'avais décidé de me rendre chez ma sœur, à Bir Saket. Si j'avais rêvé de mon père, dans le train, c'était peut-être un signe. De toutes les façons, à part Bir Saket, je n'avais pas où aller. Retourner à Saint-Antoine voir si Lalla avait convaincu son cousin de retirer sa plainte était trop risqué. À Sidi Bel Abbès, il y avait une garnison et un commissariat, et Sid Tami n'était plus l'homme que j'avais connu.

À Aïn Adlam, personne ne savait où se trouvait Bir Saket. Seul un muletier se gratta la tête en réfléchissant :

— Bir Saket, Bir Saket, ça me dit quelque chose...

— C'est sur les terres de Gaïd Brahim, lui dis-je.

— Gaïd Brahim le Vendu ?

— C'est ça.

— Ce n'est pas la porte à côté, mon ami. C'est dans le Nord, à des jours de marche d'ici. Il faut prendre la piste des H'miyène en suivant le sentier que tu vois là-bas jusqu'au puits de l'Ogresse. Après, tu remontes vers le nord.

Un charretier me déposa au puits de l'Ogresse contre ma valise. Hormis un trou dans le sol entouré d'une margelle, il n'y avait ni cahute ni âme qui vive. La steppe frisée fuyait de tous les côtés, aussi furtive et improbable que les mirages.

— Tu ne peux pas m'abandonner ici.

— Tu voulais te rendre au puits de l'Ogresse, tu y es.

— Il n'y a personne.

— J'suis pas aveugle.

— Je fais comment pour aller à Bir Saket ?

— Tu n'as qu'à suivre le sentier en face de toi. La piste des H'miyène est à une demi-journée de marche, droit devant. Il y a une gargote où te restaurer. Avec un peu de chance, tu croiseras des caravaniers.

J'avais les jambes en feu lorsque j'aperçus enfin la gargote. Mais pas de caravane en vue. Je passai la nuit à la belle étoile, les genoux contre la poitrine pour me réchauffer. Au lever du jour, après un repas sommaire, je repris la piste du nord.

Un vent poussiéreux soufflait sur la plaine, voilant le lointain.

Assoiffé, titubant de fatigue, je me traînais presque. Mes mollets étaient durs comme la pierre. Je dus voler un âne isolé pour poursuivre ma route.

Un berger m'offrit un repas et m'invita à me reposer sous sa tente. La sieste finie, j'enfourchai mon âne et me dépêchai d'atteindre Bidon 5 avant la tombée de la nuit.

Le berger se trompait. Bidon 5 n'était pas un caravansérail, mais un ancien mirador désaffecté miné d'excréments et débordant d'ordures.

Le troisième jour, le vent tomba et l'horizon s'éclaircit. Il était environ midi. Je m'étais accroupi derrière un rocher quand mon âne détala en emportant mon sac et mes affaires. Jamais je n'avais vu un âne courir aussi vite, en donnant des ruades dans le vide. Je pensai qu'il était devenu fou. Ce n'était pas ça. La raison de sa fuite éperdue ne tarda pas à se préciser : surgies de nulle part, trois hyènes s'élancèrent à sa poursuite. L'âne fut rattrapé en quelques foulées. Il rua encore et encore ; ses braiements ripostaient aux ricanements des prédateurs qui finirent par le renverser. Je ne pouvais rien faire, à part regarder les fauves déchiqueter à vif le pauvre équidé.

J'avais erré six jours durant dans la Hamada, survivant grâce à la générosité des Bédouins, avant de déboucher sur le ravin de la rivière morte. Bir Saket n'avait pas changé. C'étaient les mêmes chibanis faisandant au soleil, les mêmes taudis, les mêmes chiens ensommeillés, les mêmes baudets vautrés dans la poussière, la même misère apprivoisée – sauf pour la bicoque de mon beau-frère. Il n'en restait que des brèches béantes dans les murs, une porte déglinguée et un toit défoncé. À l'intérieur, tout avait disparu.

— Ils sont partis, me dit un voisin.

— Le caïd les a chassés ?

— Non, après la mort de Hamou, l'épouse a pris ses enfants et a quitté le village.

— Hamou est mort ?

— Il était malade.

— Ma sœur est partie où ?

— Personne ne sait. Elle est restée quelque temps après le décès de son mari puis, n'ayant plus de quoi subvenir aux besoins de sa progéniture, elle est partie.

J'étais anéanti.

— Ton beau-frère est enterré au cimetière, là-haut.

Je regardais le taudis délabré et ne voyais que la ruine de mon âme.

Je gravis le raidillon qui menait hors du douar.

— Le cimetière est dans l'autre sens.

— J'ai entendu, lui dis-je.

— Tu ne te recueilles pas sur la tombe de ton mort ?

— Je n'ai pas fini de me recueillir sur celle de mes vivants.

J'avais marché pendant des heures à travers la steppe. Le cœur brisé. À tâtons en pleine lumière. Sans savoir où mes pas me conduisaient. J'étais en colère contre les saints patrons, contre les hommes et contre le ciel qui me survolait comme un corbeau.

Arrivé au sommet d'une colline, j'étais tombé à genoux et j'avais pleuré toutes les larmes de mon corps, toute la sueur de mes peines, tout le sang de mes blessures. Les mains en entonnoir autour de ma bouche, j'avais appelé, un à un, mes disparus : « Père, où es-tu ? Mère, où es-tu ? Hassan, Missoum, Mimouna, Khodij, Batoul, Nora, où êtes-vous ? Seigneur, où es-Tu ? » Aucun écho n'avait daigné relayer mes cris.

Je crois que j'étais devenu fou.

Pareil à un possédé pourchassé par ses djinns, j'avais couru, couru comme si je cherchais à rattraper les mirages pour m'y noyer et disparaître avec eux, persuadé que je n'étais qu'un effet d'optique, quelque chose qui n'aurait pas dû exister. Je ne voulais plus avoir à souffrir, je ne voulais plus être là où je n'avais rien à espérer. Mon chagrin venait d'éteindre, un à un, les recours que je puisais dans la foi pour rendre la douleur supportable. Tout m'était devenu mensonge, traîtrise, lâcheté, illusions assassines.

J'étais fatigué de la vie, fatigué de ses pièges et de ses échecs, fatigué de ses appâts et de ses cruautés.

Pendant que je courais à perdre haleine, je savais que je me faisais un mal inutile. Et pourtant, ce fut le tort que je m'infligeais qui me paraissait le plus digne d'être subi. Qu'allais-je devenir ? Où étais-je ? Partout, autour de moi, la steppe ébouriffée et triste, livrée au sirocco qui rasait le sol comme s'il tentait de couper l'herbe sous le pied du Temps – maudite steppe qui m'absorbait comme du sable mouvant, j'aurais aimé qu'elle m'avalât, mais mes pieds ne s'enfonçaient nulle part. Je courais sur la braise.

Par endroits, au milieu d'une terre atrocement plate, pareille à des complaintes que le mutisme du désert ne pouvait contenir, surgissait la roche sans âme et sans vertu que l'érosion violentait en toute impunité. Et je compris que j'étais moins qu'un caillou orphelin de son reg, moins qu'un grain de poussière emporté par la tempête.

39

Un parfum âcre me ramena à moi.

J'ouvris les yeux. Une vieille femme se tenait à mon chevet.

— Dieu soit loué, dit-elle, tu t'es réveillé.

— Où suis-je ?

— Reste couché, mon enfant. Je vais chercher mon fils.

Elle revint avec un homme en gandoura.

Une main calleuse se posa sur mon front.

— La fièvre est tombée.

— Que m'est-il arrivé ?

— Je l'ignore. Je t'ai trouvé à moitié mort de soif et de froid, dans le reg. Cela fait deux jours et deux nuits que tu brûles de fièvre.

L'homme m'aida à m'asseoir et, me tenant par la nuque, me fit boire un breuvage onctueux et aigre que je faillis rendre.

— Ça va te donner un peu de force.

La vieille femme apporta un plateau qu'elle posa devant moi et se retira.

— Mange, me dit l'homme.

J'étais sous une guitoune qui sentait l'huile de cade et le bois brûlé. Des tentures usées couvaient la pénombre. Un varan empaillé me fixait de ses yeux vitreux. Brusquement, un tourbillon d'images abominables se déclencha dans ma tête. Ce que j'avais enduré ces derniers temps me rattrapa. Une violente colère éclata en moi.

— Pourquoi Dieu m'a-t-Il abandonné ?

— Ne parle pas comme ça, mon garçon. Dieu n'abandonne ni ne favorise personne…

— Il m'a abandonné, moi. Tous les saints m'ont abandonné. Mes prières n'ont servi à rien. Je suis maudit.

— Nul n'est maudit, mon garçon, puisqu'on est plus à plaindre qu'à damner.

Il poussa le plateau vers moi.

— Tâche de te nourrir. Et évite de parler de cette façon. Ce n'est pas raisonnable.

Mon sauveur était un éleveur de dromadaires. Il vivait retranché derrière une petite colline rocailleuse, avec sa mère, ses trois épouses et une marmaille impressionnante. Il m'hébergea le temps de me remettre de mon naufrage. Je dormais avec ses garçons, dans une tente à proximité de la sienne. Mes repas étaient à base de viande grillée, de pain d'orge et de lait de chamelle.

Je repris des forces, mais pas ma lucidité. Par moments, tel un somnambule, je me surprenais à errer dans la nuit en sanglotant. J'étais en une sorte de dépression nerveuse, comme disent les médecins de nos jours. Je voyais des choses qui n'apparaissaient qu'à moi et m'élançais à leur poursuite dans le noir. Alerté par ses garçons, le père me ramenait à la *zériba*. Il s'asseyait avec moi sur un caillou et nous restions là, face à la steppe bruissante de mille secrets, lui à me fixer en silence, et moi à regarder par terre.

Au bout de quelques jours, je décidai de m'en aller. L'hôte m'en dissuada. Selon lui, je n'étais pas tout à fait rétabli. Mon chagrin occupait mon âme. N'importe quelle évocation déclenchait mes crises de larmes.

Petit à petit, les soins que me prodiguaient les enfants de mon bienfaiteur se mirent à tempérer mes délires. C'étaient des enfants magnifiques, enthousiastes, de vrais éloges à la vie. Ils travaillaient dur, s'occupaient des bêtes, allaient chercher du bois à des lieues ; les voir se dépenser du matin au soir, sans se plaindre, était une formidable cure pour moi. Il m'arrivait de m'asseoir à proximité d'eux et de les écouter se raconter des histoires naïves et s'esclaffer à propos de rien. Parfois, ils me prenaient par la main et m'emmenaient piéger la gerboise dans son terrier, chasser le fouette-queue, débusquer la vipère à cornes. Ils connaissaient un tas d'astuces et opéraient avec une rare efficacité. Ce sont eux qui m'ont appris à monter le dromadaire. Ce n'est pas une tâche aisée, monter le dromadaire. La première fois, j'ai cru que la terre chavirait. En se relevant, l'animal s'est presque renversé en arrière, puis devant et encore en arrière, telle une chaloupe prise dans un ressac. Je me suis retrouvé les quatre fers en l'air à deux reprises. Les enfants riaient à gorge déployée en me montrant du doigt et en se tapant sur les cuisses, et Dieu ! que ça faisait du bien de les entendre rire de la sorte ! Lorsque au bout de la troisième tentative j'ai enfin réussi à tenir sur l'animal, ils m'ont acclamé comme un champion.

La vitalité joyeuse de ces enfants, dont le plus âgé avait une quinzaine d'années, m'avait guéri.

La veille de mon départ, leur père les avait autorisés à me tenir compagnie une bonne partie de la nuit, autour d'un feu de bois, avant de les envoyer se coucher.

— Tu vas beaucoup leur manquer.

— La vie est faite de rencontres et de ruptures.

— J'espère que tu reviendras nous rendre visite.

— Je te le promets, si je passe par ici.

— Mais tu ne repasseras pas.

— Qui sait ?

L'éleveur tisonna les braises, d'une main distraite.

— J'ai prié pour toi.

— Merci. J'en ai besoin.

— Il faut te ressaisir.

— Je tâcherai.

— Tu es obligé, mon garçon. Vivre, c'est accepter de prendre sur soi afin de passer à autre chose. Ne cherche pas où tu as fauté. Nul n'est à l'abri de lui-même. On croit pouvoir se rattraper, et on ne fait que graviter autour du remords comme un insecte autour d'une flamme, au risque de se faire un mal plus grand que celui qu'on a subi.

— Je crains qu'on n'ait pas le choix.

— On a toujours le choix… Quels que soient ses aléas et ses peines, le choix que l'on assume est moins accablant que la reddition. Vois-tu ? On s'attarde souvent sur ce qui nous abîme au lieu de se concentrer sur ce qui nous aide à nous reconstruire.

— J'aimerais me reconstruire, mais je n'ai pas les données.

— Il n'en existe qu'une seule, jeune homme : celle qui consiste à prendre les choses comme elles viennent et à en faire des leçons de vie. Il y a une sécurité derrière ce que l'on tait et une autre derrière ce qui nous échappe.

— Quelle est donc cette sécurité ?

— Le discernement.

— Le discernement ?

— Oui, le discernement. Beaucoup pensent que c'est par la liberté que l'on accède au salut de son âme. C'est faux. La liberté n'est pas une fin en soi. On n'accède au salut de son âme que par la sagesse, mère de toutes les paix et de toutes les libertés.

— Comment accéder à la sagesse ?

— En faisant la part des choses. Nous ne sommes que des mortels, mon garçon, des récits anonymes gravés sur du sable que le temps dispersera au gré du vent. Alors pourquoi tant de souffrance puisque tout passe, et nous avec ?

Il me prit la main et la tourna vers lui.

— Tu vois cette ligne horizontale qui coupe la main en deux ? Elle raconte la même chose que la courbe qui isole le pouce. Si tu parviens à déchiffrer leurs signes, tu apprivoiseras l'adversité.

Son long doigt noueux effleura le creux de ma paume. Son visage, buriné par les épreuves, miroitait dans les réverbérations du bûcher.

— Les lignes de la main sont des versets, mon garçon. Tu veux savoir ce qu'elles nous enseignent ?

— Oui.

Il déclama, d'une voix pénétrante : « Ce qui vient, advient. Ce qui s'en va, ne revient. Le Ciel seul gardera ses mystères lorsque toute chose sur terre retournera à la poussière. Il ne restera, dans le vide sidéral, que la figure du Seigneur. »

J'acquiesçai, sans vraiment comprendre ce qu'il cherchait à me révéler.

Un chacal jappa dans l'obscurité. Une mince lame grisâtre se mit à tailler un interstice au pied de l'horizon.

— C'est l'heure de m'en aller, dis-je.

Il me demanda si j'avais besoin que l'un de ses fils m'emmène quelque part sur un dromadaire. Je lui répondis que ce n'était pas la peine, que j'ignorais où j'allais et qu'il avait déjà fait beaucoup pour moi.

Après que nous eûmes prié ensemble, il ôta son chèche et l'enroula autour de ma tête.

— Prends garde à l'insolation.

— Merci pour tout.

— Remercie le Seigneur. Je n'ai fait qu'accomplir Sa volonté.

Il me remit une musette pleine de vivres et une gourde en peau de chèvre et me raccompagna jusqu'à la petite colline.

Avant de me laisser partir, il me dit :

— Rappelle-toi, mon garçon. L'échelle de la Sagesse comporte sept paliers qu'il faut impérativement franchir si l'on veut accéder à soi, rien qu'à soi, et à personne d'autre.

— Sept paliers ?

— Dans *Le Manuscrit des Anciens*, on les appelle « Les sept marches de l'arc-en-ciel » (il compta sur ses doigts) : l'amour ; la compassion ; le partage ; la gratitude ; la patience et le courage d'être soi en toutes circonstances.

Si tu arrives à en faire montre, tu atteindras le sommet-roi, celui qui te met hors de portée du doute et tout près de ton âme.

— Tu n'en as cité que six.

Il sourit, de ce sourire qui en dit long sur les chemins de croix qu'il avait dû négocier pour accéder à son âme.

— Va, mon garçon. La septième est au bout de ton destin.

Cet homme était un poète dans la pure tradition bédouine. Il avait le Verbe dans le sang. Je dirais même que son sang coulait dans le Verbe. Il avait le mot juste pour chaque chose, mettait dessus de la chair et y insufflait un pouls ; il avait des mots qui touchent autant le cœur que l'esprit.

Je me suis souvent demandé qui était cet éleveur de dromadaires dont je n'avais pas retenu le nom. M'avait-il trouvé par hasard ou était-ce mon ange gardien qui me l'avait envoyé ? Ce que je peux affirmer c'est qu'il était la sobriété faite homme. Sa voix revient quelquefois me bercer, à mon âge finissant. C'était la voix du monde tel que les Hommes l'ont conçu, avec ses zones d'ombre et ses dédales où l'on ne fait que perdre et se perdre, un monde où l'on cherche des réponses à des questions qui n'en ont pas et que seuls les Justes, comme lui, inventent pour tolérer ce qu'ils ne peuvent pas empêcher. À l'époque, j'étais trop jeune, fragile et désorienté pour assimiler ce qu'il essayait de m'apprendre ; j'attendais le miracle là où il ne figurait pas. Mais lui avait compris. Il avait une philosophie de l'existence qui transcendait toutes les autres. La fortune, la gloire, l'ostentation, les tentations, enfin l'ensemble de ces chimères qui obsèdent le commun des mortels, il les avait balayées du revers de la main. Il se contentait de ce que les jours lui proposaient et n'exigeait rien de plus.

Si j'avais eu un peu de sa sobriété, j'aurais été moins malheureux. Mais la nature humaine a ses codes, et je ne connaissais pas les miens.

Après avoir erré d'un hameau à l'autre, je fus embauché, sous la fausse identité de Houari el-Wahrani, par un colon qui exploitait des centaines d'hectares d'alfa.

Le colon s'appelait Pino Bolzoni – son nom était imprimé sur le fronton du hangar où l'on stockait la récolte. Il arrivait sur son cheval, tôt le matin, s'entretenait avec le contremaître, un Européen austère et gris, puis il venait nous voir de plus près pour s'assurer que la galère voguait tambour battant. En vérité, il n'avait même pas besoin de faire claquer son fouet. Ben Salah, dit Ben Salaud, un mastodonte tatoué de partout, s'en chargeait pour lui. Il nous faisait marcher à la trique, nous méprisait et nous traitait de vermine. C'était une brute abjecte qui, tard dans la nuit lorsqu'il était ivre, adorait haranguer ses démons en déblatérant : « Le Seigneur est mon berger et je suis Sa brebis galeuse. »

J'avais eu une altercation avec lui. À cause d'une couverture de dotation usée jusqu'à la trame qu'il avait voulu retenir sur mon salaire pour dégradation volontaire.

Les conditions de travail étaient rudes. La seule différence entre le bagne et l'entreprise Bolzoni était qu'on ne portait pas de chaînes. Hormis cette délicate faveur, on se serait cru au biribi. On nous réveillait aux aurores et on nous obligeait à nous échiner douze heures d'affilée dans le froid cuisant des Hauts Plateaux. Nos doigts étaient noirs de gerçures et nos lèvres fendillées au sang. Nous logions à quinze dans une baraque délabrée, de la tôle rouillée par-dessus nos têtes et un trou dans le mur. Le réduit sentait tellement mauvais qu'en grattant une allumette, il aurait sauté comme une poudrière. Quant à la nourriture, elle était répugnante et provoquait des remous violents dans nos intestins. Mais bon, on n'était pas en colonie de vacances. C'était ça ou mourir de faim.

Je m'étais lié d'amitié avec Allal, un petit bonhomme tout en douceur. Il s'était occupé de moi pendant qu'une entérite menaçait de m'emporter. Allal connaissait par cœur les vertus des plantes médicinales. Il en avait par poignées dans sa musette. Il me concoctait des infusions qui me remettaient d'aplomb en quelques jours. Nous étions devenus inséparables. Nous dormions côte à côte, travaillions main dans la main et mangions dans la même gamelle. C'était un personnage attachant, très touchant. Je l'ai aimé comme un frère.

Allal était décidé à mettre le destin à genoux. Il disait que les épreuves forgent les convictions et qu'un jour il réaliserait l'ensemble de ses rêves. « La patience est le meilleur compagnon de route de celui qui sait où il va, et je sais exactement où je vais. Je serai riche. Ça ne sera pas facile, mais j'y parviendrai », me répétait-il sans cesse.

En apprenant que j'étais sans domicile et sans famille, il m'avait proposé d'être son associé. « Avec nos deux salaires, nous pourrons acheter un lopin de terre et nous lancer dans l'élevage de la volaille en attendant de viser plus haut. Je connais un endroit propice à notre projet, un coin tranquille où personne ne viendra nous importuner. »

Allal, quand il promettait monts et merveilles, il donnait envie d'y croire comme si on les tenait déjà entre les mains.

Le jour de paie, nous décidâmes, tous les deux, de partir à la conquête des jours meilleurs. Le contremaître n'y vit pas d'inconvénient. Ce n'était pas la main-d'œuvre qui manquait. Un contingent de miséreux faisait le pied de grue en face de l'exploitation. La disette sévissait comme une épidémie. N'importe qui était prêt à se défoncer *huit* jours par semaine pour quelques pièces de monnaie.

Le contremaître nous remit notre argent et nous souhaita bonne chance. Mais la somme qui me revenait me parut bien maigre par rapport aux sept mois passés à arracher l'alfa du matin au soir.

— Vous êtes sûr que le compte est bon ?

— Je suis comptable de père en fils, si ça peut te rassurer, me répondit le contremaître.

— C'était pas convenu comme ça.

— C'était convenu comment ? barrit Ben Salah, en faisant pirouetter sa cravache.

— Il manque au moins quatre ou cinq semaines.

— Elles sont passées où, d'après toi ?

J'étais désarçonné. Les deux compères cherchaient à m'escroquer les yeux dans les yeux.

— Y a les amputations, dit doctement le contremaître, rigide derrière ses lunettes cerclées.

— Ça coûte combien, une misérable couverture ?

— Y a pas que la couverture, tint à préciser Ben Salah. Y a le gîte et le couvert aussi, mon gars. C'est inclus dans la facture.

— Le gîte et le couvert ? s'indigna Allal.

— Ouais, asticot de merde, le gîte et le couvert. Vous n'êtes pas à l'Armée du Salut. La bouffe et le couchage, c'est à vos frais.

— Quelle bouffe ? m'écriai-je. Cette rinçure sans viande ? Et tu appelles couchage ces grabats pleins de puces qui nous ont sucé le sang comme tu as sucé notre sueur ?

— Tu crois qu'en gueulant tu vas doubler la mise ?

— Je veux mon argent. Je n'ai pas trimé comme une mule pour le plaisir. Je veux mon dû jusqu'au dernier centime, sinon…

— Sinon quoi… ? rugit Ben Salah en m'attrapant par la gorge. Tu prends tes sous et tu caltes. Le comptable a procédé à des amputations réglementaires sur ton salaire au même titre que pour les autres. Pourquoi ils ne rouspètent pas, les autres ? Si tu me cherches, j'suis devant toi. Je peux savoir ce que tu veux au juste ?

— Mon argent.

— Ton fric, tu l'as sur toi. Quoi d'autre ?

Allal me tira par le bras.

— Allons-nous-en.

Nous quittâmes l'exploitation en ruminant notre colère.

— Qu'est-ce qu'il t'a pris de te mesurer à cet énergumène ? me tança Allal. Il t'aurait écrabouillé comme un cafard. Tu as oublié la raclée qu'il a infligée à ce pauvre Jabor ? C'est pas par hasard qu'on le surnomme Ben

Salaud. Il a fait dix ans de taule, ce fumier. Il n'hésiterait pas à charcuter sa mère pour épater son maître.

— Ils m'ont volé.

— Et alors ? À qui se plaindre, mon pauvre Houari ? On ne pèse pas grand-chose devant ces vautours. Tu crois qu'il appellerait la police, le Bolzoni, si Salah te tranchait la gorge ? Ton cadavre servirait d'engrais pour son jardin potager.

Il posa ses deux mains sur mes épaules :

— On a assez d'argent pour mener à bien notre petit projet. On investira dans le lopin de terre dont je t'ai parlé et on élèvera des poulets. Nous serons nos propres patrons. Je te garantis que, dans pas longtemps, nous amasserons de quoi nous lancer dans l'élevage des moutons. Peut-être même qu'on aura une ferme, avec des vaches et tout.

Il était sur un nuage, Allal. Ses yeux étincelaient.

Nous avions marché pendant des heures sans croiser âme qui vive. Je transpirais à grosses gouttes sous mon manteau acheté à un camelot au marché des Issawa.

— Et si on se reposait un peu ? me proposa Allal. Le caravansérail est encore loin.

Nous observâmes une pause dans le lit d'une rivière tarie. Allal extirpa de sa musette une tablette de confiserie :

— Ça va te tonifier à bloc.

— Qu'est-ce que c'est ?

— Une pâte à base de plantes miraculeuses. Ça résorbe la fatigue, la soif et la faim.

— On partage ?

— Non, c'est pour toi. J'ai pris ma dose, ce matin. Tu n'as pas remarqué comme je carbure ?

— J'ai remarqué.

Je mordis dans la tablette.

— C'est fort. Y a du miel dedans ?

— Du coulis de dattes. C'est bon aussi pour la virilité. Quand je fréquentais les maisons closes, dans une vie antérieure, j'en prenais une bouchée et ça tenait ma hampe au garde-à-vous toute la journée. Les filles, elles m'esquivaient parce qu'elles perdaient beaucoup de temps et de clients à cause de moi.

Deux corbeaux croassaient dans le ciel. Au loin, presque imperceptible, on devinait le pic d'une montagne qu'encapuchonnait un nuage. La steppe rampait jusqu'au fin fond de l'horizon, plate à donner le vertige.

— Tu sais c'que je compte m'offrir en premier avec mon fric ? Trois jours et trois nuits dans un bobinard et me taper toutes les filles de la boîte jusqu'à ce qu'il ne me reste plus de jus dans les rotules.

— Tu n'as pas l'habitude d'être grossier, Allal.

— J'suis pas grossier, j'suis content.

— Je croyais que tu voulais investir dans une ferme.

— S'offrir une passe ne compromet en rien notre projet. On a de quoi commencer une nouvelle vie, Houari, et c'est pas donné à n'importe qui de commencer une nouvelle vie. J'ai envie de me foutre à poil et de courir en riant et en sautillant à perdre haleine. On n'est plus obligés de trimer pour des salopards, de suer sang et eau pour trois sous et des amputations…

Il se tut un instant.

— Excuse-moi si j'ai été grossier. J'suis tellement heureux… Tu as combien d'enfants, Houari ?

— Je t'ai déjà dit que je n'étais pas marié.

— C'est vrai, mais ça me rassure de l'entendre de nouveau. J'aime croire que j'ai bien fait de rester célibataire. On ne se met pas la corde au cou sans que ça nous tienne en laisse quelque part. Quand tu n'as pas d'autres bouches à nourrir que la tienne, ta marge de manœuvre est plus grande. Les enfants, c'est des boulets de forçat. Ils t'empêchent de voler de tes propres ailes. Moi, je ne prendrai femme qu'une fois riche, pas avant.

— Tu risques d'attendre longtemps.

— J'suis patient. Tant que je reste célibataire, je mène ma barque à ma guise. Si je me retrouve du jour au lendemain sans un radis, c'est pas grave. On se relève vite quand on n'a pas une femme et des gosses sur le dos. Il m'est arrivé de perdre tout mon fric d'un coup. Des fois en misant gros sur la mauvaise case, des fois en me faisant truander. Mais je me refais toujours.

— Je sors d'une très longue mauvaise passe, Allal. J'ai envie d'imaginer la vie en rose.

— Tu as raison. Il faut positiver… Je peux te poser une question indiscrète, maintenant qu'on est associés ?

— Vas-y voir.

— Houari, c'est ton vrai nom ?… Tu dis que t'es natif d'Oran, mais tu n'as pas l'accent des Oranais.

— Et alors ?

— On n'est plus chez le Bolzoni. Là-bas, d'accord, il y avait des gars louches parmi nous. Moi aussi, j'ai caché mon jeu. À preuve, je n'ai parlé à personne de notre projet. Mais on est entre nous, maintenant. Y a que toi et moi. On va bosser ensemble. On doit tout se dire pour que ça soit clair dès le départ.

— Est-ce que je t'ai demandé si Allal était ton vrai nom, moi ? Si je ne t'ai rien dit à mon sujet depuis le temps qu'on est ensemble, ce n'est pas parce que je me méfie de toi, c'est parce que ça ne te regarde pas.

Allal leva les mains.

— D'accord, n'en parlons plus. En tout cas, moi, j'ai pleine confiance en toi.

Il s'étendit sur le dos, mit un pied sur le genou et croisa les doigts sous la nuque.

— Tu t'offrirais quoi en premier une fois riche, Houari ?

— On n'en est pas encore là.

— Ça coûte rien d'anticiper. Imagine que t'es plein aux as. Qu'est-ce qui te ferait le plus plaisir ?

— Pour te dire la vérité, je n'ai pas la tête à ça.

— Moi, j'y pense tout l'temps. Il y a un tas de choses qui me feraient plaisir, mais si j'ai à choisir, j'aimerais acquérir une calèche, en priorité. Une calèche comme celle de l'agha Rouibeh, avec un cheval blanc et des sièges rembourrés. C'est ça qui me ferait grand plaisir. J'aurais l'air d'un pacha. Quand j'étais petit, je grimpais à un arbre sur le bord de la piste et je guettais pendant des heures la calèche de l'agha. C'était comme si je voyais passer un conte de fées en vrai. L'agha, il était magnifique dans sa robe satinée. Je me disais, pourquoi le bon Dieu ne m'a pas fait naître sous une *Grande-tente* ? C'est pas que je voulais régner ou des trucs dans ce genre, non, c'était juste pour que je puisse disposer d'une calèche, d'un cocher et d'un valet agitant son éventail pour empêcher les mouches de m'embêter…

Un cerf surgit de la forêt. Un grand cerf couronné de bois nobles. Il était majestueux, dressé dans toute sa splendeur. Je me levai pour le contempler. Le cerf s'ébroua et retourna dans les fourrés. Je m'apprêtais à courir pour le rattraper quand un carrosse pavoisé d'oriflammes apparut sur ma droite, tiré par un pur-sang blanc dont le trot cadençait avec grâce le pouls de la Hamada. Il y avait un homme noir et une femme à bord. *Non,* m'écriai-je, *ce n'est pas possible.* C'était Babaï. Il était vivant ! Drapé dans un burnous moiré, un turban d'agha autour de la tête, il faisait claquer son fouet en riant à gorge déployée. La femme, dont les yeux immenses flamboyaient par-dessus le niqab, se dévoila, et son visage de houri illumina la steppe comme un soleil. *Non, ce n'est pas possible.* C'était Lalla Halima. Comment avaient-ils fait pour me retrouver ? Le Seigneur, bien sûr. Je savais qu'Il ne m'abandonnerait pas. Le carrosse arriva à ma hauteur. « Regarde ce que je t'apporte », dit Lalla en déployant le bras d'un geste théâtral. Derrière elle, un visage souriant se montra. Mon père ! Il sauta à terre, le visage irradiant de bonheur. Soudain, il ravala son sourire en reculant : « Tu n'es pas Yacine. Tu es un imposteur. — Père, c'est moi, ton fils. — Tu lui ressembles, mais tu n'es pas lui. Mon fils, il a un grain de beauté sur la pommette. — Tu te trompes, père. C'est Missoum qui a un grain de beauté sur la joue. — Éloigne-toi de moi. Tu es le chitane. »… Mon père pivota sur lui-même et se mit à courir vers la forêt. Ma mère se leva derrière Babaï. Les mains en entonnoir autour de la bouche, elle cria : « Reviens, Sellam. C'est notre garçon. Je le reconnais. Une mère ne peut pas se tromper. » Mon père fuyait sans se retourner. La forêt se dissipa dans la brume, cédant la place à un lac de glace…

Je me réveillai, grelottant de froid.

La nuit était tombée.
Je n'avais plus mon manteau sur moi.
Allal avait disparu. Avec mes affaires et mon argent.

40

Allal m'avait manipulé avec l'habileté d'un orfèvre.

Sa prévenance n'avait été que calcul et artifice.

Un guérisseur itinérant me certifia que la « confiserie » – dont j'avais gardé un morceau – était fourrée à la *bettina*, une plante sauvage du Tassili qui rend momentanément fous les bêtes et les hommes.

Sans le sou, je devais tout reprendre depuis le début. Pour quel nouveau départ ? Cette question n'était pas essentielle. L'urgence était ailleurs : comment survivre aux nuits hivernales des Hauts Plateaux qui, cette année-là, furent particulièrement sévères. Le matin, le sol était recouvert de verglas et les points d'eau gelés.

Il me fallait trouver rapidement un abri et de quoi manger.

Un Bédouin accepta de me prendre pour berger. Il vivait en ermite. Sans femme et sans enfants. Les premiers jours, il m'affecta une bâche. Après s'être assuré que je n'étais pas un voleur, il m'autorisa à le rejoindre dans sa hutte en torchis. On soupait ensemble, ensuite chacun s'enroulait dans sa couverture près du feu et on éteignait le quinquet.

Tôt le matin, j'emmenais paître le troupeau à des lieues. L'herbe était rare, mais les racines combustibles foisonnaient.

J'avais taillé une flûte dans un bout de roseau et je passais des heures à souffler dedans. J'avais aussi fabriqué une fronde pour chasser et tenir à distance les chacals. Lorsque je rentrais à la bergerie avec du gibier, mon employeur nous mijotait de ces ragoûts à tomber à la renverse. Il cuisinait mieux que ma mère, le Bédouin. Il s'appelait Bouih. Natif de la Saoura, rompu au nomadisme pastoral depuis sa plus tendre enfance, aucune zone de pâturage n'échappait à son flair. Il connaissait par cœur la région et une partie du Maroc voisin. Taiseux au départ, sa langue se délia au fur et à mesure que nous apprenions à nous connaître. Je lui racontais la guerre, la France, les boucheries des champs de bataille et les avions en flammes qui zébraient le ciel comme des étoiles filantes ; il me parlait des razzias d'antan, des alliances tribales, des djinns hantant le désert et des brigands de grand chemin. Il n'avait qu'un seul tabou : les femmes et les enfants. Il me priait de changer de sujet chaque fois que je parlais de ma famille. Qu'était-il advenu de la sienne ? Une tragédie, sans doute, car une tristesse insoutenable l'accablait. Mais lorsqu'il évoquait Kenadsa, sa ville natale, Bouih redevenait un enfant. Il en parlait avec une tendresse et une poésie telles que j'en frémissais. « Kenadsa est un havre de quiétude et de recueillement, clamait-il, une oasis sacrée où l'âme et le cœur ne font qu'un. Là-bas, même les démons se découvrent de la retenue. Nos portes n'ont pas de loquet. Chez nous, les étrangers sont des envoyés de Dieu. Ils n'ont même pas besoin de demander l'hospitalité. Nous leur ouvrons notre cœur plus grand que nos bras, et lorsqu'ils nous quittent, nous jetons de l'eau derrière eux en guise de libation afin que rien de fâcheux ne leur arrive sur la route. »

C'est grâce à lui que j'avais jeté mon dévolu sur le Sahara avant même de m'y rendre. Kenadsa devint, dans mes rêveries d'homme traqué, mon eldorado à moi. Je m'imaginais debout sur la barkhane surplombant le ksar millénaire, les bras ouverts comme les ailes d'un épervier, le visage au vent, pompant à pleins poumons l'encens d'une vie nouvelle que pas un sortilège ne chahuterait...

Le grincement d'une charrette me ramena sur terre. Mes deux chiens se mirent à aboyer en montrant les crocs.

Le visiteur tira sur les rênes de sa mule et s'arrêta à ma hauteur. Il devait avoir la trentaine, malgré sa tonsure de moine. Tassé et rond, le regard pétillant de roublardise, il observa le troupeau et, sans salamalecs aucuns, pareil à un seigneur qui se fait obéir au doigt et à l'œil, il m'ordonna :

— Je veux le bélier, là-bas, et trois agneaux de lait bien gras.

— *Salam aleikom*, lui dis-je, pour lui rappeler les bons usages.

— J'ai pas l'temps. Tu me ligotes les quatre bêtes en question et tu les charges à l'arrière de la charrette...

— Pour les ventes, il faut t'adresser au propriétaire. Moi, je ne suis que le berger.

L'homme sauta à terre et vint me souffler son haleine empestant l'ail à la figure.

— Qui te parle d'acheter, crétin ? C'est pour Er-Rouge.

— Désolé, il faut voir avec le propriétaire.

L'homme leva les bras au ciel et les rabattit sur les cuisses.

— T'as des bouchons dans les oreilles ? Je te répète que c'est pour Er-Rouge.

— J'ai entendu.

— T'es sûr que t'as bien entendu ?

— Je suis étranger à la région et j'ignore de qui tu parles.

— Tu tombes de quelle planète ? Qui, dans le pays, ne connaît pas Er-Rouge, le Djinn Rouge, l'Officier Rouge, l'insaisissable, l'indomptable, l'invincible Er-Rouge, le cauchemar des colons et de leurs garnisons…

— Jamais entendu parler.

— Eh bien, tu sais de qui il s'agit, maintenant. Tu vas gentiment me choisir quatre bêtes saines et bien pleines, les ligoter et les coucher à l'arrière de la charrette. Pendant ce temps, moi, je vais faire de la place dans ma panse pour le méchoui de ce soir. Je veux que tout soit paré à mon retour.

— Ces moutons ne sont pas à moi. Je ne suis pas…

Je n'eus pas le temps de terminer ma phrase. L'homme me cogna. Son poing me fit vaciller. Je ripostai à mon tour et l'atteignis à la tempe.

— Tu as osé lever la main sur moi ? suffoqua le charretier. Tu es mort, tu es fichu, tu n'existes déjà plus.

Il me fonça dessus ; je le cueillis au visage et, d'un croche-pied, le jetai à terre. Il se releva, s'essuya le nez ensanglanté sur son avant-bras, courut à la charrette s'emparer d'un fouet. Le premier coup me cingla au mollet. Le deuxième effleura mon oreille. J'attrapai au vol le troisième, attirai sèchement le charretier vers moi et lui assenai un coup de boule.

La figure en marmelade, mon agresseur remonta sur sa charrette en marmottant et retourna d'où il venait.

Assis sur une selle, sur le pas de sa hutte, Bouih garda le silence pendant que je lui rapportais ce qu'il s'était passé avec le charretier. Quand j'eus terminé, il se frappa dans les mains, la moue contrariée, se leva, marcha jusqu'à l'abreuvoir, revint s'écrouler sur la selle.

— Pourquoi ne lui as-tu pas remis ce qu'il demandait ?

— Ton bien n'est pas le mien.

— En plus, tu l'as tapé.

— C'est lui qui a commencé.

Je lui montrai la trace du coup de fouet sur mon mollet et l'éraflure sur mon oreille.

— Er-Rouge ne sera pas content, déplora Bouih. Il va me tomber dessus. Tu ferais mieux de disparaître. Je m'arrangerai avec lui. Ce n'est pas la première fois que ça m'arrive.

— C'est à moi de répondre de mes actes.

Nous allumâmes un feu pour faire cuire des patates douces et des quartiers de viande. La nuit était plus fraîche que d'habitude. La poussière de la journée était tombée. On pouvait déceler des feux de bivouac à des kilomètres.

— Je suis sincèrement désolé, dis-je à Bouih.

— Ce qui est fait est fait, fit-il dans un soupir. C'est ma faute. J'aurais dû remballer mon paquetage, il y a deux semaines, et emmener mon cheptel du côté de la frontière marocaine.

— Qui est Er-Rouge ?

Bouih attisa les braises avec son poignard. Il ne répondit pas tout de suite. Son front se plissa lorsqu'il releva la tête.

— Un rebelle, dit-il. Il veut déclencher une nouvelle insurrection. Avant, il s'attaquait aux colons dans le Nord. Puis on n'a plus entendu parler de l'Officier Rouge. Certains le donnaient pour mort. Et le revoilà qui ressuscite dans la Hamada. On le redoute comme le typhus, par ici.

— L'armée le laisse faire ?

— Les Français prétendent ne pas vouloir se mêler de nos affaires internes. Ils disent que c'est aux tribus de régler leurs litiges. En vérité, ça les arrange que l'on s'entretue.

Les chiens se mirent à s'agiter nerveusement. Ils se dressèrent, raides sur pattes, les oreilles aux aguets. Je me levai à mon tour pour scruter les alentours.

— Ce n'est qu'un renard, me rassura Bouih. Il vient chercher les restes de repas. Mes chiens le connaissent bien. À croire qu'il les amuse. C'est pour ça qu'ils n'aboient pas. Pour ne pas l'effrayer.

Il retourna les quartiers de viande sur le gril, les piqua par la pointe de son poignard. Il était très embarrassé.

— Tu as peur qu'il ne se venge sur toi ?

— Je n'ai peur que du Seigneur. Mais cet homme est dangereux. C'est à cause de lui si mes bergers m'ont abandonné. Dès qu'ils ont appris qu'il était dans les parages, ils se sont débinés.

Bouih enferma ses moutons dans les *zéribas* qu'il renforça avec des cordes et des pieux, enchaîna les chiens par précaution et mit de côté quelques agneaux à toutes fins utiles.

Nous n'avons pas dormi, cette nuit-là.

Le soleil surgit derrière la montagne.

Le sol emperlé de rosée forma une brume au ras du sol.

Le verglas se changea progressivement en flaques d'eau.

Vers dix heures, escortant une charrette, un groupe de cavaliers apparut au fond de la steppe.

— Les voilà, s'écria Bouih.

41

Cinq cavaliers armés de fusils, dont une jeune femme, s'alignèrent devant la hutte, cartouchières en sautoir sur la poitrine, chèche entortillé autour du cou. Deux d'entre eux portaient des bourgerons élimés, le troisième un gros chandail démaillé aux épaules, le quatrième se fagotait dans une gandoura ceinturée de lanières. La femme était habillée en homme, pantalon d'équitation et veston en cuir.

Roides sur leurs selles, de larges chapeaux d'alfa enfoncés jusqu'aux oreilles, ils avaient un regard qui me rappela celui de Babaï à Haouch Sadgui.

Sur la charrette ricanait l'homme que j'avais corrigé la veille. Il se réjouissait à l'idée de ce qui m'attendait.

À cet instant, je regrettai de n'avoir pas profité de la nuit pour disparaître.

— Je suis sincèrement navré pour ce qu'il s'est passé, implora Bouih. Mon berger n'est pas un mauvais gars. C'est un novice et il n'est pas de la région. Jamais il n'aurait levé la main sur un homme d'Er-Rouge, mais il ignorait de qui il s'agissait.

Les cavaliers ne firent pas attention à lui. Les mâchoires crispées, ils me fixaient comme si j'étais déjà une dépouille. Le regard de la jeune femme était opaque. Mon instinct la désignait comme la plus dangereuse des cinq. Elle était aussi froide et rigide qu'un pic à glace. La main sur le pistolet à son ceinturon, elle dit à Bouih :

— Ne défends pas ce que tu ne peux sauver. Tu risques de finir comme lui.

— J'ai mis dix têtes de moutons de côté afin que vous lui pardonniez.

— On est des insurgés, pas des bandits.

— Il est le seul berger qui me reste.

Le charretier sauta à terre, le visage bosselé et un œil poché.

— Ce salopard a failli m'éborgner. Il m'a eu par traîtrise et il a lâché les chiens sur moi…

— Je n'ai pas lâché les chiens.

Il me frappa au ventre avec la crosse de son fusil.

Je tombai à genoux, plié en deux.

— Sobhi, lui cria la jeune femme, ne l'abîme pas. Er-Rouge tient à lui régler son compte lui-même.

— Ouais, mais c'est moi que ce fumier a agressé.

— Il y a des priorités. Avec un peu de chance, Er-Rouge t'en laissera quelques miettes.

Bouih ne put rien pour moi. Il supplia les cavaliers, proposa d'autres bêtes contre mon châtiment, sans succès. On me ligota et, la tête dans un sac de jute, on me balança à l'arrière de la charrette. Un pied s'abattit sur mon dos pour me maintenir contre le plancher.

J'avais la rage, de cette rage impuissante qu'on ne peut conjurer et qui vous dévore de l'intérieur. Je m'en voulais d'*assumer mon malheur* au lieu de le subir comme une injustice, de n'être qu'un gribouille pathétique. Quel sens donner à mes déconvenues ? En avaient-elles un ? Ce qu'il m'arrivait en chaîne était d'un ridicule tel que je ne savais plus si je devais en rire ou en pleurer. Je n'arrêtais pas de payer pour les autres. J'avais fait une guerre à laquelle je n'étais pas convoqué pour défendre l'honneur d'un ingrat qui ne songeait qu'à me faire disparaître ; j'étais recherché par la police pour avoir défendu l'intégrité d'une femme qui avait abusé de mon amour pour elle, et maintenant, on allait me lyncher pour avoir protégé un bien qui n'était pas à moi. Quelle ironie ! Tous ces faits de bravoure pour finir à plat ventre à l'arrière d'une charrette ! Dans quel trou d'air le ciel avait-il engrangé mes prières pour que je me retrouve encordé comme une bête, la tête dans un sac de jute ?... Et ce pied, mon Dieu, cette savate crottée qui m'écrasait la nuque ! Chaque fois que je remuais, elle accentuait la pression. Si la loyauté était la plus noble des vertus, pourquoi poignardait-elle ses serments dans le dos ?

Les cahots sur la piste et le sac dans lequel je suffoquais eurent raison de mon endurance. Je perdis connaissance.

Des cris d'enfants s'élevèrent autour de moi. La charrette s'arrêta. Des mains me saisirent par les pieds et me balancèrent dans le vide. Ma tête heurta le sol.

— Voyons voir à quoi ressemble notre dur à cuire, rugit une voix.

On m'enleva le sac. La lumière subite m'éblouit. J'entrevis vaguement des cambuses, des gamins qui s'attroupaient autour de moi, quelques ânes et des chiens.

— C'est pas vrai, s'exclama l'homme aux pieds de qui on m'avait jeté.

Les bottes en cuir jusqu'aux genoux, une veste de hussard aux épaulettes d'officier ouverte sur son torse nu, le menton haut perché, l'homme croisa les bras sur sa poitrine, amusé et éberlué à la fois, avant de lancer par-dessus son épaule :

— Hé, Patte-Folle, viens voir qui est là.

Ce grand gaillard aux cheveux roux, où l'avais-je déjà vu ?... Mais bien sûr, qui d'autre ? C'était Zorg ! Il s'était juste laissé pousser une barbe couleur de flamme qui le vieillissait un peu.

— C'est pas vrai. Est-ce bien toi, caporal, ou un sosie ?

Ni lui ni moi n'en revenions.

Zorg rejeta la tête en arrière dans un rire homérique, se tourna vers les cavaliers :

— C'est un Turco. On a été dans la même compagnie pendant la Grande Guerre.

— C'est pas une raison, protesta le charretier. Ce vaurien a failli me crever l'œil.

Zorg ne fit pas attention à lui.

Il écarta les bras :

— Relève-toi, caporal... Viens là, viens que je te serre dans mes bras.

La jeune femme m'aida à me mettre debout.

— Alors, comme ça, tu fais de la résistance contre ton vieux camarade des tranchées ?

Il recula pour me dévisager.

— Je n'en crois pas mes yeux. (S'adressant à la jeune femme :) C'est Hamza, un baroudeur de première. Il était dans la même section que ton frère.

Il se tourna vers un gourbi et cria, les mains en entonnoir :

— Raho, nom de Dieu, t'es mort ou quoi ?

Une femme sortit de la bicoque.

— Il se rhabille.

— Qu'il rapplique *fissa*. J'ai une surprise pour lui.

Zorg passa son bras autour de mon cou.

— Quel vent t'amène par ici, caporal ?

— C'est une longue histoire.

— Tu me raconteras ?

— Quand je me serai remis de mes émotions. Ces brutes m'ont malmené.

— Ce ne sont pas des brutes, ce sont mes soldats.

— Quelqu'un peut-il couper la ficelle qui m'écorche les poignets ?

La jeune femme trancha d'un coup de lame la corde qui me menottait.

— J'ai le visage en feu.

— Il y a un abreuvoir derrière, suggéra la jeune femme.

— Mon ami n'est pas un canasson, lui dit Zorg. Qu'on lui apporte de l'eau propre et du savon.

— Dois-je comprendre que tu lui pardonnes ce qu'il m'a fait ? s'indigna le charretier.

— À lui, oui, mais pas à toi, Sobhi. Tu t'es fait dérouiller, et ça, pour un soldat de l'Officier Rouge, c'est pire qu'une désertion.

Il avait dit « l'officier rouge » en français.

C'était la première fois que je l'entendais parler la langue des roumis.

Le charretier s'éloigna en ronchonnant.

Zorg ordonna aux curieux de retourner vaquer à leurs occupations et m'invita à m'asseoir à l'ombre d'un arbre rachitique. La jeune femme m'apporta un seau d'eau et du savon. Je me contentai de me laver la figure.

— Tu peux enlever tes vêtements, me dit Zorg. Abla n'est pas de ces fausses vierges que la nudité d'un homme trouble. Elle en a émasculé plus d'un, au couteau.

La jeune femme me saisit par le col et, d'un geste sec, déchira mon tricot jusqu'au nombril, en maugréant, écœurée :

— Le bât d'une vieille ânesse t'irait beaucoup mieux que cette guenille.

Elle aurait pu être belle s'il n'y avait pas cette expression farouche qui conférait à son visage une douloureuse agressivité. Son regard était de braise et le rictus, greffé à ses lèvres, évoquait une bouche sur le point de mordre. Elle était grande, robuste, les cheveux coupés court – ce qui aurait scandalisé nos gens à l'époque. Sa main n'arrêtait pas de caresser la crosse du pistolet accroché à son ceinturon.

— Va voir si Aïcha a quelque chose à manger pour mon ami.

La jeune femme s'exécuta.

Zorg attendit qu'elle s'éloignât pour me confier :

— C'est la sœur aînée de mon cousin Khaled.

— *Llah yarahmo.*

— Pourquoi tu dis ça ? Est-ce qu'on a retrouvé son corps ?... Pas de corps, pas de mort.

Je constatai que Zorg n'avait toujours pas fait le deuil de son cousin.

— Qu'est-ce que tu penses de mon village ? s'enthousiasma-t-il en décrivant un large arc avec son bras. Il est pas beau ? Il fallait le voir, avant. Quand je l'ai découvert, il n'y avait qu'une dizaine de cahutes, dont la majorité était infestée de puces. Ses habitants avaient été décimés par j'ignore quelle épidémie. Les rescapés avaient fui l'endroit. Et regarde ce que j'en ai fait. J'ai tout retapé et je lui ai donné le prénom de mon cousin. Bientôt, le nom de Bordj Khaled figurera sur les cartes, et le mien, à côté de celui de l'émir Abd el-Kader.

Il bomba la poitrine, fier comme un coq :

— Les maisons en dur, sur ta droite, c'est moi qui les ai construites. Je ne pouvais pas espérer meilleur endroit pour bâtir ma garnison. La colline nous cache des curieux. J'ai installé un poste d'observation à son sommet. Tu ne peux pas le voir d'ici car il est au ras du sol et bien camouflé. Il a une vue imprenable. On ne risque pas d'être attaqués par surprise.

Il me tendit une serviette.

— J'ai tout ce qu'il faut, un maréchal-ferrant, une sellerie, deux épiceries, un armurier, un entrepôt pour stocker la réserve. C'est ma base mère à partir de laquelle repartira l'insurrection contre les colons. Un grand nombre de chefs de tribus se sont rangés de mon côté. Les gens que tu vois là sont tous mes soldats et leurs familles. J'en ai d'autres ailleurs…

Il s'interrompit soudain.

— Qu'est-ce que tu veux encore, Sobhi ?

Le charretier, que je n'avais pas vu revenir sur ses pas, se gratta derrière l'oreille, confus.

— Je te jure qu'il m'a eu par traîtrise, mon capitaine. J'étais de dos quand il m'a cogné. Et il a lâché les chiens sur moi. Avoue, toi, dis-lui que c'était pas régulier. Il ne te fera rien puisque tu es son ami.

— Ça va, le calma Zorg.

— Ça ne peut pas aller, mon capitaine. Il faut que tu saches la vérité… Je suis ton soldat. Tu dois être fier de moi. Est-ce que tu as vu quelqu'un lever la main sur moi depuis que je suis sous tes ordres ? J'en mourrais de honte… (Il s'adressa à moi, la voix pleureuse :) T'as rien à craindre puisque tu es son ami. Dis-lui que tu m'as eu par surprise. Ça te coûte rien.

Le charretier rappelait un criminel cramponné aux lèvres de son juge, comme si son sort dépendait exclusivement de ma déclaration.

— C'est vrai, je t'ai eu par traîtrise, lui dis-je, pour le soulager.

Le charretier s'enhardit aussitôt. Il releva le menton, se campa sur ses courtes pattes et dressa le doigt par-dessus la tête :

— Tu vois, mon officier ? J'ai pas menti. Et puis, sincèrement, tu m'imagines jeté à terre par le premier venu ? Je te l'aurais bouffé tout cru, moi, s'il n'y avait pas eu ces molosses enragés. J'ai assommé un âne d'un seul coup de poing, moi.

— Laisse-nous deux minutes, tu veux bien ? le somma Zorg.

Sobhi acquiesça. Après m'avoir décoché un regard triomphant, il s'éloigna en se dandinant à la manière d'un ours rassasié regagnant sa tanière.

— À l'entendre, me dit Zorg, on se demande pourquoi il reste encore des roumis sur nos terres. Mais il prend à cœur son travail. C'est mon maréchal des logis… Tiens, voilà notre tire-au-flanc qui sort enfin de son terrier… Hé, le Renfrogné, devine qui est là… Est-ce que tu t'attendais à croiser un jour ce pistonné de caporal sur ton chemin ?

Raho – ou ce qu'il en restait – clopinait sur le raidillon, la hanche déglinguée appuyée sur une béquille de fortune. Il avait pris un sacré coup de vieux, mon vaillant éclaireur qui débusquait le Boche au flair. Ses yeux trop rapprochés s'étaient enfoncés davantage dans leurs orbites. Et ce qui, autrefois sur le front, les faisait étinceler comme une lame de couteau s'était terni.

— Hamza ? dit-il d'un ton flapi, comme si l'on s'était quittés la veille.

Il ne me prit pas dans ses bras, ne me tendit pas la main ; il se contenta de me saluer de la tête.

— Quoi ? s'écria Zorg. C'est tout ce que ça te fait ?

— Je ne peux pas sauter au plafond avec ma jambe esquintée, maronna Raho.

— C'que tu peux être pénible, ma parole.

— Comment vas-tu, éclaireur numéro 3 ? dis-je à Raho, ému de constater combien le baroudeur chevronné qu'il fut avait changé.

— Comme tu vois, Hamza, comme tu vois.

Une femme drapée dans un pagne multicolore nous apporta à manger. Nous nous installâmes au pied de l'arbre. Ne pouvant plier sa jambe pour s'asseoir, Raho demanda la permission de se retirer.

— Qu'est-ce qui te prend ? lui reprocha Zorg. Reste avec nous deux minutes, merde. On a un camarade que le Ciel nous envoie, et toi, tu es pressé de rejoindre ton trou à rat.

— On se verra plus tard.

— Pas question. Tu restes.

Raho s'appuya sur un renflement de terre, à contrecœur.

Abla nous rejoignit la première, puis, les uns après les autres, les cavaliers qui m'avaient enlevé et d'autres curieux formèrent un cercle autour de l'arbre et me regardèrent manger.

— Raconte-moi comment tu as échoué dans les parages, caporal Hamza Boussaïd.

— C'est une longue histoire.

— On a tout notre temps, vas-y. Comment un caporal sachant lire et écrire s'est-il retrouvé berger après la guerre ?

— J'ai toujours été berger.

— Tu ne m'avais pas dit que tu étais originaire de la région d'El Gaada ?

— Oui.

— C'est à trois cents kilomètres d'ici, dans le Nord. Tu disais qu'à ton retour au pays, une ferme t'attendait, avec des terres et du cheptel et que tu allais vivre parmi les notables.

— Il n'a peut-être pas échoué chez nous par hasard, supposa Abla. Qu'est-ce qui nous prouve qu'il n'est pas là pour nous espionner ?

— Ouais, renchérit le charretier, il a peut-être fait exprès de me cogner par traîtrise afin qu'on l'amène ici. On ne cogne pas un soldat d'Er-Rouge. Sûr que ce sont les Français qui nous l'envoient pour situer notre camp.

— C'est vrai, ça, Hamza ? me fit Zorg, brusquement sur ses gardes.

— Ça me consterne que tu puisses le penser.

— Alors, explique-toi. Qu'est-ce que tu fabriques sur mon territoire ?

— Je cherche ma famille. Le caïd l'a chassée de notre douar. J'ai retrouvé sa trace à Oran, grâce au sergent Sid Tami. Mais elle était déjà partie je ne sais où.

— Et tu n'arrives pas à la localiser après toutes ces années ? me harcela Zorg, de plus en plus soupçonneux.

— Le pays est vaste.

— Y a quelque chose qui ne colle pas dans ton histoire, caporal Boussaïd.

— Hamza Boussaïd n'est pas mon vrai nom. Je m'appelle Yacine, Chéraga Yacine.

Zorg rejeta le menton en arrière, comme sous un coup de poing :

— Attends, c'est bien toi qui étais avec moi au régiment, non ?

— Oui, mais je portais le nom de quelqu'un d'autre.

Zorg ne parut pas saisir. Il se tourna vers ses hommes, qui firent la moue en signe d'incompréhension, puis revint vers moi :

— Tu portais le nom de quelqu'un d'autre au régiment ?

— Oui.

— Et qui est le vrai Hamza ?

— L'un des fils de notre caïd. Son père m'a raconté que la visite médicale avait déclaré son rejeton inapte et que, pour lui, c'était la pire des humiliations. Pour le caïd, le nom des Boussaïd Ech-Chorafa se devait de figurer dans le livre d'Histoire. Alors il m'a envoyé au casse-pipe sous son nom de famille.

— Doucement, m'arrêta Zorg. Pas si vite, caporal. J'ai du mal à te suivre.

— Babaï était venu me chercher au douar.

— C'est qui encore, ce Babaï ?

— L'esclave du caïd. Je pensais qu'on allait m'attacher à un arbre et me fouetter, mais j'ai été bien reçu à la Grande Kheïma. On m'a fait prendre un bain et on m'a donné des vêtements propres pour que je sois présentable. Le caïd m'attendait dans une grande salle. Il a commencé par me dire que j'étais le plus intelligent de ma génération, m'a raconté l'épopée de ses ancêtres. Il n'avait que le mot « honneur » à la bouche. Moi, je ne savais pas où il voulait en venir. Puis il s'est mis à me promettre monts et merveilles...

Zorg m'écouta attentivement. Ses sourcils se fronçaient et se défronçaient au fur et à mesure que j'avançais dans mon récit ; l'expression sur son visage passait de l'incrédulité à la perplexité, puis de l'écœurement à l'indignation. Autour de nous, l'auditoire était plutôt amusé par mes confidences. Certains montraient les dents dans des rires contenus, d'autres balançaient le menton de droite à gauche, sidérés.

Brusquement, Zorg me prit par la gorge.

— C'est quoi, cette histoire à dormir debout ?

— C'est la mienne, Zorg.

— Tu as fait la guerre à la place d'un autre ?

— C'est la vérité, je le jure.

Zorg était outré. Il se mit debout. Les mains sur les hanches, il fixa le ciel pendant quelques secondes. Lorsqu'il me refit face, un rictus féroce lui froissait la figure.

— Dis-moi que tu me fais marcher, caporal.

Je baissai la tête, incapable de soutenir la férocité de son regard.

— Y a que les espions qui changent de noms, décréta Abla. Ce type n'est pas clair du tout…

D'un doigt péremptoire, Zorg la somma de se taire.

Il me poussa du pied, les narines palpitantes d'indignation, la main sur le couteau à gaine accroché à sa ceinture. Je perçus, dans ses yeux déments, cette lueur qui lui embrasait le regard lorsqu'il s'apprêtait à croiser le fer.

— Ton histoire est la plus ridicule qu'il m'ait été donné d'entendre.

— Tragique, mais pas ridicule.

— Ce n'est pas à toi d'en juger. Est-ce que tu te rends compte de ce que tu viens de devenir à mes yeux, là, maintenant ? Avec le plus performant des scaphandres, je ne pourrais pas descendre jusqu'à toi dans l'abîme où tu viens de te jeter.

Une giclée de postillons m'atteignit à la figure quand il hurla :

— T'as quoi dans le crâne ? De la bouse de vache ? Le caïd t'ordonne d'aller faire la guerre à la place de son bâtard et tu t'exécutes comme le dernier des larbins. En plus, il te fallait guerroyer sous le nom de son avorton.

— Il avait menacé ma famille, et moi avec.

— Et alors ? Il t'envoyait à la boyauderie, putain de ta race. Ça aurait changé quoi, si tu avais refusé ?

— Il m'avait mis au pied du mur.

— Il ne pouvait pas t'imposer une guerre à laquelle tu n'étais pas convié, crétin. Et sous un faux nom, pardessus le marché.

— Il m'avait promis…

— Quoi ? hurla-t-il. Il t'avait promis quoi ? De faire en sorte que les obus éclatent en bulles de savonnette sur ta belle frimousse ?

— Jamais personne ne m'avait menti avant lui, Zorg. Jamais. Comment ne pas le croire ? Je n'étais qu'un pauvre bougre qui prenait pour argent comptant ce qu'on lui susurrait. J'avais une peur bleue du caïd et de ses hommes. Il fallait vivre parmi nous pour mesurer combien on était terrorisés. On était coupés du monde. On ne savait pas à quel saint se fier. Pour nous, il y avait Dieu au ciel et Gaïd Brahim sur terre.

— Et toi, un damné pris entre l'enclume et le marteau, je présume. Regarde ce que t'es devenu. Un cadavre ambulant qui ne retrouve pas sa tombe... Fiche le camp de mon village. Va-t'en, rejoins ta bergerie, retourne bêler avec les moutons, tes semblables. Allez, dégage avant que je change d'avis...

Il cracha par terre et me tourna le dos.

— Maintenant qu'il n'est plus ton ami, dit Sobhi, est-ce que je peux lui casser la figure ? Il m'avait eu par traîtrise, hier.

— Ne salis pas tes mains avec le sang d'un chien.

— Je ne suis pas un chien, m'insurgeai-je. Je t'interdis de m'insulter.

Zorg revint sur ses pas.

— Tu crois que tu as quelque chose à interdire, toi ? On n'est pas au régiment, et tu n'es plus caporal. Ici, le chef, c'est moi. C'est moi, l'Officier Rouge. Tu es dans *ma* garnison à moi, dans *ma* base mère, dans *mon* QG. C'est *moi* qui ordonne, et c'est *moi* qui rends justice. Je peux t'abattre comme un renégat et jeter ta charogne aux hyènes sans que personne y trouve à redire.

— Tu n'as pas à me manquer de respect, Zorg.

— Respect ? Tu oses parler de respect, toi, un vendu ? Tu ne mérites même pas qu'on te pisse dessus.

— Allez, fiche le camp, me cria Sobhi en me donnant un coup de pied.

Mon poing envoya le charretier rouler dans la poussière. Abla fut la première à me sauter dessus. Elle me griffa au visage, me mordit au cou. Les autres se jetèrent sur moi et se mirent à me tabasser. J'essayai de riposter, mais les coups s'abattaient de tous les côtés.

Une détonation freina net le lynchage.

Raho tenait un pistolet, le canon dirigé vers le ciel.

— Qu'est-ce qui te prend, Patte-Folle ? lui cria Abla. Rends-moi mon revolver.

— Vous n'avez pas honte de vous acharner sur un homme désarmé ?

— Il n'a que ce qu'il mérite, dit Zorg.

— Et qu'est-ce qu'il mérite, Zorg ?

— L'*Officier* Er-Rouge ! rugit Zorg. Et tu te mets au garde-à-vous quand tu t'adresses à moi, compris ?

Il se pencha sur moi, m'empoigna par les cheveux pour me relever la tête :

— Qu'est-ce qui ne tourne pas rond chez toi, caporal ? Solliciter deux secondes tes méninges quand ta vie est en jeu, c'est trop te demander ? Même une bourrique se pose des questions lorsqu'elle flaire le danger.

— Fiche-lui la paix, lui lança Raho. C'est son histoire, pas la tienne. Tu n'as pas à le juger. Tu aurais fait quoi, si tu avais été à sa place ?

— Pendre ce salaud de caïd à un acacia et le dépiauter comme un lapin, voilà ce que j'aurais fait, moi.

— Tu aurais obéi comme un toutou.

— Moi ?

— Oui, toi. Au nom de qui tu as fait la guerre ? Au nom des tiens ou bien au nom des mécréants qui ont spolié notre patrie et réduit notre nation à un troupeau de bêtes de somme ? Quelle différence, si c'est un caïd ou un colon qui t'expédie à l'abattoir ?

— Je ne suis pas allé au front à la place d'un lâche.

— Ça aurait changé quoi ?

Zorg me plaqua la figure au sol. Il feula :

— C'est moi qui ai changé. Et je vais tout changer dans ce pays. Je foutrai à la mer les roumis jusqu'au dernier… Tu veux ce crétin, Raho ? Il ne vaut pas grand-chose et je te le laisse à moitié prix. Tâche d'en faire un homme.

Zorg se retira, ses hommes derrière lui.

Raho me tendit la main. Je la repoussai. J'avais le visage en sang, une douleur atroce dans les côtes, un bras engourdi et un genou écorché. Raho appela sa femme pour qu'elle vienne l'aider. Ils me prirent par la taille et me portèrent jusqu'à leur bicoque.

— Va chercher le guérisseur, dit Raho à sa femme.

— Il n'est pas au village.

— Alors, ramène sa femme. Elle se débrouille mieux que lui.

L'épouse partie, mon éclaireur d'autrefois s'assit à côté de moi sur une paillasse, essuya le sang sur mon visage.

— Zorg est incontrôlable, ces derniers temps, me dit-il.

— Ça ne date pas d'aujourd'hui. Qu'est-ce que tu fiches avec lui ?

— C'est des choses qui arrivent... Elle est vraie, ton histoire, caporal ? Tu t'es vraiment enrôlé à la place d'un autre ?

— Tu ne vas pas t'y mettre, toi aussi.

— D'accord, me calma-t-il, n'en parlons plus. Mais, franchement...

Une vieille femme s'amena avec des plantes médicinales et des flacons. Elle m'examina de la tête aux pieds en s'attardant là où elle m'arrachait un cri ou une grimace.

— Il a deux côtes fêlées, diagnostiqua-t-elle. Mon mari rentre demain. Il s'occupera mieux de lui.

Elle nettoya mes blessures, oignit mes écorchures, pansa mon poignet et mon genou avec des bandelettes coupées dans une robe. Avant de prendre congé, elle chargea l'épouse de Raho de me préparer une infusion avec les racines qu'elle lui remit.

Je dormis jusqu'à la tombée de la nuit.

42

Zorg s'encadra dans l'embrasure de la porte. Sans regarder à l'intérieur du gourbi que le lumignon anémique du quinquet éclairait à peine, il s'assit par terre, le dos contre le chambranle, et se mit à jouer avec son couteau.

Il s'adressa à Raho :

— Comment il va, ton protégé ?

— Tu n'as qu'à le lui demander.

— Il va lui falloir mériter cet honneur.

— Tu n'avais pas à l'humilier, Zorg. Je t'ai détesté pour ça. Comment as-tu osé le livrer à ce ramassis de brutes ? C'était notre frère d'armes, un vaillant tirailleur, un Turco, merde ! Tu as oublié ce que nous avons enduré dans les tranchées ? Nous étions comme les doigts de la main. On partageait la même miche de pain, on fumait la même clope, on dormait dans le même bourbier. Qu'est-ce qu'il t'a pris de le jeter aux fauves ?

— Parle-moi encore sur ce ton, Raho, et je te passerai en cour martiale.

Ce n'étaient pas des mots en l'air. Zorg se conduisait en vrai chef de guerre, sauf qu'il demeurait le même écorché vif qui menaçait le sergent Sid Tami, la nuit de la Grande Victoire, le même forcené suicidaire qui s'en était allé sous les mitrailles chercher son cousin porté disparu, la même jarre en terre cuite au fond de laquelle sourdaient violence et rancune à l'affût d'un prétexte pour accoucher d'un drame.

J'aurais dû quitter *son territoire* sur-le-champ, mettre une croix sur ces retrouvailles décevantes et fuir sans me retourner, mais j'étais dans un sale état et je n'avais aucun endroit où me réfugier. Cependant, avec un minimum de présence d'esprit, j'aurais compris qu'il m'était moins périlleux d'errer dans la Hamada que de rester une minute de plus à la portée d'une brute désaxée qui transpirait la haine de tous ses pores. Mon intuition m'avait mis en garde, pourtant. Il était évident qu'à côté de cet illuminé j'allais me brûler les doigts ou m'immoler en entier. Rien à faire ; quelque chose me clouait sur place comme un lièvre pris dans les phares d'un camion.

Le lendemain, au lever du soleil, Zorg prit deux cavaliers avec lui et quitta le village.

Raho et moi sortîmes prendre le frais sur le pas de la bicoque. J'allais un peu mieux.

Le hameau s'éveillait dans le gloussement des poules et les étirements des chiens. Près de nous, Sobhi luttait contre une mule qui refusait de se laisser pousser dans le harnais.

— Je vais l'abattre, cette sale bête. Sur la vie de ma mère, je vais lui exploser la gueule.

Çà et là, des femmes balayaient devant chez elles, d'autres aspergeaient d'eau leur cour pour en rabattre la poussière. Un groupe d'enfants armés de frondes s'exerçait au tir sur un bidon. C'était un jour ordinaire, qui passerait son chemin sans rien laisser derrière lui. J'avais l'impression de me réveiller dans le douar de mon enfance : mêmes gourbis, mêmes chiens paresseux en quête d'une poche d'ombre, mêmes chèvres s'attaquant aux arbres martyrisés par les mioches, mêmes odeurs de crottin.

— Tu crois qu'ils sont encore vivants, les tiens ? me demanda Raho.

— Je l'espère.

— Il les a peut-être tués, le caïd.

— Il ne les aurait pas chassés de ses terres.

— C'était probablement pour les massacrer loin des indiscrétions. C'est ce que j'aurais fait, à sa place, pour que le secret soit sauf.

— Je préfère ne pas y penser... Parle-moi plutôt de toi, de ce qui est arrivé à ta jambe.

— Un colon nous a attirés dans un traquenard. J'ai reçu une balle qui m'a pulvérisé le col du fémur. Sans Abla, j'aurais fini pendu par les testicules jusqu'à ce que mort s'ensuive.

— Qu'est-ce que c'est que ce langage ? s'indigna l'épouse de Raho, de l'intérieur du gourbi.

— Pardon, je ne savais pas que tu nous écoutais.

— Que j'écoute ou pas, tu dois surveiller tes paroles.

— Je t'ai dit que je m'excusais. Tu ne vas pas me faire un procès pour un mot qui m'a échappé.

De la main, je priai mon ancien éclaireur de se calmer.

— C'est donc vrai, ce qu'on raconte ? Vous vous attaquiez à des colons, dans le Nord.

— On leur flanquait des razzias de tous les diables, s'enhardit Raho. On les rançonnait, on volait leur bétail et leurs affaires qu'on écoulait au souk pour acheter des chevaux.

— Vous vous êtes rencontrés comment après la guerre, Zorg et toi ?

— On ne s'est jamais quittés. Quand on était au front, Zorg a contacté pas mal de nos camarades pour leur parler de son intention de lever une armée algérienne contre la France. J'ai été partant tout de suite. Dans le bateau qui nous ramenait au pays, on était une trentaine de Turcos à prêter serment.

— Il ne m'en a jamais parlé.

— Normal, tu étais l'ami du sergent Sid, et Zorg le haïssait.

L'épouse de Raho posa une table basse devant nous et nous apporta du thé et des galettes.

— Comment avez-vous fait pour vous réunir, après le retour dans vos familles ?

— Les volontaires devaient se retrouver six mois plus tard à Sidi Bouakaz, le village tribal de Zorg. J'ai été le premier au rendez-vous. Personne ne m'attendait chez moi. Mes parents sont morts quand j'avais cinq ans. J'ai été élevé par mes oncles qui me maltraitaient. Lorsqu'ils m'ont refusé la main d'une cousine, j'ai mis le cap sur Sidi Bouakaz. Les autres nous ont rejoints plus tard. Nous étions vingt en tout. On a formé trois groupes. On manquait de fusils. On en a volé aux fermiers et aux chasseurs…

Il touilla dans la théière, remplit à moitié un verre.

— On a semé la terreur dans l'Ouarsenis, poursuivit-il. Les colons n'avaient que le nom d'Er-Rouge à la bouche. Ce sont eux qui l'ont surnommé ainsi. L'« Officier », c'est Zorg qui l'a ajouté.

Il porta le verre à sa bouche, le reposa, ajouta deux cuillerées de sucre dans la théière, touilla encore.

— On brûlait les granges et les récoltes, on détroussait les voyageurs.

Il versa le breuvage dans deux verres, m'en tendit un.

— Puis l'armée est intervenue. Surtout ces vendus de spahis… Ce n'est pas trop amer ?

— Non, ça me va.

Il goûta à son verre, y ajouta du sucre.

— Ils nous ont donné du fil à retordre, ces vendus de spahis. Ils lisaient dans nos pensées. On n'avait pas fini d'élaborer un plan d'attaque que déjà ils nous tombaient dessus… Il n'y a que les indigènes pour venir à bout des indigènes, aurait dit un général. Zorg a voulu confirmer. Nous avons pris d'assaut un cantonnement de goumiers. Là, l'armée a sorti la grosse artillerie. On a perdu beaucoup de nos camarades dans l'Ouarsenis. Alors on s'est retranchés dans la Hamada afin de se ressourcer. Zorg négocie avec les chefs de tribus pour renforcer nos rangs. Je crois qu'il est parti ce matin voir s'il y a de nouvelles recrues.

— Quelle expédition, dis donc !

— Ouais, une sacrée épopée. Mais ce n'est plus le même combat, ces derniers temps. Zorg n'est pas bien du tout. Si tu veux un conseil, dès que tu te rétablis, tu mets les voiles.

— Je n'ai pas où aller.

— Va au diable, s'il le faut, mais ne reste pas ici.

— Je suis recherché par la police.

Raho défronça les sourcils. Sa main, sur ma cuisse, se retira d'instinct.

— Ah, ça, c'est compliqué, admit-il.

— Je peux rester chez toi, le temps de guérir ?

— Ça va de soi, voyons. Autant que tu voudras. Mais ne t'avise pas de suivre Zorg s'il te demande de l'accompagner quelque part. Tu refuses catégoriquement.

Un des gamins manqua le bidon et atteignit un chien qui passait par là. L'animal déguerpit à toute vitesse en gémissant.

— Pourquoi tu restes avec lui ?

— Je reste au village, pas avec lui. Les escarmouches, c'est fini pour moi. Je suis réformé… Je suis bien, dans ce village. On a passé des mois à le retaper. On était une quarantaine d'insurgés, en tout, à notre arrivée. Zorg a fait venir les familles des gars mariés, et a marié les célibataires à des filles des tribus alentour pour consolider ses alliances. C'est ce qui m'est arrivé, avec ma femme. On a conclu un pacte avec un chef H'miyène et on est repartis avec une vierge sur la croupe de mon cheval. Tu crois que Zorg a demandé mon avis ? Pas un instant. Il m'a dit « je t'ai choisi une épouse », et c'était adjugé. Remarque, je ne regrette pas son choix… Après l'embuscade des spahis, on s'est retrouvés avec treize veuves sur les bras. Eh bien, Zorg leur a trouvé, à toutes, de nouveaux maris.

— Il compte sérieusement lancer une insurrection contre la plus puissante armée du monde ?

— Et alors ?

— On a été sur le terrain, Raho. La France est invincible, voyons. Elle a des avions, des obusiers, des tanks et des cuirassés. Et des dizaines de régiments que même une guerre de quatre ans n'a pas réussi à dégarnir.

— On lui tiendra tête.

— Avec quoi ?

— Avec du cœur.

— D'autres ont déjà essayé. Bouamama, les Ouled N'har, l'émir Abd el-Kader...

— ... Et Fatna N'soumer, et Boubaghla, et les Ouled Sid Ech-Cheikh, et les Chaouia, et bien d'autres encore, rétorqua Raho, agacé. Ça n'a jamais arrêté, caporal, depuis presque un siècle. Et ça ne s'arrêtera que lorsque nous aurons récupéré nos terres jusqu'au dernier empan. Si ce n'est pas Zorg qui hissera l'étendard de la patrie libérée, ce sera un autre Algérien. C'est écrit dans les signes du Ciel et sur le henné de nos mères.

— Dans ce cas, pourquoi dois-je me méfier de Zorg ?

— J'ai pas l'impression qu'il t'aime. Tu as été l'ami intime du sergent Sid, et ça, c'est pas en ta faveur.

— On était en bons termes, lui et moi.

— Je ne crois pas. Tu n'as pas remarqué le violent tic qui lui a ébranlé la figure lorsque tu as cité Sid et parlé de l'aide qu'il t'a apportée à Oran ?

— Non.

— Moi, si. C'était comme si un serpent avait rué en lui. Zorg est rancunier. Lorsqu'il déteste quelqu'un, il hait doublement ses proches. Et toi, tu étais dans les pattes du sergent tout le temps. Forcément, Zorg ne pouvait que t'en vouloir pour ça. Hier, lorsqu'il a lâché ses vauriens sur toi, c'était Sid qu'il voyait. Ton histoire ne méritait pas un traitement de cette nature. C'était disproportionné...

— C'est vrai, c'était exagéré.

— S'il cherche à se racheter, ne mords pas à l'hameçon. Sinon, tu ne pourras plus te rétracter et il t'obligera à commettre des choses que tu regretteras.

— Par exemple ?

— Abattre un musulman à genoux et sans arme.

— Il a fait ça ?

— Ça lui arrive. Je crois dans son combat, mais pas en ses méthodes. Pour être honnête avec toi, il m'a beaucoup déçu. Mais je le soutiens. Zorg, en tant que personne, n'est pas ce qu'on aimerait avoir comme gendre, mais en tant que projet, il vaut le détour. Rien que pour ça, je ferme les yeux sur ses dérapages. Il fait bouger les choses, lui. Il ne fera pas long feu, c'est sûr. La France finira par lui mettre le grappin dessus. Elle exposera son cadavre sur la place de nos villages afin de dissuader les va-t-en-guerre potentiels. Mais, il aura servi notre cause. Un jour, quelqu'un de plus éclairé s'emparera du flambeau. Et ce sera grâce à lui.

En bas du pertuis, Abla héla un garçon, lui remit un paquet et l'envoya vers nous. Le garçon arriva en courant. Maigrichon, la tête rasée avec un petit losange de cheveux par-dessus le front, il posa le paquet devant moi et s'enfuit vers une ribambelle de gamins qui jouait avec un chiot.

— Un pantalon et une veste, s'exclama Raho. C'est ton jour de l'Aïd, aujourd'hui, dis donc.

Je levai la main pour remercier la jeune femme. Elle ne répondit pas à mon geste, sauta sur un cheval et partit au galop vers la colline.

— Drôle de femme, fis-je.

— Une guerrière trempée dans du plomb et parfumée au baroud, certifia Raho, admiratif. Mais elle est aussi cinglée que son cousin. C'est peut-être ça qui fait son charme.

— Ils sont mariés ?

— Ni l'un ni l'autre. Ils n'ont qu'une idée fixe : en découdre. Zorg pour prendre sa revanche, Abla pour venger son frère.

— Zorg pense que Khaled n'est pas mort.

— C'est ce qu'il suppose. Au fond de lui, il sait que son cousin a été tué. Abla, elle, n'en a aucun doute, et c'est ce qui la motive. Je l'ai vue à l'œuvre. Elle te descend un homme comme on descend une bière.

Quelqu'un toussota derrière nous. C'était Sobhi, le charretier. Le regard fuyant, il porta les mains à ses hanches, les rabattit sur les cuisses, garda un instant les bras ballants puis, en trépignant, il les croisa gauchement sur sa poitrine.

— Tu m'as encore pris par traîtrise, hier, dit-il en remuant la tête à la manière d'un joueur de flûte.

— Fiche-nous la paix, Sobhi, grogna Raho.

— C'est pas que je viens lui chercher noise, à ce gars. Il faut juste qu'il sache qu'il m'a cogné alors que je ne m'attendais pas à ce qu'il le fasse.

— C'est toi, le premier, qui lui as donné un coup de pied. Et c'est à cause de toi si les autres s'en sont mêlés.

— C'était pour faire plaisir à Er-Rouge. Je le pensais pas à l'intérieur de moi-même, je t'assure.

— Qu'est-ce que tu veux, à la fin ?

— Rien. J'allais partir chercher des moutons et je vous ai vus. Je me suis dit, si un gars peut tenir tête à Zorg, j'ai pas à avoir honte qu'il m'ait tabassé avec l'aide de ses chiens. C'est pas tous les jours qu'un type hausse le ton devant Er-Rouge. Alors, je me suis dit voilà quelqu'un qui n'a pas froid aux yeux. Les *D'Arguez*, moi, je me mets au garde-à-vous. Je suis un Laâmouri. Chez nous, même les femmes naissent hommes.

Sans attendre de permission, il s'accroupit et se versa du thé dans mon verre.

— À partir de maintenant, on est des frères de lait, toi et moi, le Turco. Je bois dans ton verre comme si on échangeait notre sang.

Et, sans gêne aucune, il ingurgita les galettes sur la table.

Le vent souffla sur la colline pour annoncer la fraîcheur de la nuit. Dans la Hamada, l'air passait du chaud au froid dès le coucher de soleil.

Khodij, l'épouse de Raho (elle portait le même prénom que l'aînée de mes sœurs), nous prépara une *m'khalaâ* – une galette épaisse, à base de semoule, truffée de graisse d'agneau, de bouts de viande séchée, de tomates et d'oignons. Nous n'en laissâmes pas une miette. Après un verre de thé bien dosé, je m'enroulai dans une couverture pour me réchauffer.

Les chiens se mirent à aboyer à l'approche d'un bruit de cavalcade. Des hennissements, des voix d'hommes, quelques cliquetis, et Zorg s'encadra dans l'embrasure du gourbi, une main sur chaque montant du chambranle.

— Comment va le caporal ingénu ?

Je ne lui répondis pas.

Il avança d'un pas.

— Tu as avalé ta langue, Boussaïd Hamza ?

— Je m'appelle Chéraga Yacine, lui fis-je, avec une pointe d'agressivité.

— Tant que tu n'auras pas enterré le vrai Hamza, tu demeureras le caporal Boussaïd. Le sang est la seule et unique lessive en mesure de laver l'affront. Tu dois le faire couler si tu tiens à ce que ton nom de famille te soit restitué.

Il croisa les bras sur sa poitrine, inclina la tête sur l'épaule.

— Est-ce que tu m'en veux encore ?

Sacré Zorg ! À moi de savoir si je lui en voulais encore ou non. Demander pardon, c'était au-dessus de ses forces. Il en perdrait l'estime de lui-même, voyons. Selon lui, s'il lui arrivait de mal se conduire, c'était la faute à l'abruti qui l'avait mis en rogne.

— Suis-moi. J'ai quelque chose à te montrer.

— Je n'ai pas fini de manger, prétextai-je.

— Tu termineras ton repas plus tard. Allez, viens.

Je me levai, à contrecœur.

Dehors, deux cavaliers tenaient un cheval blanc par la bride.

— C'est un pur-sang. Il a encore ses dents de lait. Tu le trouves comment ?

— …

— Il est à toi…

— En quel honneur ? fis-je, sur mes gardes.

— À Bordj Khaled, tous les hommes ont un cheval. Je t'en offre un pour que tu redeviennes un homme.

— Ce n'est pas le cheval qui fait l'homme, Zorg.

— Tu vois ? Tu ne connais rien aux chevaux.

De la tête, il ordonna aux deux cavaliers d'emmener le pur-sang. Quand nous fûmes seuls, lui et moi, il posa ses deux mains sur mes épaules :

— Je sais ce que tu ressens, caporal. J'ai perdu ma mère très tôt. Elle ne comptait pour personne, mais elle était tout ce que j'avais sur terre. Lorsqu'elle est morte, je n'avais plus envie de rien… Regarde-moi. Je n'aime pas qu'on regarde par terre lorsque je parle.

Je levai les yeux.

— C'est mieux comme ça… J'ai beaucoup réfléchi à ton histoire. J'ai été dur avec toi parce que ce que tu as fait est impensable.

— Ce qui est fait est fait.

— Tu as raison… Pour ta famille, je m'en charge. Je demanderai aux tribus amies de chercher de leur côté. Si les tiens sont encore de ce monde, nous les retrouverons, je t'en donne ma parole.

Sur ce, il me laissa planté devant le gourbi et rejoignit ses hommes.

Raho guettait mon retour, entassé sur des coussins.

— Qu'est-ce qu'il te voulait ?

— Il m'a offert un cheval.

— Rien que ça.

— Toi qui le connais si bien, que signifie son geste ?

— Il faut attendre pour voir.

— Dois-je refuser ?

— Il t'abattrait sur-le-champ. Non, accepte son présent. Zorg n'est pas obligé d'offrir des cadeaux, et quand il le fait, il le fait de bon cœur.

— Parce qu'il a un cœur, lui ?

— Ça lui arrive.

— Tu disais qu'il me hait autant que Sid.

— Apparemment, je me suis trompé… Allez, rassieds-toi que je te raconte comment on a pris par surprise les spahis encasernés à Médéa.

Toute la nuit, j'ai essayé de situer le piège de Zorg, en vain.

43

Zorg mit à ma disposition un gourbi composé d'une pièce unique avec, pour tout mobilier, une paillasse, une lampe à pétrole, un pichet, un coussin engrossé de laine mal râpée et une outre aromatisée à l'huile de cade.

Je prenais mes repas chez Raho avec qui je partageais le plus clair de mon temps. Je n'avais pas grand-chose à faire. Zorg ne m'affecta pas de tâche. Il ne me parlait presque pas. Il partait souvent avec ses deux plus fidèles « soldats », Antar, un grand albinos, originaire de Frenda, et Stambouli, un Tlemcénien blond comme une botte de foin aux yeux bleus et froids. Parfois, Abla les accompagnait. Le village se refermait alors sur lui-même, telle une huître.

Je ne m'ennuyais pas trop à Bordj Khaled. Mes solitudes de fugitif ayant forgé ma patience, la compagnie de mon ancien camarade des tranchées et la promesse de Zorg de retrouver ma famille me rendaient les choses moins pénibles. Lorsqu'on n'a qu'une épave pour survivre au naufrage, cette épave devient une île que l'on peuple de rêves et de vœux ardents.

Un matin, un gamin me réveilla. « Er-Rouge veut te voir », m'annonça-t-il en lorgnant quelques dattes dans une écuelle en bois. « Je peux les manger ? » ajouta-t-il. Il les escamota sans attendre ma permission.

Zorg conversait avec quatre cavaliers qui venaient d'arriver. Ces derniers, poussiéreux et fourbus, n'étaient pas du village. Deux d'entre eux retirèrent leur chèche en me voyant.

— C'est pas vrai, s'écria le plus râblé.

C'étaient Issa, le colosse de Had Chekala, mon éclaireur numéro 4, et Horr, qui faisait partie du commando Gildas. Nous nous jetâmes dans les bras les uns des autres. Mais Zorg, avec une brusquerie qui trahissait une profonde inquiétude, mit court aux embrassades et nous poussa, les arrivants et moi, dans ce qu'il appelait son « PC », une grande salle nue aux murs crépis à la chaux et au parterre tapissé de toisons.

Nous nous assîmes en tailleur autour de lui. Abla resta debout devant la porte, entre Antar et Stambouli, retranchés derrière leur arrogance de garde prétorienne.

On nous apporta du thé et des beignets sucrés. Zorg nous invita à manger d'abord avant de passer à l'objet de la réunion. En vérité, la petite collation était un gain de temps, pour lui. La venue des quatre cavaliers au douar sans qu'ils aient été conviés ou convoqués n'augurant rien de bon, Zorg avait besoin de cette pause pour remettre de l'ordre dans son esprit afin de faire montre de ce sang-froid qui caractérise le chef aguerri et qui rassure les subordonnés dans les moments difficiles. Ses yeux d'épervier traquaient ceux d'Issa.

— Vous avez fini de manger ?

Les mains posèrent ce qu'elles tenaient et les dos se redressèrent.

— C'est quoi, cette mauvaise nouvelle, Issa ?

Issa s'essuya la bouche, déglutit et dit :

— Le cheikh Madani a décidé de ne plus nous soutenir.

Il y eut un silence écrasant.

Les mâchoires crispées, Zorg nous dévisagea, les uns après les autres. Sa respiration s'était accélérée, mais il feignit de garder son calme.

— Il m'avait donné sa parole.

— La situation aux frontières lui a fait changer d'avis.

— L'insurrection d'Abdelkrim el-Khattabi contre les armées françaises et espagnoles dans le Rif marocain ne date pas d'hier. Madani était au courant de ce qu'il se passe chez les *Chlouh*.

— Oui, mais depuis que, côté algérien, les militaires vont et viennent dans notre secteur, Madani a peur. Notre présence sur ses terres, selon lui, est un risque qu'il ne veut plus courir.

— Est-ce que les militaires l'ont menacé ?

— Ils ignorent jusqu'à son existence.

— Alors, pourquoi cette volte-face ?

— Tant de girouettes tournent pour si peu de vent, dit un homme chétif à longue barbe blanche.

— Quel vent, Karzaz ? s'énerva Zorg.

— Le vent qui tourne.

— Issa dit que Madani n'a même pas été inquiété par les Français. Comment se fait-il qu'il se rétracte aujourd'hui après m'avoir fait allégeance ?

— Il est des girouettes que le souffle d'une libellule ferait pirouetter, capitaine. Je n'ai jamais cru dans l'engagement de cet individu. Une personne qui prête serment en fuyant le regard de son interlocuteur n'est pas fiable. Je l'ai toujours trouvé louche, ce Madani. Son père avait refusé de se battre aux côtés des insurgés de la Saoura, en 1903, alors que des tribus d'Aïn Sefra, H'miyène et Laâmouri, n'avaient pas hésité à prêter main-forte aux Doui Meniâ et aux Ouled Jérir, à Asla.

Zorg croisa les doigts sous le menton.

Le bourdonnement des mouches prit de l'ampleur dans la salle.

— Vous avez essayé de le raisonner ?

— Bien sûr, dit Horr, je suis allé personnellement lui parler, avec Karzaz. Il n'a rien voulu entendre.

— Il ne vous a pas donné d'explication ?

— Non, mais il s'est montré catégorique, reprit Issa. Il a chassé les familles qui travaillaient sur ses terres sous prétexte qu'il ne pouvait plus les nourrir. Une façon comme une autre de nous couper les vivres. Depuis quelques semaines, nos réserves s'épuisent dangereusement.

— Les autres tribus approuvent-elles sa conduite ?

— Madani se fiche de ce que pensent les autres. Il ne veut plus de nous sur son fief. Notre guerre, il n'y croit plus.

— Il faut tuer ce chien avant qu'il ne collabore avec les Français, proposa Abla.

— Je suis d'accord, approuva Karzaz. Madani est un traître potentiel. Il faut l'éliminer. Si l'armée apprenait qu'Er-Rouge est dans le coin, elle lancerait ses meilleures troupes à nos trousses.

— On se relève à peine de nos échecs dans l'Ouarsenis, objecta Zorg. Tuer ce renégat ne ferait qu'attirer l'attention des militaires.

— Ça fait plus d'une année qu'on n'a rien tenté, lui rappela Horr. Il faut bien prouver à ceux qui nous ont enterrés vivants qu'on est toujours là. Abdelkrim el-Khattabi est parti de rien. Il a soulevé tout le Rif marocain. Dans la Saoura, un certain Ould Bouzid donne du fil à retordre à la garnison de Colomb-Béchar. Nos hommes ont besoin de quelques coups d'éclat pour se retaper le moral.

Zorg leva une main excédée pour faire taire tout le monde.

— Nos hommes ont besoin de se reconstruire d'abord. C'est moi qui commande ici, d'accord ? Si on veut résoudre un problème, on ne s'emballe pas. Il y a sûrement un moyen de raisonner ce chien de Madani sans avoir à mettre la région à feu et à sang… Autre chose, Issa ?

Issa toussota dans son poing. Il dit :

— Les familles chassées par Madani n'ont rien à se mettre sous la dent. Peut-on leur débloquer un peu de vivres ?

— Vois avec Sobhi. Qu'il prélève deux sacs de denrées de la réserve. Maintenant, sortez. Laissez-moi réfléchir.

— Ne réfléchis pas trop, insista Karzaz. On peut faire d'un dépotoir un jardin, mais on ne peut élever le bétail au rang du haras. Madani est une tête de veau. Il faut le liquider avant qu'il ne pollue l'esprit des tribus acquises à notre combat.

— Dehors, tout le monde… J'ai besoin d'être seul avec Abla.

Pendant que Zorg et Abla réfléchissaient aux mesures à prendre contre Madani, Issa, Horr et moi reprîmes nos embrassades interrompues, chez Raho. Nous remuâmes nos souvenirs de guerre, évoquâmes nos morts et les cocasseries du front pour en tempérer les traumatismes.

Karzaz s'approcha de moi, en lissant sa barbe d'une main mystique.

— Je n'ai pas le souvenir de t'avoir croisé sur mon chemin, toi. Puis-je savoir à qui ai-je l'honneur ?

Raho fit les présentations :

— C'est le caporal Hamza, un Turco. On a fait la guerre dans la même compagnie. (Se tournant vers moi :) Lui, c'est Karzaz. Un patriote hors pair. Il aime son pays comme personne.

— Le patriote n'est pas celui qui aime son pays, mais celui qui en est digne, dit Karzaz.

— Comme tu peux le constater, caporal, fit observer Issa, notre bonhomme tire à vue.

— Normal, renchérit Horr. Karzaz est poète, le plus talentueux des poètes du Sud.

— Je croyais que le plus grand des poètes était Mohamed Belkheir, de la tribu Rzeigat, hasardai-je.

— Karzaz n'a pas son pareil, attesta Issa. Il a été… comment s'appelle cette cité où il y a plein de livres anciens ?

— Tombouctou.

— Tombouctou… À lui seul, le nom est déjà une expédition. C'est au-delà du Sahara. Karzaz est parti jusque là-bas pour s'instruire. Il a eu pour maître le grand érudit Sidi Ba.

— Seddig, corrigea le poète.

— Qu'importe comment il s'appelle, maintenant que l'élève a dépassé le maître.

— Je ne te laisserai pas dire une chose pareille. Un élève ne dépasse pas le maître, il l'élève.

— Quelle humilité, applaudit Issa.

— N'empêche, aucun chantre ne t'arrive à la cheville, reprit Raho. Tu sais tout magnifier, la terre, les étoiles, la bravoure, nos héros, absolument tout.

— S'il sait tout magnifier, dis-je, pourquoi a-t-il l'air si malheureux ?

Le poète ébaucha un petit sourire.

Il déclama :

Qu'est-ce qu'un roi sans sa cour
Sinon un pauvre diable qui s'ennuie
Qu'est-ce qu'un poète sans amour
Sinon une ombre dans la nuit

— Arrête ton cirque, Karzaz, lui reprocha Horr. On t'a trouvé un tas de femmes. C'est toi qui refuses de te marier.

— Je n'ai pas besoin d'une épouse, mais d'une égérie à sublimer jusqu'à la folie.

— Tu n'as pas besoin d'une égérie pour être fou. Tu l'es déjà.

44

Le camp des familles bannies par Madani se réduisait à un fatras de bâches miteuses sommairement fixées sur des pieux. Tout ce que la plèbe représentait de plus navrant était amoncelé là, au milieu de nulle part, telle une abomination qu'il fallait cacher à la face du monde.

À notre approche, des hommes et des adolescents se mirent à sortir de leurs abris. Leur figure terreuse semblait n'être qu'une pièce isolée du puzzle ocre et chaotique que formaient leurs hardes. Derrière eux, leurs petites mains sous les aisselles en quête d'un peu de chaleur, se tenaient des enfants malades de froid et de faim, et derrière les enfants, les femmes aux joues caves et au regard perdu, un marmot sur le dos.

— On dirait des morts-vivants, soupira Karzaz.

— Sauf qu'ils sont plus morts que vivants, admit Issa.

Sa vareuse de hussard boutonnée de haut en bas, les épaulettes d'officier en évidence, Zorg fit signe aux pauvres gens d'approcher.

— N'ayez pas peur. C'est moi, Er-Rouge. Je vous ai apporté de la nourriture.

Au mot « nourriture », le regard des bannis se déporta sur la charrette de Sobhi. La vue des deux sacs de denrées ralluma leurs prunelles jusque-là éteintes.

Zorg se tourna vers Karzaz :

— Parle-leur, toi, le poète qui manipule les mots aussi bien que le sabre. Dis-leur pour qui je me bats.

Karzaz se hissa sur sa selle, aspira profondément et lança sur un ton enfiévré :

— *Salam*, braves gens. Notre commandeur Er-Rouge connaît vos souffrances puisqu'elles sont les siennes. Vous êtes son souci, sa fureur et son serment. Il vous demande de ne pas baisser les bras et de garder la foi. Dieu temporise mais ne néglige personne. Ce que la déchéance a fait de vous n'est pas ce que vous êtes mais ce que les traîtres veulent que vous soyez. Rassurez-vous, la mauvaise passe que vous traversez arrive à sa fin. Er-Rouge rendra justice à chacun d'entre vous et aucun malheur ne vous frappera de nouveau.

Les pauvres gens ne l'écoutaient pas. Ils n'avaient d'attention que pour les deux sacs de denrées.

— Ce qui vous a été confisqué vous sera restitué. Vous retrouverez vos maisons et vos voisins, les collines sur lesquelles vous avez couru enfants et le chant des flûtes dans les roseaux. Et vos petits, qui aujourd'hui ignorent ce que joie veut dire, eh bien, ils auront des enfants bien portants et beaux. Ne désespérez pas de la miséricorde du Seigneur. Un jour proche, le soleil de la liberté reviendra comme un pèlerin comblé de retour parmi les siens et, devant notre peuple en souffrance, il ouvrira son ballot et étalera aux yeux du monde sa fortune aussi éclatante que l'or, et plus jamais il n'y aura de bannis sur la terre sacrée du preux Er-Rouge.

Zorg releva le menton pour se donner la stature du sauveur, remercia d'un léger hochement de la tête le poète avant de se tourner vers Sobhi assis sur les sacs de denrées.

— Occupe-toi de ces malheureux. Quand tu auras fini, tu retournes au village.

Sur ce, il éperonna son cheval et fonça à travers la plaine, Abla à ses côtés, et nous, une douzaine d'hommes armés, derrière.

Quand nous nous fûmes éloignés du camp des « bannis », Zorg ordonna à Issa de lui trouver un endroit propice à l'embuscade. Issa nous conduisit dans un corridor rocailleux. Le soir tombait. Zorg décida d'y passer la nuit.

— Je connais une petite oasis, non loin d'ici, pour dormir, lui suggéra Horr.

— On reste ici, dit Abla. Tu sauras pourquoi demain.

Nous dessellâmes nos montures, attachâmes les chevaux aux arbustes et allumâmes un feu pour le dîner.

Après un repas frugal, on désigna les premiers tours de garde. Deux sentinelles gravirent le talus pour occuper les deux crêtes du ravin. Les autres formèrent un cercle autour du feu, un samovar rempli de thé bouillant à portée de la main.

— Enchante-nous, cher poète, dit Horr à Karzaz. Dis-nous quelques vers afin que le monde ait un sens.

— Y a pas mieux qu'une parole bien dite pour détendre l'esprit, renchérit Issa.

— Vas-y, maître, reprirent les autres. S'il te plaît, ensorcelle-nous avec ton génie.

— D'accord, d'accord, céda Karzaz. Laisse-moi d'abord me sucrer le palais.

Il huma son gobelet, avala une gorgée, clappa des lèvres et déclama :

Si ton cœur est fait d'amour
Laisse-le battre à son gré
S'il ne récolte pas ce qu'il sème
Il se nourrira de ce qu'il donne

Si ton âme d'enfant peine
À rendre les joies possibles
Sache que ton âme a du cœur
Et que son cœur la sublime.

— Allah-Allah ! s'exclama l'auditoire à l'unisson. Magnifique, bravo !

— Quand je t'entends dire ces belles phrases comme si elles sortaient d'un livre, j'ai honte de n'avoir pas été à la médersa, avoua Horr. Je me sens nu sans instruction.

— Si tu sais être digne dans l'adversité, lui certifia Karzaz, tu vaux autant que n'importe quel homme instruit. Si tu as compris que ce ne sont pas les chaînes qui t'empêchent d'être libre, mais ta peur ; si tu as compris que ton seul bourreau, ton seul geôlier, c'est toi, et que c'est à toi que revient le choix d'être ce que tu veux, aucun érudit ne t'arriverait à la cheville.

— Un canasson se changerait en pur-sang rien qu'à t'écouter, le salua Abla. Ce que je ne comprends pas, pour un poète aussi enthousiasmant, c'est ta tristesse. Tu parais souffrir plus que n'importe qui. Tes paroles résonnent comme des sanglots.

— Il en est des poètes comme des cierges, dit Karzaz. Ils brûlent et fondent en larmes pour que la lumière soit.

Zorg planta son couteau dans la terre, d'un geste hargneux.

— Ne ramène pas le monde à ta petite personne, Karzaz. Ce qui brûle en toi nous consume tous. Parle-leur plutôt de ces traîtres qui renoncent à leur dignité pour un morceau de sucre.

— Ça, ils le savent déjà.

— Pour quel enseignement ? La parole donnée ne compte plus. Les gens sont avec toi aujourd'hui et te poignardent dans le dos le jour d'après. C'est de ça qu'il faut leur parler, poète.

Il y eut un silence déconcertant, puis, les uns après les autres, nous nous dispersâmes. Chacun regagna son couchage. Abla monta sur la crête tenir compagnie aux guetteurs.

Jusque tard dans la nuit, Horr, Issa et moi évoquâmes nos années françaises. Zorg nous exhorta de nous reposer car une rude journée nous attendait. Mes deux camarades de tranchées ne tardèrent pas à s'assoupir et moi, le visage tourné vers le ciel, je renouai avec mes insomnies.

Le temps glissait sur la steppe comme glisse, sur l'herbe grasse, le serpent fabuleux des contes que ma mère me racontait avant que je m'endorme, la poitrine palpitante d'un bonheur angoissé. J'eus envie de l'entendre, ce temps qui ne connaît ni escale ni remise en question, qui file droit devant lui sans se soucier de ce qu'il renverse ou emporte – l'entendre cadencer mon pouls afin que je ferme les yeux pour ne percevoir que le silence pesant de mes absents.

Où étaient-ils, mes chers disparus ?

Qu'étaient-ils devenus ?

L'image de notre gourbi s'incrusta dans mes pensées. Notre chien jappe à l'approche d'une carriole. Notre jument broute dans une touffe de ronces. Mon père surveille son dernier-né dans la cour... mon père... ce héros valétudinaire. Quand bien même il ne laissait rien transparaître de l'affection qu'il avait pour moi, il m'aimait plus que tout au monde. Ma mère est en train de traire la chèvre, accroupie sous le figuier. Elle se tourne vers moi, le sourire aussi touchant qu'une offrande de pauvre. Ma mère, ma tendre mère, elle aurait déplacé les montagnes pour me retrouver, et j'étais là, couché sous un bout de couverture, à attendre le miracle au lieu de le provoquer.

Comment les oripeaux d'un fragile illusoire avaient-ils pu me distraire de mon devoir de fils ? Qu'était-il advenu de ce frisson qui m'avait relevé le menton tandis que notre compagnie traversait le village français à notre descente du bateau ? Pourquoi s'était-elle rétractée, la fibre qui avait résonné en moi comme la corde d'un arc ?... Cohorte en guenilles et en perdition, agrippés à leur misérable existence comme les galériens à leurs rames, les bannis de tout à l'heure formèrent une haie dans mon esprit, mais ce n'étaient plus les mêmes gens qui applaudissaient sur le trottoir, là-bas, en terre de France. Il n'y avait pas de trottoirs dans la Hamada, ni de balcons ni de fanions ; il n'y avait que des lèvres horribles comme des plaies qui salivaient sur deux sacs de denrées. Si ces malheureux avaient écouté d'une oreille distraite ce que déclamait Karzaz, ils prêtaient la plus attentive au gargouillis de leur ventre ; mais moi, j'avais faim de la voix du poète qui soufflait sur les braises que je croyais éteintes. J'étais persuadé que la Providence ne m'avait pas conduit jusqu'au camp des « bannis » par accident, qu'il y avait une raison plus grande que celle qui m'avait obligé à dire « oui » à El Hachemi, et « oui » à Lalla, et « oui » à Gaïd Brahim, « oui » à Allal et à tous ceux qui avaient abusé de ma loyauté.

Un pied me secoua.

— Debout, caporal. C'est ton tour de garde.

45

Zorg nous réunit au lever du jour pour nous exposer la situation. Il ordonna à Horr de rester sur place, avec pour mission d'élaborer un plan d'embuscade. Ensuite, il nous désigna, Issa, Abla et moi, pour l'escorter.

— À quatre, vous courez un gros risque, observa Karzaz. Prenez quatre hommes supplémentaires avec vous, par précaution.

— Tu comprendras plus tard, lui dit Abla.

— Réflexion faite, tu viens avec nous, le poète, dit Zorg. Pour que tu aies quelque chose à raconter aux générations de demain.

Nous nous mîmes en selle et galopâmes vers l'ouest, Issa en éclaireur. Quelques kilomètres plus loin, nous aperçûmes une ferme. Zorg scruta les alentours avec ses jumelles.

— C'est la demeure de la quatrième épouse de Madani, l'informa Issa. Il n'y a pas grand monde.

— Je t'ai répété mille fois de ne jamais foncer la tête la première sur une cible qui te paraît facile, l'apostropha Zorg.

— C'est mon secteur. Je le connais mieux que ma poche.

— C'est parce que tu n'as rien dans la poche.

Nous surveillâmes la ferme pendant une petite heure, cachés dans les buissons. De rares silhouettes entraient et sortaient de la demeure.

— On y va, décida Zorg.

Assis sur un banc face au soleil, une serviette sous le menton, un vieil homme était en train de se faire raser le crâne par un barbier. Notre visite ne le préoccupa aucunement. Il laissa le barbier terminer son travail et se contenta d'écarter légèrement les genoux, une pétoire à sa portée. Quand nous fûmes à un jet de pierre de lui, il porta sa main en visière pour nous dévisager.

— Que me vaut l'honneur de ta visite, Issa ? grommela-t-il d'une voix rauque.

— C'est moi, Er-Rouge. Tu m'as déjà oublié, cheikh Madani ?

— Avec l'âge, on préfère garder en mémoire ce qui la repose, rétorqua le cheikh en se penchant du côté de la pétoire.

— Ne t'avise pas de toucher à ça, le menaça Abla.

Le vieil homme éclata d'un rire qui sonna faux. C'était le rire d'un homme en péril qui tentait de se donner une contenance. Le barbier avait compris ; il s'était déporté d'un pas. Trois jeunes domestiques sortirent de la demeure. Abla pointa son pistolet sur eux et les somma de lever les mains.

Issa fit le tour de la maison pour s'assurer qu'il n'y avait personne d'autre dans la ferme.

— Seule l'épouse est à l'intérieur, rapporta-t-il.

Zorg ne quittait pas des yeux l'épaule droite du vieillard, celle qui se penchait sur la pétoire.

— Pourquoi as-tu chassé les familles qui travaillaient pour toi, cheikh Madani ?

— Je n'ai plus de quoi subvenir à leurs besoins.

— Comment ça se fait ?

— Cette année, je manque de semence.

— À ma connaissance, tu en as tout un stock dans la grange, lui signala Issa.

— Il n'est pas utilisable. Les graines sont avariées.

— On raconte que tu as chassé tes employés pour ne pas ravitailler ma troupe, reprit Zorg.

— On raconte tellement de choses quand on n'a rien de bon à faire.

— Ce n'est pas pour couper les vivres à mes hommes ?

— Disons que c'est une aubaine, pour moi, cette pénurie de semence. Comme ça, tes hommes vont me ficher la paix. Ils m'ont ruiné en vivant à mes crochets comme des parasites.

— Tu traites de parasites des guerriers qui se battent pour la dignité de notre peuple.

— Quel combat ? La France, c'est le monde. Que peut une peuplade contre le monde ? J'ai ma propre guerre et je la mène contre le désert. Je plante, sème, greffe, laboure. C'est une guerre qui fait vivre, une guerre qui ne s'abreuve pas dans le sang, mais dans l'eau, si rare par ici, et dans la sueur.

— Tu avais promis de collaborer avec moi. Qu'as-tu fait de ta parole ?

— Disons que je l'ai reprise lorsque je me suis aperçu qu'elle avait été donnée trop vite. Tu m'as séduit avec tes histoires de la dignité et je ne vois qu'une bande de profiteurs qui se gave à mes frais. Prends tes ogres et donne de l'air à tes semelles parce que, entre toi et moi, c'est fini. Je n'ai pas l'intention d'accorder à l'Administration coloniale un prétexte pour qu'elle saisisse mes terres. Beaucoup de cheikhs ont perdu rangs, biens et fortunes pour moins que ça. Si on découvre que j'abrite des rebelles, c'est la déportation garantie.

Karzaz se racla la gorge avec force.

Il dit :

— Celui qui renonce à sa cause ne vit pas ; il se décompose comme un fruit pourri tombé de son arbre. Lorsque le vent se lèvera…

— … il nous emportera tous dans sa poussière, enchaîna le cheikh, toi, tes belles paroles, lui, et lui, et elle, et ces pauvres diables. Que l'on soit marabout ou fou, on n'est que des coups de vent en ce bas monde. Si vous voulez faire boire vos chevaux, l'abreuvoir est juste derrière le muret, là-bas. Je vous autorise à vous y débarbouiller aussi. Après, je ne veux plus entendre parler de vous.

Zorg consulta du regard Abla, revint sur le cheikh :

— À ta place, je rappellerais sans tarder les familles que tu as chassées pour les remettre au travail.

Le cheikh émit un hoquet dédaigneux :

— Tu oses me menacer, et chez moi, par-dessus le marché ?

— Chez toi ou ailleurs, ma menace est à prendre au sérieux.

Cet individu est mauvais, pensai-je. Il regarde dans son âme comme dans un abîme. Il me rappelait Gaïd Brahim. Ses yeux débordaient d'un mépris condensé, sale comme une rinçure, se posaient en éteignoir sur les êtres et les choses. Il fallait être un monstre pour livrer à la clochardisation mortelle femmes, enfants et nourrissons. Je le détestai, tandis que défilaient dans mon esprit les visages ternes et les bouches affamées des pauvres spectres haillonneux laissés là-bas, au milieu de nulle part, croupissant sous des bâches qui claquaient au vent comme des ailes de chauve-souris.

— Je n'ai pas peur de toi, dit cheikh Madani en s'étirant au soleil avec désinvolture. Et tu n'es pas à ma place, le Rouge. D'ailleurs, tu n'as de place nulle part. Un jour ou l'autre, les Français vont te choper comme un vulgaire bandit et ton cadavre sera exposé dans un village musulman pour rappeler à l'ordre ceux qui seraient tentés, comme toi, de se mesurer à la plus puissante armée sur terre.

— On dirait que tu t'en réjouis déjà, lui dit Abla.

Madani cracha sur le côté. Ses lèvres se retroussèrent sur un dédain plus lourd que celui qu'il affichait devant Zorg :

— Tu devrais avoir honte de traîner avec les hommes, toi, au lieu de hausser le ton devant un cheikh. Retourne à ton ménage et tâche de nettoyer ta figure de l'affront que tu fais aux filles de bonne famille…

Le coup de feu me fit sursauter. Une giclée de sang et de grumeaux rosâtres éclaboussa le mur contre lequel s'adossait le cheikh.

C'était Abla qui avait tiré.

Elle sauta à terre, retourna le corps sans vie du cheikh ; d'un coup de lame, elle lui trancha le nez.

— De cette façon, même au paradis, on saura qu'il a été un traître.

Le barbier leva les mains ; son rasoir lui échappa des doigts. Les trois domestiques étaient tétanisés.

— Maintenant, leur dit Abla, allez dire au fils du cheikh que lorsqu'on fait allégeance à Er-Rouge, on lui appartient corps et âme.

Je compris, ce jour-là, qu'Abla n'était pas seulement la cousine de Zorg, qu'elle était beaucoup plus qu'une femme parmi les hommes.

Nous quittâmes la ferme au galop, comme des voleurs.

Horr avait articulé un dispositif d'embuscade en forme d'entonnoir de façon à ne laisser aucun assaillant battre en retraite. Tapis derrière les rochers, balle au canon, nous guettâmes nos potentiels poursuivants.

Abla et son cousin se tenaient à plat ventre sur la crête, scrutant l'horizon avec les jumelles.

— Ils arrivent, nous alerta Issa. Tout le monde à son poste. Épargnez le fils du cheikh. Le capitaine le veut vivant.

Ils étaient une dizaine d'hommes armés à s'engouffrer dans le corridor rocheux, tellement aveuglés par leur désir de vengeance qu'ils n'entendirent pas les premiers coups de feu. Deux chevaux se cabrèrent, désarçonnant leurs cavaliers. Pris au piège, nos poursuivants ripostèrent au hasard. Nos balles en fauchèrent quelques-uns. Les rescapés tentèrent de rebrousser chemin ; Horr et six de ses hommes leur barrèrent la route.

— Jetez vos armes, cria Abla, debout sur la crête, le canon de son fusil pointé sur un grand garçon en burnous de notable.

Les assaillants laissèrent tomber leurs fusils et levèrent les mains. Issa les fit descendre à terre, les uns après les autres, en s'assurant qu'ils ne portaient pas d'autres armes sur eux. On les ligota et on les mit à genoux contre le talus.

Zorg s'adressa au garçon au burnous de notable :

— C'est ton père qui a voulu qu'on en arrive là, Ramdane.

Le fils du cheikh garda le silence, les prunelles éclatées de haine.

— Il a traité mes guerriers de parasites. Il n'a pas tenu sa parole. Il se préparait à se soumettre à l'envahisseur. Ce sont des défections qui ne pardonnent pas. Si un fils ne doit pas payer pour son père, il peut lui sauver son âme. Je t'offre cette chance, Ramdane. Restitue à ta famille l'honneur que ton géniteur a bafoué.

— J'ignore si le mot « honneur » a un sens pour un brigand, mais l'un de ses piliers fondamentaux est de venger la mort de son père. Et tu viens de tuer le mien. Tu serais Issa le Christ que je mettrais moi-même le feu à ta croix.

— Ne laisse pas la colère supplanter ta présence d'esprit, Ramdane. Tu es mon prisonnier. Tourne sept fois la langue dans ta bouche avant de proférer des imprudences qui risquent de te coûter cher.

Ramdane cracha sur Zorg. Sa tête éclata aussitôt dans une détonation que l'entonnoir rocheux amplifia. Le fils du cheikh était mort avant que sa face ne touche le sol.

Zorg enfonça le canon de son fusil dans la gorge d'un jeune homme vigoureux, aux yeux d'un vert sombre.

— Et toi, Wacini, serais-tu de mèche avec le cheikh et son rejeton ?

— Non.

— Tu dis ça parce que tu as peur que je répande ta cervelle sur le burnous de ton cousin ?

— Je ne me soumettrai jamais à ceux qui nous ont dépossédés de nos terres, jura le cousin avec calme et résolution. Contrairement à feu mon oncle, mon père s'est battu en 1903 à Asla. Il est mort aux côtés des Doui Meniâ. Les Français ont saisi nos vergers, notre ferme et nos biens, et ont déporté mon frère aîné en Nouvelle-Calédonie.

— Je connais l'histoire de ta famille. Je sais aussi que tu ne t'entendais pas avec ton oncle. Maintenant que l'unique héritier de Madani est en enfer, serais-tu d'accord pour t'occuper de ce que ton oncle a laissé ?

— Oui.

— Me donnerais-tu ta parole d'homme de reprendre les familles que ton oncle a chassées et de les remettre au travail comme avant ?

— Tu as ma parole.

— Et tu continuerais de ravitailler mes hommes ?

— Ce serait un devoir et un honneur pour moi.

— Et ces chiens, là, demanda Abla en montrant du menton les prisonniers, tu penses qu'ils sont dignes de confiance ?

— Le petit qui saigne du bras, c'est mon neveu, et l'homme au turban gris, c'est mon beau-frère. Ils sont corrects. Pour les autres, je ne peux rien vous garantir.

Les prisonniers, dont deux étaient blessés, baissèrent la tête. Ils connaissaient trop les hommes d'Er-Rouge pour en attendre autre chose que le coup de grâce.

— Ces cervidés ont-ils un lien filial avec les Madani ?

— Non, dit Wacini en fixant le sol. Le vieux est puisatier. Les deux autres sont des garçons d'écurie. Je n'aimerais pas les reprendre à mon service, si tu leur laissais la vie sauve, mais je m'en voudrais si tu les exécutais.

Zorg se tourna vers Abla qui, du regard, lui fit comprendre qu'il serait préférable de les abattre.

— Je prends le risque, intervint Issa. J'ai besoin d'hommes. J'en ferai de bons guerriers.

— Tu es d'accord avec ce que promet Issa ? demanda Zorg au puisatier.

— On a des enfants, répondit simplement le puisatier.

46

Nous retournâmes, une dizaine de jours plus tard, sur les terres des Madani, à l'improviste, pour nous assurer que les choses étaient rentrées dans l'ordre. Wacini avait tenu parole. Il avait rappelé les familles que son oncle avait chassées et les vergers avaient retrouvé les bêches et les clapotis des foggaras.

Zorg maria la veuve du cheikh, qui était presque une adolescente, à Karzaz, et promit de ne plus faire couler de sang musulman. Mais il instaura des mesures drastiques : personne ne devait rejoindre les hameaux alentour sans être escorté par un fier couteau d'Issa ou de Horr.

À la fin de notre visite, Zorg fit la tournée des tribus qui vivaient sur *son* territoire. La nouvelle de l'exécution du cheikh Madani et de son fils nous avait précédés. Certains l'approuvaient ouvertement, d'autres préféraient garder leurs sentiments pour eux. Cependant, dans tous les douars où nous étions passés, l'accueil fut enthousiaste. Les gamins essaimaient autour de nos montures en nous acclamant.

Zorg me proposa d'épouser la petite-fille du cadi des Lantri. Je lui fis savoir que je ne mériterais d'être un mari que lorsque j'aurais récupéré mon nom et appris ce qu'il était advenu de ma famille. Er-Rouge se souvint de sa promesse et chargea les chefs de tribu sur notre chemin de chercher la trace d'un certain Sellam, un manchot aux yeux gris, père de Missoum et de Hassan.

Le printemps 1925 fit sortir les gerboises de leurs terriers, et tout ce que le gel hivernal avait réduit au silence se remit à bruire et à s'étirer au soleil. Des gazelles, par troupeaux, gambadaient au milieu d'une flore luxuriante. Dans le ciel flambant d'azur, les éperviers piquaient droit sur les outardes bien dodues. La nuit, les loups hurlaient à la lune et les hyènes, dont le ricanement parvenait jusqu'à nous, rendaient fous nos chiens et nos chevaux.

— Dis-moi, toi qui es natif de la région de Frenda, tu connais un certain Gaïd Brahim ? demanda Zorg à son homme lige, Antar.

C'était le soir. Nous étions rassemblés autour d'un feu de bivouac, loin de Bordj Khaled, à humer avec appétit le fumet d'un mouflon en train de rôtir sur la braise. La voûte céleste était constellée de millions de petites taches sémillantes. La lune habillait de paillettes le vallonnement des tertres. Dans l'obscurité bleutée, on devinait les manœuvres de la faune nocturne, les proies aussi alertes que leurs prédateurs.

L'albinos esquissa une moue dubitative :

— À Frenda ?

— Du côté d'El Gaada, précisai-je.

Il réfléchit et fit non de la tête.

— Je connais les tribus d'El Gaada. Il n'y a pas de caïd qui répond à ce prénom… Il y a un caïd Brahim, mais il vit beaucoup plus au sud, du côté de Kreider. Un vendu de première heure qui a spolié des familles entières pour céder leurs terres aux colons.

— Son nom de famille est Boussaïd Ech-Chorafa, dis-je. Il prétend descendre de la lignée du Prophète.

— Le Prophète ne peut engendrer de crapules, s'indigna Antar. Ce Brahim-là est de la pire espèce. Ma tribu a eu affaire à lui, dans le passé. Le lâche a fait intervenir l'armée pour le protéger.

Zorg me considéra avec une pointe d'agacement.

— C'est de lui qu'il s'agit ?

— Oui.

— Et tu ne sais même pas où ce vautour nidifie ? Comment peux-tu confondre El Gaada et Kreider ?

— Je n'avais jamais quitté mon douar avant la guerre.

— On n'a pas le droit de se tromper d'endroit à ce point ! Imagine qu'un autre caïd Brahim existe à El Gaada. On aurait la mort d'un innocent sur la conscience par ta faute.

— Tu comptes t'attaquer à Gaïd Brahim ?

— Je ne vais pas le faire pour tes beaux yeux, caporal. Il est grand temps pour moi d'élargir ma zone d'influence. Maintenant que j'ai maté les indociles sur mon territoire, j'ai décidé d'exterminer le reste de la vermine qui infecte la Hamada. Après, je m'occuperai des colons et de leurs garnisons.

Abla approuva fortement de la tête. Ses yeux jubilaient d'un triomphe prématuré.

Zorg se tourna vers Antar.

— À notre retour à Bordj Khaled, tu prendras deux ou trois cavaliers et tu partiras en reconnaissance. Je veux tout savoir sur ce chien. Où il va, s'il quitte sa demeure escorté ou seul, s'il a une maîtresse qu'il rejoint en secret quelque part, de combien d'hommes armés il dispose, s'il y a une caserne sur ses terres, tout.

— Mais c'est à plus de deux cents kilomètres de notre base, lui rappela Antar, visiblement mécontent des intentions de son chef.

— Nous nous battons pour libérer notre pays en entier, pas pour sécuriser un secteur.

Antar se tourna vers Abla, en quête d'un soutien, mais Abla était partante et déjà enthousiaste à l'idée d'en découdre. Antar comprit qu'aucun argument ne remettrait la décision de Zorg à plus tard. Il s'enquit, pour cacher sa désapprobation :

— Je peux prendre Stambouli avec moi ?

— Non, lui répondit Abla, moi, je t'accompagnerai. Une femme suscite moins de soupçons et nous aurons l'air d'un couple, tous les deux. Nous prendrons le guérisseur avec nous. À toutes fins utiles.

On a beau avoir tremblé sous les obus, ou fuir un avis de recherche, ou être traqué par des fantômes, il suffit que les canons se taisent, que la plainte soit retirée, que le jour se lève pour que l'on recouvre un semblant d'apaisement. Mais il est des peurs qui ne s'apprivoisent pas. Ces peurs-là sont tangibles, matérielles ; leurs griffes déchirent les viscères, s'ancrent dans les gènes et grandissent avec soi jusqu'à devenir organiques. On croit les perdre de vue de temps en temps, mais c'est mal les connaître. Enfouies au plus profond de l'être, elles attendent leur heure – ni les catastrophes ni les miracles ne sauraient les distraire. La mienne se réveillait à la seule évocation du nom de Gaïd Brahim. Lorsqu'on parlait de lui au village, au souk, à la mosquée ou à la maison, les voix rampaient à même la poussière, et les oreilles, soudain cramoisies, s'en voulaient d'être complices de ce qu'elles entendaient. Le blasphème n'aurait pas pu bouleverser notre conscience autant que le nom de ce tyran qui infectait nos pensées et nos soucis. La toute première crainte que j'avais lue sur les visages, c'était ce nom-là qui l'avait provoquée. Le premier cauchemar qui s'était insinué dans mon sommeil, je l'avais contracté le jour où les sbires du satrape nous avaient rassemblés sur la place et obligés de les regarder broyer à coups de crosse les doigts d'un sourcier qui s'était permis de creuser un puits sur les terres des Ech-Chorafa à l'insu de Gaïd Brahim.

Cette peur rugit en moi à l'instant où Zorg décida de s'en prendre à l'être le plus abject qu'il m'ait été donné de connaître.

Abla et Antar étaient partis en reconnaissance depuis deux semaines, et chaque jour me tenaillait d'angoisse. Le moindre aliment que je mettais dans ma bouche sécrétait dans ma gorge une amertume qui me retournait le ventre. À maintes reprises, j'eus envie d'aller convaincre Zorg de renoncer à son projet, mais pas une fois je n'eus le courage de franchir le pas. Zorg m'aurait traité de tous les noms d'oiseaux et m'aurait maudit, banni ou exécuté en me rangeant définitivement du côté des sans-honneur. Les dés étaient jetés, il n'y avait plus de machine arrière. J'avais convoqué toutes les raisons possibles et imaginables susceptibles de m'éveiller à mon devoir, et ni le tort fait à ma famille ni la tentative d'assassinat sur ma personne n'avaient réussi à me ragaillardir. Cette peur, qui remontait à ma plus tendre enfance, me désarmait ; je n'y pouvais rien.

Abla avait collecté un maximum d'informations sur les habitudes de Gaïd Brahim. Elle s'était introduite dans la Grande Kheïma à maintes reprises, les jours de souk, s'était entretenue avec les riverains, et avait obtenu ce qu'elle voulait. Elle avait répertorié les différents itinéraires qu'empruntait le despote lors de ses déplacements, le nombre de gardes qui l'escortaient, ses heures de sortie et de retour dans son fief. Elle nous apprit que le caïd s'adonnait à des parties de chasse le mardi et le vendredi, après la prière du *dohr*, que cinq cavaliers armés l'accompagnaient et qu'il n'avait pas de maîtresse pour s'isoler.

Zorg opta pour l'enlèvement, le vendredi après-midi, lors de la partie de chasse. Il voulait capturer le traître pour le trimbaler de douar en douar afin d'amener les cheikhs à se rallier à lui. Selon Antar, Gaïd Brahim était vomi par les grands et par les petits. Les quatre tribus qui crevotaient sur ses terres vénéreraient comme un saint celui qui les débarrasserait de l'abominable suppôt de la France qui les avait spoliées et assujetties en livrant leurs garçons aux bagnes, à la déportation et aux potences.

Nous mîmes un mois à peaufiner un plan d'attaque.

La veille de notre départ pour Kreider, la peur, qui m'essorait les tripes, se transforma en une haine dont je ne me croyais pas capable. Je me voyais déchiqueter de mes mains nues l'homme qui avait bouleversé le cours de mon existence et fait de moi une bête traquée.

47

Nous étions une vingtaine de cavaliers armés à fouler les terres d'Ech-Chorafa. La caserne de Kreider n'était pas loin ; nos éclaireurs étaient à l'affût du moindre mouvement suspect.

Scindés en trois groupes au départ, nous nous retrouvâmes, un jeudi torride, sur les hauteurs d'une colline dominant les bois où le caïd avait l'habitude de se rendre pour ses parties de chasse.

Cette nuit-là, nous n'allumâmes pas de feu afin de ne pas attirer l'attention. Nous ignorions alors que nous avions été repérés. Nous avions rencontré, sur notre route, des bergers, des colporteurs, des nomades. N'importe qui avait pu alerter la Grande Kheïma de notre présence. Mais nous ne le savions pas encore.

Lorsque, après la prière du *dohr*, nous vîmes une calèche escortée par trois cavaliers se diriger tranquillement vers les bois, Zorg envoya une partie de ses soldats contourner la colline afin d'interdire toute retraite au caïd et fonça sur la piste avec le reste de la troupe pour intercepter la calèche.

À peine avions-nous dévalé le talus que des coups de feu résonnèrent. Le groupe chargé d'empêcher le caïd de rebrousser chemin était tombé dans une embuscade.

Zorg poursuivit sa lancée sur la charrette du tyran.

D'autres coups de feu retentirent derrière nous. Une dizaine de cavaliers surgit des bois, une autre escouade jaillit à notre gauche. Nous étions cernés.

Pour moi, mon histoire allait finir là, au milieu d'un échange de tirs nourris. Je n'eus d'attention que pour la calèche en train de faire demi-tour. Pas question de mourir avant de régler mes comptes avec Gaïd Brahim.

Je tirai sèchement sur la bride de mon cheval et me dépêchai de rattraper le fuyard.

Abla eut la même idée que moi. Elle abattit l'un des trois sbires qui escortaient le caïd, les deux autres ripostèrent pour couvrir leur fuite. Nous rattrapâmes la calèche. Le fuyard se rendit sans résistance, les bras en l'air… Terrible fut ma douleur lorsque je me rendis compte que ce n'était pas Brahim le démon, mais un pauvre vieillard déguisé en caïd que le tyran sacrifiait afin de nous piéger.

— Ce n'est pas lui, dis-je à Abla.

— Je m'en doutais un peu, m'avoua-t-elle. L'appât était trop tentant.

Elle exécuta le faux caïd, d'une balle dans la nuque.

La bataille rangée s'amplifia. Pris en étau par une trentaine de sbires, à découvert, nous nous repliâmes vers les bois. Nos assaillants, connaissant mieux que nous le terrain, nous forcèrent à décrocher en laissant sept des nôtres à terre.

Nous galopâmes plein sud, en déroute.

Pour la première fois, je vis Zorg totalement dépassé.

À la tombée de la nuit, fourbus, assoiffés et déboussolés, nous atteignîmes une clairière où nous pûmes nous poser. Nous déplorions, en plus des sept morts laissés derrière nous, quatre blessés dont un succomba quelques heures plus tard. Stambouli avait reçu une balle à l'épaule et perdu beaucoup de sang.

Nous essayâmes de nous ressaisir après la cuisante correction que nous avaient infligée les hommes du caïd, mais la majorité d'entre nous était en état de choc. Antar avait perdu son beau-frère et le mari de sa sœur ; Sobhi, son cousin ; l'armurier, son frère.

Zorg se verrouilla dans le silence et nous interdit de l'approcher. Même Abla n'osa pas le déranger.

Vers quatre heures du matin, nos guetteurs nous réveillèrent en catastrophe. Les hommes de Gaïd Brahim arrivaient sur nous, dans le noir, munis de torches. Nous ramassâmes nos affaires et nos blessés et nous nous repliâmes à la faveur de l'obscurité.

Les sbires ne se contentèrent pas de nous jeter hors des terres d'Ech-Chorafa, ils voulaient nous exterminer jusqu'au dernier. Gaïd Brahim savait sans doute à qui il avait affaire. Pour lui, s'offrir la tête du fameux Er-Rouge valait tous les trophées. Non seulement un tel exploit renforcerait son autorité dans la région en plus il scellerait davantage l'allégeance qu'il avait faite à la France.

La traque se poursuivit durant plusieurs jours parce que Zorg ne tenait pas à rentrer à Bordj Khaled. Si l'armée venait à découvrir l'existence de la « base », elle la raserait. Sans refuge ni réserve, l'Officier Rouge serait à la merci des traquenards et de la chasse en meute.

Nous ne tardâmes pas à manquer de vivres. Depuis que deux éclaireurs envoyés par Abla pour nous approvisionner dans un hameau n'avaient plus donné signe de vie, tous les douars nous parurent suspects. Un deuxième blessé succomba à son tour, faute de soins et de repos. Les sbires du caïd étaient toujours à nos trousses. Ils cherchaient à nous rabattre sur Kreider où les militaires nous neutraliseraient.

À bout, Abla parvint à convaincre Zorg de renverser la tendance. Au lieu de battre en retraite, pourquoi ne pas contre-attaquer ?

Antar repéra un petit groupe d'assaillants isolé. Nous lui tombâmes dessus au beau milieu de la nuit, sans tirer un coup de feu. Le couteau suffit. Nous nous emparâmes de leurs vivres, de leurs armes et de leurs chevaux, refîmes le même coup à un autre groupe, la nuit suivante, obligeant les sbires à ralentir leur progression.

Horr nous rejoignit avec une dizaine d'hommes et des provisions. Le rapport de force était en notre faveur, mais Zorg balaya du revers de la main la confrontation avec les sbires du caïd qu'il cherchait absolument à attirer vers la frontière marocaine. En brouillant les pistes, c'était Bordj Khaled qu'il protégeait. Il était hors de question que *sa* base soit localisée.

Notre présence prolongée dans le secteur alerta la caserne de Kreider qui actionna un éventail d'embuscades afin de nous empêcher de nous replier sur les terres fraîchement conquises des Madani. Abla suggéra à Zorg d'attaquer le cantonnement de l'armée, à la frontière, pour faire croire à une intrusion rifaine et attirer ainsi les militaires à l'ouest en les obligeant à dégarnir le dispositif qu'ils venaient d'articuler au sud.

Le mirador ciblé était occupé par une vingtaine de soldats d'infanterie. Nous commençâmes par éliminer une patrouille qui s'était aventurée dans un talweg et attendîmes le renfort censé lui être envoyé à la rescousse. L'accrochage dura des heures, mais la diversion ne fonctionna pas. Le dispositif sud ne fut pas levé et nous subîmes d'autres pertes.

Nous nous enfonçâmes dans le territoire marocain, remontâmes la frontière jusqu'à l'est de Bouarfa et regagnâmes l'Algérie après une semaine de tâtonnements en nous cachant le jour et en nous déplaçant la nuit.

Pas une fois Zorg ne m'adressa la parole après la débâcle sur les terres de Gaïd Brahim. Lorsque nos regards se croisaient, je lisais de la haine dans ses yeux. Il m'en voulait à mort, mais j'ignorais pourquoi.

Horr m'éclaira :

— Zorg ne comprend pas comment une opération censée mettre hors d'état de nuire un despote, un traître, une offense à notre peuple, a pu capoter aussi lamentablement. Selon lui, il y a, dans nos rangs, quelqu'un qui porte la poisse.

— Et bien sûr, c'est moi.

Horr baissa la tête.

— Tu connais Zorg. Il lui faut toujours un dos sur lequel essuyer son couteau.

— Et tu en penses quoi, toi ?

— Là n'est pas le problème, caporal. Tu as voulu savoir ce que Zorg te reproche, tu le sais maintenant. À ta place, je ferais attention.

— Je ne laisserai personne me faire porter le chapeau.

— Tu fais ce que tu veux, caporal.

J'étais écœuré.

Toute la journée, l'image de la calèche et du faux caïd tourna en boucle dans ma tête. S'il y avait une justice sur terre, Gaïd Brahim serait mort. Or c'était lui qui nous pourchassait comme du gibier. Quelle misère ! À croire que le diable protège mieux ses suppôts que le bon Dieu ses saints, que les prières ne portent pas plus loin qu'un jet de crachat, que le sort, en croupier sourd, aveugle et muet, n'en fait qu'à sa tête, qu'il lance la boule et se moque éperdument de savoir sur quelle case elle va s'arrêter.

Je crois avoir abjuré, ce jour-là, sauf que je ne m'en rendais pas compte.

48

Une tribu de Bédouins nous recueillit. Nous étions exténués, à moitié insolés. Le cheikh, un guerrier pur et dur, nous conseilla de lui confier nos blessés et de rallier la Saoura où Ould Bouzid donnait du fil à retordre à la garnison de Colomb-Béchar.

— Une alliance avec toi pourrait empêcher l'implantation de nouvelles casernes dans la région, avait suggéré le cheikh.

— Les alliances peuvent attendre, lui avait répondu Zorg. Il faut que je retourne dans le Nord rassurer le reste de mes troupes.

— Le Nord est en alerte depuis l'attaque d'un poste frontalier.

Abla était d'accord pour que l'on se replie sur la Saoura, le temps que les choses se tassent. Zorg, lui, n'en était pas convaincu. Il craignait pour Issa et ses hommes, laissés sur les terres de Madani, que Wacini pourrait dénoncer aux militaires si la situation tournait en sa faveur.

Nos éclaireurs confirmèrent les dires du cheikh : le Nord était sous contrôle de l'armée. Il nous fallait nous mettre à l'abri au Sahara pour quelques semaines.

Le cheikh nous ravitailla en vivres et en eau potable et nous fournit deux de ses meilleurs guides pour nous conduire jusqu'à l'oasis de Mougheul dont le chef tribal était un insoumis.

Nous nous remîmes en route à la tombée de la nuit.

Nous progressions le long de la frontière, prêts à nous replier sur la province marocaine de Figuig si nos poursuivants tentaient de nous rattraper. Nous nous déplacions dès la nuit tombée ; le jour, nous nous cachions dans les lits de rivières et derrière les collines.

Un après-midi, un petit avion nous survola, puis il revint sur nous à une si basse altitude qu'il effraya nos chevaux.

— C'est un avion civil, nous rassura l'un des deux guides. Il y a un terrain d'atterrissage à une demi-journée d'ici.

Quelques heures plus tard, un biplan surgit du soleil et, en rase-motte, nous mitrailla. Avant que nous ayons eu le temps de riposter, il effectua une voltige, monta en flèche dans le ciel et disparut.

Abla gisait dans un fossé, la hanche ensanglantée. Antar, couché à plat ventre dans la poussière, avait reçu une balle dans le dos. Quatre de nos hommes furent tués, ainsi que trois chevaux. Il nous fallait évacuer les lieux avant qu'un détachement militaire nous tombe dessus. Les blessés n'étant pas en mesure de supporter un long voyage, le plus âgé des deux guides nous conseilla de nous replier sur la province de Figuig. Il connaissait une branche de la tribu des Banou Guils qui nous viendrait en aide. Zorg ordonna à Horr de prendre une partie des hommes et de se diriger sur Mougheul sans tarder et désigna ceux qui devaient partir avec lui au Maroc. Je fus surpris qu'il m'acceptât dans son groupe.

La tribu en question nous accueillit fraternellement. Le doyen, un vieillard aux traits nobles, mobilisa ses guérisseurs autour de nos blessés et mit à notre disposition une grande guitoune. En signe de gratitude, Zorg lui offrit un cheval et deux fusils.

L'état d'Abla était moins inquiétant que celui d'Antar, cependant les deux avaient perdu beaucoup de sang et sombré dans un profond sommeil.

Le guérisseur nous annonça qu'il avait réussi à extraire la balle de la hanche de la femme, mais pas celle qui s'était logée dans la colonne vertébrale d'Antar qui décéda deux jours plus tard, sans se réveiller.

Nous étions au chevet d'Antar lorsqu'il rendit l'âme. Zorg l'avait pris dans ses bras et l'avait serré très fort en le berçant. Ses mâchoires vibraient de colère et de peine. La gorge gonflée de fiel, il s'était tourné vers moi et avait crié :

— Je te hais !

Par respect pour son chagrin, qui était aussi énorme que le mien, j'avais préféré me retirer en silence.

Abla revint à elle le lendemain. Elle était exsangue, mais d'un courage fabuleux. Pas un instant elle ne permit à la douleur de lui arracher un gémissement. Son cousin était soulagé de la voir revivre. Il lui tenait la main comme un enfant.

Une semaine s'écoula. Aucun avion ne profana la virginité du ciel au-dessus de notre retraite, aucun mouvement de troupes ne fut décelé aux frontières. Zorg décida qu'il était temps de rejoindre sa troupe à Mougheul.

Maintenant que sa cousine était hors de danger, il n'avait plus rien à faire chez les Banou Guils.

Un jeune homme m'annonça qu'on m'attendait sous la tente du doyen. Zorg était là, assis en tailleur sur un tapis, à côté du chef tribal que l'âge n'en finissait pas d'abîmer. Sur leur gauche se tenait un homme de blanc vêtu, très propre, le visage orné d'un collier de barbe taillé avec soin ; à leur droite, un personnage vigoureux, au front massif, qui me dévisagea avec acuité.

On m'invita à prendre place près d'Er-Rouge qui, lui, ne leva pas les yeux sur moi. L'homme vêtu de blanc se révéla être un imam. Il s'élança dans un bref prêche, puis il demanda au doyen s'il consentait à accorder la main de son arrière-petite-fille Mariem, fille d'Abderrahim, à Yacine fils de Sellam, mandaté par Zorg fils de Chaabane. Le doyen acquiesça. L'imam leva la *fatiha* et valida le mariage.

Zorg venait de m'imposer une épouse que je n'avais même pas entraperçue.

Pris au dépourvu, je sortis de la tente comme d'une apnée. J'étais estomaqué, mais je ne pouvais qu'accepter le fait accompli, sinon j'aurais risqué, d'une part d'offenser nos hôtes, et d'autre part de discréditer mon mandant, signant ainsi ma mise à mort immédiate.

Zorg quitta le campement juste après la cérémonie. Je ne le vis pas partir avec ses hommes et n'eus pas le temps de lui demander ce qu'il lui avait pris de m'encombrer d'une épouse sans mon consentement et sans même m'en parler alors que nous étions en déroute, loin de notre « base », livrés à un lâcher de fauves qui transformait en arène chaque territoire sur lequel nous nous hasardions. Était-ce pour m'obliger de veiller sur sa cousine contrainte de rester chez les nomades le temps qu'elle se rétablisse ? Ou pour consolider ces alliances dont il était friand ? Ou bien était-ce, superstitieux qu'il était, pour se défaire d'un compagnon qui attirait la poisse comme un aimant ? Je pense que c'était pour les trois raisons ensemble, mais j'ignore, aujourd'hui encore, laquelle avait germé la première dans ses calculs.

Nous restâmes une dizaine de jours chez les Banou Guils, Abla et moi. Pas une fois je n'eus l'occasion d'entrevoir mon épouse. Personne ne jugea utile de nous présenter l'un à l'autre. La prénommée Mariem demeura confinée dans la guitoune maternelle – j'appris qu'elle était orpheline de père –, et moi, pour m'occuper, j'entrepris de toiletter les chevaux.

Un vendredi, après la prière d'*el asr*, un messager de Zorg arriva au campement à bord d'une calèche. Il devait nous conduire en lieu sûr. Le doyen nous retint deux jours de plus, car mon épouse n'était pas prête. Le lundi, la vierge sortit enfin de la guitoune maternelle, dans une modeste robe de mariée berbère, les mains rougies au henné, la tête sous un voile. Des youyous l'accompagnèrent jusqu'à la calèche parée d'étoffes multicolores. Mariem, en pleurs, grimpa à l'arrière, à côté d'Abla encore affaiblie qui portait un ballot sur le ventre pour faire croire qu'elle était enceinte.

Des femmes et des enfants nous escortèrent jusqu'au pied de la colline et se rangèrent sur la berge d'un oued pour nous regarder rejoindre la frontière.

— Il y a un poste militaire sur notre route, m'avertit le cocher.

— Nous aurions dû attendre la nuit, lui fis-je.

— Je vois mal, la nuit.

— On ne peut pas contourner le poste ?

— Ça ne servirait à rien. Regarde autour de toi. Tout est nu et à découvert. Une embardée nous rendrait suspects. Gardez votre calme, et tout se passera bien. J'ai dit au poste frontalier que je me rendais à Figuig pour récupérer ma femme et un couple de nouveaux mariés.

Nous traversâmes la frontière vers midi, sous un soleil de plomb. Le sirocco léchait les collines chauves, polies comme de gigantesques galets. Les militaires qui contrôlaient la piste, terrassés par la fournaise, jetèrent à peine un regard sur nous et nous laissèrent passer.

Le soleil commença à décliner. Une caravane remontait vers le nord. Le jappement de ses chiens ricochait sur les tertres. Par endroits, à peine perceptibles dans le chatoiement des mirages, les vergers évoquaient des jardins suspendus.

— Ça va ? demandai-je à mon épouse qui n'avait pas encore prononcé un seul mot.

Elle hocha la tête.

— Pourquoi ne pas relever ton voile pour t'aérer un peu ?

Homeïna émit un petit rire.

— La mariée doit garder son voile jusqu'à la chambre nuptiale.

— Ça ne me dérange pas qu'elle l'enlève. Elle doit suffoquer là-dessous.

— Ça la dérangerait, elle.

— Il faut bien qu'elle se rafraîchisse. Elle me fait de la peine. Et puis elle n'a rien mangé et rien bu.

Homeïna rit encore :

— Elle a bu et mangé sans que tu t'en aperçoives. Pour cela, elle n'a pas eu besoin de ta permission. Les femmes de chez nous sont des déesses de discrétion. Elles font moins de bruit qu'une fourmi. Laisse-la tranquille, nous allons bientôt arriver.

— On est où, exactement ?

— Tu vois le ksar, tout au fond de la vallée ?

Une mince arête sombre s'entrecoupait dans le lointain.

— C'est un caravansérail ?

— C'est Kenadsa.

Kenadsa !

Le souvenir de Bouih me traversa l'esprit. Sans m'en rendre compte, j'étais debout, la main en visière, pour saisir la dimension de ce village séculaire qui, porte bénie entre toutes, s'ouvrait sur le Sahara. C'était donc cette citadelle dont me parlait Bouih avec des trémolos dans la gorge.

Et elle était là, offrande au bout de la route, Kenadsa, la sultane des oasis, la gardienne mille fois sanctifiée de la mémoire des Doui Meniâ, la patrie des marabouts que les troubadours célébraient dans les souks devant des mioches ébahis. Ici, chaque herbe était gorgée d'un sang preux, chaque caillou contait une épopée. La plaine bruissait d'une vaillance immémoriale dont l'écho se répercutait de génération en génération, aussi solennel et strict qu'un serment fait aux morts. Sur ce territoire craquelé, sévèrement tailladé par la fournaise estivale et le gel de l'hiver, les inextricables ramifications des rivières mortes se voulaient calligraphies. Les dattiers, en faction dans les vergers, semblaient veiller sur chaque chose comme on veille sur un mausolée. L'air sentait la piété, la sagesse et l'authenticité.

Quel signe du destin devrais-je y interpréter ?

Étais-je arrivé en ces lieux mythiques pour purifier mon âme des influences mortifères et mériter enfin d'accéder à la paix avec moi-même et avec mes fantômes et mes absents ?…

49

La calèche s'arrêta devant un patio donnant sur un potager flanqué de palmiers élancés. Homeïna sauta à terre pour aider Abla et mon épouse à descendre, courut vers le portail annoncer notre arrivée et revint soutenir la guerrière qui préféra tenir seule sur ses jambes.

Je m'apprêtai à descendre à mon tour lorsqu'il me repoussa sur le siège.

— Pas toi.

— Je suis crevé et j'ai besoin de prendre un bain.

Il rit.

— Y a que des femmes à l'intérieur, et elles sont là pour préparer la mariée. Toi, tu viens avec moi chez mon frère. Tu te laveras, tu mangeras et puis tu te changeras pour être présentable, cette nuit.

— Je n'ai pas d'autres habits.

— Zorg a pensé à tout. Il tient à ce que tu sois beau et élégant. Et à ce que tu lui fasses honneur, si tu vois ce qu'il entend par là.

Il repartit de son rire timide qui semblait crapahuter dans sa gorge comme s'il redoutait de sortir à l'air libre.

Le frère de Homeïna habitait de l'autre côté du verger, dans une vaste maison en torchis. Il m'accueillit avec beaucoup d'égards.

On me fit chauffer de l'eau dans une bassine. Homeïna, en personne, me toiletta avec une sorte de brosse râpeuse qui laissa des traces rougeâtres sur mon corps. Après le bain, on m'offrit un repas gargantuesque et du thé à la menthe.

Un garçon excité arriva de la rue en courant, chuchota dans l'oreille de mon hôte et se retira sur la pointe des pieds.

— Les femmes sont prêtes, m'annonça Homeïna.

On m'habilla de blanc de la tête aux pieds – abaya saharienne à larges échancrures, pantalon de drap sans poches brodé sur les côtés, chemise au col ras du cou et babouches marocaines –, on me parfuma et on me reconduisit au patio.

Une vieille femme se tenait devant le portail, un pot en terre cuite fumant à la main. Elle m'encensa en marmottant des prières et me précéda dans une courette pierreuse. Je la suivis jusqu'à une lourde tenture masquant l'entrée d'une chambre.

— Ton épouse t'attend à l'intérieur, me dit la vieille femme avant de se retirer.

Voilée d'un bleu nacré, la vierge était sagement assise sur le rebord d'un matelas posé à même le sol, les poings chamarrés au henné sur les genoux, les épaules ramassées, la nuque courbée. Elle ne remua pas d'un cran. Seule sa main droite, qui tenait un mouchoir, desserra un doigt lorsqu'elle m'entendit pénétrer dans la pièce à laquelle un décor de circonstance, fait de petites choses attendrissantes d'ingénuité, tentait de donner l'aspect du confort.

Qu'allais-je découvrir sous le voile volatil ?

Je lui dis « *Salam* ». Elle me répondit « *Salam* ». D'une voix si lointaine qu'elle me parut irréelle.

Je m'agenouillai devant elle. Son parfum, trop fort, dominait la senteur des bâtons aromatiques qui se consumaient dans les recoins de la chambre.

Avec une précaution d'artificier, je posais ma main sur la sienne ; elle se recula, et tout son corps frêle se raidit.

— N'aie pas peur, lui dis-je, bêtement.

Je voulais l'apaiser avec des mots moins brusques, plus gentils et amicaux ; aucun ne me vint à l'esprit. J'avais en face de moi une personne que je n'avais jamais vue et qui était déjà ma femme devant Dieu et les gens. Un filet de sueur coula sur ma tempe lorsque je soulevai le voile. La vierge baissa les paupières, par pudeur. Elle était très jeune, et toute menue, le teint légèrement foncé, le cou gracile sous les colliers parés des bijoux. Elle n'était pas une reine de beauté, mais elle avait le charme simple et innocent d'une adolescente élevée au grand air, un peu farouche et pleine de mystère.

Je lui posai un imperceptible baiser sur le front nimbé de pièces d'or. Son cou rentra comme si mes lèvres pesaient des tonnes. Elle rouvrit les yeux ; des yeux immenses, teintés d'un mélange de candeur et de sérénité au fond desquels baignait une sorte de résignation confiante qui me toucha de plein fouet. Et je jure, devant les morts et les vivants, qu'à l'instant où son regard croisa le mien je sus, avec une certitude absolue, que j'allais l'aimer de toutes mes forces jusqu'à la fin de mes jours.

Un chahut de gamins me réveilla. Le jour s'était levé. Mariem n'était pas à côté de moi. Je me débarbouillai dans un seau d'eau, me rhabillai. En sortant de la chambre, je vis Homeïna assis devant une table basse garnie. Il me fit signe d'approcher, poussa dans ma direction un petit tabouret et me versa du thé.

— Bien dormi ?

— Où est mon épouse ?

— Avec les femmes, dans la grande salle.

— Je croyais que nous étions seuls, elle et moi, dans cette maison.

Homeïna rit.

— C'est mon patio, ici. Il y a huit pièces, dit-il en les montrant du doigt. Là, la chambre de mes garçons, j'en ai cinq. À côté, celle de mes filles, j'en ai trois. En face, celle de mon fils aîné et de ma bru. Sur la droite, la chambre…

— Pourtant, je n'ai entendu personne, cette nuit.

— Toute la smala s'était rendue chez mon frère pour vous laisser tranquilles, ton épouse et toi.

— Comment va Abla ?

— Elle est entre de bonnes mains. Qu'as-tu l'intention de faire de ta journée ?

— Je ne sais pas.

— Si tu veux, je peux te faire visiter le ksar avant que la chaleur s'accentue. C'est à deux pas d'ici. Je t'ai apporté d'autres vêtements.

Je fis exprès de prendre tout mon temps pour manger et me changer, mais Mariem ne se montra pas. Elle était restée avec les femmes qu'on entendait rire derrière les tentures. J'aurais aimé la revoir, savoir comment elle se sentait. J'avais besoin, avant de sortir dans la rue, d'emporter avec moi la douceur de ses yeux. Homeïna m'avertit que si nous ne nous dépêchions pas, la fournaise fausserait notre promenade.

Nous avons visité le ksar séculaire, un corridor de fraîcheur et d'ombre bienveillante, conçu par des architectes hors pair pour résister aux inclémences des saisons. C'était une forteresse de briques artisanales et de mortier, meurtrie par les intempéries, qui continuait de tenir tête aux tempêtes et au sirocco. De pauvres gens s'y terraient, recroquevillés autour de leur maigre existence. Ensuite, nous nous sommes rendus à la confrérie de Sidi Bouziane afin de nous recueillir sur les tombes de ses saints. Le maître de céans, un vieil imam humble et discret, nous relata l'histoire du sanctuaire en nous présentant des manuscrits anciens rédigés par des savants locaux et un Coran datant de plusieurs siècles qui constituait la fierté de la petite bibliothèque.

La fournaise nous empêcha de poursuivre notre petite virée. Nous nous rabattîmes sur le potager bercé par le clapotis des foggaras. Après avoir déjeuné à l'ombre des palmiers, nous piquâmes une sieste à nulle autre pareille, dans l'air frais et délicieusement lénifiant de l'oasis.

Au coucher du soleil, nous partîmes au centre-ville. Face à la cité antique, un village moderne émergeait de la terre, quadrillé de lampadaires. Des maisons coquettes, blanches et compactées comme des morceaux de sucre, gagnaient du terrain. Je remarquai qu'il y avait plus d'Européens et d'Araberbères venus du Tell et du Maroc que d'autochtones. Homeïna m'expliqua que c'était à cause de la houillère dont l'exploitation exigeait une importante main-d'œuvre.

La mine de charbon, à la sortie du village, en imposait par sa charpente de château maudit, laide, insolite, souillant, de son sang d'encre, un sol poli par la reptation tranquille des dunes itinérantes. La nuit, des projecteurs monstrueux jetaient de l'effroi sur une fourmilière de gueules noires qui regagnait le monde souterrain comme une armée de djinns ses repaires obscurs.

Nous prîmes place sur la terrasse d'un café et guettâmes l'heure de rentrer. J'avais hâte de retrouver Mariem, de sentir son souffle dans mon cou et de puiser dans son regard de gazelle effarouchée de quoi tempérer mes propres angoisses.

Les premières nuits, lorsque j'essayais d'engager la conversation avec ma femme, elle ne me répondait presque pas. Elle m'écoutait religieusement, le menton dans le creux du cou, sans me regarder. Bien que mariés, nous demeurions de parfaits étrangers l'un pour l'autre. Entre nos deux histoires, il y avait un écran blanc. Je lui parlais de choses qu'elle n'assimilait pas tout à fait, lui en décrivais d'autres qu'elle n'imaginait même pas. Mariem était fille des espaces infinis où les repères changeaient au gré d'un nomadisme incessant sans rien modifier à son train de vie. Elle devait avoir seize ans tout au plus et ne connaissait pas grand-chose de ce qu'il se passait en dehors de son camp. Sa chorale bédouine s'inscrivait dans les bêlements des chèvres et les jappements des chiens, ses veillées ponctuaient la rumeur impénétrable du désert, ses légendes étaient peuplées d'orphelines belles comme le jour et de rois tristes en quête d'égéries ; quant à sa jeune histoire, elle se résumait à une tente que l'on déployait ici et là en pleine nature, aux corvées domestiques et à quelques rêveries improbables autour d'un feu de bivouac. Mais elle était entière, Mariem, autant qu'elle était inaccomplie. Un peu comme moi. Bien que nous fussions faits de la même fibre, nous restions à la périphérie de notre récente histoire commune. C'était comme si nous étions en retrait quelque part et que nous nous regardions vivre.

Il lui avait fallu une semaine pour oser poser la main sur mon visage, et dix jours pour m'avouer qu'elle me trouvait beau. Elle m'avait adopté cran par cran, avec une prudente témérité, comme on explore un territoire hostile avant de l'annexer.

— Pourquoi détournes-tu le regard quand je te parle ? lui avais-je demandé.

— C'est à cause de tes yeux. Ils sont aussi clairs que l'eau de source.

— Les tiens sont plus beaux que les miens.

— Ce n'est pas vrai.

Après un silence gêné :

— Tu penses que nous aurons des enfants avec des yeux comme les tiens ?

Elle avait baissé la tête, honteuse de parler d'enfants à un intime inconnu.

J'avais ri, et elle, la tête toujours baissée, avait ri, elle aussi.

Je savais que je l'aimais déjà. De tout mon cœur. J'avais besoin de me sentir exister contre son corps de fourmi ouvrière, forgé par les épreuves d'une existence exclusivement vouée aux tâches les plus ingrates. Il était menu au point de disparaître dans mes bras, mais constamment débordant d'énergie ardente. J'aimais le sentir blotti contre le mien, chaud et bouleversant à la fois, encore rétif, certes, mais consentant. Lorsqu'elle me souriait, de ce sourire hésitant qui semblait s'excuser de n'avoir rien d'important à dire, lorsqu'elle esquivait mes lèvres sur sa bouche de peur de ne pas savoir embrasser, j'avais envie de la serrer contre moi jusqu'à ce qu'elle devienne ma chair et mon âme, mais elle était si jeune et si fragile qu'une brusquerie de ma part l'aurait meurtrie. J'étais si bien auprès d'elle, tellement en paix, totalement restitué à moi-même, que chaque nuit était pour moi une absolution, et chaque matin une nouvelle virginité.

Le soir, lorsque la fraîcheur venait à bout des dernières poches de la chaleur, je m'isolais avec Mariem dans un coin du jardin et nous restions longtemps à contempler les étoiles qui constellaient le ciel de millions de promesses. Bouih n'avait pas exagéré. Kenadsa était un havre de salut. Humbles et respectueux, ses gens étaient si calmes et si bienveillants qu'on les aurait crus habités d'une âme sainte. On n'entendait pas une voix plus haute que l'autre, l'injure en ces terres sacrées étant proscrite et la vanité considérée comme la plus vilaine des flétrissures. Nulle part je ne me suis senti plus humain et pleinement en paix avec moi-même qu'à Kenadsa, auprès de ce petit bonheur aux yeux immenses qui me consolait de mes absents.

50

Nous avions fini de dîner, Mariem et moi, et nous apprêtions à nous coucher quand quelqu'un toussota dans le couloir. C'était Homeïna. Il me pria de le suivre. Abla, qui avait récupéré un peu de ses couleurs, nous attendait dans le verger, camouflée sous une jellaba, la tête dans un turban. Nous longeâmes le verger jusqu'à la palmeraie, empruntâmes un raidillon caillouteux qui menait hors de la vieille cité et marchâmes vers la plaine. Abla avait du mal à rattraper la foulée de notre guide. Je voyais bien qu'elle portait de temps à autre la main à sa hanche, mais pas une fois elle ne nous demanda de ralentir ou de nous arrêter un instant pour qu'elle reprenne son souffle.

Au bout d'une vingtaine de minutes, nous débouchâmes sur un affaissement de terrain. Trois cavaliers étaient accroupis autour d'un feu, leurs montures attachées à un acacia. C'était Zorg, et deux de ses soldats.

Abla se mit en colère dès qu'elle reconnut, dans la lumière vacillante du bûcher, le visage amaigri de son cousin. Zorg avait troqué sa vareuse de hussard contre une gandoura en poil de chameau et avait noué un turban autour de sa tête. Sa barbe poussiéreuse pendait sur sa poitrine, semblable à un nid dévasté.

— Je te croyais abattu ou fait prisonnier, lui cria-t-elle.

— Ne sois pas stupide. Qui t'envoie l'argent pour que tu puisses manger à ta faim ?

— J'attendais autre chose de toi.

Il tenta de lui prendre les poignets, en signe d'excuse ; elle recula d'un pas, furieuse :

— J'étais morte d'inquiétude. Tu aurais pu dépêcher un messager, au lieu de me laisser sans nouvelles.

— J'avais besoin de tous mes hommes.

— Et moi, j'avais besoin de savoir comment tu allais.

Zorg montra à Homeïna la théière sur le feu et l'invita à se joindre aux deux cavaliers, qui s'étaient rassis. Il saisit sa cousine par le coude et l'éloigna des indiscrétions. Je les suivis jusque derrière une bosse de terre, estimant que j'avais, moi aussi, le droit de savoir ce qu'il se passait. Zorg ne fit pas attention à moi.

— Où étais-tu passé, tout ce mois ? le harcela Abla.

— Partout. À Asla, à Taghit, du côté de Figuig…

— Tu es pourchassé ?

— Non, l'armée ignore que je suis là.

— Alors, pourquoi n'as-tu pas trouvé un moment pour me rendre visite et voir si j'allais bien ? Tu m'avais laissée agonisante.

— N'exagère pas. Je serais resté à ton chevet si le guérisseur ne m'avait pas convaincu que tu étais hors de danger.

— Tu as réussi à joindre ce Ould Bouzid ?

— Ce gars est un mirage. Il n'est jamais là où il a été la veille. Toute la garnison est à ses trousses.

— Est-ce qu'il sait que tu veux le rencontrer ?

— Mon contact dit que oui, mais qu'il a besoin d'y réfléchir. Il paraît qu'il est au Maroc en train d'échafauder un plan d'attaque de grande envergure.

— Ne prends pas pour argent comptant ses fanfaronnades, cousin. Quelqu'un qui prépare une opération de grande envergure ne le crie pas sur les toits. Je suis certaine que ce fameux Ould Bouzid se terre dans les parages et qu'il essaye de nous en mettre plein la vue avec du vent. À ta place, j'arrêterais de lui courir après.

— Tu ne peux pas juger quelqu'un sans le connaître, Abla.

— Il y a des signes qui ne trompent pas, mon cousin. S'il voulait vraiment te rencontrer et s'il avait un minimum de respect pour nous, qui sommes venus de loin, il se serait manifesté.

— Il est très occupé, c'est tout.

— Nous sommes à découvert sur ce territoire. Les gens sont hospitaliers, mais ils n'ont pas grand-chose à offrir. On ne peut pas attendre jusqu'à ce que ce Ould Bouzid daigne se souvenir qu'on implore un signe de lui. À mon avis, il nous faut rentrer. Nous ne pouvons pas laisser nos troupes livrées à elles-mêmes.

— Issa assure très bien l'intérim.

— Issa n'est pas Er-Rouge.

— J'ai besoin d'alliés, Abla. Les Doui Meniâ sont de grands guerriers. Ils ont été de tous les combats, aux côtés d'Ouled Sid Ech-Cheikh, de Bouamama et d'Ouled En-N'har dans le Nord. La guerre ne doit pas se limiter à un secteur, mais s'étendre sur l'ensemble du territoire national. On ne peut pas gagner contre la France avec quelques chevaux et une poignée de pétoires.

Abla exhala un soupir qui trahissait sa lassitude, posa ses deux mains sur les épaules de son cousin, le regarda droit les yeux et lui dit, d'une voix ferme :

— J'ai toujours pêché dans les eaux qui recèlent quelque chose, et il n'y a que le reg autour de nous. Ma place n'est pas aux côtés des femmes, et tu le sais. J'ai besoin d'empoigner mon pistolet au lieu de me morfondre dans un coin en me posant des questions qui n'avancent à rien. Je vais être franche et stricte avec toi. Je te donne deux semaines, pas un jour de plus. Ou tu trouves ce « mirage », ou je rentre à Bordj Khaled.

— Sans moi ?

— Deux semaines, Zorg, trancha-t-elle. Et ça ne se négocie pas. Il faut qu'on rentre. Nous avons trop traîné loin de notre base. Pour te dire la vérité, je n'ai pas confiance en Wacini. Tu aurais dû l'exécuter comme Ramdane.

— Il m'a donné sa parole.

— Qu'est-ce que la parole d'un vaurien qui n'a pas le choix ? C'était ça ou la mort. Wacini a sauvé sa peau, c'est tout. Il a vécu comme un chien dans l'ombre de son oncle Madani. Et un chien demeure un chien jusqu'à la fin de ses jours… Dans deux semaines, si tu n'as pas réussi à joindre Ould Bouzid, je rentre à Bordj Khaled.

— Ce n'est pas une question de temps, Abla.

— Tout est question de temps, mon cousin. Et le temps ne pardonne pas aux traînards. Mon intuition me somme de quitter ce bled et de me dépêcher de rassurer nos hommes laissés derrière nous.

Zorg éloigna sa cousine de moi. Je les vis marcher sur les pierres étincelantes, deux silhouettes furtives imprimées sur l'écran blafard d'un Sahara à l'écoute de ses tourments.

Je n'étais pas pressé de rentrer à Bordj Khaled. Si ça n'avait tenu qu'à moi, j'aurais changé de vie sans rien demander à personne. J'étais amoureux, et la vie entonnait à mes oreilles de magnifiques sérénades.

Mon temps, à Kenadsa, était parfaitement réparti. La matinée, j'aidais Homeïna à entretenir son verger. Je bêchais, sarclais, élaguais, irriguais. J'adorais travailler la terre, humer la senteur de l'herbe et savourer le roucoulement des foggaras en essuyant la sueur sur mon front. Vers midi, on nous apportait à manger. Après un verre de lait de chamelle ou une gorgée de thé à la *chiba*, je m'allongeais à l'ombre d'un dattier pour m'offrir une sieste. Lorsque la fraîcheur du soir rendait la promenade possible, nous allions nous balader en ville. Homeïna me présentait des cousins, des amis, des voisins ; nous passions des heures à flâner et à observer les Européens, de l'autre côté de la vieille cité. Le soir, après le souper, je m'isolais avec Mariem dans la palmeraie, et nous restions là, assis par terre, à écouter le silence dérouler le fil du temps comme un tisserand émerveillé.

Mariem voulait tout savoir sur moi, sur ma famille, sur mon village natal, si j'avais d'autres épouses qui m'attendaient quelque part. Je lui certifiai que je n'avais qu'elle pour femme. Elle ne me croyait pas, persuadé qu'un homme « aussi beau » ne pouvait rester célibataire à mon âge.

— Ce n'est pas grave, si tu es marié ailleurs. C'est ton droit. Je tâcherai d'être la meilleure pour être ta préférée.

Et moi, touché par ce visage candide, je riais.

Cette fille, dont l'existence avait été faite d'une seule trame, d'un même jour et d'une même nuit tournant en boucle, que savait-elle du reste du monde ? Rien. Que son camp tribal s'installât en amont ou en aval, dans une clairière ou sur le reg brûlant, il ne lui apprenait rien de ce qu'elle savait déjà. Elle était comme un oiseau dans une cage n'ayant d'yeux que pour le grillage qui le retient captif de tant d'interdits.

— C'est comment la mer ? me demanda-t-elle.

— C'est un grand Sahara avec de l'eau à perte de vue.

— Est-ce vrai qu'on ne peut pas boire de son eau ni irriguer les champs avec ?

— C'est vrai, mais elle recèle d'autres vertus.

Elle posa sur moi ce regard qui me désarmera toujours.

— Si c'est sur ton chemin, et seulement si c'est sur ton chemin, parce que je ne veux pas que tu le fasses contre ton gré, tu m'emmèneras voir la mer, un jour ?

Je serrai sa main dans les miennes.

— Je t'emmènerai où tu voudras.

— Tu n'es pas obligé, si ce n'est pas sur ton chemin.

— Mon chemin est la trace de tes pas, Mariem. Je t'emmènerai voir la mer, je te le promets.

51

Une semaine s'écoula.

Abla se calfeutrait dans sa chambre, ne partageant ses repas avec personne. Pas un signe de son cousin ne vint la réconforter. Elle n'en pouvait plus d'attendre. Tard, dans la nuit, lorsque les bruits du patio se rétractaient, elle sortait de son confinement, se rendait dans le verger, parfois dans la palmeraie, et passait des heures à tourner le dos au reste du monde.

Un soir, en revenant du café, je l'aperçus dans le jardin.

Elle était assise sur une dalle, songeuse, le visage caressé par un rayon de lune. Il lui avait suffi de se défaire de ses vêtements d'homme et de porter une modeste robe et un pagne pour renaître à sa grâce féminine. Son côté rebelle s'était adouci et son charme refoulé avait recouvré son éclat, car elle était belle, Abla, très belle même, maintenant que la cavalière intrépide s'accordait un moment de répit.

Ramassée autour de ses silences, elle écoutait la brise fureter dans le tamaris.

— Tu es bien pensive, lui dis-je en m'accroupissant à côté d'elle.

— Je ne pense pas, je réfléchis.

— La compagnie des femmes t'insupporte-t-elle ?

— Leurs petites histoires m'ennuient.

Par-delà le muret clôturant le verger, le reg scintillait sous les étoiles. On avait envie de marcher jusqu'à se fondre dans la lune pleine nimbant le faîte de la dune.

— Tu veux qu'on aille dans le ksar nous dégourdir les jambes ?

— Tu oserais faire ça à ton épouse ?

— Quel rapport ?

— Ah, oui ?

— Je t'assure que je n'ai pas d'arrière-pensée.

— Les hommes n'ont que ça à la place du cerveau. C'est dans leur nature.

— Pas moi.

Elle éclata de rire, de ce rire de sirène qui ferait perdre le nord aux marins chevronnés.

— Je n'essaye pas de te séduire, Abla.

— Tu n'as pas intérêt.

Elle se tourna vers un dattier, offrant à mon regard son cou délicat sur lequel tant de baisers auraient aimé se poser. Elle était ravissante avec son port de sultane sans royaume. Ses cheveux d'un noir de jais avaient repoussé ; bouclés et drus, ils cascadaient sur sa nuque comme des guirlandes. Ses mains fines, que l'étreinte des armes n'avait pas abîmées, reposaient dans le creux de sa robe, semblables à deux moineaux fatigués. Lorsqu'un vague sourire fleurissait sur ses lèvres, de magnifiques fossettes ornaient ses joues ambrées. Elle rendrait fou de bonheur n'importe quel homme, pensai-je, si elle daignait lui accorder un regard. Abla avait tout pour elle, sauf que rien ne semblait en mesure de la combler.

Avec une branche, je taquinai le tamaris.

— Je n'arrive pas à me résoudre à l'idée qu'aucun prétendant n'ait songé à t'attraper par la taille et à te jeter derrière lui sur son cheval pour t'emmener dans son paradis.

— L'homme qui posera la main sur moi n'a pas encore germé dans le ventre de sa mère.

— Tu te rends compte de ce que tu dis ? Tu es belle, désirable et jeune. Tu devrais songer à toi, de temps en temps. Il y a des hommes qui ont du mérite, tu sais ? Tu ne vas pas me dire que pas un n'a fait battre ton cœur.

— Mon cœur n'a pas besoin d'un homme pour battre. Il le fait tout seul, comme un grand.

— Je ne te crois pas.

— Et qui es-tu pour me croire ou ne pas me croire ?

Le ton était ferme, claquant comme une sommation.

Je ne me laissai pas intimider et revins à la charge :

— Zorg est un beau parti, non ?

— Zorg est plus qu'un frère pour moi. Nous avons fait le serment, chacun de son côté, de ne pas nous marier avant d'être libres. Il n'y a pas plus grande injustice que faire des enfants pour les regarder souffrir.

— N'empêche, lui, il s'autorise bien du plaisir…

— Zorg n'a jamais touché à une femme, me coupa-t-elle en me fusillant du regard.

— Qu'est-ce que t'en sais ?

— Je le sais.

Son regard durcit davantage lorsqu'elle ajouta, d'un ton sentencieux :

— Il t'arracherait la langue avec ses dents s'il t'entendait débiter pareilles sottises.

— J'ai dit ça comme ça.

Elle émit un hoquet dédaigneux :

— Pourquoi ne retournes-tu pas auprès de ton épouse au lieu de rester là à te mêler de ce qui ne te concerne pas ?

Je lui souhaitai une bonne nuit et me dépêchai de me réfugier dans les bras de ma femme.

Homeïna nous transporta, Abla et moi, de Kenadsa à une ferme située à une dizaine de kilomètres à l'ouest de la palmeraie. Il rangea sa calèche sous un arbre et nous indiqua une cahute en terre cuite au milieu de *zéribas* sinistrées. Hormis des biques efflanquées en train de ruminer sous le soleil, pas âme qui vive.

Abla dévisagea notre guide, méfiante :

— Pourquoi tu ne viens pas avec nous, toi ?

— On m'a dit d'attendre ici.

Abla n'était pas tranquille. L'endroit ne lui inspirait pas confiance. Nous étions dans une cuvette, à découvert, sans possibilité de nous replier en cas de mauvaise surprise. Je n'avais pas le sentiment que nous étions en danger, mais l'attitude d'Abla sema le doute dans mon esprit.

Nous avançâmes prudemment sur le taudis, les nerfs exacerbés par le bourdonnement des mouches et le silence torride de l'après-midi.

Abla manqua de se jeter sur les pierres pour se défendre lorsque la porte du gourbi s'ouvrit dans un grincement. C'était Zorg.

— Où sont tes chevaux, merde ? s'emporta Abla.

— Derrière la maison. Pourquoi ?

— Pourquoi ? En ne voyant pas de montures, j'ai cru que cet énergumène nous tendait un piège.

— Tu as tort de parler ainsi de Homeïna qui nous héberge et nous nourrit, lui dis-je, outré.

— Tu la fermes, toi, me cria-t-elle.

Zorg éclata de rire.

— Tu as eu peur, cousine ?

— J'ai toujours peur quand je n'ai pas une arme sur moi... Pourquoi m'as-tu fait venir ici, par une chaleur pareille ? Ma blessure n'est pas tout à fait guérie.

— Je ne pouvais pas attendre jusqu'au soir. Les choses se compliquent et on n'a pas beaucoup de temps.

Il nous fit entrer dans la hutte. Deux de ses soldats finissaient de manger. Ils avalèrent rapidement ce qu'ils mastiquaient et nous laissèrent seuls.

Abla porta à sa bouche une outre en peau de chèvre qui pendouillait à un clou, puis s'humecta le visage et la nuque.

— Tu avais vu juste à propos d'Ould Bouzid, cousine.

— Tu l'as rencontré ?

— Il y a trois jours. C'est un orgueilleux, la vanité jusque dans le blanc des yeux.

— Qu'est-ce que je te disais ?

— J'aurais dû t'écouter.

— Il pense quoi de notre projet ?

Zorg s'appuya contre le mur, visiblement contrarié :

— Il l'accepte à condition que je lui fasse allégeance.

Abla tapa du pied dans la table basse, envoyant les restes d'un repas à travers la pièce. Une indignation fielleuse lui embrasa le visage.

— Il a osé te dire ça en face, ce muletier ! Toi, l'Officier Rouge, l'épopée de la Hamada, vassal d'un chacal des regs qui se torche avec du sable. Dis-moi que tu l'as abattu avant qu'il ait fini sa phrase, dis-moi que tu lui as arraché la langue et le cœur...

— Il avait quatorze hommes avec lui. Et je n'étais pas là pour le corriger, mais pour négocier. De toutes les façons, il ne m'a pas convaincu. Mais ce ne sont ni son attitude ni ses conditions qui m'ont dérangé. Je lui ai parlé de toi, et il a rétorqué qu'il ne voulait pas de femme dans ses rangs.

Abla se mit à vibrer de fureur. Les veines de son cou menacèrent d'éclater.

— Il se croit meilleur guerrier que moi ?

— On se fiche de ce qu'il croit et de ce qu'il pense, cousine. Pour nous, Ould Bouzid, c'est de l'histoire ancienne. J'ai demandé à te voir pour t'informer que nous retournons à notre base. Horr et ses hommes sont partis il y a trois jours pour Bordj Khaled. Le caporal et toi, vous prendrez le train après-demain.

— Pourquoi pas demain ? J'en ai marre de moisir dans ce bled infesté de scorpions.

— Pour laisser le temps à Horr d'être sur place à votre arrivée.

— Je n'ai besoin de personne pour rentrer à la base.

— Réfléchis deux secondes, cousine. Tu rentreras comment, une fois arrivée à la gare de Mécheria ? À pied ? À cheval ? En taxi ? Faut bien que quelqu'un t'attende pour t'escorter jusqu'à la base. Il y a une sacrée trotte à parcourir, et des coupeurs de route par endroits.

— Et toi, tu rentres quand ?

— Dès que j'aurai réglé quelques litiges à Mougheul.

Zorg prit sa cousine par les épaules et l'embrassa sur la tête.

— On se reverra chez nous, dans quatre ou cinq jours. Et fais attention à toi, cousine. Je n'ai que toi au monde.

Homeïna nous ramena à Kenadsa.

Deux jours plus tard, Abla, déguisée en femme enceinte, mon épouse et moi prîmes le train.

Il était trois heures du matin lorsque nous débarquâmes à la gare de Mécheria. Le quai était presque désert. Pas un seul uniforme en vue. Sobhi, se faisant passer pour un transporteur, chargea nos affaires à l'arrière de sa charrette. À la sortie de la ville, les hommes de Horr nous attendaient pour nous escorter à la « base » que nous atteignîmes tard dans la nuit suivante.

52

À Bordj Khaled, un silence inhabituel me réveilla. Mariem, épuisée par le voyage, dormait à poings fermés.

Je me levai sans faire de bruit.

Dehors, pas un gamin.

Je me rendis chez Raho. Il était en train de déjeuner, sa béquille à côté de lui. Khodij était accroupie devant un chaudron, la tête entre les mains. Quelque chose de grave était arrivé au village durant notre absence.

— Entre, me dit Raho en me versant du thé. Et assieds-toi.

— Que se passe-t-il ?

— Jusqu'à il y a deux jours, rien. Puis Horr est arrivé avec la liste des morts. Je ne te raconte pas ce qu'est devenu le village, depuis.

— Nous avons perdu beaucoup d'hommes.

— Tu veux dire qu'on vous a décimés. Vingt-trois morts et sept blessés. Comment Zorg a-t-il pu se faire saigner à blanc de cette façon ? Bon sang, qu'est-ce qui vous a pris d'aller à Kreider ?

— Zorg voulait me venger.

— La guerre n'est pas une histoire de vengeance, Hamza. Je suis dégoûté. On va les consoler comment, toutes ces femmes qui ne reverront plus leurs époux, et tous ces enfants privés de leurs pères ? Ce n'est plus la citadelle, ici, c'est le douar aux pleureuses. Même les chiens sont tristes.

— Nous le sommes tous, Raho. Mais, ce qui est fait est fait.

— Il rentre quand, Er-Rouge ?

— Je ne sais pas.

— Je l'avais mis en garde, pourtant. Ne t'aventure pas sur des terrains que tu ne connais pas, ménage tes hommes...

— S'il te plaît, Raho, laisse-moi reprendre mon souffle. Je ne suis pas rentré seul. J'ai une épouse, maintenant. Je ne voudrais pas la traumatiser avec nos histoires. Je suis venu te demander si tu n'as pas quelques couvertures à me prêter. Nous avons dormi par terre et nous n'avons ni réchaud, ni vaisselle, ni de quoi faire semblant de vivre dans une vraie maison.

— Je sais que Zorg t'a collé une nomade. Horr m'a raconté. Khodij va s'occuper d'elle. Je partage avec toi le peu que je possède.

Il se tourna vers son épouse :

— Khodij, va voir comment se débrouille la mariée.

— Pas maintenant, fis-je. Elle dort.

— Eh bien, je vais la secouer, dit Khodij. La grasse matinée, ce n'est pas pour nous, les femmes.

L'atmosphère au village était insoutenable. Le soleil butait contre l'ombre des murs désertés, comme un animal aveugle. Quelques marmots, un tricot usé sur leur nudité, erraient dans la rue. Les hommes préféraient s'enfermer chez eux ou bien partir chasser le gibier pour ne pas avoir à subir les sanglots des veuves.

Horr me rendit visite. Il n'était plus qu'une loque désemparée. Nous parlâmes des morts et des blessés qui avaient miraculeusement survécu à une chevauchée de quatre nuits et qui gisaient sur leur paillasse, sans soins ni médicaments. Le guérisseur était dépassé.

Abla passait d'un taudis à l'autre pour consoler les familles endeuillées. Elle leur promettait de venger les disparus. Qu'est-ce qu'une vengeance pour une épouse éplorée ? Le chagrin est un mal que rien ne soulage. Abla ne faisait que raviver la douleur autour d'elle.

Raho me proposa d'aller sur la colline. Sa jambe le handicapait, mais il préféra en souffrir plutôt que rester au village pris en otage par le malheur. Chaque cri de veuve le transperçait de part en part.

Nous escaladâmes la piste jusqu'au sommet de la colline. À nos pieds, s'étalait la plaine aride et sauvage. L'horizon ocre semblait regarder ailleurs. Des rapaces planaient dans le ciel, pareils à des sortilèges.

Raho extirpa une pochette pleine de tabac et roula une cigarette.

— Tout part en vrille, n'est-ce pas, caporal ?

— C'est la vie.

— Ouais, un jour, on festoie, un autre, on regrette d'être venu au monde.

Il me passa la cigarette.

J'aspirai une bouffée qui me fit tousser :

— C'est quoi, comme tabac ?

— C'est le meilleur qui soit.

— Ça a un drôle de goût.

— Un goût qui fait du bien… Elle s'appelle comment, ton épouse ?

— Mariem.

— Tu comptes la garder ?

— Bien sûr, fis-je, vexé et étonné par sa question… Pourquoi, tu as l'intention de répudier la tienne ?

— Khodij est une fée, caporal. Elle est tout pour moi. Ne le prends pas mal. C'est juste pour papoter. Quand on n'a rien à dire de bon, on dit n'importe quoi… Comment ça a été, cette fameuse expédition qui nous a coûté si cher ?

— Une belle débandade. Horr ne t'a pas raconté ?

— Si, mais il faut bien qu'on papote. Écouter le silence, c'est écouter sa déprime. Tu m'as manqué. Il ne restait presque personne au village. Je passais mes journées à chasser les mouches et mes nuits à écraser les moustiques sur mon front… Tu n'as pas des choses moins consternantes à me narrer ? J'ai besoin de croire qu'il existe encore des moments sympathiques sur terre.

— Ce qui est sûr, c'est qu'il existe encore des gens bien en ce monde. J'en ai rencontrés beaucoup dans le Sahara.

— Tu étais où, exactement ?

— À Kenadsa.

— J'en ai entendu parler.

— Tu adorerais. Tu devrais t'y rendre, ne serait-ce qu'une fois dans ton existence. C'est une autre planète. Il n'y a que des saints, là-bas. Si Dieu me prêtait longue vie, c'est là-bas que j'irais finir mes jours.

Ma tête se mit à se saturer.

— Elle est bizarre, ta cigarette.

— Tu trouves ?

— J'en ai les tempes qui enflent.

— Laisse-les enfler et parle-moi de tes projets.

J'aspirai deux longues bouffées, lançai en l'air la fumée. Une douce torpeur me gagnait. Je voyais le village ondoyer. Les mirages étaient sombres comme des fosses à bitume.

— J'ai une femme et je n'ai pas l'intention de la trimbaler comme un balluchon. Il est temps pour moi de m'installer quelque part et de changer de vie. J'aimerais vieillir loin de la furie des hommes.

— Tu crois que c'est facile ?

— Rien n'est facile, et rien n'est impossible non plus. Ce qui importe, c'est d'y croire.

— Dans ce cas, pourquoi as-tu cessé de croire en notre insurrection ?

— Quelle insurrection, mon pauvre Raho ? Partout où je me suis rendu, je n'ai vu que des peuplades plus préoccupées par la famine et la maladie qui les décimaient que par autre chose.

— C'est pour cette raison que nous nous battons.

— On n'est pas prêts, si tu veux mon avis. La France n'est pas une histoire de razzia, nous n'avons pas les moyens de lui tenir tête… Qu'est-ce que c'est comme tabac ? Je me sens patraque.

Raho me reprit la cigarette, s'allongea sur le dos et se remit à fumer avec désinvolture.

— C'est du haschisch, caporal… Ça fait croire qu'on est sur un tapis volant lorsqu'on est assis sur sa merde.

Je m'allongeai à côté de lui et me laissai lentement diluer dans de douces rêveries.

53

C'est un Zorg décharné, crasseux, au visage brûlé par le soleil et aux joues ravinées qui débarqua au village avec le reste de sa troupe. Il tenait à peine sur sa selle. Il manqua de fléchir en descendant de cheval, jeta à terre la gandoura poussiéreuse qui l'encombrait, se dirigea directement sur l'abreuvoir et plongea la tête dedans. Lorsque Horr l'approcha, il le somma de reculer. Il se défit de son tricot bariolé de sueur, se lava le torse et sous les bras, puis, sans nous regarder, il regagna son « PC » et s'y enferma.

Seule Abla fut autorisée à le rejoindre.

Nous attendîmes, Horr et ses soldats, Raho et les autres hommes du village, pendant plus d'une heure, accroupis en face du « PC ».

Abla réapparut enfin, mécontente.

— Il dort, nous dit-elle.

Zorg dormit jusque tard dans l'après-midi.

À son réveil, il convoqua d'abord les veuves, leur promit de leur trouver à toutes un mari digne ; ensuite, il nous réunit, nous les hommes, sur la place du village.

— Rien n'est perdu pour celui qui apprend de ses erreurs, nous déclara-t-il. Nous allons reprendre des forces et remettre de l'ordre dans notre secteur. Sur le chemin du retour, je me suis entretenu avec certains chefs tribaux. Ils s'engagent à me renforcer en hommes et en logistique. Le cheikh Hammad va me fournir une trentaine de guerriers, et l'imam d'El Bayadh, cheikh Mabrouk, qui a été dans notre régiment en France et que Hamza, Horr et Raho connaissent très bien, a promis de sensibiliser ses ouailles à notre combat. Si je pouvais, je me remettrais en selle tout de suite, mais j'ai besoin de me reposer un jour ou deux après le mal que je me suis donné dans le Sahara. Aussi, voici mes ordres. Horr, tu pars à la tombée de la nuit pour les terres des Madani annoncer à Issa que je suis de retour. Je vous rejoindrai au plus tard mardi. Tu prends l'ensemble de tes hommes avec toi. Les restants, reposez-vous au maximum, parce que d'énormes tâches nous attendent.

Horr et ses hommes quittèrent le village au coucher du soleil.

Après la réunion, Raho et moi nous retirâmes sur les hauteurs du village. De rares lumières papillonnaient aux fenêtres. Les taudis retenaient leur souffle, d'autres leurs larmes, dans une nuit indifférente à la détresse des hommes. Punaisée au cœur d'un ciel bleuté, la lune décroissait pour renaître à sa splendeur. Elle éclairait la steppe à défaut d'éclairer les esprits.

— Vous dînerez chez moi, ton épouse et toi.

— Merci.

— Khodij m'a dit que ta femme est un petit joyau.

— Elle ne t'a pas menti.

Il me proposa une cigarette de sa « spécialité ». Je déclinai l'offre ; les rêveries opiacées ne feraient que rendre la réalité plus cruelle.

— C'est décidé, lui dis-je. Je pars à Sidi Bel Abbès.

— Tu as raison. Tu es marié, maintenant.

— Il n'y a pas que ça, Raho. Je suis au bout du rouleau.

— C'est mieux que de finir au bout d'une corde. Pourquoi ne profites-tu pas de l'absence d'Er-Rouge pour prendre tes cliques et tes claques et disparaître ?

— Un Turco ne déserte pas, voyons.

— Et s'il refuse de te laisser partir ?

— Je n'ai pas besoin de sa permission. Pour te dire la vérité, Zorg m'intrigue à plus d'un titre. Il me hait et m'affectionne, me traîne dans la boue avant de se racheter dans l'heure qui suit. Je n'arrive pas à le situer. Tant que je ne suis pas fixé sur la vraie place qu'il m'accorde, je préfère couper les ponts. J'ai une femme, désormais, et une nouvelle page à ouvrir.

— Je te concède que les choses ne sont plus ce qu'elles ont été. Je n'ai pas aimé le Zorg d'aujourd'hui. Notre guerre, il en fait une affaire personnelle, et ça, ce n'est pas bon signe.

Il me tapa sur le genou.

— Pourquoi ne pas retourner à Kenadsa, qui semble t'ensorceler ?

— J'ai promis à ma femme de l'emmener voir la mer.

— Il y a pas de mer à Sidi Bel Abbès.

— Mais elle n'est pas loin. Il me faut un pied-à-terre, trouver du travail et commencer une autre vie. J'aimerais tenter ma chance à Oran. J'ai des amis, là-bas, mais il y a cette plainte qui plane au-dessus de ma tête comme un couperet. J'espère retrouver Sid Tami à Sidi Bel Abbès. Il m'aidera à mettre le pied à l'étrier.

— C'est tout le mal que je te souhaite.

— Et toi, tu n'as pas l'intention de changer d'air ?

— L'air est partout le même dans ce pays, caporal. Je reste à Bordj Khaled. Avec Khodij à mes côtés, je suis dans mon élément.

Après le dîner, Mariem et moi rentrâmes « chez nous », dans ce réduit dépourvu de perspectives, et refermâmes notre porte aux turbulences du monde.

Zorg ne prit pas le temps de se reposer. Dès le lendemain de son retour à la « base », il sella sa monture. Abla le supplia de la laisser l'accompagner. Il refusa, prétextant qu'avec sa blessure, elle devrait plutôt se ménager. Abla insista ; il ne céda pas. C'est un Zorg exacerbé, irascible et expéditif qui était revenu de la Saoura. C'était la première fois qu'on le voyait traiter sa cousine comme un vulgaire subalterne. Il sauta sur son cheval et s'élança à travers la Hamada, escorté par une douzaine de cavaliers.

— Pourquoi il ne t'a pas pris avec lui ? me demanda Raho.

— Il est persuadé que je porte la poisse.

— Rien que ça ?

— Eh oui.

Depuis le départ de son cousin, qui remontait à quatre jours, Abla ne tenait pas en place. Ne sachant plus si elle devait s'asseoir ou courir, prier ou hurler, elle errait dans le douar comme une folle. À bout, elle chargea Smaïn, le fils du guérisseur, d'aller sur les terres de Madani voir de quoi il retournait.

Smaïn revint, le lendemain, blême et éperdu.

Abla l'intercepta à l'entrée du village.

— Alors ?

— Les nouvelles ne sont pas bonnes, haleta le jeune cavalier.

— Crache le morceau au lieu de malmener ma patience.

— Er-Rouge a été arrêté.

Un flot de colère et d'indignation souleva Abla. Elle attrapa Smaïn par le bras, l'arracha à sa monture et le jeta à terre.

— Tu as fumé des plantes vénéneuses ou quoi ? Ne me dis pas que tu as été sur les terres des Madani. Tu aurais galopé toute la nuit que tu ne serais pas déjà de retour.

Le cavalier se releva en s'époussetant.

— Je n'ai pas eu besoin d'aller jusque sur les terres des Madani. Dans tous les douars, on ne parle que de ça. Wacini a livré Er-Rouge aux hommes de Gaïd Brahim.

Abla rejeta la tête en arrière dans un rire méprisant. Les mains sur les hanches, elle s'écria :

— Il ne manquait plus que ça ! Wacini, un crétin fini, un moins-que-rien, aurait livré Er-Rouge ? Il tomberait raide mort d'épouvante rien que d'y penser.

— La vengeance ferait d'un chat de gouttière un tigre, Abla, dit le guérisseur, un vieillard osseux et déshydraté. Wacini ne s'entendait pas avec son oncle, mais Madani était de sa chair et de son sang. Lorsqu'il s'agit de l'honneur de la famille, les frictions intestines s'annulent d'elles-mêmes. Zorg n'aurait pas dû lui laisser la vie sauve.

— Tu veux me faire croire que ce cervidé ne songeait qu'à venger la mort d'un oncle qui le traitait comme une merde ?

— Ça se passe comme ça, chez les gens de la Hamada. Si tu touches à un des leurs, tu offenses toutes leurs familles.

— C'est la vérité, dit Smaïn.

— Quelle vérité ? fulmina Abla. Tu n'es qu'un trouillard. Je t'ai ordonné d'aller rejoindre le capitaine, pas de prêter l'oreille aux racontars.

— Je ne suis pas un trouillard, protesta Smaïn.

— Alors pourquoi tu n'es pas allé là où je t'ai envoyé ?

— J'ai été chez les Beni Mahrez, à Aïn Barda, à Rahbett Ejmal, à Sidi Hachemi, jusqu'à Öch Enn-Ser. Tous racontent la même chose. Er-Rouge est tombé dans un traquenard...

Abla l'attrapa par le chèche qu'il avait autour du cou et se mit à l'étrangler avec.

— Ne fais pas ça, Abla, l'implora le guérisseur. Mon fils n'y est pour rien. Relâche-le, s'il te plaît.

Abla était livide de rage. Les yeux exorbités, les mâchoires crispées, elle s'interdisait de croire ce qu'elle entendait.

— Les traîtres ont toujours eu raison des héros, ajouta le guérisseur. Et Wacini est un traître. Il fallait l'abattre comme son cousin.

— Tais-toi, vieux singe, sinon je t'arrache la langue. Dans l'Ouarsenis, on a aussi fait courir le bruit qu'Er-Rouge avait été tué. Est-ce qu'il a été tué ? Est-ce qu'il a été seulement blessé ? Qui voyait-on galoper à l'air libre tous les jours ? Son fantôme ou bien un preux cavalier en chair et en os ? Er-Rouge est immortel, intouchable, imprenable. (Elle s'acharna sur Smaïn) Tu crois qu'Issa laisserait ce vaurien de Wacini fomenter tranquillement un complot sous son nez ?

— Issa est mort, Abla.

Elle le cogna si fort qu'il en vacilla.

Smaïn eut du mal à se retenir, les poings blancs aux jointures.

— Il est mort, Issa, mort, mort, s'insurgea-t-il avant de s'éloigner en shootant dans la poussière. Et Zorg, arrêté. Et les autres tués. Je hais ce jour, je hais ma vie...

Abla cracha par terre. Elle n'était plus qu'un bourdonnement de déni et de dépit.

— Je vais aller moi-même voir ce qu'il se passe.

— Tu n'es pas en état de chevaucher jusqu'aux terres des Madani, lui déconseilla Raho. Envoyons quelqu'un d'autre.

— Pour qu'il me revienne bredouille comme cet abruti ? Non, merci. Je préfère y aller moi-même. J'emmène avec moi les hommes valides.

— Personne ne te suivra, lui dit le guérisseur. Il ne reste au village que les blessés et les malades. Smaïn ne ment pas. S'il dit qu'Er-Rouge est fait prisonnier, c'est que c'est la vérité. Nous devons garder la tête froide et éviter de nous précipiter. Sobhi est allé s'approvisionner à Öch Enn-Ser. Il va rentrer d'un moment à l'autre. Il nous éclairera davantage sur la situation.

Abla se tourna vers les quelques hommes qui étaient venus aux nouvelles.

— Qui veut me suivre ?

Tous baissèrent la tête.

— Espèces de lâches, leur hurla-t-elle.

— Nous ne sommes pas des lâches, Abla, lui dit calmement un trentenaire au visage traversé par une affreuse balafre. Nous avons suivi ton cousin partout, sans rouspéter, malgré les risques inutiles qu'il nous faisait courir. Mais nous sommes à peine six hommes fatigués et malades. Si ce qu'avance Smaïn est vrai, nous ne pouvons rien pour Zorg. Si c'est faux, Zorg n'a pas besoin de nous.

Abla le chassa d'une main dédaigneuse.

Elle s'adressa à moi :

— Tu m'accompagnes, caporal ?

— C'est quand tu veux.

Raho me retint par le bras.

— Ce n'est pas une bonne idée.

— Tu la laisserais partir seule, Raho, si tu étais en bonne santé ?

54

Nous avions galopé une bonne partie de la journée sans rencontrer âme qui vive. Les nomades, qui plantaient leurs guitounes près des points d'eau, avaient disparu. Ce n'était pas normal. Il y avait toujours, par endroits, une hutte, une tente, un enclos, un berger avec son troupeau ou bien des herboristes en quête de plantes médicinales. Ce jour-là, c'était comme si un vent funeste avait effacé toute trace humaine. La steppe ressemblait à un monde parallèle, vidée de sa substance et vouée aux hantises.

Vers le coucher du soleil, nous aperçûmes une charrette en train de contourner un mamelon pour nous éviter. Nous nous précipitâmes sur elle. Le charretier se mit à fouetter sa monture.

Nous le rattrapâmes.

C'était Sobhi.

— Vous m'avez foutu la peur de ma vie, s'écria-t-il. Je vous ai pris pour des brigands.

— Et depuis quand les brigands s'aventurent-ils sur le territoire d'Er-Rouge ? lui hurla Abla, les nerfs à vif.

Un soldat d'Er-Rouge ne déguerpit pas à la vue d'une ombre.

Sobhi s'essuya la figure dans un pan de son chèche.

— Vous n'êtes pas au courant ? nous fit-il, la voix chevrotante.

Abla se raidit. Ce qu'elle lut sur le visage de Sobhi la lamina. Pour la première fois, je vis les larmes brouiller son regard. Sa gorge se contracta :

— Au courant de quoi ?

— De la trahison.

— De quelle trahison ? Crache ton venin.

— Eh bien, bredouilla Sobhi, celle de Wacini.

Abla vacilla. Elle tenait bon par orgueil, mais derrière la façade, tout venait de se briser – ses organes, ses os, ses prières, son âme. Elle fit non de la tête, des deux mains, puis elle glissa de sa monture, telle une tenture qui se décroche, marcha vers un monticule, ne l'atteignit pas, s'affaissa dans un buisson, posa le front sur ses genoux qu'elle ceintura de ses bras et ne bougea plus.

Sobhi courut s'accroupir derrière un rocher.

Nous laissâmes Abla à son chagrin quelques instants avant de la rejoindre.

Sobhi lui proposa sa gourde. Elle la repoussa d'une main anéantie.

— Comment a-t-il pu se laisser prendre comme un débutant ? soupira-t-elle.

— Wacini est un démon, dit Sobhi. Il a eu largement le temps d'échafauder son traquenard. Zorg n'aurait pas dû lui laisser la vie sauve.

— Que faisait Issa, bon sang ? Comment a-t-il pu laisser ce vaurien agir à sa guise ? Il avait reçu l'ordre de le surveiller de très près.

— Il paraît que tout avait été mis en place depuis des semaines, raconta Sobhi. Wacini aurait empoisonné Issa et ses hommes et livré les postes qu'ils occupaient aux hommes de Gaïd Brahim. Plus personne ne pouvait entrer ou sortir des terres des Madani. Le reste s'est déroulé comme prévu. Lorsque Horr est arrivé avec ses hommes, il est tombé dans le piège. Ensuite, ça a été le tour du capitaine.

— Zorg est mort ? m'enquis-je.

— Non, il a été pris vivant pour que Gaïd Brahim en personne le livre aux autorités françaises. À Aïn Barda, on raconte qu'Er-Rouge est enfermé dans une cage pour être exhibé dans les douars et qu'il sera exposé demain à Öch Enn-Ser.

— Eh bien, partons à Öch Enn-Ser, dit Abla en se levant, rigide comme un automate.

— Tu ne comptes pas t'y rendre dans tes vêtements d'homme, avec ton pistolet à la ceinture ? dit Sobhi. Tout le monde te connaît, là-bas. Un mouchard pourrait te signaler… Je te passerai ma gandoura, si tu veux. Je propose qu'on passe la nuit chez un Bédouin que je connais. C'est un homme sûr. Il vit à l'écart, loin des curieux. Et demain, nous laisserons vos chevaux chez lui et nous nous rendrons à Öch Enn-Ser sur ma charrette.

Abla n'était plus parmi nous. Son âme était partie on ne savait où, et son corps dévitalisé, ombre de sa propre ombre, flottait sous nos yeux tel un spectre hagard.

La foule attendait sur la place d'Öch Enn-Ser. Le visage fermé. Certains curieux étaient venus des bourgades environnantes s'assurer que la rumeur disait vrai. Les gens n'étaient pas contents, mais leur résignation ne les excusait pas. Leur vaillance de naguère ne relevait plus que d'un cuisant traumatisme. Autour de nous, des voix s'indignaient sans dépasser le contour des lèvres. Tous refusaient qu'Er-Rouge soit exhibé comme une bête foraine dans leur douar, et tous étaient là pour le spectacle. Abla leur en voulait d'accepter l'humiliation comme un fait accompli, de ne pas mesurer l'étendue du désastre que chacun d'eux incarnait. Mais elle ne disait rien. Elle n'avait pas proféré un mot depuis la veille. Nous avions passé la nuit chez le Bédouin. Elle n'avait pas touché au repas, n'avait pas dormi. Elle était restée prostrée sur une pierre, en tournant le dos à la guitoune, silencieuse et pensive, jusqu'au lever du jour.

Un brouhaha nous parvint de loin, se propagea tel un feu de paille à travers la place. Puis le silence tombal des peines perdues. D'abord surgirent des cavaliers armés jusqu'aux dents, ensuite une charrette geignarde sur laquelle était amarrée une cage. Fermant la marche insolente des victoires éhontées, d'autres cavaliers aux sourcils bas, le doigt sur la détente de leurs fusils, sommaient la foule de se tenir à distance.

Lorsque la charrette arriva à notre hauteur, je vis Zorg nu, avec juste un torchon ficelé autour de la taille, les poignets attachés aux barreaux derrière lui de façon à le maintenir assis, d'énormes chaînes aux pieds, la tête mollement inclinée sur la poitrine. Son corps ensanglanté portait les traces d'atroces sévices. On lui avait rasé la tête et les sourcils, et la barbe sur un seul côté. Un moment, je l'ai cru mort, puis, par on ne sait quelle intuition, il releva le menton. Son regard, que d'horribles boursouflures dévoraient, se dirigea droit sur celui de sa cousine. Je sentis Abla frémir contre moi comme si une onde de choc venait de la frapper de plein fouet. Zorg essaya de lui adresser un sourire, mais sa bouche ravagée ne remua qu'à moitié. Sa nuque ploya et il s'abandonna à sa souffrance de supplicié.

Abla plongea la main dans la poche de la gandoura que lui avait prêtée Sobhi.

— Je ne les laisserai pas l'humilier davantage avant de le pendre à un arbre comme un brigand.

— Garde ton calme, lui dis-je.

— Je suis calme et sobre. Er-Rouge n'est pas une bête de cirque. Je vais abréger son martyre et lui accorder une mort digne de son rang.

— Ne sois pas stupide. Les sbires te tueraient.

— Parce que tu crois que je suis vivante ?

Elle serra les lèvres pour refouler quelque chose qu'elle ne tenait pas à évacuer.

— La vie est injuste, caporal, et rien de ce qui est injuste n'a de mérite.

Une détermination inflexible contracta les traits de son visage. De nouveau, Abla n'était plus de notre monde ; elle s'était retranchée là où personne ne pourrait la rejoindre, où aucune voix ne saurait la dissuader.

Elle posa sa main sur ma joue.

— Prends soin de toi, caporal.

Ce fut l'unique geste de tendresse que je lui aie connu – et, sans conteste, l'instant le plus fort que je devais garder d'elle.

Elle se fraya un passage dans la cohue. Je la perdis de vue un instant, puis je la revis surgir devant la cage, pistolet au poing. Elle tira deux fois sur Zorg. Des cris retentirent, et un remous se déclencha dans la foule. Les fusils tonnèrent. Tout le monde se dispersa dans un mouvement de panique. Abla chancela, touchée à la poitrine. Elle leva son arme sur un cavalier ; une salve de plomb s'abattit sur elle. Elle tomba à la renverse tandis que son corps continuait de tressauter sous les impacts.

La population revint conspuer les sicaires. Les insultes et les malédictions se déversèrent sur la place. Les sbires de Gaïd Brahim tirèrent en l'air pour repousser les villageois que la colère et l'indignation déchaînèrent. Devant la haine qui grondait de tous les côtés et les jets de pierre, ils éperonnèrent leurs montures et battirent en retraite.

On arracha la porte de la cage et en extirpa le corps sans vie de l'Officier Rouge. « Prenez Abla, prenez sa cousine », criait quelqu'un. Une multitude de mains souleva les dépouilles de Zorg et de sa cousine et les porta, dans une liesse de fierté et de révolte, vers la mosquée. Une clameur assourdissante se répandit dans la bourgade, telle une déferlante parée de mille vertiges.

Grisé par l'odeur du baroud, je restai figé de la tête aux pieds, avec le sentiment de traverser un mauvais rêve.

— Allons-nous-en, dis-je à Sobhi.

— Nos chemins se séparent ici, caporal, me fit-il en s'essuyant le visage dans son chèche, probablement pour cacher ses larmes. Je n'ai plus rien à faire dans cette contrée de malheur. Je ne jurais que par Er-Rouge et Er-Rouge n'est plus. Ni les prières ni les serments n'auront de portée pour moi, désormais. Je rentre au bercail faire le mort, moi aussi.

Il porta la main à sa tempe dans un salut militaire, pivota sur ses talons et marcha vaillamment vers la mosquée pour se recueillir une dernière fois sur la dépouille de son héros.

J'ignore si j'avais fait claquer le fouet et si la mule s'était mise en route d'elle-même. En me tournant une dernière fois vers la mosquée noire de monde, je m'entendis chuchoter « Adieu, l'ami ». Mais déjà les sbires de Gaïd Brahim revenaient à la charge en tirant en l'air pour disperser la foule et récupérer leurs trophées.

Je me dépêchai de quitter les lieux.

Pendant que la steppe m'aspirait tel un marécage, je ne voyais qu'Abla surgir devant la cage et tirer sur son cousin, Abla tomber à la renverse, Abla ballotter sur les bras qui portaient son corps sans vie, Abla qui, les yeux ouverts et un étrange sourire aux lèvres, paraissait dormir du sommeil du juste, plus belle que jamais, comme si la paix de son âme rendait à son visage tout ce que la haine de ses ennemis lui avait confisqué.

Il était écrit que cette vierge qui ne reculait devant aucun péril et ce puceau révoqué de la baraka, qu'on supposait entrés par effraction dans la légende – ce duo impulsif qui m'avait fasciné et rebuté en même temps, elle, une furie éclairée et lui, un Turco revanchard –, allaient connaître une fin qui était le commencement d'une épopée que les troubadours colporteraient d'un bout à l'autre du pays ; un épisode qui ferait de l'ombre à l'Histoire des peuples devenus sourds à leur propre chant du cygne à force de se tromper d'idéal.

Avant de périr en captivité dans un bagne d'outre-mer, le poète Karzaz leur consacra l'un des poèmes qui m'a le plus bouleversé et qui demeurera gravé en moi tel un dessin rupestre que les âges ingrats n'effaceraient jamais.

Il a cueilli sa torche
Du fond du soleil

Et a mis le feu
Au joug de la nuit
Sa rebelle cousine
De ses seins de vierge
A allaité le rêve
De toutes les libertés
Les gens disent qu'ils sont morts
Mais ce n'est pas vrai
Ne meurt que celui
Qui n'a point existé

Je ne les avais pas pleurés, ce jour-là. Je ne les ai pas pleurés les jours d'après, ni les années qui ont suivi. Aujourd'hui, alors que bien des décennies se sont évanouies dans le souffle du temps, une larme m'a échappé et je n'ai pas eu la force de l'essuyer.

IV

L'ÉPREUVE DU SCARABÉE

55

J'avais loué une petite maison, du côté de la Mekerra, à Sidi Bel Abbès. Mariem était contente d'avoir un peu plus d'espace et d'intimité. Nous avions à notre disposition deux pièces, une souillarde qui tenait lieu de cuisine, une courette recouverte de treille et un puits domestique. Pour l'éclairage, nous avions une lampe à acétylène. Les cabinets se trouvaient à l'extérieur, dans une sorte de guérite coiffée de tôle. La maisonnette était vieillotte, mais propre, avec des murs badigeonnés et des volets aux fenêtres.

J'étais ravi de retrouver la ville, ses cafés, ses lampadaires, ses nuits éclairées et la vie ordinaire de ceux qui ne portaient pas d'armes sur eux. Le Village arabe s'articulait autour d'un ancien champ agricole que l'exode rural avait investi. Les gens y étaient pauvres, mais solidaires et respectueux. Le dépaysement me gagnait quelquefois lorsqu'en regardant autour de moi je n'entrevoyais pas de visage familier ; cependant, comme à Oran à mes débuts, je savais que j'allais m'adapter à mon nouveau point de chute et me faire des amis.

Mariem colmatait les brèches cuisantes laissées par mes absents. Elle était cette raison qui m'avait fait défaut, naguère, et qui me donnait la force de croire en des jours cléments, à l'abri des bains de sang où tant de fois j'avais failli me noyer. Jusque-là, je m'en étais sorti – traumatisé, certes, mais entier. Une autre vie m'attendait. Il me fallait juste tracer ma voie et la suivre jusqu'au bout, apprendre de mes erreurs et être patient.

Un jour que je réfléchissais à mille choses à la fois, j'ai vu un scarabée bousier, tête en bas, en équilibre sur ses pattes de devant, pousser avec ses pattes arrière une boule de crottin quatre fois plus volumineuse que son corps. Il s'appliquait, glissait sur les côtés, culbutait, se remettait en position et, en acrobate opiniâtre, continuait de faire rouler son fardeau sisyphien sans s'accorder un instant de répit. Pourquoi tant d'acharnement, et que comptait-il tirer d'une déjection ? Je m'étais rendu compte que le scarabée ne faisait qu'accomplir la tâche que la nature lui avait assignée. Il vivait sa vie et s'accommodait parfaitement de son épreuve de titan sans perdre son temps à chercher quel sacrilège il aurait commis. Pourquoi ne pas me contenter de vivre la mienne sans trop me poser de questions ? J'avais une épouse que j'aimais, une bonne santé et une tête pas trop abîmée ; j'avais flirté avec la mort à maintes reprises et bu le calice jusqu'à la lie – qui m'empêcherait de puiser dans l'adversité la force de repartir de bon pied ? Je n'avais qu'à retrousser mes manches et joindre ma main à celle du hasard qui, semble-t-il, fait bien les choses. Je me suis dit : « La vie est une traversée et tu es un simple pèlerin. Le passé est ton bagage. Le futur, ta destination. Le présent, c'est *toi*. Si ton bagage t'encombre, dépose-le à la consigne. Si ta destination est hasardeuse, sache qu'elle l'est pour tout le monde. Vis à fond l'instant présent, car rien n'est aussi concrètement acquis que cette réalité manifeste que tu portes en toi. » En cet été 1925, j'étais déterminé à renaître à moi-même et à ma chère épouse, avec l'espoir de retrouver les miens, persuadé que lorsqu'on croit dur comme fer dans quelque chose, à défaut de l'atteindre, on s'y accroche, et ça nous aide à avancer.

Je me rendis à la menuiserie de Hamou. Le père de Sid Tami n'avait rien à voir avec l'homme irascible qui nous avait reçus, la dernière fois, Wari et moi. Il était en train de raboter un madrier qu'il délaissa avec regret en me voyant hésiter sur le pas de l'atelier.

— Je suis Yacine, un ami de votre fils. Vous ne vous souvenez pas de moi ?

— Je ne me rappelle même pas ce que j'ai bouffé la veille. Entre donc, si tu ne veux pas choper une insolation.

Il me désigna une théière.

— Non merci, j'ai déjà pris un café.

Il s'assit d'une fesse sur le rebord d'une table et me dévisagea. Il était maigre, le visage poinçonné par la petite vérole dont une barbe effrangée tentait de pondérer les dégâts. Sa chemise était ouverte sur un ventre jaunâtre et creux aux côtes si saillantes qu'on les aurait crues sans chair dessus.

— Ainsi, tu es un copain à mon fils ?

— Sid est plus qu'un copain pour moi, monsieur.

Il tourna et retourna un anneau de rideau qui baguait son doigt sans me quitter des yeux.

— Je ne crois pas t'avoir déjà vu.

— J'étais venu vous rendre visite avec un ami, il y a quelques années.

— Je ne me rappelle pas. Tu as été à la guerre avec Sid ?

— On était dans la même compagnie, monsieur.

— Tu as décroché des galons, toi aussi ?

— J'étais caporal.

Il passa ses mains sur sa figure, médita puis, d'une voix sourde, il dit :

— Sid a touché le fond, mais il a réussi à sortir la tête de l'eau. Je ne tiens pas à ce qu'il replonge, tu comprends ? J'ai eu du mal à l'arracher aux mauvaises fréquentations.

— Je n'en suis pas une, monsieur.

— Je vais être franc avec toi. Si tu as des saloperies à écouler ou des embrouilles avec la police, je te conseille d'oublier mon fils. Nous ne nous sommes réconciliés que depuis peu et je ne crois pas que les choses se soient arrangées pour de bon entre nous deux. Il y a tellement de vauriens de nos jours qu'aucun fils de bonne famille n'est à l'abri d'une rechute.

Le message était clair.

— Je ne suis pas un voyou… Est-ce qu'il est ici ?

— Non.

— Il rentre quand ?

— Quand ça lui chante.

— Pouvez-vous lui dire que je suis passé le voir ?

— C'est quoi, d'abord, ton nom ?

— Yacine… Chéraga Yacine, le caporal.

— D'accord. Je lui dirai.

— Merci, monsieur. J'habite au Village, près de la Mekerra. En face de la vieille écurie Saint-Jean. La maison peinte en vert, avec un figuier qui donne sur la rue et de la treille au-dessus du patio.

Il me considéra en silence, hocha la tête et retourna à son madrier.

On fêtait un mariage dans le quartier. La voix des *meddahates*, chaude et ample, dominait le roulement syncopé des tambourins. C'était une belle nuit. Mariem avait étalé une natte à même le sol, dans la courette, et, allongés côte à côte, nous contemplions le ciel constellé de nos rêveries.

— C'est comme chez nous, dans le désert, dit Mariem, avec une pointe de nostalgie. La nuit, on se rassemblait autour d'un feu et on chantait l'épopée de nos ancêtres.

— Si Dieu le veut, je t'achèterai un gramophone.

— Qu'est-ce que c'est ?

— Un appareil étrange. Tu mets un disque dessus et tu écoutes de la musique.

— C'est comme la radio ?

— Ce n'est pas tout à fait une radio, mais c'est une formidable invention…

— Et tu m'emmèneras voir la mer, après ?

— Chaque chose en son temps.

— Tu as raison, chaque chose en son temps.

Je lui relevai le menton. Ses yeux n'étaient qu'amour. Reflétaient-ils les miens ? Je suppose que oui. Chaque fois que je la contemplais, mon cœur battait un peu plus fort.

— Est-ce que tu es heureuse avec moi ?

— Je me serais enfuie, si ce n'était pas le cas.

— Vraiment ?

Elle éclata de son rire d'enfant qui me faisait tant de bien.

— Je suis très heureuse avec toi. Tu es un bon mari.

— Mais pas parfait. Je m'énerve pour des futilités…

Elle posa la main sur ma bouche.

— Si tu t'énerves, tu le caches bien.

— L'autre jour…

Elle appuya un peu plus sur mes lèvres :

— Tais-toi…

— Des fois, je me conduis très mal…

— Les temps sont difficiles. Tu essayes de t'en sortir et ça ne se passe pas comme tu le souhaites. C'est normal que tu t'énerves. Je suis persuadée que ça va s'arranger. Je serai toujours à tes côtés, toujours, toujours.

— Je m'emporte parce que je veux que tu ne manques de rien. J'aimerais t'offrir tant de choses !

— Je t'ai, toi, et ça me suffit. Quand je te regarde dans les yeux, j'y vois mon bonheur comme mon reflet dans l'eau.

Elle porta mon poignet à sa bouche, posa dessus un baiser attendri.

— Ta tribu te manque ?

— Beaucoup, mais je suis une épouse, maintenant. J'ai un mari, une maison, des responsabilités.

— Tu aimerais retourner parmi les tiens ?

— J'aimerais leur rendre visite de temps en temps, mais ma place est à tes côtés.

— Je t'ai entendue chanter, hier, pendant que tu faisais le ménage.

— Une vieille chanson rifaine que les mères chantent à leurs filles, depuis très longtemps.

— Tu as une jolie voix.

— Tout le monde sait que je chante faux.

— Je ne suis pas tout le monde… C'était une belle mélodie, un peu triste, me semble-t-il. De quoi parle-t-elle ?

Elle se colla à moi et se fit toute petite.

— Elle parle de nous deux.

J'eus envie de la serrer dans mes bras jusqu'à ce que sa respiration et la mienne ne fassent qu'un seul et même souffle.

On frappa à la porte.

Un petit garçon m'annonça qu'un homme m'attendait au café. Ça ne pouvait être que mon sergent, et c'était bien lui.

Beau dans son costume de citadin, la raie au milieu de ses cheveux brillantinés, Sid me parut plus grand que d'habitude.

Nous nous jetâmes dans les bras l'un de l'autre.

— Viens, lui dis-je. On va chez moi.

— Une autre fois.

— Je suis marié, tu sais ?

— Je suis au courant.

— Qui te l'a dit ?

— Ici, les murs n'ont pas que des oreilles, ils ont aussi la langue bien pendue.

— Tu ne veux pas que je te présente mon épouse ?

— Je vois que tu commences à t'émanciper, mais ce soir je veux t'avoir pour moi tout seul. Où étais-tu passé ? Wari m'a raconté que tu faisais l'objet d'un avis de recherche ?

— Quelqu'un a porté plainte contre moi pour une banale altercation. J'ai été obligé de quitter Oran sans me retourner.

— Et tu étais où ?

— Dans le Sahara.

— Tu aurais pu venir me voir. Je t'aurais aidé à te planquer…

— Je n'y ai pas pensé. J'avais tellement peur.

— J'imagine. Tu as du mal à te défaire du berger effarouché que tu as été. Il va te falloir surmonter tout ça, mon grand… Allons nous dégourdir les jambes. Tu me raconteras en chemin.

Je lui ai parlé de Lalla Halima, de son cousin que j'avais jeté à terre, de ma fuite à Mécheria, de Kenadsa, des gens de là-bas, mais pas un mot sur Zorg ni sur mon histoire avec Gaïd Brahim.

— Tu as des projets ? me demanda-t-il.

— Je viens à peine d'arriver.

— Je suis dans le commerce, si tu veux te joindre à moi. Avec un minimum de présence d'esprit, tu peux tirer ton épingle du jeu.

— Tu penses que la vie est un jeu, sergent ?

— Et comment ! C'est une partie de poker, la vie. C'est elle qui distribue les cartes, mais il appartient à chacun de relancer ou de coucher la main. Je n'ai ni quinte flush ni carré d'as, juste une paire de couilles, et j'essaye de relancer avec…

— Tu n'as toujours pas assaini ton langage, à ce que je vois.

— La priorité est ailleurs, caporal. Tu veux faire des affaires ?

— Si c'est légal, oui.

— Parce que tu trouves que la misère est légale ? Tu sais combien de gens crèvent de faim et de maladie, chez nous ? Des milliers. Si on n'a pas le nombre exact, c'est parce que tout le monde s'en contrefiche. Quelle marge de manœuvre nous laisse-t-on ?

Il forma un rond avec le pouce et l'index et souffla dedans :

— *Walou !...* On ne vole pas, quand on a faim, on se démerde pour ne pas crever. Si tu veux être juste avec toi-même, oublie ce que rabâche ta conscience et écoute ton ventre. La conscience, c'est pour le gratin. Les pauvres, il leur suffit de se faire une raison.

— Il y a moyen de réussir autrement.

— Montre-le-moi, et je partagerai avec toi ce qu'il me rapportera.

Il alluma une cigarette.

— On ne survit pas à une guerre qui a emporté des millions de gens pour se regarder pourrir sur pied, caporal. Il faut rentabiliser le miracle, sinon on ne mérite pas de respirer l'air de nos morts.

— Chacun a sa façon de voir les choses.

— Les choses sont ce qu'elles sont.

Il me passa la cigarette.

— J'ai vu mon père raboter les mêmes planches et porter la même salopette depuis que j'ai appris à tenir sur pattes. Il en est où, aujourd'hui ? Dans le même atelier à répéter machinalement les mêmes gestes et à rentrer le soir les mains tailladées. Mon père ne vit pas, il ne fait que vieillir avec ses murs. Et moi, Hamza, moi, je veux vivre chaque instant de mon existence, et le savourer, et le mériter pleinement.

— Yacine, Sid. Pas Hamza, Yacine.

— Pardon, j'ai oublié.

Il me fit tourner vers lui :

— Comment se fait-il qu'après la guerre, tu te retrouves avec une autre identité ?

— Une erreur à l'état civil que mon père a rectifiée.

— Ah… Eh bien, à toi de rectifier le cours de ton destin, maintenant.

Nous avons arpenté de long en large la Tahtaha avant de nous poser au café Kaboub. Nous avons évoqué la guerre, quelques anecdotes du front en évitant les drames et le souvenir de nos héros disparus. Sid avait l'air d'aller mieux. Il sentait bon et avait retrouvé son rire d'autrefois lorsque n'importe quelle anecdote l'amusait comme un bambin.

— Je suis très content pour toi, sergent. Le Sid de ce soir est nettement plus réconfortant que le Sid qui était rentré bredouille de France.

— Disons que j'ai fini par me réveiller. J'étais fatigué de m'apitoyer sur mon sort et de me soûler comme un porc. Je faisais trop honte à la famille.

— Ta femme t'est revenue ?

Son front s'est plissé avec chagrin.

— Elle est revenue à la maison. Nous avons passé la nuit ensemble et, au matin, je l'ai répudiée.

— Ce n'est pas bien de traiter ta femme de cette façon, Sid, pas bien du tout. Je ne te savais pas si cruel.

— Cette femme avait fait de moi la risée du quartier. Elle m'a laissé tomber alors que j'avais besoin d'elle. J'étais au fond du puits, Yacine. Au lieu de me tendre la main, elle a posé le couvercle sur la margelle. Mon père m'avait renié pour ça.

— Je suis navré.

— Pas autant que moi, caporal.

Il s'est frappé dans les mains, dépité :

— Purée, c'est fou comme je l'aime encore, cette garce.

Sid m'a raccompagné chez moi. Tard dans la nuit. Avant de me laisser pousser la porte de ma maison, il m'a pris par les épaules, m'a bien regardé dans les yeux, en quête de j'ignore quoi, et m'a écrasé contre sa poitrine.

— Je suis très content de nos retrouvailles, caporal.

— Moi aussi.

— On est plus que des frères, toi et moi.

— On est des jumeaux.

Il m'a tapé sur le dos, gaillardement.

— Je t'attends à la menuiserie, demain, à la première heure.

— Entendu.

— J'ai des choses à te montrer.

— Très bien. À demain, alors.

Il m'a assené un coup de poing affectueux au ventre et est rentré chez lui en sifflotant.

Mariem s'était assoupie sur la natte, dans la courette. Je m'allongeai contre elle. Elle me prit la main, instinctivement, la posa sur son cœur, et nous dormîmes comme deux bébés.

56

Sid m'emmena dans la ville européenne. Sidi Bel Abbès était très jolie, avec ses bistrots à la bonne franquette, sa place Carnot et son imposant kiosque à musique, ses rues parées de vitrines étincelantes, ses femmes élégantes sous leur ombrelle et ses soldats de la garnison qui se pavanaient sur le boulevard, le menton volontaire et le pas martial.

— Un jour, promit Sid, j'aurai mes magasins par ici, avec de larges devantures et des enseignes au néon sur le fronton. Je porterai des costumes impeccables et des souliers de marque et je paraderai comme un nabab sans que personne vienne me marcher sur les pieds.

— Tu comptes y arriver comment ?

— Je suis déjà en route.

Il me conduisit dans une petite ruelle en escalier et s'arrêta devant un portail ébréché. Il cogna dessus. Un judas coulissa sur des yeux perçants, un loquet grinça, puis un deuxième ; le portail s'ouvrit sur la cour intérieure d'une ancienne écurie. Une forte odeur de carburant me sauta à la figure.

Un énorme personnage en salopette maculée de cambouis nous accueillit, les sourcils pincés.

— Pépé, je te présente mon meilleur ami, Yacine.

— Pourquoi tu me le ramènes ici, putain ? On s'est entendus pour que ça reste strictement confidentiel. Tu m'le sors d'où, ton pote qui n'est pas forcément le mien ? Faut que tu te décides, Sid. Ou c'est un bordel ou c'est un moulin, mais pas les deux à la fois.

Un silence embêtant pesa sur la cour.

Le dénommé Pépé, Espagnol de souche, me dévorait du regard. Brusquement, il pointa le doigt sur moi en libérant un rire d'ogre.

— Je t'ai eu, pas vrai, tête de nœud ? Avoue que tu es à deux doigts de faire sur toi.

— J'ai bien cru que tu allais nous démonter pièce par pièce, lui avouai-je.

Il me tapa sur l'épaule ; sa main huileuse imprima son empreinte sur ma chemise.

— Eh bien, Yacine, on va trinquer à notre amitié.

— Une autre fois, lui dit Sid. On a des choses à faire. Comme on passait par là, on est venus te saluer.

— Faut qu'on parle, tous les deux, quand t'auras un moment, c'est-à-dire le plus tôt possible.

— On se voit ce soir chez Albertine ?

— En tête à tête, Sid, rien que toi et moi.

— D'accord, on se verra chez toi.

— Je préfère t'attendre ici, vers la sirène de fin de journée.

— Très bien… En fin de journée, alors.

Nous reprîmes notre promenade.

Sid m'expliqua que Pépé était son associé et que le garage était une couverture pour stocker de la pièce détachée volée dans les ports et dans les entrepôts.

— Tu voles, Sid ?

— Je vais me gêner.

— Tu n'as pas peur de finir en prison ?

— Je n'en suis jamais sorti.

Il me parla de son trafic comme s'il s'agissait d'un commerce ordinaire. Je n'étais pas sûr d'approuver ses méfaits, mais Sid paraissait déterminé à ne reculer devant rien.

— Il faut savoir prendre des risques, Yacine.

— Voler est un péché.

— Pas lorsqu'on vole ceux qui nous ont tout pris.

Je n'étais pas convaincu. Sid le voyait bien, mais il n'en avait cure. Il avait fait son choix et rien ne semblait en mesure de l'en dissuader.

Il me montra une boutique de vêtements non loin de la place du kiosque à musique et une quincaillerie à proximité de la vieille mosquée El Aâdam.

— La boutique et la quincaillerie m'appartiennent à moitié, et je suis en train de négocier avec un gargotier. Les affaires tournent au ralenti, mais elles tournent.

— Comment tu as fait pour amasser autant d'argent en si peu de temps ?

— J'ai retroussé mes manches et j'ai foncé. Tout simplement. J'ai commencé avec quelques cartons de conserves chipés dans le camion de Sigli.

— Tu as osé voler un ami ?

— On est associés, lui et moi.

J'étais dépassé par ses confidences et je commençais à ne plus vouloir en entendre d'autres. Ce n'était pas *ma façon de voir les choses.*

Nous arrivâmes devant une échoppe close.

— Elle est à vendre. Son propriétaire est mort, et sa veuve veut rentrer chez ses parents avec ses gosses. On peut l'avoir à un bon prix. Elle est à toi, si tu veux rattraper le train en marche.

— Je n'ai pas assez de sous pour m'offrir une boutique.

— Je t'en avancerai.

— C'est très gentil à toi, mais je ne veux pas commencer ma nouvelle vie avec des dettes.

Sid me saisit par les épaules, fermement.

— Arrête de chercher des poux aux chauves, caporal. Tu veux gagner ta chienne de vie, oui ou non ?

— Si c'est honnête, oui.

— C'est une boutique, pas un casino. Aucun imam ne te reprochera de tenir une boutique. Tu restes gentiment derrière ton comptoir et quand un client s'amène, tu le sers et tu encaisses. Quel mal y a-t-il à ça ?

— Il faut que je réfléchisse.

— Parce que tu crois que des opportunités pareilles vont t'attendre ? C'est une occasion qui ne se rate pas. Tu n'auras pas grand-chose à faire et pas le moindre risque à courir. Tout sera dans les règles, promis. Je cherche seulement à t'aider, je le jure.

En rentrant chez moi, j'ai sorti le boîtier dans lequel je cachais mes économies. Le constat était sans appel : j'étais loin, très loin du compte. Mariem me proposa ses bijoux. Je refusai, en partant du principe que c'était à l'époux de subvenir aux besoins de sa famille. Elle me certifia que ce qui lui appartenait me revenait de droit, que les bijoux ne se limitent pas à garnir l'élégance d'une femme, qu'ils sont surtout faits pour les moments difficiles.

— On n'en est pas encore là, la rassurai-je.

Deux jours plus tard, après avoir mûrement réfléchi, j'acceptai la proposition de Sid.

— Te voilà ton propre patron, me félicita Sid, une fois l'affaire conclue.

Il se chargea de tout. L'échoppe était dans un état lamentable. En moins de deux semaines, elle fit peau neuve, avec des étagères bien alignées, un comptoir en bois de chêne, des murs peints à la chaux, et une arrière-boutique rafraîchie. J'ignorais où Sid s'approvisionnait. Il venait frapper à ma porte tard dans la nuit, prenait les clefs de l'échoppe, me les rapportait une heure après et, au matin, je trouvais les étagères de ma boutique de plus en plus garnies de boîtes de conserve, de pains de sucre et de divers produits alimentaires. Bientôt, des sacs de farine, un fût d'huile avec sa jauge à levier incorporée, des cartons de légumes secs, des sachets de semoule, de thé vert, de café, des bonbonnières se mirent à encombrer l'arrière-boutique.

Je n'avais aucun doute sur la traçabilité suspecte de la marchandise, mais Sid m'avait convaincu que le commerce fonctionnait ainsi et que je n'avais pas de souci à me faire. Je devais me contenter de vendre ; il se chargerait de me fournir ce dont j'avais besoin.

Mariem tomba enceinte. J'en chavirais de bonheur.

J'allais être père, c'était fantastique.

Mariem accoucha un lundi, vers la fin du mois de ramadan. Je n'oublierai jamais ce soir-là. Nous étions dans le patio, Sid et moi, à fumer comme des brutes. Tendus de crampes. Lorsque Sid posait la main sur mon épaule pour me conforter, je sursautais comme sous l'effet d'une décharge électrique. J'entendais Mariem haleter, ahaner, gémir en tirant sur la corde, les deux accoucheuses lui dire de pousser, de pousser, de pousser, et c'était moi qui me surprenais à pousser et à tirer sur une corde imaginaire. Lorsque enfin, telle une délivrance, les vagissements de mon fils ont retenti dans la nuit, je suis tombé dans les bras de Sid et j'ai pleuré comme une fontaine.

Je prénommai mon garçon Sellam, comme son grand-père.

Au septième jour de la naissance de mon fils, qui, dans notre tradition, marquait le vrai accueil du nouveau-né parmi les siens et qui, cette année, coïncida avec l'Aïd, Sid m'offrit deux moutons.

— Tu auras des invités, à midi, m'annonça-t-il.

— Qui ?

— Ce sera une surprise.

Et ce fut une belle surprise. Toute ma bande d'Oran vint partager avec moi mes joies de père : Wari, Sigli, Dida, Moussa le cafetier qui m'apporta un régime de dattes, Da Achour, Abdekka et Laweto… J'étais ému aux larmes, ce qui raviva la cuisante absence de ma famille.

57

Le rêve, dit-on, ne dure qu'une fraction de seconde. Mon bonheur de père ne lui survécut pas longtemps. Je n'eus même pas le temps de voir mon fils s'exercer à ses premiers pas. J'avais passé une année à l'adorer chaque jour un peu plus, et c'était comme si les mois avaient traversé mon ciel plus vite que les météorites.

Le sort, encore une fois, me frappa de plein fouet.

D'abord, Sid Tami. Il s'était volatilisé du jour au lendemain. Son père ignorait où son garçon se trouvait. Nous avions attendu des semaines, Sid ne se manifesta nulle part. J'avais pris mon courage à deux mains et je m'étais rendu à Oran chercher une réponse auprès de Wari. Ce dernier se posait les mêmes questions que moi. Il y avait des rumeurs, et chacun y allait de sa petite hypothèse. Pour certains, Sid aurait été arrêté – la police lui aurait tendu un guet-apens dans un entrepôt où il avait l'habitude de se servir à sa guise ; pour d'autres, Sid aurait été exécuté par un gang rival.

Ensuite, ce fut mon tour.

Un matin, tandis que je m'apprêtais à décadenasser le rideau de ma boutique, deux hommes en costume noir se dressèrent devant moi, la mine austère.

— Chéraga Yacine ?

— Oui…

— Tu vas nous suivre gentiment au poste.

— Pourquoi ?

— Simple formalité.

Ils me poussèrent sur la banquette arrière d'une voiture. Le chauffeur, un blond aux épaules tombantes, enclencha la vitesse et démarra sur les chapeaux de roues, droit vers le commissariat.

Je gardai mon calme en essayant de trouver un sens à ma situation. Qu'avais-je bien pu faire de répréhensible ? À part une altercation sans conséquences avec un client indélicat et une autre avec un voisin qui était rentré soûl la nuit, je ne voyais pas ce que l'on pouvait me reprocher. Cela faisait plus de deux ans que j'étais à Sidi Bel Abbès sans problèmes. Mon petit commerce me conférait un semblant de statut dans ma communauté. Ma vie était simple, réglée comme une horloge : boutique-maison-boutique. Pas une fois je n'avais été inquiété par la police. Mon petit commerce n'avait fait l'objet d'aucune sorte de contrôle ou de perquisition. Avais-je été dénoncé par un des hommes d'Er-Rouge ? Je ne voyais pas comment. Était-ce l'avis de recherche lancé contre moi, à Oran ? Qui se souvenait de cette vieille histoire qui, en plus, s'était passée dans une autre ville ?

Un homme aux moustaches cirées, le visage en lame de couteau, m'attendait au sous-sol du commissariat. Il était en chemise, les manches retroussées par-dessus le coude malgré la fraîcheur de l'endroit. Il écrasa sa cigarette dans un cendrier, s'appuya contre une table et croisa les bras sur sa poitrine.

— Ça m'a tout l'air d'être notre fugitif, commissaire, lui annonça l'un des deux policiers qui m'escortaient.

— C'est c'qu'on va voir.

Il tortilla le doigt pour me sommer d'approcher.

— Tu t'appelles bien Chéraga Yacine ?

— Oui, monsieur.

— Fils de Chéraga Sellam ?

— Oui, monsieur.

— Ton père est manchot ?

— Oui, monsieur… Vous l'avez retrouvé ? Vous avez retrouvé ma famille ?

— Arrête ton petit jeu. C'est toi qui es recherché.

Le regard qu'il me porta eut l'éclat tranchant du silex.

— Je ne comprends pas, monsieur.

— Pas la peine d'essayer. Tu n'as pas la tête pour ça.

— Je suis un homme honnête.

— Je te dis d'arrêter de faire ton innocent. Bon nombre de salopards ont sorti le même numéro, et ça n'a jamais été le bon. Ta cavale s'arrête ici.

— Qu'est-ce que j'ai fait ?

— Comme c'est touchant. Si tu n'avais rien sur la conscience, pourquoi tu ne t'es pas présenté de ton propre chef au commissariat d'Oran ?

C'était donc ça : Lalla n'avait pas réussi à convaincre son cousin de retirer sa plainte.

Je m'apprêtais à expliquer au commissaire que je n'avais fait que défendre une femme qu'un pervers persécutait dans la rue ; il ne m'en laissa pas l'occasion :

— Nom de Dieu, quelle sorte de race êtes-vous ? Le sang qui coule dans vos veines ne vous suffit pas. Il vous en faut sur les mains, aussi.

— Quel sang, monsieur ?

— Sans blague ! Tu ne t'en souviens pas ? C'est vrai que ça remonte à pas mal d'années. Si tu as oublié, la justice a une mémoire de rancunier. Je vais quand même rafraîchir la tienne. Tu es là pour répondre des assassinats perpétrés à Haouch Sadgui et dont ont été victimes Tayeb Lefkir, gardien de la plantation, et Chérif Abdeddou dit Babaï.

Je fus frappé d'une surdité subite. Je voyais les lèvres du commissaire remuer, mais aucun son ne me parvenait. Je m'attendais à n'importe quel délit, sauf à des meurtres. C'était trop compliqué à gérer, les meurtres. La prison, c'était déjà l'horreur. Mais le bagne, la déportation, la guillotine… La pièce se mit à ondoyer autour de moi. Toutes les histoires que je connaissais, celles des chanceux et celles des guignards, celles des nantis et celles des crève-la-dalle, venaient de se liguer contre la mienne en la mettant au piquet pour mieux l'exposer à la damnation. Et dire que je commençais à peine à avoir une vie à moi. C'était trop injuste.

— Foutez-moi cette ordure en cage jusqu'à son transfert, ordonna le commissaire aux deux agents. Enlevez-lui ses lacets et sa ceinture et assurez-vous qu'il ne porte pas de canif sur lui. On sait jamais, avec ces sanguinaires.

— Il y a erreur, monsieur. Ce n'est pas moi… Je vais vous expliquer…

Les deux agents durent me traîner jusqu'à une cellule.

La grille, en claquant derrière moi, me glaça le sang.

— S'il vous plaît, écoutez-moi. C'est un malentendu. Ne me laissez pas là. Je suis innocent.

— C'est ça, grogna un agent.

— C'est le caïd, c'est lui, c'est pas moi.

— Chut, me fit un détenu que je n'avais pas remarqué. Tu vas effrayer mes morpions et après, je serai obligé de me gratter jusqu'à l'os.

Assis en tailleur dans un coin, la barbe brouillonne et les yeux chassieux, mon compagnon de cellule me considérait avec mépris. Sa présence, ses guenilles, l'odeur forte qu'il dégageait accentuèrent mon émoi.

— On n'est pas au souk, mon frère. Ici, on ne braille pas, on ne prie pas, on ne chante pas. Ici, on prend son mal en patience et on s'écrase.

La grille, hideuse et lugubre, les murs sales tailladés de croix, d'initiales, d'écritures fiévreuses, le plafond bas, pesant comme une chape de plomb, le parterre rêche que parcouraient des cafards, et le sentiment d'être piégé, sans espoir et sans issue, me remplirent d'effroi. J'eus l'impression de n'être déjà plus sur terre, que je ne reverrais plus ma femme ni mon fils. Qu'allait penser Mariem en ne me voyant pas rentrer ? Nulle part, elle ne trouverait le sommeil. Ni cette nuit, ni les nuits suivantes, ni les nuits d'après. Qu'allait-elle devenir dans une ville où elle ne connaissait personne ? Comment allait-elle s'en sortir avec un enfant en bas âge, elle, une nomade qui ignorait absolument tout de la vie citadine ? Elle ne saurait pas à qui s'adresser ni à qui demander de l'aide. Elle s'égarerait dans sa propre rue.

Je me tournai vers le détenu, le cœur en déroute :

— Est-ce qu'ils vont me guillotiner ?

— Seulement si tu as buté un Européen. Par contre, si c'est un type de ta race que tu as étripé, ils te donneraient une médaille pour service rendu à la nation.

— C'est le caïd qui a tué le vieux gardien. Il avait son gilet sur lui en sortant avec Tayeb dans la cour. Quand il est revenu, son gilet avait disparu. Sans doute qu'il avait du sang dessus. Quant à Babaï, il s'est empalé tout seul sur la fourche.

— Pourquoi tu me racontes ça à moi ? J'suis pas juge, j'suis vagabond. J'ai même pas le droit de passer mon chemin. Innocent ou pas, ils vont t'expédier au biribi jusqu'à ce que ta viande grouille d'asticots.

— Mais je n'ai rien fait.

— Et alors ? Ça changerait quoi ? T'es qu'un sauvage d'arabicot, pour eux, un violeur de biques doublé d'un égorgeur.

— Ils ne peuvent pas m'enfermer comme ça. Il y a des procédures. Qu'ils fassent une enquête…

— Enquêter ? Tu rigoles. Et puis quoi encore ? Tu n'auras même pas droit à un procès normal. Tu es un indigène, bougre d'âne, un moins-que-rien. Le juge ne te prêtera pas un gramme d'attention. Dès qu'il lèvera la tête sur ta face de hibou, tu cesseras d'exister.

— Je ne vais quand même pas les laisser me coller sur le dos des crimes que je n'ai pas commis.

Le vagabond écarta mes propos de la main :

— Tu fais c'que tu veux. Après tout, c'est pas mes oignons. T'as des murs autour de toi. Il paraît qu'ils ont des oreilles. Cause-leur, peut-être qu'ils compatiront à ta peine. Moi, j'ai pas envie de choper la migraine.

Mes jambes se dérobèrent. Je pris ma tête à deux mains et fixai la flaque de lumière qui gisait sur le sol, zébrée de l'ombre des barreaux.

58

Nous étions douze forçats à être présentés, dès notre descente du fourgon cellulaire, au directeur du bagne, un rondouillard trapu aux bajoues cramoisies. Hiératique dans son costume en lin blanc, le casque colonial au ras des sourcils, il nous attendait sur le perron du bloc administratif, les mains sur les hanches, le nez haut perché au-dessus d'une moustache de morse, les bottes flamboyantes prêtes à nous marcher dessus.

Les chaouchs nous alignèrent sur un rang, chaînes aux pieds et poignets ferrés, et nous ordonnèrent de bien ouvrir nos oreilles car M. Fernand Cellier, dieu tout-puissant du pénitencier, avait horreur de se répéter.

Le directeur nous dévisagea les uns après les autres, se racla la gorge et nous tint ce discours d'accueil, dans un sabir des faubourgs clair et percutant comme la foudre :

— *Marhaba* chez vous… J'ai un nom sympa dans le civil, mais ici, on m'appelle Papa Galère. Je viens des mêmes cloaques que vous. Comme vous, j'ai connu la faim et les morpions, j'ai traîné pieds nus et offert mon dos aux vacheries, la mouscaille jusqu'au cou, sauf que pendant que vous comptiez sur vos poings pour vous donner raison, moi je travaillais mes méninges. Résultat, je suis sur un nuage et vous êtes dans la merde.

Il se racla de nouveau la gorge avant de tonner :

— Les p'tits malins n'ont pas de secrets pour moi. Je les connais mieux que leurs mères et j'intercepte leurs intentions avant qu'elles ne germent dans leur cervelle de ratés. Donc, on m'la fait pas, à moi !

Les chaouchs hochaient la tête obséquieusement.

— Que les choses soient claires entre nous, poursuivit Papa Galère : Vous êtes les déchets de la société, je suis votre incinérateur assermenté. Je suis fait pour vous, et vous êtes faits pour moi afin que l'équilibre soit préservé en ce monde imparfait. Vous n'avez pas su mériter d'être libres, vous n'avez pas su vous tenir à carreau, vous n'avez pas su profiter des choses simples de la vie, vous allez en pâtir chez moi.

Il paraissait se réjouir de sa harangue qu'il proférait doctement comme s'il s'adressait à une honorable assemblée.

— Vous allez être dressés comme les bêtes de cirque, apprendre à faire les beaux comme les toutous, vous écraser plus bas que terre et remuer la queue pour dissuader le fouet… Autant vous mettre en garde tout de suite. Ceux qui tenteront de s'évader seront tirés comme des lapins ; les miraculés auront la plante des pieds arrachée sur le billot. Les mutilations volontaires seront sévèrement punies. Les châtiments, que nous pratiquons avec zèle et conviction, intimideraient l'Inquisition elle-même. Pour la bouffe, vous vous contenterez des restes des chiens. Pour la douche, il vous faudra attendre la saison des pluies, et nous sommes en zone aride.

Il frappa brusquement le sol de son pied.

— Ici, dans cette sinistre foire pour têtes de nœud, il n'y a aucune chance de se bonifier avec le temps et pas la moindre petite place pour les rédemptions. Ni vos sincères repentances ni votre bonne conduite ne vous serviront à grand-chose. Je vous garantis que l'enfer du Ciel vous sera plus doux en comparaison de ce qui vous attend entre ces quatre murs couronnés de barbelés comme la tête du Christ sur son chemin de croix.

Il marqua une pause, pour nous laisser le temps de mesurer pleinement la portée de ses menaces, avant de conclure :

— Vous êtes morts et vous ne le savez pas encore. Que le Seigneur ait pitié de vous car vous n'aurez pas la mienne, amen.

Je sus d'office que M. Fernand Cellier tiendrait l'ensemble de ses promesses.

J'avais écopé de vingt ans de travaux forcés. À l'issue d'un simulacre de procès. Je n'avais pas eu le droit de placer un mot pour ma défense. À peine avais-je prononcé le nom de Gaïd Brahim que l'on m'avait rappelé à l'ordre en m'interdisant de souiller un « respectable sujet de la France » avec ma bave de « chacal enragé ». J'étais là pour répondre des « abominables » méfaits qui m'étaient reprochés, et rien de plus. Il n'y eut rien de plus, effectivement. Je n'étais qu'une case sur une longue liste de gibiers de potence, une banale formalité à côté de laquelle il fallait mettre une croix expéditive pour passer à l'affaire suivante...

Vingt ans !

À quoi ressemblent vingt ans de travaux forcés lorsque la première nuit au bagne paraît une éternité ?

Et quelle nuit !

Nous étions un troupeau d'énergumènes déphasés enfermés dans une salle infecte, collés les uns aux autres comme des peaux de braconnier, crasseux, puants, tournant et retournant sur nos grabats en quête d'une bouffée d'air et d'une position moins inconfortable.

Vingt ans ! Ce serait ainsi toutes les nuits, pendant vingt éternités ! « Tu ne sortiras pas indemne de cette fosse aux serpents », me répétait la voix de Lalla. Je me bouchais les oreilles, mais la voix était en moi, pendulant d'une tempe à l'autre, troublante comme la folie.

Pour ne pas penser à ma femme et à mon fils, je convoquai les horreurs qui m'avaient traumatisé, en vain ; au détour d'un paravent sous les mitrailles, au sortir d'une tranchée bombardée ou d'une embuscade, partout où les évocations me catapultaient, Mariem surgissait devant moi. Je n'avais qu'à tendre la main pour la toucher dans cette salle sordide qui me soustrayait au monde et que martelait la voix de Lalla tel le pouls d'une interminable agonie… Ma pauvre Mariem. Je nous voyais vieillir côte à côte dans une petite maison bien à nous, tout heureux de regarder nos enfants grandir, se marier et nous donner plein de bons petits-enfants. J'estimais avoir assumé l'ensemble de mes malheurs *avec dévotion* et mériter un lot de consolation – le repos du guerrier, la convalescence du patient et quelques membres de ma famille retrouvés. Je ne réclamais ni gloire ni fortune, juste la chance de m'abreuver chaque soir dans les yeux de Mariem et de renaître chaque matin du bout de ses doigts.

Ma douce petite rose des sables, qu'était-elle devenue, sans nouvelles de moi ? Je lui avais promis de l'emmener voir la mer et je ne l'avais emmenée nulle part. Je pensais avoir le temps, que le meilleur était à venir. Plus je la serrais dans mes bras, plus j'étais sûr que rien ne nous séparerait, que ce serait tous les jours ainsi, que jamais le souvenir des étreintes scellant notre amour ne me serait souffrance – aujourd'hui, en dressant le bilan de ma vie, je ne crois pas avoir connu plus grande souffrance que ce souvenir-là...

— Debout là-dedans, les raclures ! Vous vous croyez chez vos mères ? Allez, oust, tas de pourriture...

Ces cris, ces hurlements, ces coups de matraques sur les grilles, sur les murs, sur les têtes, sur les dos !... Où étais-je ?... J'étais du côté obscur de l'espèce humaine, là où le jour et la nuit ne font qu'une seule et unique vallée des ténèbres. Les chaouchs gueulaient à décorner le diable, le juron plus étourdissant que le blasphème, la bouche laiteuse, la trique infaillible. Ce premier réveil au bagne fut un délire grandeur nature. J'étais certain de ne pas lui survivre une deuxième fois.

On nous entassa dans des camions et on nous transporta jusqu'à une caverne à flanc de colline. Nous étions une cinquantaine de forçats armés de pelles et de pioches à creuser un tunnel sur le tracé d'une route que supervisait un géomètre. Le crissement des brouettes, le fracas de l'acier sur la roche, les obscénités des chaouchs, la poussière qui nous rongeait les yeux et la gorge, la soif, le vertige, la matraque qui s'abattait sans crier gare et le sentiment d'être englués dans une fange carnivore, telle était la cadence de ma nouvelle existence.

Dès le premier jour, j'étais fixé. Ce serait ainsi jusqu'à ce que mort s'ensuive.

Nous regagnâmes le bagne à pied, éreintés, assoiffés, hallucinés, les tempes branlantes. « Je ne tiendrai jamais, jamais, jamais », me répétais-je.

Chaque nuit, avant de sombrer dans un sommeil aussi profond que le coma, je souhaitais ne plus me réveiller. Mais au bagne, tout finit par rentrer dans « l'ordre de bataille ». D'emblée, la chiourme marquait ses zones interdites, imposait ses règles, et malheur aux inattentifs. J'assistais, tous les jours, à des choses insoutenables en me demandant combien de temps j'allais rester moi-même dans une faune qui entretenait elle-même son enfer. Je me rendis compte, très vite, que l'être humain est un mutant. La souffrance, à défaut de l'anéantir, le façonne et le forge jusqu'à ce qu'il se radicalise et devienne une entité démoniaque. L'agneau se découvre soudain un instinct de loup, et alors plus rien ne lui importe plus que sa misérable survie. Car, dans ce zoo cannibale, l'épreuve de force ne se conjugue pas uniquement à la botte des matons ; il faut aussi composer avec la tyrannie des forçats. Ce n'est que de cette façon que l'on a des chances d'apprivoiser l'adversité, c'est-à-dire de l'accepter dans sa totale cruauté. S'il arrive au manche d'une pioche de se casser, l'échine, elle, quand bien même elle devrait se ployer chaque jour un peu plus, n'a pas intérêt à se briser.

En quelques semaines, j'avais atteint ce carrefour, moi aussi. Choisir entre deux sentiers, celui du loup ou bien celui de l'agneau. Le parcours était le même, mais pas la gageure. En réalité, une membrane aussi fragile qu'un hymen sépare les deux destins ; il suffit d'un rien pour que tout soit inversé. Je dus l'apprendre à mes dépens.

Jamais je n'avais pensé que la Bête allait se substituer à moi, que l'odeur du sang me griserait autant qu'une bouffée d'opium. Et pourtant, ce fut ce qui arriva, un soir de tempête.

El Moro, un vaurien qui adorait houspiller les lavettes et fourrer son nez dans les affaires qui ne le regardaient pas, vint me renifler de plus près. Depuis quelque temps, j'avais remarqué qu'il me jaugeait de loin, cherchant par quel bout m'*annexer*. J'avoue qu'il me terrifiait, avec son serpent tatoué autour du cou et son affreuse balafre qu'il exhibait comme preuve irréfutable de sa dangerosité. Je m'apprêtais à me coucher lorsqu'il m'aborda en roulant des mécaniques à la manière d'un varan.

— Tu n'avais pas de famille à Jenane Jato, des fois ?

À sa bouche distordue sur le côté, je compris qu'il cherchait un souffre-douleur pour se faire la main et consolider ainsi son statut de mâle dominant.

— Non, lui répondis-je.

— Tu t'appelles bien Chéraga ?

— Oui.

— Chéraga Hassan, ça te dit rien ?

— Je ne vois pas qui c'est.

— Tu n'as pas un père ou un oncle manchot ?

Je fis non de la tête.

Il insista :

— Il avait deux filles et deux garçons. Son aîné s'appelle Hassan. Un p'tit enculé de sa race. C'est lui qui m'a balafré par traîtrise. Jamais personne n'a levé la main sur moi sans que je la lui tranche au vol… Ça te dit rien ?

— J'ai jamais été à Oran.

Il m'attrapa brusquement par la gorge et m'écrasa contre le mur.

— J'ai parlé d'Oran, moi ? Je cite jamais le nom de cette putain de ville. Y a que des bites émoussées et des lèche-culs, à Oran. Tu me vois traîner avec ces couillons de Médine Jdida qui rasent les murs chaque fois qu'un roumi se montre au coin de la rue ?

La peur m'enchevêtra les entrailles. Mes genoux s'étaient ramollis. Je ne tenais debout que parce que la brute me serrait fermement au cou.

J'optai pour l'hypocrisie la plus crasse pour sauver ma peau :

— Les gens de Médine Jdida ne sont pas des hommes. Ils ne méritent pas de te regarder passer dans la rue. Je déteste Oran, moi aussi. Je viens d'un douar qui n'a même pas de nom.

L'étreinte autour de mon cou se relâcha. El Moro fouilla dans mon regard, les narines dilatées, l'haleine fauve. Il recula d'un pas et, le doigt menaçant, il rugit :

— Fais attention à ce que tu défèques par la bouche, si tu tiens à ta frimousse de minette… Oran ? Qu'est-ce que j'vais buller dans cette ville de *maricas*, moi ? El Moro ne vit que parmi les casse-cous et les têtes brûlées. (Il me ressaisit par la gorge.) Dis jamais qu'El Moro est d'Oran, compris ? El Moro est le roi de Jenane Jato. Il baise les femmes qu'il veut et s'essuie le gland sur la moustache de leurs jules. Si quelqu'un n'est pas content, mon poignard lui rend le sourire sous la gorge.

Il me cracha dessus et se retira :

— Je t'ai à l'œil, toi. T'as pas intérêt à te mettre en travers de mon chemin. Déjà, ton blaze ne me revient pas. Fais gaffe, fils de pute, fais gaffe…

J'ignore dans quelle poche d'orgueil je suis allé puiser ce réflexe suicidaire – peut-être parce que ma mère ne méritait pas d'être traitée de pute, peut-être parce que j'avais compris que si je baissais la tête, je passerais le reste de ma vie à baisser le pantalon, peut-être parce que j'étais tout simplement devenu fou –, je m'entendis grogner :

— Reviens un peu par ici, le forain. Si tu as fini ton numéro, à mon tour d'entrer en scène.

Ce fut le combat des titans – non pas celui de la vie ou de la mort, mais celui de ne pas souscrire à la double peine : la matraque des chaouchs et la poigne des barbeaux. Si j'avais affiché profil bas, personne ne m'aurait aidé à relever la tête. On m'aurait fait ramoner toutes les nuits, et nul, au bagne, ne pourrait assumer trop longtemps deux agonies parallèles à la fois... J'ai cogné, cogné, cogné pour faire mal, pour détruire, pour tuer. Les peurs que j'avais engrangées faute de les surmonter, les colères que je ruminais depuis des années, les peines, les humiliations, le chagrin, la déveine, tout le magma de haine et de dégoût qui sourdait en moi *érupta* si violemment que j'ai cru entendre mes ancêtres me supplier d'arrêter. Tandis qu'El Moro gisait à mes pieds, j'ai continué de m'acharner sur lui, décidé à ne me ressaisir qu'après avoir vu son âme lui sortir par les naseaux et, que Dieu me pardonne, je me suis réjoui du monstre que j'étais en train de devenir.

Le directeur du bagne m'infligea un mois de cachot. C'était le prix à payer pour imposer le respect dans une institution où tous les coups étaient permis. El Moro ne leva plus les yeux sur moi et aucune main baladeuse ne se risqua à me tripoter la nuit. Des « malmenés » se mirent à essaimer autour de moi pour que je les protège des brutes. Ils m'apportaient des rations supplémentaires, se chargeaient de mes tours de corvée, veillaient sur mes sommeils et se substituaient à mon ombre afin de couvrir mes arrières.

Au bout de quelques mois, je me rendis compte que je n'étais pas fait pour ce genre de carrière. Les chaouchs étaient les vrais maîtres à bord ; ils ne reconnaissaient d'autre autorité que la leur, et d'autre souveraineté que celle de Papa Galère. Chef de bande ou pas, il était dans mon intérêt de rentrer le cou et de faire moins de bruit. Je n'étais qu'un forçat appelé à mettre un genou à terre devant la matraque et à se mettre à plat ventre chaque fois qu'un maton avait besoin d'essuyer ses semelles.

59

Je passai des années à terrasser les champs pour tracer des routes, à creuser des tunnels à travers les montagnes, à vaciller sous les injures et les brimades. Les jours étaient tellement identiques que j'avais perdu la notion du temps. Les ecchymoses, sur mes mains, s'étaient calcifiées ; on aurait dit des cailloux incrustés dans ma chair. Je n'avais plus d'ongles aux orteils, plus de peau sur le dos, et pourtant j'étais toujours là, funambule sur le fil du rasoir – un zombie encombré de chaînes qui avait cessé de se plaindre, de penser, d'espérer un miracle ou un cataclysme qui raserait le bagne, et sa chienne de vie avec.

J'avais rendu les armes et voué mes saints aux gémonies.

Les matons m'avaient réglé comme une horloge.

Papa Galère n'exagérait pas. Nous étions des cadavres ambulants qui ne faisaient que renaître à leurs agonies reconduites. Lorsque certains damnés ne ressuscitaient pas, on les déclarait morts d'une crise cardiaque malgré les traces de strangulation autour de leur cou, ou bien d'une glissade en dépit de leur crâne défoncé par un objet contondant. Si un mâle dominant se faisait castrer, on le découvrait, au petit matin, baignant dans ses excréments, la gorge tranchée jusqu'aux vertèbres cervicales, et là encore, dans le rapport officiel, on lui trouvait une mort accidentelle. La guerre des clans battait son plein. À chaque nouveau mâle dominant, sa garde prétorienne ; aux disqualifiés, la honte et la soumission. Les chaouchs n'avaient presque pas grand-chose à faire. Ils fermaient les yeux sur les règlements de compte lorsqu'ils n'y participaient pas, eux-mêmes, d'une manière ou d'une autre. Papa Galère n'y voyait pas d'inconvénients. Pour lui, la disparition brutale d'une « ordure » relevait de l'hygiène environnementale.

La terreur *intra muros* était telle que les travaux forcés à l'air libre étaient perçus comme des excursions. Pour garder la tête sur les épaules, je m'improvisais équilibriste. Lorsque ma perche penchait d'un côté, je veillais à ne pas la laisser m'entraîner derrière elle. J'assurais mes arrières en évitant de me mêler de ce qui ne me regardait pas. Dès que je sentais les choses tourner au roussi, je m'arrangeais pour être ailleurs. Si, par mégarde, j'assistais à une horreur, je faisais celui qui n'a rien vu et rien entendu.

Au bout de huit ans, j'acquis le statut d'« ancien », c'est-à-dire le rang d'une sorte de vétéran assez marqué pour imposer le respect. Je pouvais dormir sur mes deux oreilles sans avoir à regarder sous le pucier. Par ailleurs, j'avais réussi à mettre certains chaouchs dans ma poche en me prêtant volontiers à leur lire le courrier et à rédiger leurs lettres. En contrepartie, ils m'exemptaient des corvées de secteur et m'offraient des cigarettes afin que je garde pour moi leurs petits secrets de famille.

Nous eûmes un nouveau directeur, un vétéran de la Grande Guerre, strict mais sans excès. Notre condition s'améliora légèrement. Le cachot était maintenu, mais les matons n'avaient plus droit de vie ou de mort sur nous. La nourriture demeurait indigeste, cependant on y trouvait régulièrement des bouts de viande. On se serait cru dans une caserne, sauf qu'on avait quartier consigné à longueur d'année. Notre fourbi s'articulait autour de la pelle et de la pioche, nos bandes molletières étaient de fer, nos galons dépendaient des sautes d'humeur des gardiens – un jour, ils vous ont à la bonne, un autre, ils vous clouent au pilori sans que vous sachiez pourquoi. En général, l'ordre et la discipline étaient observés. Les supplices spectaculaires qui avaient été monnaie courante sous le règne de Fernand Cellier, le passage à tabac pour un oui ou pour un non, enfin ces abus qui dépassaient l'entendement cessèrent. Le directeur venait en personne s'assurer que les gros bras ne lapaient pas dans la gamelle des mauviettes.

En apprenant que je savais lire et écrire, on me chargea de donner des cours d'alphabétisation aux chaouchs. On ne m'appela plus que l'*oustad*, ce qui m'éleva un peu dans l'estime des geôliers et, par extension, dans celle de la chiourme. Bien sûr, j'étais tous les jours sur les chantiers à piocher et à casser la pierre, mais j'avais quelques privilèges dont les autres galériens ne rêvaient même pas. Je pouvais, par exemple, aller me soulager derrière les buissons autant de fois que je voulais, prétexter un malaise et me reposer au pied d'un arbre jusqu'à la fin des terrassements.

Ma onzième année de forçat tirait à sa fin.

Une belle journée printanière baignait la garrigue.

Nous étions en train de débroussailler les rigoles sur le bas-côté de la chaussée. J'arrachais à mains nues les herbes sauvages en écoutant les oiseaux célébrer leur chance d'être en phase avec eux-mêmes. Leur gazouillis me restituait un peu de mon âme dans ce bagne où tant de fois j'avais abjuré.

En levant la tête sur l'arbre sous lequel je m'échinais, je surpris un rouge-gorge en train de m'observer. C'était la première fois que j'en voyais un. Il était perché sur une branche, juste au-dessus de moi, magique, si beau qu'il résorba, l'espace d'une minute, mes peines et mes soucis. Son regard débordait d'une tendresse innocente qui me rappela celle qui écarquillait les yeux de mon fils lorsque je me penchais sur son berceau. J'étais persuadé que cet oiseau n'était pas là par hasard, qu'il était venu pour moi, et pour personne d'autre. Il n'y eut aucun doute dans mon esprit : ce rouge-gorge était la pensée de quelqu'un qui, quelque part, priait pour mon salut avec une force telle que sa prière avait pris la forme d'un oiseau afin de voler jusqu'à moi. Une forte émotion s'est emparée de moi. On aurait dit que ma famille et tous les êtres qui m'étaient chers m'envoyaient un message d'espoir, à moi qui, depuis plus d'une décennie, étais sans nouvelles des miens et sans aucune chance de les revoir un jour.

— Que m'apportes-tu de bon, petit oiseau ?

Le rouge-gorge plongea le bec dans son plumage, gonfla le poitrail et se remit à me fixer.

— De la part de qui viens-tu ? De Mariem, de ma mère, de mon fils ?...

— Arrête de faire le fou, Chéraga, me cria un maton. Tu sais très bien que ça ne marche pas.

Le rouge-gorge s'envola. Je le suivis du regard pendant qu'il s'éloignait à tire-d'aile par-dessus les arbres jusqu'à ce qu'il disparût de l'autre côté de la garrigue, tel un songe au réveil.

Un coup de klaxon me ramena sur terre.

La fourgonnette du livreur de barbaque passa devant moi dans un raffut de ferraille, freina sec, fit marche arrière et s'arrêta à ma hauteur. Le conducteur me dévisagea en se grattant la tempe, l'air de se dire que mon visage lui était familier. Ne parvenant pas à me situer dans ses souvenirs, il embraya et fila, en pétaradant, vers le bloc des magasins. Après avoir déchargé sa cargaison, il revint marquer un nouvel arrêt au beau milieu du chantier. Il me chercha des yeux, me localisa et descendit de voiture. Il me considéra de loin, s'approcha d'un pas hésitant. Quand il fut à quelques mètres de moi, il se remit à se gratter la tempe.

— Hamza ?

— Il s'appelle pas comme ça, lui lança un chaouch.

— C'est fou comme il ressemble à quelqu'un que j'ai connu pendant la Grande Guerre.

— Quand on ressemble à rien, on peut rappeler n'importe qui, carcailla le chaouch, sur ses gardes.

Le livreur plissa les paupières puis, haussant les épaules, pivota sur ses talons pour regagner son véhicule.

— Tu as fini par apprendre à parler l'arabe, mais ton accent de Kabyle des montagnes n'a pas changé d'un iota, lui dis-je.

Il se raidit.

— Personne ne donnait cher de ta peau au front, ajoutai-je. Tu comprenais tout de travers et tu as risqué ta vie à maintes reprises à force de ne pas assimiler les ordres.

Il se retourna vivement, les yeux pétillants.

— Je ne me suis donc pas trompé sur la personne.

— Hé non, vieux grigou de Dahmane.

— Je te voyais souvent de loin. Ta silhouette m'interpellait et je me disais : est-ce lui ou pas ?

— C'est bien moi, le caporal qui te bottait le derrière sur les champs de bataille.

Il se jeta sur moi, me serra dans ses bras. Le chaouch le repoussa avec hargne et entreprit de me fouiller de la tête aux pieds.

— Qu'est-ce qu'il t'a glissé ? Où est-ce que tu l'as caché ?

— Je ne lui ai rien glissé, Awad. Il y a deux minutes, je savais pas si c'était lui ou un autre.

— Désolé, je dois veiller au grain. Tu pourrais lui avoir glissé un canif ou une lime. Tu n'as pas le droit d'approcher les détenus. C'est strictement interdit, et tu le sais.

— Ça fait des mois que je vous livre de la viande, protesta Dahmane. Comment oses-tu me soupçonner ?

— Je fais mon boulot, mon gars. C'est mon gagne-pain. Je te prie de remonter dans ton tacot et de quitter immédiatement les lieux. Pour cette fois, je ferme les yeux, mais tu n'as pas intérêt à ce que je te reprenne en train de donner l'accolade à un détenu.

Je clignai de l'œil à Dahmane pour l'exhorter à exécuter ce que le chaouch ordonnait. Mon Kabyle m'adressa un petit salut, regagna son véhicule et démarra aussitôt, en emportant une part de moi-même avec lui.

Jusqu'à la fin du désherbage, je n'ai pas arrêté de penser au rouge-gorge et à la rencontre providentielle avec mon frère d'armes surgi de la nuit des temps. Coïncidence ou signe du ciel ? Aucune importance. Je me suis senti beaucoup moins seul, ce jour-là.

60

Janvier 1938.

La neige tombait sur le chantier. Des nuages noirs comme des humeurs massacrantes obscurcissaient jusqu'aux âmes. Les chaouchs grelottaient en soufflant dans leurs poings, les pieds gelés dans leurs godillots. À tour de rôle, ils se relayaient autour d'un feu de fortune pour se réchauffer. Sans nous perdre de vue un instant. Nous autres, les forçats, étions épuisés. Nous avions passé une bonne partie de la journée à dégager le tunnel des éboulis qui l'encombraient. Nos mains étaient en feu tandis que la sueur, sous nos guenilles, nous charcutait comme des lames de rasoir.

On nous accorda une pause pour permettre aux artificiers des ponts et chaussées de placer leurs explosifs afin de faire sauter les rochers qui ralentissaient les travaux.

Je m'isolai au pied d'un arbre pour reprendre mon souffle.

Norberto, un Andalou d'Aïn Témouchent, se laissa tomber à côté de moi. Il gémit :

— Je me suis imaginé dans le tas pendant que ça pétait de tous les diables.

— Chasse ces idées qui te polluent la cervelle, lui dis-je.

— C'est pas des idées, c'est des projets. T'es là et boum ! tu n'es plus.

Norberto n'était parmi nous que depuis quelques mois. Il déclarait à tout le monde qu'il comptait mettre fin à ses jours. À la longue, plus personne ne le prenait au sérieux.

Il me proposa un mégot. Une méchante plaie lui rongeait le poignet.

— Tu veux le partager avec moi ?

Norberto procédait toujours de cette façon pour s'acheter ma compagnie. Nous n'étions pas très amis, mais j'étais l'un des rares détenus à tolérer sa proximité. En vérité, il me faisait de la peine. Il était malheureux, et le fait de ne pas trouver à qui se confier compliquait les choses pour lui. Il ne supportait pas d'être seul deux minutes. Il avait surtout peur du silence. Lorsque la solitude menaçait de le rendre fou, il allait jusqu'à céder sa ration afin de négocier une écoute. Comme il était un peu le canard boiteux du camp et que personne ne supportait ses jérémiades, il se rabattait sur moi. Il savait que je ne le rabrouerais pas.

— Tu t'es blessé à la main ?

— Non, je me suis mordu.

— Il faut que tu arrêtes avec ça, Norberto. Tu vas finir par te bouffer en entier.

— C'est plus fort que moi. Chaque fois que je pense à Dolores, j'ai envie de m'arracher la peau… Dolores me manque, tu comprends ?

Et c'était parti ! Dès que Norberto évoquait sa femme, plus rien ne l'arrêtait. On l'aurait écorché vif qu'on ne lui aurait pas arraché pas un cri, mais lorsqu'il parlait de son épouse, sa voix saignait de toutes ses blessures à lui.

— C'est pas que je m'en veuille ou des trucs dans ce genre. Elle me manque vraiment. L'aumônier dit qu'on sera tous ensemble, Là-haut, au Jugement dernier. Et moi, j'ai pas la patience.

— Le suicide est un péché.

— Et alors ? Il dirait quoi, le bon Dieu ? Que j'ai eu tort ? C'est de l'amour. C'est pas Lui qui nous bassine avec ça ? Y a rien pour moi sur terre. Je ne vis pas, je perds mon temps. Dolores me manque comme c'est pas possible.

— Dans ce cas, pourquoi tu ne l'as pas gardée ?

— J'sais pas ce qu'il m'a pris. Si j'avais été dans mon état normal, jamais je n'aurais levé la main sur elle. Mais j'étais pas dans mon état normal. J'sais même pas où j'étais passé. C'est des instants qui te prennent au dépourvu. Quand t'arrives au bout de ces choses-là, t'es au bout de toi-même. Y a plus rien devant toi à part le vide, et tu tombes dedans parce que t'as pas à quoi t'accrocher. T'es qu'une pierre qui dégringole dans le gouffre.

Il enroula précieusement le mégot dans un bout de tissu et le mit à l'abri dans sa poche. Les flocons de neige devenaient de plus en plus gros. Ils pirouettaient dans l'air, aussi légers que du duvet, et se posaient au ralenti sur le sol.

— C'est pas que j'étais aveugle, poursuivit Norberto. Je l'aimais… Quand on aime, on prend sur soi. T'es obligé de fermer les yeux sur un tas de choses, par amour… Dolores avait un vice, et ça se soignait pas. C'est comme quand on est alcoolique, tu comprends ?

Je lui en voulais un peu, mais pas au point de tout foutre en l'air. Tant qu'elle rentrait à la maison, moi, j'étais content. Je me disais qu'on allait vieillir ensemble et qu'un de ces quat', elle allait arrêter. Mais elle arrêtait pas.

— Tu n'avais qu'à la répudier.

Il accusa un soubresaut :

— Répudier Dolores ? Il m'aurait resté quoi ?

— Tu te serais trouvé une autre femme et tu aurais changé de vie.

— Qu'est-ce que tu racontes ? Dolores était toute ma vie, et je n'en voulais pas d'autres.

— N'empêche, tu l'as dépecée comme une brebis et c'est à cause d'elle si tu as écopé d'une peine incompressible.

— Sauf que je peux l'abréger, cette saloperie de peine. Tout à l'heure, quand les gars des ponts et chaussées ont fait sauter leur dynamite, je me suis imaginé dedans. Si le chaouch ne m'avait pas chassé hors de sa vue, je serais auprès de Dolores à l'heure qu'il est. Mais ce n'est que partie remise. Je trouverai bien le moyen de la rejoindre, ma Dolores…

Il gratta de son ongle noirâtre le pourtour de la morsure sur son poignet en hochant la tête.

— C'est vrai, j'avais du chagrin lorsqu'elle se poudrait le nez et enfilait ses belles robes pour aller rejoindre ses amants pendant que moi, je restais à la maison à me faire du mouron pour elle, mais, tant qu'elle rentrait au p'tit matin, je me disais qu'un jour, ça allait lui passer tout ça. Je pouvais pas la priver de ce qui la rendait heureuse, tu saisis ? Ce serait pas logique de priver celle qu'on aime de ce qui la rend heureuse. Sinon, ce n'est plus de l'amour. Et moi, je l'aimais. C'était peut-être pas réciproque, mais tant que j'étais heureux rien qu'à la regarder, pour moi, c'était la cerise sur le gâteau. Et si j'avais pas droit au gâteau, la cerise me comblait, si tu vois c'que je veux dire ?

— Chacun sa culture, Norberto.

— C'est pourtant pas compliqué. On ferme les yeux quand on regarde avec son cœur. Quand Dolores était bien, j'étais bien. Quand elle était pas bien, j'étais doublement mal, pour elle et pour moi qui ne savais pas comment l'empêcher d'être triste. Je te jure, Yacine, je ne voulais que son bonheur. Je m'en fichais qu'elle me cocufie à tort et à travers. Je ne vivais que pour elle. Dolores, c'était ce qui faisait battre mon cœur. Elle coulait dans mes veines comme le vin du Christ.

Son ton s'affaissa en même temps que ses épaules lorsque son menton écrasa son cou :

— Des fois, je me dis que le bon Dieu n'a pas le droit de rester les bras croisés devant un drame qui se prépare. J'avais la foi, tu sais ? Je croyais en Lui, et Il m'a déçu.

— Tu es en train de blasphémer, Norberto.

— Alors pourquoi il y a eu ce maudit matin ? Il n'avait rien de spécial par rapport aux autres matins. Pourquoi j'ai pas fait comme les autres fois quand Dolores rentrait bourrée comme une tempête ? Eh bien, j'vais te dire pourquoi. Parce qu'un salopard l'avait agressée. Ma Dolores avait la figure en sang, et c'était comme si plus rien n'était digne d'être regardé de près. Son visage qui me faisait rêver et pour lequel je pardonnais tout, non, ça, je pouvais pas supporter que quelqu'un l'abîme. Personne ne doit porter la main sur ma Dolores.

Alors, je me suis mis en colère. Je lui ai dit qu'elle allait finir dans le caniveau à force de se frotter à ces pervers qui infestaient les nuits. Je te jure que c'était parce que j'avais peur qu'il ne lui arrive malheur. Y avait rien d'autre que sa sécurité qui m'importait… Et tu sais quoi, Yacine ? Elle m'a ri au nez…

Une expression faunesque lui ravala les traits.

Il se mordit le poing au sang.

Sa voix devint, d'un coup, gutturale, caverneuse, et sa part d'ombre voila ses prunelles. Il n'était plus le malheureux qui me peinait ; toute sa monstruosité refoulée remonta à la surface, et son visage se couvrit d'un masque hideux.

— C'est pas bien de rire au nez des gens qui s'font du souci pour toi. C'est pas bien du tout. Ça s'fait pas. Non, elle aurait pas dû me rire au nez, tu comprends ? C'était pas que je lui en voulais de se faire sauter par le premier venu, non, c'était parce que je me faisais des cheveux pour elle, et elle m'a ri au nez…

De nouveau, le masque s'estompa, et la figure contrite revint me bouleverser :

— J'avais jamais fait d'mal à une mouche, avant. Y avait pas plus gentil que moi sur terre. Jusqu'à aujourd'hui, j'arrive pas à croire ce que le juge me reproche. Ça me ressemble pas, non, ça ne peut pas être moi. Et pourtant, je l'ai fait. Je me rappelle pas tout, mais je sais que c'est moi qui l'ai fait.

Il plongea la tête dans ses mains et se mit à sangloter.

À notre retour au pénitencier, Norberto me céda sa ration complète. Je la refusai en lui disant qu'il n'avait pas besoin de sacrifier son repas et qu'il pouvait me confier son chagrin autant de fois qu'il le souhaitait.

— Je n'en doute pas, Yacine. T'es le meilleur gars que j'aie rencontré dans ma vie. Prends, c'est de bon cœur. J'ai pas faim pour de vrai, ce soir.

C'était la première fois que Norberto paraissait apaisé. Mais il y avait, dans ses yeux, cette lueur qui ne trompe pas, la même lueur qui avait cessé d'éclairer de regard d'Abla à Öch Enn-Ser. Je compris que le bougre avait décidé d'en finir et je me rendis compte, en même temps, qu'il était le seul compagnon d'infortune auquel je tenais.

Je ne fermai pas l'œil, convaincu que Norberto allait passer à l'acte lorsque tout le monde se serait endormi. Au plus profond de la nuit, je le vis se lever sans faire de bruit, chercher quelque chose dans le noir et se diriger vers les latrines. Je me levai à mon tour et le surpris en train de dérouler une pelote de fil de fer.

— Tu veux te pendre avec ça ?

— Qu'est-ce que tu racontes ? Je veux seulement m'en débarrasser pour que les matons ne la trouvent pas sur moi. Demain, il va y avoir la revue de paquetage. Pourquoi tu ne retournes pas pieuter ? Est-ce que je t'emmerde, moi, quand tu vas aux chiottes ?

— Ce n'est pas une bonne idée, Norberto.

— Et moi, je te dis que c'est pas ce que tu crois.

— Donne.

— C'est que du fil de fer. Il te servira à rien.

— Donne, s'il te plaît.

— Non. Laisse-moi. Retourne dormir.

Je dus lui confisquer le fil de fer et l'obliger à rejoindre son grabat. Cependant, je n'étais pas tranquille. Norberto avait sûrement un plan B. Je décidai de ne pas le quitter des yeux jusqu'au lever du jour.

Des voix… Elles provenaient des latrines.

Je m'étais assoupi.

Il faisait encore nuit. Des camarades de chambrée étaient debout, réveillés par les jurons des matons. Quelque chose était arrivé. Le lit de Norberto était vide. Je bondis hors du mien. Deux chaouchs pestaient dans les latrines. Norberto gisait par terre, la tête dans une flaque de sang. Il s'était fracassé le crâne contre le mur.

Le lendemain, on me fit descendre du camion qui nous emmenait sur le chantier et on m'ordonna de retourner en cellule jusqu'à nouvel ordre. Je demandai pour quelle raison. Le maton me rétorqua que c'étaient les instructions du directeur.

Toute la matinée, je fis et défis les hypothèses quant à ma « mise en quarantaine ». Était-ce à cause du suicide de Norberto ? Certes, j'étais l'un des rares détenus qu'il fréquentait, mais je n'étais pour rien dans sa mort. Et si ce n'était pas un suicide ? On n'allait quand même pas me faire porter le chapeau. Mon cerveau s'emballa. Lorsqu'on me poussa dans le cagibi où j'avais l'habitude de donner des cours d'arabe aux gardiens, j'étais tellement dans le casse-tête chinois mental que je ne reconnus pas tout de suite l'homme qui m'y attendait. Je pensais avoir affaire à un enquêteur chargé de m'entendre au sujet de la mort de Norberto et je ne lui avais pas prêté suffisamment d'attention.

L'inconnu était grand, large d'épaules. Un collier de barbe grisonnante parait son visage rouge du sang des bien nourris. Il portait un costume sur mesure.

— Tu ne me remets pas, caporal ?

Je me déportai sur le côté pour mieux le dévisager.

L'homme retira ses lunettes et son chapeau.

Je crus avoir des visions.

— Mon adjudant-chef ?

— Je constate que la pestilence des cachots ne t'a pas rongé les châsses.

Mes mollets se mirent à flageoler.

Gildas ne m'ouvrit pas ses bras. Il m'observait comme si j'étais une curiosité repoussante.

— Purée, fit-il.

Il balança le menton de droite à gauche, navré.

— Purée, purée, purée… Quelle misère ! Mais qu'est-ce que tu as fait de toi, caporal ? Heureusement qu'il n'y a pas de miroirs au pénitencier. Tu ne te reconnaîtrais pas.

— C'est la vie.

— Parce que tu crois que tu es vivant ?

Ce constat ! L'image d'Abla, à Öch Enn-Ser, fulgura dans mon esprit. Des coups de feu résonnèrent à mes tempes. Je revis la panique qui s'était emparée de la foule, les mains qui arrachaient le barreaudage de la cage éclaboussée du sang de Zorg, la vierge qui tombait à la renverse, foudroyée.

— Hé, où est-ce que tu es parti, caporal ?

— Dans ma tête, mon adjudant-chef, dans ma tête… Je ne m'attendais pas à vous revoir. Surtout pas ici. Est-ce que je peux m'asseoir ?

— Assieds-toi, va.

Je m'affaissai sur un banc. Toute la fatigue de mes onze années de bagne s'abattit sur moi comme une ruine et m'ensevelit.

— Comment avez-vous su, pour moi ?

Gildas s'appuya contre le mur, croisa les bras sur sa poitrine en continuant de secouer le menton.

— Quand je pense au Turco que tu as été, à ta rectitude, à ta piété, à ta vaillance…

— Comment avez-vous su pour moi ? répétai-je, la voix détimbrée.

— Les ponts ne se sont pas totalement rompus, depuis notre retour de France. Bon nombre de nos gars ont gardé le contact entre eux. Certains sont revenus me solliciter pour les aider à réintégrer les rangs. D'autres me rendent des visites de courtoisie lorsqu'ils sont de passage dans les parages. Nous échangeons de nos nouvelles. Il paraît que c'est Dahmane qui t'a localisé. Le téléphone arabe a fait le reste.

Il exhala un soupir interminable, fourragea dans ses cheveux.

— Comment as-tu fait pour finir dans cette arène aux fauves, caporal ? Tu disais que tu allais avoir des terres et vivre en rentier. Que s'est-il passé ? Tu as pris goût au sang frais, c'est ça ? Les millions de morts sur les champs d'honneur ne t'ont pas suffi ?

— Je suis innocent.

— Allons donc.

— C'est la vérité. Ce n'est pas moi qui ai tué ces deux hommes.

— Dans ce cas, pourquoi as-tu pris une fausse identité, si ce n'était pas pour échapper aux poursuites ?

— Selon vous, on m'aurait condamné à vingt ans de travaux forcés sous un faux nom ?

— Alors, éclaire ma lanterne.

— Je m'appelle Yacine, Chéraga Yacine.

— Et qui est donc Boussaïd Hamza ?

— Le fils d'un caïd qui ne tenait pas à être envoyé au casse-pipe. On m'a obligé de faire la guerre à sa place.

Pendant que je lui racontais mon histoire, le visage de Zorg se substitua au sien. Les mêmes expressions défilèrent sur ses traits, passant de la perplexité à l'incrédulité, de l'ahurissement à l'écœurement. Gildas ne savait plus s'il devait m'écouter jusqu'au bout ou m'interrompre. Ses mains se relayaient sur son visage, passaient et repassaient sur sa barbe, tapaient sur ses cuisses, consternées, outragées, désespérées. À la fin de mon récit, il était plus essoufflé que moi.

— Incroyable, maugréa-t-il, incroyable, incroyable !

— Vous ne me croyez pas ?

— Ton histoire est tellement saugrenue qu'elle ne peut être que vraie… C'est fou ce que la fatalité nous réserve. Mon Dieu ! Dans quel monde vivons-nous ? Il faut absolument que le directeur entende ton histoire. J'ignore s'il va te croire ou pas, mais il faut qu'il sache ce qu'il t'est arrivé. Le directeur était commandant dans le 7ᵉ RTA pendant la guerre. C'est un vieil ami de mon père. Je vais lui demander, à défaut de défendre ta cause, de te ménager. De mon côté, s'il y a une chance de te sortir de ce trou, je tenterai tout pour la saisir. Je ne te promets rien. Il est rare, voire hors de question, que l'administration pénitentiaire s'intéresse au cas litigieux d'un indigène, mais j'activerai le réseau de mon père.

Nos rapports sont moins tendus depuis que j'ai quitté l'uniforme pour élever des chevaux.

Il me saisit fortement par les épaules.

— N'empêche, il faut être une sacrée cruche pour faire ce que tu as fait.

Je le retins par le poignet. Son réflexe de chef me renvoya aussitôt à mon statut de subalterne. On ne retient pas son supérieur par le poignet. Je me confondis en excuses.

— Ce n'est pas grave. On est des civils, maintenant.

— Je peux vous demander un service, mon adjudant-chef ?

— Je suis venu pour ça.

— J'ai été arrêté dans la rue. Ma femme ignore où je suis. Pourriez-vous lui rendre visite et lui dire que je vais bien ? Elle habite sur la Mekerra, à Sidi Bel Abbès. C'est facile à trouver, une maison peinte en vert, avec un figuier donnant sur la chaussée, juste en face de l'écurie Saint-Jean. Demandez après la maison de Chéraga le boutiquier. N'importe quel gamin vous y conduira.

— J'ai une ferme du côté de Palikao, maintenant. Un haras qui me prend tout mon temps, mais, promis, j'irai voir ta femme. Pour l'instant, j'aimerais que le directeur entende ton histoire.

Le directeur ne manifesta aucune émotion lorsque j'eus fini de lui relater mon malheur. Il ne parut pas étonné non plus. Il m'avoua qu'il avait connu un cas similaire, celui d'un tirailleur de son unité qui s'était enrôlé au profit d'une tierce personne, sauf que ses motivations étaient d'ordre strictement lucratif.

Il me convoqua le lendemain dans son bureau. Il voulait s'entretenir seul à seul avec moi car, la veille, Gildas n'avait pas arrêté de répondre à ma place, en m'attribuant des qualités qui n'étaient pas forcément les miennes et me présentant comme si j'étais la victime du siècle.

— Hier, on a surtout parlé de ton caïd. J'aimerai que tu me parles de toi, aujourd'hui. Non pas du berger mais du tirailleur… Tu as été à Verdun ?

— Oui, monsieur. Et à Louvemont, à la côte du Poivre où j'ai failli être tué cent fois, et à Avocourt. J'ai obtenu ma première médaille à la bataille de Chaume.

— Je vois que la flamme du guerrier brûle encore en toi.

— Quand je pense à ces années, il y a quelque chose qui se réveille, monsieur le directeur.

— Je préfère qu'on m'appelle mon colonel lorsqu'on est entre soldats… C'était qui, ton capitaine ?

— Morales, mon colonel.

— Rodrigo ?

— On ne connaissait pas son prénom, mon colonel. Pour nous, il était le capitaine Morales. Il est mort en héros. C'était un père pour nous.

— Tu as été à la prise de la cote 304 ?

— Oui, mon colonel. Ça a été dur, mais on a réussi… Ma deuxième médaille et mon grade de caporal, je les ai obtenus sur cette crête.

Il m'a écouté lui relater les différentes opérations auxquelles j'avais participé, remuant en lui des souvenirs aussi précieux que douloureux. Je lisais dans ses yeux que mon récit ravivait tout ce qui avait compté dans sa carrière militaire. Il était tellement touché par mes péripéties soldatesques, qui furent aussi les siennes, qu'il n'avait pas remarqué que je me tenais au garde-à-vous depuis un bon moment et que mes mollets étaient sur le point de rompre.

Après avoir évoqué les grandes batailles qui « pèseraient sur l'Histoire autant que les civilisations », le directeur me fit comprendre qu'il n'était pas dans ses prérogatives de rouvrir les dossiers, surtout pas ceux qui avaient toutes les chances de faire perdre leur temps aux gens du Barreau. Turco ou pas, je demeurais un indigène, et un indigène n'était pas tout à fait citoyen pour faire appel. En compensation, par solidarité de vétérans de la Grande Guerre et par esprit de corps de tirailleurs, il m'exempta des chantiers et m'affecta à la lingerie. Lorsqu'il y avait des bricoles à réparer chez lui – il résidait dans une maison isolée à quelques kilomètres du bagne – il faisait appel à moi. On m'y emmenait badigeonner la clôture, retaper une toiture ou entretenir le jardin. C'était ma promenade de privilégié. On m'enlevait les chaînes et on me laissait faire ce que j'avais à faire sans me crier dessus. J'avais l'impression de renaître aux choses essentielles de ce monde : fredonner, sentir une fleur, caresser un chiot, rêvasser sur un caillou, s'entendre vivre. Madame, à qui le colonel avait, sans doute, raconté mon histoire, m'offrait de hauts verres de citronnade et des repas consistants, avec de la bonne viande, des pommes de terre et de la salade fraîche, le tout servi dans une assiette en porcelaine si jolie qu'elle me paraissait aussi magique qu'une boule de cristal avec des étincelles dedans.

Gildas me rendit visite trois fois.

La première, pour m'annoncer qu'il n'avait pas trouvé ma femme à l'adresse indiquée et que mes voisins ignoraient où elle était allée. J'ai alors levé les yeux au ciel et je me suis demandé pourquoi le sort s'acharnait-il sur moi de cette façon.

La deuxième fois, il était accompagné d'un journaliste qui voulait recueillir mon histoire.

La troisième, il me présenta à un monsieur très vieux, qui devait être quelqu'un d'important car l'ancien adjudant-chef était obséquieux et attentif à son endroit.

Puis plus rien.

Des mois passèrent, ensuite une année ; aucune visite, aucun signe de Gildas. Je me disais que le Seigneur ne pouvait pas être injuste au point de me faire miroiter des espoirs fallacieux et de rendre mes déconvenues plus cruelles encore, que j'avais certainement commis quelque chose qui L'avait offensé et qu'il me fallait assumer. J'ai passé en revue ce qui aurait pu constituer, à mon insu, un méfait abominable qui justifierait la malédiction en train de me suivre à la trace comme une hyène et je n'ai rien trouvé. Et un soir, tandis que l'insomnie saignait à blanc mes nuits, l'image de ce jeune soldat allemand qui s'était empalé sur ma baïonnette, de ce Boche si jeune et beau, presque adolescent, qui fut mon tout premier mort, surgit devant moi et je sus que le Seigneur était juste.

61

C'était un jour comme les autres, sans nom, sans date ; un simulacre de jour qu'on n'a pas besoin de cocher sur les murs puisqu'il ne fait que crapahuter sur place au gré des saisons, aussi vide de sens qu'un puits sans fond.

J'étais à la lingerie en train de repasser la tenue des matons.

Le gardien-chef cogna sur la vitre avec sa matraque et me fit signe de le rejoindre dehors.

— Je n'ai pas fini, chef.

— Viens, je te dis, et qu'ça saute.

Je m'exécutai.

Il me poussa devant lui jusqu'aux douches réservées aux chaouchs.

— Tu as du savon et un rasoir, là. Donne-toi un aspect recommandable.

— Que se passe-t-il ?

— Tu rentres chez toi, m'annonça-t-il à bout portant, comme si c'était une banalité.

Sur le moment, je n'ai pas saisi la portée de ses propos.

— Qu'est-ce que t'as à me mater comme ça, tête de pioche ? Tu es libre.

— Libre de quoi, chef ?

— Libre, abruti, libre. Dans quelle langue faut-il te le dire ? Dépêche-toi de te laver et de foutre le camp d'ici avant que le bon Dieu change d'avis.

J'eus l'impression de recevoir un coup derrière la nuque.

Instinctivement, la bête conditionnée qui s'était substituée à ma personne avait cherché par où s'enfuir. Mais pas un muscle n'avait remué en moi.

— Je rentre chez moi pour de vrai ?

— Comme c'est touchant. Allez, décrasse-toi *fissa*, j'ai pas qu'ça à faire.

Je ne le croyais pas. L'existence m'avait appris à me méfier de ce qui ne me faisait pas souffrir, à ne percevoir dans mes rares joies que le prélude de mes peines.

Le gardien-chef avait l'air contrarié. Ses yeux étaient ternes. D'habitude, lorsqu'il jouait avec nos nerfs, il avait le regard exalté.

— Allez, allez, à poil et qu'on se dépêche. Y a ton copain le barbu qui t'attend. Ne le fais pas poireauter.

Je n'avais pas jeté en l'air ma veste ; je n'avais pas crié ma joie jusqu'à me faire entendre aux quatre coins du bagne. Je m'étais déshabillé et j'avais sauté sous la douche dans un état second.

L'eau était glacée ; elle ne me réveilla pas.

Après la douche, le chef me montra des vêtements neufs sur un banc.

— C'est pour moi ?

— Ouais, un cadeau de la maison.

Il était trop large pour moi, le costume, mais je trouvai qu'il m'allait comme un gant. Je jetai un dernier coup d'œil sur la guenille zébrée qui avait été mon bât et je mesurai combien elle était laide et choquante.

— Comment tu as fait pour réduire ta peine, Chéraga ?

— J'ai prié.

— Je prie, moi aussi, et rien de ce que j'attends n'arrive.

— Ça ne marche pas quand on tient une matraque à la main.

— C'est mon gagne-pain. Je ne le fais pas de bon cœur.

— Mais vous le faites bien, chef.

Il me bouscula vers la sortie.

— Allez, fiche le camp et tâche de bien te conduire, à l'avenir.

Un groupe de forçats désherbait autour des baraquements, sous la garde rapprochée des chaouchs.

— Hé, Chéraga, me lança l'un d'eux, c'est qui, ton marabout ?

Du doigt, je lui montrai le ciel.

J'avais regardé les pauvres diables arracher à mains nues les ronces gelées, regardé leurs figures spectrales, leurs sourires tragiques ; je m'étais attardé sur les lugubres bâtisses qui furent la chair de ma claustrophobie, la cour où tant de malheureux furent exposés aux sévices et aux humiliations, le ciel livide contre lequel s'étaient émiettées les prières et les complaintes, puis j'avais levé les yeux sur les palissades couronnées de barbelés *comme la tête du Christ* et je m'étais demandé si l'air de l'autre côté de l'enceinte serait plus respirable que celui de la veille, si les couleurs seraient plus nuancées, si les bruits seraient différents des coups de pioche sur les rochers.

Je frappai dans mes mains pour m'assurer que je ne divaguais pas, que je laissais bel et bien derrière moi le gardien-chef et ses affidés zélés, la matraque, le rata répugnant, la peur, les nervis aux affreux tatouages, les cris étouffés de ceux que l'on sodomisait dans le noir, la gastro, la gale, les poux, les fers, les allégeances traîtresses, les mutilations volontaires, le cachot, la paranoïa, l'odeur du sang, les suicides, les chantiers de tous les dangers. Me serait-il possible de mettre une croix sur l'héritage carcéral, de refaire ma vie sans qu'elle en subisse le traumatisme ?

— J'aimerais remercier le directeur avant de m'en aller, dis-je au gardien-chef.

— Il t'observe.

Je me tournai vers le bloc administratif. Le colonel était debout derrière la fenêtre de son bureau. Je portai ma main à la tempe. Il me rendit mon salut.

Devant moi, le portail semblait reculer. Pareil à l'horizon. C'était la première fois, en douze éternités de détention, que je remarquais qu'il était peint en gris. Dans mon souvenir, il avait la couleur de la poussière que les camions soulevaient derrière eux.

Lorsque je franchis le seuil du monde libre, il y eut comme un arc-en-ciel par-dessus la garrigue.

Gildas observait deux prisonniers en train de changer la roue de sa voiture. Une crevaison à mon retour parmi les vivants serait-elle un bon signe ? Qu'importe ! Je ne croyais plus aux signes. Ils ne m'avaient jamais rien révélé de bon.

Gildas me considéra, un petit sourire en coin.

— Maintenant, tu ressembles à quelqu'un que j'ai connu.

J'étais encore trop en état de choc pour saisir ce qu'il entendait par là.

Les deux détenus finirent de serrer les écrous de la roue. Gildas les remercia et les restitua au chaouch qui les fouilla aussitôt de la tête aux pieds.

— On y va, caporal ?

— On y va, mon adjudant-chef.

— Qu'est-ce que tu attends pour monter devant ?

Il s'installa derrière le volant, ajusta le rétroviseur, s'assura que j'étais à l'aise sur mon siège, enclencha la vitesse et démarra.

La façade hideuse, qui enfermait tant de drames et de souffrance, se voila du verglas du pare-brise arrière. Je la regardai s'éloigner lentement, puis disparaître telle une île maléfique que la brume avale au large des hallucinations. Ma gorge se contracta. J'eus beaucoup de peine à refouler le sanglot qui compressait ma gorge.

— Merci, mon adjudant-chef. Merci du fond du cœur.

— Y a pas de quoi, mon vieux.

— Si, il y a de quoi. Vous ne pouvez pas imaginer.

— On est des Turcos, caporal. On se serre les coudes. Comme les Trois Mousquetaires.

La voiture filait sur la piste carrossable, bercée par son ronronnement. La neige de la veille fondait déjà, telle une faveur éphémère. De part et d'autre, les collines ressemblaient aux collines, les vergers aux vergers, les arbres aux arbres ; je retrouvais le monde tel qu'il a été conçu, vrai, limpide, concret. C'était cela, la liberté : un paysage qui défile et qui dit tout en silence. Simplement. Quel sens donner à la liberté, sinon celui de la simplicité ? Décider de s'asseoir au pied d'un arbre et s'asseoir au pied de l'arbre sans que personne vous l'interdise, c'est cela la liberté. Vivre de petites choses acquises à la sueur de son front et s'en réjouir, c'est cela la liberté. Aller où porte le vent et en revenir à sa guise, c'est cela la liberté. Prendre conscience de la fugacité de l'existence et en faire un précieux objet, c'est cela la liberté. Remercier chaque instant de grâce et œuvrer pour le mériter, c'est cela la liberté.

— Est-ce que vous m'autorisez à vous demander un dernier service ?

— Je sais ce qui te trotte dans la tête, caporal. Ce n'est pas une bonne idée. Attends un peu, le temps de récupérer un soupçon de couleur. On va à la ferme. Quand tu auras repris des forces, tu iras où tu voudras.

— J'ai attendu trop longtemps.

— Justement. Tu as attendu plus d'une décennie. Tu peux très bien patienter une semaine ou deux. Tu as l'air d'un mort-vivant.

— S'il vous plaît.

— J'y suis retourné pas plus tard que vendredi dernier, figure-toi. Elle n'est pas revenue. Personne ne sait où elle est partie.

— Il n'y a pas que les voisins. Il y a Sid Tami et sa famille, à Sidi Bel Abbès. Ils en savent quelque chose, peut-être.

Devant mon entêtement, il prit la route de Sidi Bel Abbès.

Ce n'était pas une bonne idée, mais c'était la seule que j'avais à l'esprit. Je voulais en avoir le cœur net. Le soir tombait quand nous nous rangeâmes en face de l'écurie Saint-Jean. Une vieille femme m'ouvrit la porte de ce qui avait été mon chez-moi avant d'aller chercher quelqu'un. Des gamins jouaient dans la courette où Mariem et moi avions été si heureux. Un homme sortit de la maison. Il me dit qu'il ne se souvenait pas de la femme qui habitait là avant lui. Les voisins ignoraient où mon épouse et mon fils avaient déménagé.

Un jeune Mozabite occupait ma boutique. Il me déclara que son défunt père avait acheté le commerce une dizaine d'années plus tôt, que si je ne le croyais pas, il me montrerait les documents qui l'attestaient.

La menuiserie de Hamou avait changé de propriétaire, elle aussi. Le père de Sid avait rendu l'âme depuis longtemps.

Pépé était en prison.

Et aucune trace du sergent.

— Tu vois ? Je ne t'ai pas menti, me dit Gildas.

62

Elle était jolie, la ferme de Gildas, avec ses stalles peintes en bleu, son aire de dressage encadrée de barrières en chêne, son jardin soigné, son abreuvoir en mosaïque et la maison en pierre taillée aux portes-fenêtres dominant la plaine. C'était un endroit tranquille à quelques kilomètres au sud de Palikao. L'air sentait la terre nourricière, l'odeur des chevaux et l'herbe grasse. Être là, sans chaînes aux pieds, assis sur un muret à contempler chaque matin naître à sa grandiose *simplicité*, je ne pouvais espérer meilleur remède pour amortir les répercussions de mes traumatismes.

Gildas était marié à une Bretonne mince et blonde comme un rai de lumière. Il avait deux petits jumeaux qui, lorsqu'ils couraient dans les champs, rappelaient une paire de songes lâchés dans la nature.

Il me fit faire le tour de la propriété, me présenta un de ses trois palefreniers, Safa, un grand échalas aux yeux d'acier qui parlait aux pur-sang comme on parle aux enfants bien élevés.

— C'est le frère aîné d'Othmane.

Othmane !

Une zébrure dans une vie antérieure, un frisson qui remonte à la nuit des temps !… Othmane, mon ami, mon cher disparu. Un bosquet, un coup de feu, un gamin qui s'enfuyait au milieu des arbres, Raho qui savait et qui refusait de l'admettre, et moi…

Le soir, assis sur un banc derrière les stalles, tandis que je cherchais parmi les étoiles celle du berger que j'avais été, Safa voulut savoir ce qu'il était arrivé à son frère… Que lui dire ? Il est des vérités qu'on n'est pas obligé d'avouer complètement afin que les héros reposent en paix et que leur famille mettent un point d'honneur par-dessus leur deuil. Le mensonge, parfois, leur vient à la rescousse pour que la légende soit sauve. Alors j'ai menti :

— Nous étions cernés par une section de Boches, ton frère, un dénommé Raho et moi. Nous nous sommes battus comme des lions. Othmane avait réussi à détruire deux tanks allemands. Il bondissait d'un abri à l'autre en un éclair, repoussant les assauts et fixant au sol l'ennemi. La moindre tête qui émergeait, il l'explosait. Il était le meilleur tireur du régiment. Lorsque, en manque de munitions, il est tombé au champ d'honneur, on aurait dit qu'un platane s'écroulait.

Safa hocha tête, triste et fier à la fois : « C'est tout mon frangin, ça », dit-il dans un soupir.

Nous n'avons plus remué de couteau dans la plaie, après.

Je suis resté quelques semaines à la ferme. À reprendre mes couleurs et mes forces. Ensuite, Gildas me déposa à la gare de Mascara.

J'allai dans la province de Figuig chercher ma femme. Je me rendis plusieurs fois chez les Banou Guils et chez Homeïna, à Kenadsa. Mariem s'était volatilisée avec notre fils. Où était-elle ? Qu'était-il advenu d'elle, si jeune et si vulnérable ? S'était-elle remariée ? Si oui, était-elle heureuse ? J'imaginais Mariem sous le toit d'un autre homme. Mon cœur se refermait comme un poing. Tantôt jaloux, tantôt rassuré, je ne pouvais m'empêcher d'être malheureux de la savoir si loin de moi.

De guerre lasse, après des semaines de recherche, je retournai à la ferme, décidé à faire le deuil de ce qui ne faisait que me torturer de jour comme de nuit.

Gildas m'emmenait partout avec lui ; à la station thermale de Bouhanifia, prendre des bains réparateurs ; à Tiaret, négocier l'acquisition d'un étalon ; à Frenda, lorsqu'on célébrait le saint patron local (Gildas adorait la fantasia) ; à Mascara, où il avait des amis fortunés. Il leur confiait que je lui avais sauvé la vie à Bezonveaux, que je l'avais ramené d'entre les morts en le portant sur le dos dans la neige et sous les mitrailles. Ce n'était pas vrai, mais ça faisait du bien à tout le monde.

En été, il me prenait avec lui à Port-aux-Poules. On nageait la matinée ; on arpentait la plage à longueur de journée ; au coucher du soleil, on pêchait à la ligne et on passait la soirée à griller le poisson en parlant des chevaux. Lorsque je lui avais demandé pourquoi il se donnait tant de mal pour moi, il m'avait répondu que les Turcos avaient le même sang dans les veines et qu'ils devaient se serrer les coudes aussi bien dans les rangs que dans le civil.

À la ferme, je m'occupais de la bonne tenue des stalles et des garçons d'écurie. Le vendredi, un souk itinérant déployait ses bâches et ses étals dans un douar au pied de la colline. C'était moi qui faisais les courses. J'aimais la foule des marchés, le cri des vendeurs, les gosses qui se pourchassaient en riant au milieu des ménagères ; c'était l'ambiance de la vie saine, la kermesse de mon enfance. Je sautais dans une petite carriole et filais au galop remplir mes couffins, le vent dans les cheveux.

Et un jour – béni soit ce jour –, tandis que je palpais une énorme pastèque, je le vis !

Le sol faillit se dérober sous mes pieds.

Je crus que l'insolation me jouait des tours. Mais il était bien là, accroupi contre une pile de cageots, la sébile tendue aux passants. La vieillesse ne lui avait laissé que la peau sur les os.

J'étais resté figé, sans me rendre compte que la pastèque m'avait échappé des mains et qu'elle s'était déchiquetée à mes pieds.

Je n'entendais plus le chahut des enfants.

J'avais peur, en cillant, d'en devenir aveugle.

Un moment, j'eus envie de courir vers lui, le prendre dans mes bras, mais j'avais craint qu'il ne m'en veuille de le surprendre en train de mendier. Il n'aurait pas survécu à une telle humiliation.

Alors j'ai attendu, attendu jusqu'à ce qu'il se levât et remontât le sentier qui menait au douar.

Je l'ai suivi de loin, prêt à me cacher s'il venait à se retourner.

Il ne s'est pas retourné.

Il est entré dans la cahute d'un laitier. C'était l'occasion d'aller enfin vers lui. Je n'avais qu'à faire semblant de passer par là, par hasard…

Il ne m'a pas reconnu tout de suite.

Il était occupé à compter la petite monnaie qu'il avait réussi à se procurer au souk.

— Père...

Il a levé la tête.

Ses petites pièces tintèrent sur le sol.

Il n'en croyait pas ses yeux, et moi, je m'étais remis à croire en tous les saints de la terre.

Mon père me dira : « Je n'ai pas accordé le moindre crédit aux allégations de Gaïd Brahim. Je ne t'ai pas élevé pour que tu deviennes un voleur. J'ai pensé que le caïd t'avait tué et avait fait disparaître ton corps. Avec le temps, j'ai fini par faire mon deuil, mais il n'y a pas eu un seul jour sans que je pense à toi. »

Nous sommes tombés dans les bras l'un de l'autre et nous avons pleuré toutes les larmes de notre corps, devant des gamins qui avaient cessé de jouer, étonnés de voir deux hommes sangloter au vu et au su de tout le monde. Ils étaient trop jeunes pour comprendre : *ne pleurent que les hommes qui ont l'âme près du cœur.*

J'ai retrouvé ma famille.

Mes deux plus jeunes sœurs s'étaient mariées, l'une à un colporteur, l'autre à un forgeron. Elles vivaient dans le même hameau, du côté de Bougtob. Khodij était grand-mère à Ramka. Mimouna, la veuve de Hamou, avait épousé un commerçant marocain et menait une existence heureuse à Tafilalet. Hassan, mon cadet, père de six enfants, était veilleur de nuit dans une fabrique d'outillages, à Saïda. Quant à Missoum, il s'était engagé dans l'armée.

Mon père et ma mère occupaient une bicoque, à Douar Sidi Kada, un lieu-dit au sud de Palikao. Ils vivotaient de peu de chose en vieillissant discrètement. Je louai une maison à Ghris et les pris avec moi. Gildas m'a prêté de quoi investir dans une petite boutique d'alimentation générale. J'ai pu ainsi subvenir aux besoins de mes parents et améliorer un peu leur condition de vie.

Hélas, même les miracles souffrent d'imperfection. On ne peut pas tout avoir puisqu'il y a un tribut à payer pour chaque chose en ce monde incertain, pas toujours juste, souvent absurde et cruel. Je suis retourné à Kenadsa, chez les Doui Meniâ puis dans la tribu des Banou Guils ; nulle part je n'ai retrouvé la trace de mon épouse et de mon fils. C'était comme si la terre les avait avalés.

Ah ! Mariem, ma merveilleuse petite rose des sables... Quelle femme, quelle épouse, quelle chance, quelle absence ! J'ai été heureux auprès d'elle, de ce bonheur humble et pudique, frais comme l'air qu'on respire le matin en ouvrant la fenêtre. Ma chère Mariem. Je ne lui avais pas souvent déclaré ma flamme de vive voix comme j'aurais dû le faire, je n'avais pas soulevé les montagnes pour elle, mais je l'ai aimée d'un amour sincère, de cet amour qui dure parce que ordinaire, que l'on cultive graine après graine, avec patience et retenue ; l'amour des petites gens, qui n'exige pas grand-chose et qu'un zeste de bienveillance et un profond respect rendent aussi grand que la foi – c'était notre amour, à Mariem et à moi, notre refuge et notre combat, fait de bouts de tendresse et de quelques éclats de rire, sobre afin que la vie soit ce qu'il nous arrive et non pas ce que nous fuyons.

J'ai veillé sur mes parents jusqu'à leur mort. Ma mère partit la première, tranquillement dans son sommeil. Mon père succomba à une crise cardiaque, un jour de l'Aïd. J'ai vendu la boutique et je suis allé finir le restant de mes jours à Kenadsa.

Certaines nuits, lorsque la lune argentait la dune, il m'arrivait d'imaginer un jeune homme courant vers moi. J'ouvrais des bras aussi larges que l'horizon, fermais les yeux, et c'était comme s'il était là, blotti contre mon cœur. Je me demandais quel genre d'homme était devenu mon garçon, s'il avait mes traits ou ceux de sa mère. S'il était père à son tour, avait-il donné mon prénom à son fils ? Lui manquais-je comme il me manquait ?… Ces questions se tenaient à mon chevet jusqu'à ce que je m'assoupisse.

Mon sommeil, ces nuits-là, était doux comme les doigts de ma mère dans mes cheveux.

J'ai continué de me rendre de temps en temps chez les Beni Guils, d'espérer que mes prières soient exaucées, que Mariem me revienne, que j'entende un jeune homme m'appeler « père », et jamais je n'ai songé à me remarier. Comment remplacer les absents sans les trahir et sans renier la personne qu'on a été ? Comment les oublier lorsque le cœur ne bat que grâce à leurs souvenirs ? *Arrête d'y penser*, me disait-on, *on ne retient pas le vent par la queue. Ce qui est fait est fait. Ça ne sert à rien de se torturer.* J'ai essayé de regarder devant moi et je n'ai vu que du vide. On peut faire le deuil de ses morts, mais pas celui des absents. De tous les mortels, ce sont les disparus qui vivent le plus longtemps. Mais comment entretenir leur souvenir dans ce passé où il faudrait écarter mille masques pour entrevoir un visage familier, où les sourires ressemblent à mes blessures, où les rires sont chahutés par mes propres cris ? À l'usure, on finit par se faire une raison. On se recroqueville autour de sa douleur et on fait corps avec. Au fur et à mesure que les années passent, la résignation nous devient un précieux animal de compagnie. Dans les moments de grande solitude, elle nous tient la main tandis que tant de choses nous échappent, et on s'accroche parce que, quelque part au fond de soi, malgré l'incongruité de notre entêtement, on se surprend à se dire qu'un miracle est toujours possible.

63

Je somnolais sur le pas de ma porte, dans la torpeur de l'après-midi, lorsqu'une silhouette étendit son ombre jusque sur mon visage. Je priai la personne de s'écarter un peu pour que je puisse la voir dans la lumière.

L'homme était d'un certain âge ; la calvitie avait repoussé le reste de ses cheveux chenus sur les tempes ; une barbe fournie lui dévorait le visage.

— Bonjour, lui dis-je. Vous cherchez quelqu'un ?

Il se contenta de sourire, les bras croisés sur la poitrine, la tête légèrement inclinée sur l'épaule. Ce sourire, puis ce regard !... Ce regard complice, fraternel, qui s'était posé tant de fois sur moi avec une affection infinie. Ma poitrine se gonfla subitement d'une seconde âme et je me levai d'un bond, aussi leste qu'un enfant de dix ans...

— Sid ?

C'était bien lui, mon cher Sid Tami, le héros de mon histoire à moi.

Nous nous enlaçâmes pendant une éternité. Nos larmes nous inondaient. Les mots nous avaient fuis ;

nous ne pouvions que hoqueter et pousser des gémissements enroués.

— Viens, lui dis-je, rentrons.

— Laisse-moi te regarder de plus près, mon cher Yacine.

— Qu'es-tu venu chercher à Kenadsa ?

— Le meilleur des amis.

— Où étais-tu passé, bon sang ? Certains te donnaient pour mort.

— On te croyait mort, toi aussi.

— Je l'ai été, dans un sens. Mais toi, un homme averti, comment as-tu fait pour t'évanouir dans la nature en un claquement des doigts ?

— C'est une longue histoire. Je n'ai pas été en prison ni enterré dans un charnier, comme le supposait la rumeur. Une nuit que je m'apprêtais à m'emparer d'un chargement de pièces détachées dans le port d'Oran, la police m'y attendait. Mon plan était minutieux, mais un de mes associés avait vendu la mèche, et on s'est fait avoir comme des novices, Pépé le garagiste et moi. Il y a eu une fusillade. Pépé a été blessé. J'ai réussi à me cacher dans la soute d'un paquebot et je me suis retrouvé en Grèce. J'ai mis deux ans pour rentrer au pays… Cependant je ne suis pas là pour parler de moi, mais pour te présenter quelqu'un.

Il se recula pour me montrer un jeune homme en retrait qui nous observait, ému et un peu perdu. Il était beau comme un prince, sanglé dans un costume flambant neuf, la raie tranchante au milieu de ses cheveux d'un noir de jais.

— C'est ton fils ?

— Dans un sens, dit Sid. Je l'ai élevé du mieux que je pouvais. Mais il n'est pas mon fils, il est le tien.

Ce fut le choc de ma vie. Le sol se déroba sous mes pieds, mais je ne tombai pas. Une sorte d'apesanteur me maintenait en équilibre. J'avais attendu ce moment plus fort que n'importe quel autre moment ; je l'avais rêvé, réclamé à cor et à cri. Maintenant qu'il était là, je ne savais comment le gérer. Aucun muscle en moi ne bougeait tandis qu'à travers mes fibres retentissaient les chants de toutes liesses... Ce ne fut pas moi qui ouvris les bras, mais mon fils. Ce fut lui qui me serra contre lui, qui m'embrassa, qui me parla. Je voyais ses lèvres bouger, mais je n'entendais rien. J'avais terriblement peur de me réveiller, de me surprendre en train d'étreindre mon propre chagrin. Mais non, bien sûr que non, non et non, je ne rêvais pas, mon fils m'était bel et bien restitué ; il n'y avait plus que lui, je ne voyais que lui, si vaste, si vrai qu'il occupait à lui seul le ciel et la terre.

— À mon retour au pays, me raconta Sid une fois à l'intérieur de ma demeure, j'étais allé te rendre visite. Ta femme et ton fils étaient livrés à eux-mêmes. Mariem ne savait pas où tu étais passé et ignorait que tu avais été arrêté. Je ne pouvais pas rester à Sidi Bel Abbès car j'étais toujours recherché par la police. Mariem n'avait aucune chance de s'en sortir seule. Elle a accepté que je vende la boutique. J'ai laissé nos coordonnées à mon père au cas où tu réapparaîtrais et j'ai pris Mariem et Sellam avec moi à Ténès où j'avais monté une petite affaire. Je me suis occupé d'eux du mieux que j'ai pu.

— Comment m'as-tu retrouvé ?

— J'ai rencontré Gildas par hasard dans un train, il y a quelques semaines. C'est lui qui m'a dit que tu avais été au bagne et que tu tenais un petit commerce à Ghris. À Ghris, rares étaient ceux qui se souvenaient encore de toi. Puis un vieillard m'a appris que tu avais déménagé depuis des années, que tu étais peut-être parti à Kenadsa… Et tu es là. Je n'en reviens pas. C'est comme si je te mettais au monde une deuxième fois… Je suis arrivé il y a cinq jours. Quand j'ai su où tu habitais, je t'ai observé de loin pour être sûr de ne pas me tromper de personne. Je n'ai pas voulu me présenter à toi les mains vides. Je suis retourné à Ténès chercher ton fils. Et nous voilà enfin réunis.

Il y eut silence.

— Depuis tout à l'heure, je m'attends à ce que tu demandes après ta femme, et tu ne dis toujours rien.

— Parce que j'ai peur de ce que tu as à m'annoncer, Sid. Depuis tout à l'heure, comme tu dis, mille questions me taraudent. Pourquoi n'est-elle pas venue ? Est-ce qu'elle est malade ou est-ce qu'elle n'est plus de ce monde ? Je tremble au fond de moi. Tu ne peux pas imaginer combien je tremble. Et plus tu ne me parles pas d'elle, plus je préfère que tu te taises… Sais-tu à quoi je pense souvent ? À la mer. J'avais promis à Mariem de l'emmener voir la mer et je ne l'avais emmenée nulle part. Toutes ces années, chaque fois que je pense à elle, je m'en veux de l'avoir bercée d'illusions avant de la livrer à elle-même.

— Elle n'a pas été livrée à elle-même bien longtemps et elle n'a manqué de rien. Quant à la mer, elle la voit tous les jours de sa fenêtre. Elle a un pied-à-terre à deux pas de la plage.

Une larme m'a échappé, évacuant violemment l'angoisse intenable qui essorait mes entrailles. Une bouffée d'air, d'une intensité et d'une pureté inouïes, m'a brûlé la poitrine, pareille à ce souffle de la vie qui fait hurler le nouveau-né au sortir du ventre de sa mère.

— Pourquoi n'est-elle pas venue avec vous ?

Ma voix m'a paru émerger d'un abîme.

— Parce que ton fils et moi sommes là pour te ramener à elle.

— Elle va bien ?

— Beaucoup mieux, maintenant.

Je suis incapable de vous décrire mes retrouvailles avec Mariem. Les mots me paraissent terriblement dérisoires en comparaison du séisme émotionnel qui a failli me terrasser lorsque ma femme m'a ouvert la porte. Elle était restée telle que je l'avais connue, toute frêle et toute belle. En une fraction de seconde, à l'instant où elle a posé son doux regard sur moi, j'étais devenu quelqu'un d'autre, et tout ce que j'avais subi loin d'elle s'est évanoui. J'étais pareil à un amnésique qui recouvre la mémoire. Ne comptait plus que l'instant présent.

Je suis resté quatre ou cinq mois à Ténès. Nous avons passé de longues soirées sur le rocher, Mariem et moi, à renaître à nous-mêmes en contemplant la mer jusqu'à ce qu'elle nous absorbe comme une éponge. Pendant des heures et des heures, toutes les nuits, nous n'avons fait que parler de ce que nous avions enduré et de ce qui nous avait manqué. Chaque parole libérée soulageait une fêlure, reboutait une fracture, exorcisant une à une les hantises qui encombraient notre être.

Un soir, la question qui me persécutait depuis des années m'a échappé. Je l'aurais ravalée avant qu'elle n'ait franchi mes lèvres, mais elle a jailli du fond de mes entrailles comme un cri :

— Tu n'as jamais songé à te remarier ?

— Pourquoi veux-tu que je me remarie ? me dit-elle, étonnée.

— Je t'ai laissée si jeune, si belle, et sans saint patron. J'avais peur que tu ne t'en sortes pas, avec un enfant sur les bras.

— Sid a été un frère pour moi, et le meilleur des oncles pour notre fils. Je n'ai manqué de rien. Je n'ai souffert que de ton absence, mais j'ai tenu. Quelque chose me disait que tu étais en vie quelque part et que tu allais me revenir. Mes rêves étaient peuplés de ta silhouette. Quand la tristesse me gagnait, je pensais aux moments heureux qui avaient été les nôtres et je me surprenais à sourire. Il est des choses auxquelles on ne peut renoncer sans mourir, mon amour. Et je ne voulais pas mourir. Je ne voulais pas, non plus, qu'à ton retour on te dise que je n'étais plus là. Et tu es revenu. Et je suis là.

Nous avons continué de contempler la mer tous les soirs. En parlant de moins en moins. Au fur et à mesure que nos silences se mettaient à nous raconter mieux que nos confidences, l'appel du Sahara supplanta la rumeur des vagues. Mariem le perçut. Sans que je le lui aie suggéré, elle a fait nos valises et nous sommes rentrés à Kenadsa.

Chaque soir, avant de m'endormir dans les bras de Mariem, me reviennent à l'esprit les paroles de l'éleveur de dromadaires qui m'avait sauvé dans la Hamada, autrefois. Je les entends distinctement dans le noir, comme si elles habitaient ma chair et mon sang : « Vis ce que tu as à vivre et cherche l'amour jusque dans l'infortune, car tout ce qui n'est pas amour n'est que diversion. Si tu arrives à faire des épreuves l'échelle de ton salut, tu atteindras les sommets. Et si tu veux accéder au sommet-roi, le sommet qui t'élève par-dessus tous les autres sommets, sois en paix avec toi-même. »

J'ai vécu ce que j'avais à vivre et aimé du mieux que j'ai pu. Si je n'ai pas eu de chance ou si je l'ai ratée d'un cheveu ; si je n'ai pas honoré l'ensemble de mes dettes parce que mon ardoise en débordait ; si j'ai fauté quelque part sans faire exprès ; si j'ai perdu toutes mes guerres, mes défaites ont du mérite – elles sont la preuve que je me suis battu.

Ainsi va la vie. Tantôt rivière chantante, tantôt crue déchaînée, elle charrie ses mortels au même titre que le limon, les arbres que l'on croyait indétrônables ou le cadavre d'une bête qui se serait noyée. Elle n'a pas d'états d'âme, la vie ; elle n'est coupable de rien. Elle coule dans le lit du temps sans s'attarder sur le gâchis qu'elle engendre ni sur les belles plaines qu'elle irrigue. C'est à chacun de s'accommoder de ce qu'elle lui concède.

J'ai choisi de finir la mienne à Kenadsa, auprès de ma rose des sables. Les gens du ksar millénaire sont des êtres de lumière et de charité fraternelle. Je ne pouvais espérer meilleure retraite que leur sagesse, ni plus belle oasis que les yeux de Mariem.

Mon fils nous rend visite régulièrement. Tantôt seul, tantôt avec sa femme et nos petits-enfants. Il nous a suppliés de retourner avec lui à Ténès. Mariem ne voulait pas, et moi, je ne pouvais pas. J'aime trop les dunes pour me passer de leurs partitions sous la fougue du vent. Il n'y a que le folklore ténu du désert pour célébrer mon bonheur retrouvé.

Il arrive un temps où les rancœurs s'étiolent, et beaucoup de serments perdent de leur ferveur. N'en demeure que le souvenir, notre ultime recours, notre dernier repère à l'heure où le monde nous devient de moins en moins familier. Le souvenir qui revient le plus souvent prendre mes pensées en otage, plus que celui du bagne ou de la guerre, a le visage de Gaïd Brahim. Il s'incruste dans mon esprit telle une migraine. Pourtant, il ne remue rien en moi. C'est comme si je revisitais un vague déjà-vu sans relief et sans écho. En ces moments-là, curieusement, je n'éprouve ni colère ni rancœur. J'ai le sentiment d'être retranché derrière un miroir sans tain.

J'ignore comment Gaïd Brahim a fini et je n'ai pas cherché à le savoir. Je l'ai laissé à sa conscience, si toutefois il en a eu une. On peut soigner une pathologie inconnue ou améliorer une mentalité compliquée, mais on ne peut changer une nature – les gens sont ce qu'ils sont. Certains ne songent qu'à nuire et à se réjouir de leurs méfaits ; d'autres, si on venait étaler sous leurs yeux toutes les splendeurs de l'univers, n'y verraient que leur propre noirceur ; et d'autres encore passent leur existence à porter la lumière partout où l'obscurité menace de transformer le jour en nuit.

Je ne pense pas avoir porté la lumière quelque part et j'espère ne l'avoir éteinte pour personne. J'ai péché par excès de loyauté, pris des risques autant de fois que mon affect a été sollicité. J'avais beau promettre de faire plus attention à l'avenir, je n'ai fait que retomber dans mes travers. C'était plus fort que moi. Lorsqu'on me prenait par les sentiments, on me prenait en entier. Le regretté-je ? Qu'est-ce qu'un regret, sinon une peine perdue ? Si je me suis cassé les dents à force de mordre la poussière, j'ai aussi rencontré des gens formidables et connu des instants de grâce qui m'ont, parfois, rendu le sourire. À moi de garder, de mon parcours de naufragé, ce que j'estime être essentiel pour mes vieux jours. En fin de compte, tout se paie d'une manière ou d'une autre. L'honnêteté se paie très cher, mais elle finit par payer. Comme la patience, la foi dans ce qui est juste, le sacrifice et le don de soi. Quant aux torts que l'on commet, ils n'échapperont pas au retour de flamme, eux non plus. Hélas, on ne prend conscience de l'inconsistance de nos certitudes que lorsque arrive la nuit du Grand Voyage. Cette nuit-là, on se retrouve seul face à soi-même et on se demande pourquoi tant de gâchis alors qu'une simple présence d'esprit aurait pu l'éviter. Jusqu'à notre dernier soupir, nous essayerons de nous persuader que ce qui dépasse notre volonté nous absout de nos errements, puis nous nous apercevons que notre histoire, quand bien même elle nous tiendrait pour responsables de ce que nous déplorons, ne justifie pas grand-chose. Maîtres ou valets, sous les feux de la rampe ou en coulisses, exaltés ou bien sans conviction, nous aurons tous, sans distinction, traversé en coup de vent un rêve aussi fugace qu'impénétrable sur cette planète.

Je reste persuadé qu'avec le recul et un minimum de discernement, on apprendra à reconsidérer les choses. Les souvenirs, alors, s'assagiront et mettront du baume sur les blessures. Ce que nous avons fui notre existence entière nous rattrapera, et nous cesserons d'avoir peur de notre finitude. Le vœu pieux – ce timide frère utérin de la prière – sera exaucé, la réponse sera révélée ; ce qui n'a été que leurres et fausseté abdiquera devant cette sainte vérité : le sirocco peut toujours dégarnir les rochers cathédrales, la tempête de sable malmener la barkhane, l'ouragan démonter les mers, tout finira par s'épuiser afin que s'opère l'accalmie définitive.

Ainsi est notre destinée. Nous sommes là, fantômes grisés en avance sur leur heure, puis nous disparaissons, et personne ne sait ce que l'on retiendra de nous. Que l'on marche sur l'eau ou que l'on perde pied au passage à gué, nous ne sommes que des illusions qu'époussettera le souffle de ce qui ne sera jamais plus.

Je lisse ma barbe, m'adosse au mur, ferme les yeux comme on pose le couvercle sur le puits des secrets et pense uniquement à ceux que je chéris, aux matins qui éclosent comme des fleurs emperlées de rosée, à la brise furetant dans le tamaris et aux soirs étoilés, aux enfants qui gambadent sur la dune, ivres d'insouciance et d'énergie, à la théière garnie de menthe fraîche en train de tintinnabuler au pied du palmier, aux sourires sur les visages placides et aux mains tendues. Rien n'est plus sain que se sentir en harmonie avec les éléments et rien n'est plus précieux que les petits bonheurs ordinaires que l'on partage avec les proches et les amis.

Je pense avoir atteint le palier qui me rapproche le plus du salut de mon âme. S'agit-il de la septième marche de l'arc-en-ciel dont parle *Le Manuscrit des Anciens* ? – le pardon ?... Sans doute. Depuis que j'ai choisi de pardonner, je ne frémis qu'aux choses qui apaisent le cœur et l'esprit.

Oui, j'ai *tout* pardonné.

Et c'est beaucoup mieux ainsi.

Je suis bien, aussi léger que la respiration du nourrisson qui s'est assoupi en tétant le sein de sa mère, tellement confiant que je n'ai qu'à lever le bras par-dessus le sommet-roi pour cueillir mon étoile de berger.

Cet ouvrage a été mis en pages par

<pixellence>

CET OUVRAGE
A ÉTÉ ACHEVÉ D'IMPRIMER
SUR ROTO-PAGE
PAR L'IMPRIMERIE FLOCH
À MAYENNE EN OCTOBRE 2022

N° d'édition : 560111-3. N° d'impression : 101321
Dépôt légal : août 2022
Imprimé en France